이용악 시전집

이용악 李庸岳

1914년 함경북도 경성에서 출생, 일본 니혼대학 예술과 및 조치대학 전문부 신문학과에서 수학했으며, 1935년 「패배자의 소원」(『신인문학』)으로 등단하였다. 해방 후 조선문학가동맹·조선문화단체총연맹 핵심 요원으로 활동했으며, 세칭 '남로당 서울시 문화예술사건'으로 서대문형무소에서 복역 중 6·25전쟁으로 출옥해 북한 군에 합류, 월북하였다. 월북 후 조선문학동맹 시분과위원장, 조선작가동맹출판사 단행본 부주필 등을 역임했으며, 1971년 폐병으로 타계했다. 시집으로 『분수령』 『낡은 집』 『오랑캐꽃』 『이용악집』 『리용악 시선집』 등이 있다.

책임 편집 윤영천 尹永川

1944년 인천에서 출생하여 서울대 문리대 국문과 및 동 대학원을 졸업했다. 1974년 『동아일보』 신춘문예로 등단하여 문학평론가로 활동하고 있다. 청주사범대학(현 서원대)·영남대·인하대 국어과 교수를 역임하였으며, 현재 인하대 명예교수로 있다. 평론집 『서정적 진실과 시의 힘』 『형상과 비전』, 연구서 『한국의 유민시』 『한국 현대문학 산책』, 엮은 책 『이용악 시전집』(1988, 1995 증보판) 『물위에 기약 두고―한국 유민시 선집 1』 『가두로 울며 헤매는 자여―한국 유민시 선집 2』 『함석헌 선집』(전 3권, 공편) 등이 있다.

이용악 시전집

펴낸날   2018년 1월 31일

지은이   이용악
책임 편집   윤영천
펴낸이   이광호
펴낸곳   ㈜문학과지성사
등록번호   제1993-000098호
주소   04034 서울 마포구 잔다리로7길 18(서교동 377-20)
전화   02)338-7224
팩스   02)323-4180(편집) 02)338-7221(영업)
전자우편   moonji@moonji.com
홈페이지   www.moonji.com

ⓒ 이용악, 2018. Printed in Seoul, Korea

ISBN 978-89-320-3074-6 03810

이 도서의 국립중앙도서관 출판예정도서목록(CIP)은 서지정보유통지원시스템 홈페이지(http://seoji.nl.go.kr)와 국가자료공동목록시스템(http://www.nl.go.kr/kolisnet)에서 이용하실 수 있습니다. (CIP제어번호: CIP2018001956)

이용악 시전집

윤영천
책임 편집

문학과지성사

『리용악 시선집』(1957. 12. 30.) 수록 사진

리 용 악   조 영 슈

김 말 인

김 소 엽   리 원 우

『현대조선문학선집 11—시집』(평양: 조선작가동맹출판사, 1960) 수록 사진

徳成女子大学校
総長職務代理 沈 相 赫 殿

本学学長宛に御依頼のございました「李庸岳様の全学年成績証明書交付」につきまして別紙「学業成績証明書」の通り御回答申し上げます。　なお、御参考までに李庸岳様　御卒業の専門部新聞学科に関しますす資料を添付させていただきます。

御回答が誠に遅くなりましたことを御詫び申し上げるとともに、添付資料が御研究のお役にたてば幸いに存じます。

1989年7月19日

上智大学　学事部

部長　山田経

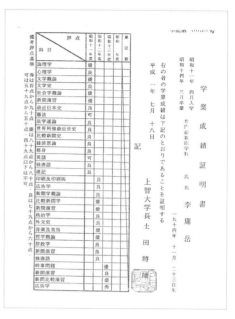

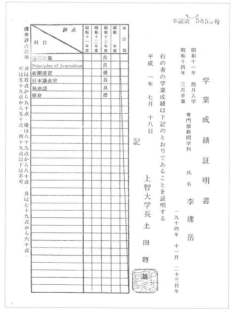

일본 도쿄東京 조치上智대학 졸업성적증명서

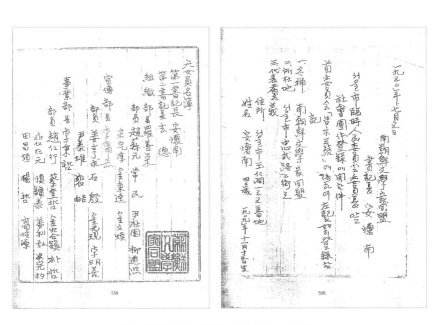

一九五〇年七月之日

南朝鮮文學子家同盟
書記長 安懷南

서울市臨時人民委員会左委員長 앞

社會團体登錄에 関한件

首委員会「第六三號」의 指示에 左記와 如히 登録함

記

一、名稱
南朝鮮文學子家同盟

二、所柱地 서울市忠武路二街三

三、代表者姓名

住所 서울市玉仁洞一三五番地

姓名 安懷南

四三歲 一九〇九年十一月十五日生

六、女員名簿
第一書記長 安懷南
第二書記長 玄德

組織部 部員 羅善榮

部員 趙蘇元 常氏 尹壯圓 柳道洙
宋完淳 金東連 金文煥

宣傳部 部長 李庸岳

部員 姜亨求 石殷 金光現 李明善
姜雄 裵皓

事業部 部長 市子東語
部員 趙仁行 蔡奎哲 金兄合鎭 朴哲
南侅元 愼鏞泰 姜利弘 裵光初
田昌道 楊哲 高懷凜

『남조선문학가동맹 위원 명부』(1950. 11. 15.)

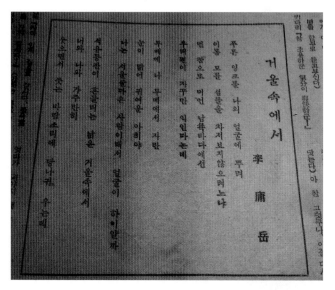

「거울 속에서」(『매신사진순보』, 1942. 4. 21.)

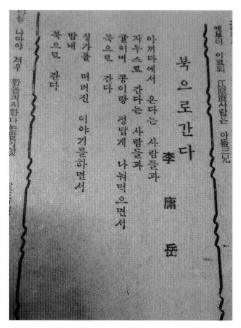

「북으로 간다」(『매신사진순보』, 1942. 5. 11.)

「새로운 풍경」(『문학신문』, 1961. 1. 6.)

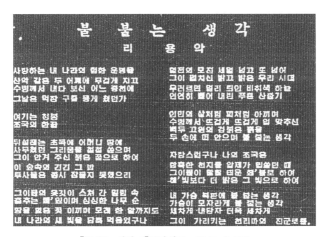

「불붙는 생각」(『문학신문』, 1962. 4. 15.)

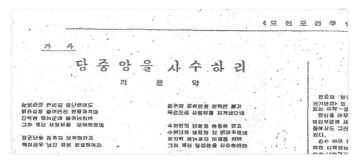

「당 중앙을 사수하리」(『문학신문』, 1967. 7. 11.)

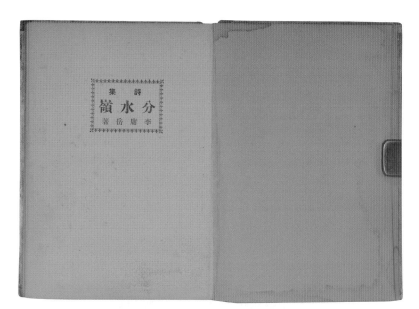

『분수령』(1937)

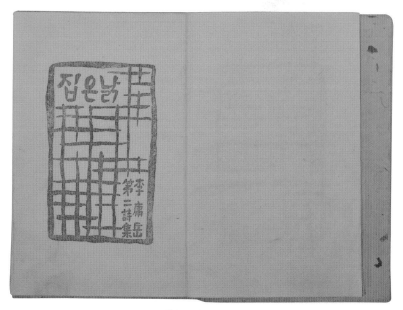

『낡은 집』(1938)

『오랑캐꽃』(1947)

『이용악집』(1949)

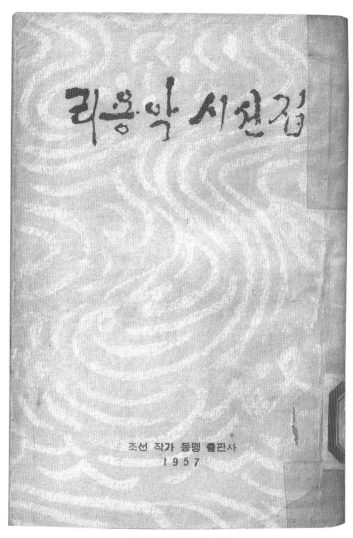

『리용악 시선집』(1957)

이용악 시전집

일러두기

1. 이 책의 구성은, ① 시인 이용악의 월북(1950) 전 시집 『분수령(分水嶺)』(1937)
   『낡은 집』(1938) 『오랑캐꽃』(1947) 『이용악집(李庸岳集)』(1949) 수록작 및 '시집
   미수록작', ② 월북 후 시집 『리용악 시선집』(1957) 수록작 및 '시집 미수록작'으
   로 대별된다. (『오랑캐꽃』 『이용악집』 『리용악 시선집』에서 재수록작은 중복을 피했
   으며, 이들 작품은 '작품 연보' 일람에 그 재수록 여부를 표시하였다.)
2. 자료는, ① 이용악의 주요 산문, ② 이용악 시인 및 작품에 관한 주요 논고(시인론·
   서평·작품론 등), ③ 작가 연보, ④ 작품 연보, ⑤ 참고 문헌, ⑥ 낱말 풀이 등이다.
3. 작품 배열 순서는 기간 시집 발간 연대를 좇았으며, 시집 미수록작은 '월북 전후'
   로 각각 마지막에 놓았다. 각 시집 수록작의 표제는 해당 시집의 이름을 따랐다.
   다만 시집 미수록분의 경우는 작품 제목 중 하나를 표제로 삼아 월북 전 작품은
   '38도에서'로, 월북 후 작품은 '막아보라 아메리카여'로 엮었다. 각 작품 아래에는
   창작 시기 및 발표지(잡지·신문 및 작품 수록 '종합시집' 등)를 명기하였으며, 개제
   작(改題作)은 작품 하단에 별도의 각주 형식으로 원작(原作)을 밝혔다. (월북 전 시
   집에 수록된 작품 말미의 괄호 속 연대는 『리용악 시선집』에 의거한 것이다.)
4. 작품 표기는 가급적 원문을 충실히 따르는 쪽을 택했으며, 특히 언어 이질화 현상
   이 두드러진 '월북 후 작품'은 이 원칙에 더욱 충실하고자 하였다. 단 시의 기본적
   인 분위기를 저해하지 않는 범위에서 부분적으로 맞춤법·띄어쓰기 등을 현대 표
   기로 고쳤다. 원작의 한자는 한글과 병기하였다[예: 埠頭 ⇒ 부두(埠頭)].
5. '작품 연보' 비고란에는 특정 작품의 원제(原題), 개제(改題) 사실, '시초(詩抄), 연
   작시 여부, 하위 장르(가사, 서정서사시 등) 구분' 등을 따로 밝혔다.
6. 본문 중 특정 시어·인명·지명을 포함한 각종 인유(引喩) 등은 *를 별기하고 '낱말
   풀이'에 주석으로 정리했다.

내가 처음 엮은 『이용악 시전집』(창작과비평사)은 1988년 6월 1일에 출간되었다. 폭압적인 전두환 군사정권을 이은 군 출신 대통령 노태우의 '6공 출범'(1988. 2. 25.) 첫해에 단행된 120여 명의 이른바 '월북작가 해금'(1988. 7. 19.) 직전 시점이었다. 그러나 이용악 시인의 월북(1950. 6.) 이전 작품에 국한된 것이었으니 '전집'이라기엔 매우 미급한 것이었다.

시인 이용악은 내게 여전히 강렬한 존재로 남아 있다. 1969년이었던가. 군 제대 후 복학하여 현대시론 강의를 듣던 중이었다. "소금토리 지웃거리며 돌아 오는가/열두 고개 타박 타박 당나귀는 돌아 오는가/방울소리 방울소리 말방울소리 방울소리." 생활고에 찌든 소금 장수의 애환이, 옛 시조의 부분적 변격 같은 절묘한 가락에 얹혀 생동하게 각인되었다. 담당 교수 정한모鄭漢模 선생은 시인 이름도, 시제도 일러주지 않은 채, 굵고 애절한 톤으로 이 삼행시를 그저 나직하게 읊조릴 뿐이었다. 이승만 반공독재의 연속이었던 박정희 철권통치하의 엄혹한 세월이었다. 얼마 뒤 이 작품이 '월북시인' 이용악의 명편 「두메산골 4」(1940)임을 알았다. 그런데 참으로 아이로니컬한 것은, 선생은 당시 노태우 정부의 초대 문화공보부 장관으로서 '월북작가 해금'을 주무했다는 사실이다.

1995년 말엽, '월북 이전 작품'의 한계를 그대로 지닌 채 초판의 오류를 바로잡고 그 미비점을 다소 보충한 『증보판 이용악 시전집』을 펴낼 수 있었다. 해방 전 작품 「바람 속에서」(1940) 「눈보라의 고향」(1940), 해방 후의 「38도에서」(1945) 「기관구에서」(1947) 「소원」(1948) 「새해에」(1948) 등 6편을 새로 추가한 것이다.

1992년 한중수교韓中修交 이래, 특히 중국 연변조선족자치주와의 활발한 교류를 계기로 북한 문학 자료 접근이 비교적 용이하게 된 지 벌써 오래이다. 비록 제삼국을 매개한 은밀하고 구차한 간접교역 형식에 의한 것이지만, 이용악의 경우도 여기서 예외일 수 없다. 월북 이후 작품을 통틀어 『이용악 시전집』을 이제야 내놓는다는 건 그러므로 늦어도 한참 늦은 것이다. '2014년, 이용악 시인 출생 100년'에 맞추는 것도 계획했지만, 그 적기를 놓치고 말았으니 적이 안타까운 일이다. [2015년 초 젊은 연구자들의 공력으로 『이용악 전집』(곽효환·이경수·이현승 편, 소명출판)을 세상에 선보이게 되었으니, 그나마 다행한 일이다.]

이 시전집을 펴내는 데 아동문학가 이정애 씨는 이용악이 수학한 일본 도쿄東京 조치上智대학의 졸업성적증명서와 시 「당 중앙을 사수하리」(1967)를 제공하였으며, 서지가 신연수 씨는 시 「거울 속에서」(1942) 「북으로 간다」(1942)의 존재를 확인하였다. 두 분께 깊이 감사드린다. 이 전집에서는 위의 3편과 「새로운 풍경」(1961) 「불붙는 생각」(1962) 등 총 5편을 새로 거둘 수 있었다.

이 책의 간행에 큰 도움을 주신 문학평론가 홍정선 교수, 문학과지성사에 깊은 감사를 드린다.

2018년 1월
윤영천

이용악 시전집

| 차례 |

제4부 이용악집

월북 후 작품

제1부 리용악 시선집

1. 어선 민청호

2. 원쑤의 가슴팍에 땅크를 굴리자

자료

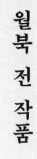

월북 전 작품

제1부

분수령

서序

　이용악李庸岳 군君과의 친교親交도 최근最近의 일이고 이 군李君의 시詩를 읽은 것도 이번 시고詩稿가 처음이다.

　그러나 내가 우연偶然한 기회機會로 처음 그의 방房에 들어서게 되었을 때부터 자주 그를 만날 때마다 이 사람은 생존生存하는 사람이 아니라 생활生活하는 사람이라는 깊은 인상印象을 받는 것임으로 연래年來의 구우舊友와 같은 정의情誼를 붓지 않을 수 없다.

　나는 이 군의 생활을 너무나 잘 알 수 있었다. 이 군은 추움과 주림과 싸우면서 —— 그는 아귀餓鬼를 피하려고 애쓰면서도 그것 때문에 울지 않는다. 그는 항상 고독孤獨에 잠겨 있으면서도 미워하지 않는다. 여기 이 시인詩人의 초연성超然性이 있다, 힘이 있다.

　이 군의 시가 그의 생활의 거짓 없는 기록記錄임은 물론勿論이다. 그의 시는 상상想이 앞서거나 개념概念으로 흐르지 않았고, 또 시 전체에 유동流動되는 적극성積極性을 발견發見할 수 있다. 하여튼 이 군의 비범非凡한 시재詩才는 그의 작품作品이 스스로 말해주리라고 믿는다.

오직 정진精進하는 이 군의 앞날을 기대期待하며 이 단문短文으로
서序를 대代한다.

1937년

이규원李揆元

북北쪽

북北쪽은 고향
그 북쪽은 여인女人이 팔려 간 나라
머언 산맥山脈에 바람이 얼어붙을 때
다시 풀릴 때
시름 많은 북쪽 하늘에
마음은 눈감을 줄 모르다

(1936)

나를 만나거든

땀 말른 얼골에
소금이 싸락싸락 돋힌 나를
공사장 가까운 숲속에서 만나거든
  내 손을 쥐지 말라
  만약 내 손을 쥐드래도
옛처럼 네 손처럼 부드럽지 못한 이유를
그 이유를 묻지 말어다오

주름 잡힌 이마에
석고石膏처럼 창백한 불만이 그윽한 나를
거리의 뒷골목에서 만나거든
  먹었느냐고 묻지 말라
  굶었느냐곤 더욱 묻지 말고
꿈 같은 이야기는 이야기의 한마디도
나의 침묵沈黙에 침입浸入하지 말어다오

폐인인 양 씨들어져*
턱을 고이고 앉은 나를
어둑한 폐가廢家의 회랑廻廊에서 만나거든
  울지 말라
  웃지도 말라
너는 평범平凡한 표정表情을 힘써 지켜야겠고

내가 자살하지 않는 이유를
그 이유를 묻지 말어다오

(1937)

도망하는 밤

바닷바람이 묘지를 지나
무너지다 남은 성城 굽이를 돌아 마을을 지나
바닷바람이 어둠을 헤치고 달린다
밤
등잔불들은 졸음 졸음 눈을 감았다

동무야
무엇을 뒤돌아보는가
너의 터전에 비둘기의 단란團欒이 질식한 지 오래다
가슴을 치면서 부르짖어보라
너의 고함은 기울어진 울타리를 멀리 돌아
다시 너의 귓속에서 신음할 뿐
그다음
너는 식욕食慾의 항의抗議에 꺼꾸러지고야 만다

기름기 없는 살림을 보지만 말어도
토실토실 살이 찔 것 같다
뼉다구만 남은 마을……
여기서 생활은 가장 평범平凡한 인습因襲이었다

가자
씨원히 떠나가자

흘러가는 젊음을 따라
바람처럼 떠나자

뚝장군의 전설을 가진 조고마한 늪
늪을 지켜 숨줄이 말른 썩달나무*에서
이제
늙은 올빼미 흉몽凶夢스런 울음을 꾀이려니
마을이 떨다
이 밤이 떨다
어서 지팽이를 옮겨놓아라

풀버렛 소리 가득 차 있었다

우리 집도 아니고
일갓집도 아닌 집
고향은 더욱 아닌 곳에서
아버지의 침상寢牀 없는 최후最後 최후의 밤은
풀버렛 소리 가득 차 있었다

노령露領*을 다니면서까지
애써 자래운 아들과 딸에게
한마디 남겨두는 말도 없었고
아무을만灣*의 파선*도
설룽한* 니코리스크*의 밤도 완전히 잊으셨다
목침을 반듯이 벤 채

다시 뜨시잖는 두 눈에
피지 못한 꿈의 꽃봉오리가 깔앉고
얼음장에 누우신 듯 손발은 식어갈 뿐
입술은 심장의 영원한 정지停止를 가리켰다
때늦은 의원醫員이 아모 말 없이 돌아간 뒤
이웃 늙은이 손으로
눈빛 미명*은 고요히
낯을 덮었다

우리는 머리맡에 엎디어
있는 대로의 울음을 다아 울었고
아버지의 침상 없는 최후 최후의 밤은
풀버렛 소리 가득 차 있었다

(1936)

포도원葡萄園

계절조季節鳥처럼 포로로오 날아온
옛 생각을 보듬고
오솔길을 지나
포도원으로 살금살금 걸어와……

촛대燭臺 든 손에
옭감기는
싼뜻한 감촉感觸!

대이기만 했으면 톡 터질 듯
익은 포도알에
물든 환상幻想이 너울너울 물결친다
공허로운 이 마음을 어쩌나

한 줄 촉광燭光을 마저
어둠에 바치고 야암전히 서서
시집가는 섬 색시처럼
모오든 약속을 잠깐 잊어버리자

조롱조롱 밤을 지키는
별들의 언어言語는
오늘 밤

한 조각의 비밀秘密도 품지 않았다

병病

말 아닌 말로
병실病室의 전설을 주받는
흰 벽壁과
하아얀
하얀
벽

화병花瓶에 씨들은 따알리아가
날개 부러진 두루미로밖에
그렇게밖에 안 뵈는 슬픔—
무너질 상싶은
가슴에 숨어드는
차군 입김을 막어다오

실 끝처럼 여윈 사념思念은
회색 문지방에
알 길 없는 손톱 그림을 새겼고
그 속에 뚜욱 떨어진 황혼은 미치려나
폭풍이 헤여드는 내 눈앞에서
미치려는가 너는

시퍼런 핏줄에

손가락을 얹어보는 마음—
손끝에 다닿는 적은 움즉임
오오 살아 있다
나는 확실히 살아 있다

국경國境

　새하얀 눈송이를 낳은 뒤 하늘은 은어銀魚의 향수鄕愁처럼 푸르다
얼어 죽은 산山토끼처럼 지붕 지붕은 말이 없고 모진 바람이 굴뚝을
싸고돈다 강 건너 소문이 그 사람보다도 기대려지는 오늘 폭탄을 품
은 젊은 사상思想이 피에로*의 비가에 숨어와서 유령처럼 나타날 것
같고 눈 우에 크다아란 발자옥을 또렷이 남겨줄 것 같다 오늘

령嶺

너는 나를 믿고
나도 너를 믿으나
령嶺은 높다 구름보다도 령은 높다

바람은 병든 암사슴의 숨결인 양 풀이 죽고
태양太陽이 보이느냐
이제 숲속은 치떨리는 신화神話를 부르려니
윈몸에 쏟아지는 찬땀
마음은 공허空虛와의 지경을 맴돈다

너의 입술이 파르르으 떨고
어어둑한 바위틈을 물러설 때마다
너의 눈동자는 사로잡힌다
즘생보담 무서운 그 무서운 무서운
도끼를 멘 초부樵夫의 환영幻影에

일연김/색*으로 물든 서천西天을 보도 못 하고
날은 저물고 어둠이 치밀어든다
여인女人아
너의 노래를 불러다오
찌르레기 소리 너의 전부를 점령하기 전에
그렇게 명랑明朗하던 너의 노래를 불러다오

나는 너를 믿고
너도 나를 믿으나
령嶺은 높다 구름보다도 령은 높다

동면冬眠하는 곤충昆蟲의 노래

산과 들이
늙은 풍경에서 앙상한 계절季節을 시름할 때
나는 흙을 뚜지고* 들어왔다
차군 달빛을 피해
둥글소*의 앞발을 피해
나는 깊이 땅속으로 들어왔다

멀어진 태양太陽은
아직 꺼머첩첩한 의혹疑惑의 길을 더듬고
지금 태풍이 미쳐 날뛴다
얼어빠진 혼백들이 지온地溫을 불러 곡성이 높다
그러나 나는
내 자신의 체온體溫에 실망한 적이 없다

온갖 어둠과의 접촉에서도
생명은 빛을 더불어 사색思索이 너그럽고
갖은 학대를 체험한 나는
날카로운 무기를 장만하리라
풀풀의 물색으로 평화平和의 의장衣裝도 꾸민다

얼음 풀린
냇가에 버들이 휘늘어지고

어린 종다리 파아란 항공航空을 시험할 때면
나는 봄볕 짜듯한* 땅 우에 나서리라
죽은 듯 눈감은 명상—
나의 동면冬眠은 위대한 약동躍動의 전제前提다

(1937)

새벽 동해안東海岸

두셋씩 먼 바다에 떨어져
산호珊瑚의 꿈 깨우러 간
새벽별

크작게 파도치는
모래불엔
투명透明한 동화童話를 기억하는
함박조개 껍지*들

고도孤島의 일화예보日和豫報*를 받은
갈매기 하나
활기로운 날개

물결처럼 날리는 그물 밑에서
애비의 근로勤勞를 준비하는
어부漁夫의 아들딸

천치天痴의 강江아

풀폭*을 수목樹木을 땅을
바윗덩이를 무르녹이는 열기가 쏟아져도
오즉 네만 냉정한 듯 차게 흐르는
강江아
천치天痴의 강아

국제 철교를 넘나드는 무장열차武裝列車가
너의 흐름을 타고 하늘을 깰 듯 고동이 높을 때
언덕에 자리 잡은 포대砲臺가 호령을 내려
너의 흐름에 선지피를 흘릴 때
너의 초조焦燥에
너의 공포恐怖에
너는 부질없는 전율밖에
가져본 다른 동작動作이 없고
너의 꿈은 꿈을 이어 흐른다

네가 흘러온
흘러온 산협山峽에 무슨 자랑이 있었드냐
흘러가는 바다에 무슨 영광榮光이 있으랴
이 은혜롭지 못한 꿈의 향연饗宴을
전통傳統을 이어 남기려는가
강아

천치의 강아

너를 건너
키 넘는 풀 속을 들쥐처럼 기어
색다른 국경을 넘고저 숨어 다니는 무리
맥 풀린 백성의 사투리의 향려鄕閭를 아는가
더욱 돌아오는 실망을
묘표墓標를 걸머진 듯한 이 실망을 아느냐

강안江岸에 무수한 해골이 뒹굴러도
해마다 계절季節마다 더해도
오즉 너의 꿈만 아름다운 듯 고집하는
강아
천치의 강아

폭풍暴風

폭풍暴風
폭풍
거리거리의 정돈미整頓美가 뒤집힌다
지붕이 독수리처럼 날아가고
벽은 교활한 미련未練을 안은 채 쓰러진다
대지大地에 거꾸러지는 대리석大理石 기둥—
보이잖는 무수한 화석化石으로 장식裝飾된
도시都市의 넋이 폭발한다

기만欺瞞과 질투嫉妬와 음모陰謀의 잔해殘骸를 끌안고
통곡하는 게 누구냐
지하地下로 지하로 피난하는 선량善良한 시민市民들아
눈을 감고 귀를 막은 등신이 있느냐
숨통을 잃어버린 등신이 있느냐
폭풍
폭풍

오늘도 이 길을

가로수의 수면 시간睡眠時間이
아즉 고요한 어둠을 숨 쉬고 있다

지난밤 단골방에서 그린
향기롭던
명일明日의 화판花瓣은 지금 이 길을 걸으며
한 걸음 한 발짝이 엄청 무거워짐을 느낀다

오늘
씹어야 할 하로* 종일이
씨네마의 기억처럼 들여다보이는
권태倦怠―

산을 허물어
바위를 뜯어 길을 내고
길을 따라 집터를 닦는다
쓰러지는 동무……
피투성이 된 두개골頭蓋骨을 건치*에 싸서
눈물 없이 묻어야 한다

그리고 보으얀 황혼黃昏의 귀로歸路

손바닥을 거울인 양 들여다보고
버릇처럼 장알*을 헨다
누우런 이빨을 내민 채
말러빠진 즘생처럼 방바닥에 늘어진다

어제와 같은 필림을 풀러
오늘도 어제와 같은 이 길을 걸어가는
권태―

짜작돌*을 쓸어 넣은 듯 흐리터분한 머리에
새벽은 한없이 스산하고
가슴엔 무럭무럭* 자라나는 불만

길손의 봄

석단石段을 올라와
잔디에 조심스레 앉아
뾰족뾰족 올라온 새싹을 뜯어 씹으면서
조곰치도 아까운 줄 모르는 주림
지난밤
회파람은 돌배꽃 피는 동리洞里가 그리워
북北으로 북으로 갔다

제비 같은 소녀少女야
— 강 건너 주막酒幕에서

어디서 호개* 짖는 소리
서리 찬 갈밭처럼 어수성타
깊어가는 대륙大陸의 밤—

손톱을 물어뜯다도 살그만히 눈을 감는
제비 같은 소녀少女야
소녀야
눈 감은 양 볼에 울정*이 돋힌다
그럴 때마다 네 머리에 떠돌
비극悲劇의 군상群像을 알고 싶다

지금 오가는 네 마음이
탁류濁流에 흡살리는* 강江가를 헤매는가
비 새는 토막*에 누더기를 쓰고 앉았나
쭝쿠레* 앉았나

감았던 두 눈을 떠
입술로 가져가는 유리잔
그 푸른 잔에 술이 들었음을 기억하는가
부풀어 오를 손등을 어찌려나
윤깔 나는 머리칼에
어릿거리는 애수哀愁

호인胡人*의 말몰이 고함

높낮어 지나는 말몰이 고함—

뼈자린* 채쭉 소리

젖가슴을 감어 치는가

너의 노래가 어부漁夫의 자장가처럼 애조롭다

너는 어느 흉작촌凶作村이 보낸 어린 희생자犧牲者냐

깊어가는 대륙大陸의 밤—

미구未久에 먼동은 트려니 햇살이 피려니

성가스런* 향수鄕愁를 버리자

제비 같은 소녀야

소녀야……

만추晩秋

노오란 은행銀杏잎 하나
호리호리 돌아 호수湖水에 떨어져
소리 없이 호면湖面을 미끄러진다
또 하나—

조 이삭을 줍던 시름은
요지음 낙엽落葉 모으기에 더욱더
해마알개졌고

하늘
하늘을 쳐다보는 늙은이 뇌리腦裡에는
얼어죽은 친지 그 그리운 모습이
또렷하게 피어오른다고
길다란 담뱃대의 뽕잎 연기를
하소에 돌린다

돌개바람*이 멀지 않아
어린것들이
털 고운 토끼 껍질을 벳겨
귀걸개*를 준비할 때
기름진 밭고랑을 가져 못 본
부락민部落民 사이엔

지난해처럼 또 또 그 전해처럼

소름 끼친 대화對話가 오도도오 떤다

항구港口

태양太陽이 돌아온 기념記念으로
집집마다
카렌다아를 한 장씩 뜯는 시간이면
검누른 소리 항구港口의 하늘을 빈틈없이 흘렀다

머언 해로海路를 이겨낸 기선汽船이
항구와의 인연因緣을 사수死守하려는 검은 기선이
뒤를 이어 입항入港했었고
상륙上陸하는 얼굴들은
바늘 끝으로 쏙 찔렀자
솟아나올 한 방울 붉은 피도 없을 것 같은
얼골 얼골 희머얼건 얼골뿐

부두埠頭의 인부꾼들은
흙을 씹고 자라난 듯 꺼머틔틔했고
시금트레한 눈초리는
푸른 하늘을 쳐다본 적이 없는 것 같았다
그 가운데서 나는 너무나 어린
어린 노동자였고—

물 위를 도롬도롬 헤어 다니던 마음
흩어졌다도 다시 작대기처럼 꼿꼿해지던 마음

나는 날마다 바다의 꿈을 꾸었다
나를 믿고저 했었다
여러 해 지난 오늘 마음은 항구로 돌아간다
부두로 돌아간다 그날의 나진羅津*이여

고독孤獨

땀내 나는
고달픈 사색思索 그 복판에
소낙비 맞은 허수애비가 그리어졌다
모초리* 수염을 꺼내는 허수애비여
주잖은 너의 귀에
풀피리 소리마저 멀어졌나 봐

쌍두마차雙頭馬車

나는 나의 조국祖國을 모른다
내게는 정계비定界碑 세운 영토領土란 것이 없다
──그것을 소원하지 않는다

나의 조국은 내가 태어난 시간時間이고
나의 영토는 나의 쌍두마차雙頭馬車가 굴러갈
그 구원久遠한 시간이다

나의 쌍두마차가 지나는
우거진 풀 속에서
나는 푸르른 진리眞理의 놀라운 진화進化를 본다
산협山峽을 굽어보면서 꼬불꼬불 넘는 령嶺에서
줄줄이 뻗은 숨 쉬는 사상思想을 만난다

열기를 토하면서
나의 쌍두마차가 적도선赤道線을 돌파할 때
거기에 억센 심장의 위엄威嚴이 있고
계절풍季節風과 싸우면서 동토대凍土帶를 지나
북극北極으로 다시 남극南極으로 돌진할 때
거기선 확확 타오르는 삶의 힘을 발견한다

나는 항상 나를 모험冒險한다

그러나 나는 나의 천성天性을 슬퍼도 하지 않고
기약期約 없는 여로旅路를
의심疑心하지도 않는다

명일明日의 새로운 지구地區가 나를 부르고
더욱 나는 그것을 믿길래
나의 쌍두마차는 쉴 새 없이 굴러간다
날마다 새로운 여정旅程을 탐구探求한다

(1937)

해당화海棠花

백모래 십 리里 벌을
삽분삽분* 걸어간 발자욱
발자욱의 임자를 기대려
해당화海棠花의 순정純情은
해마다 붉어진다

꼬리말

처음에 이 시집詩集 『분수령分水嶺』은 미발표未發表의 시고詩稿에서 50편을 골라서 엮었던 것인데, 그것이 뜻대로 되지 못했고, 여러 달 지난 지금 처음의 절반도 못 되는 20편만을 겨우 실어 세상에 보낸 다. 그 이면에는 딱한 사정이 숨어 있다.

그렇게 되고 보니 기어코 넣고 싶던 작품의 대부분이 매장埋葬되었 다. 유감이 아닐 수 없다.

하여튼 이 조고마한 시집으로 지나간 10년을 씨원히 청산淸算해버 리고 나는 다시 출발出發하겠다.

이번에 분수령 꼭대기에서 다시 출발한 나의 강江은 좀더 깊어야 겠다. 좀더 억세어야겠다. 요리조리 돌아서래도 다다라야 할 해양海 洋을 향해 나는 좀더 꾸준히 흘러야겠다. 이 시집 『분수령』은 기외其 外의 아무런 의의意義도 가지고 싶지 않다.

제2부

낡은 집

검은 구름이 모여든다

해당화 정답게 핀 바닷가
너의 무덤 작은 무덤 앞에 머리 숙이고
숙아
쉽사리 돌아서지 못하는 마음에
검은 구름이 모여든다

네 애비 흘러간 뒤
소식 없던 나날이 무거웠다
너를 두고 네 어미 도망한 밤
흐린 하늘은 죄로운 꿈을 머금었고
숙아
너를 보듬고 새우던 새벽
매운 바람이 어설궂게* 회오리쳤다

성 위 돌배꽃
피고 지고 다시 필 적마다
될 성싶이 크더니만
숙아
장마 개인 이튿날이면 개울에 띄운다고
돛 단 쪽배를 맨들어 달라더니만

네 슬픔을 깨닫기도 전에 흙으로 갔다

별이 뒤를 따르지 않아 슬프고나
그러나 숙아
항구에서 피 말러 간다는
어미 소식을 모르고 갔음이 좋다
아편에 부어 온 애비 얼골을
보지 않고 갔음이 다행ㅎ다

해당화 고운 꽃을 꺾어
너의 무덤 작은 무덤 앞에 놓고
숙아
살포시 웃는 너의 얼골을
꽃 속에서 찾어볼려는 마음에
검은 구름이 모여든다

──조카의 무덤에서

너는 피를 토하는 슬픈 동무였다

"겨울이 다 갔다고 생각자
조 들창에
봄빛 다사로이 헤여들게"

너는 불 꺼진 토기 화로를 끼고 앉어
나는 네 잔등에 이마를 대고 앉어
우리는 봄이 올 것을 믿었지
식아
너는 때로 피를 토하는 슬픈 동무였다

봄이 오기 전 할미 집으로 돌아가던
너는 병든 얼골에 힘써 웃음을 새겼으나
고동이 울고 바퀴 돌고 쥐었던 손을 놓고
서로 머리 숙인 채
눈과 눈이 마조칠 복된 틈은 다시 없었다

일 년이 지나 또 겨울이 왔다
너는 내 곁에 있지 않다
너는 세상 누구의 곁에도 있지 않다

너의 눈도 귀도 밤나무 그늘에 길이 잠들고
애꿎인 기억의 실마리가 풀리기에

오늘도 등신처럼 턱을 받들고 앉어
나는 조 들창만 바라본다

"봄이 아조 왔다고 생각자
    너도 나도
    푸른 하늘 알로* 뛰어나가게"

너는 어미 없이 자란 청년
나는 애비 없이 자란 가난한 사내
우리는 봄이 올 것을 믿었지
식아
너는 때로 피를 토하는 슬픈 동무였다

밤

어디서 고양이래두 울어준다면
밤
온갖 별이 눈감은 이 외롬에서
삼가 머리를 들고
나는 마암을 불러 나의 샘터로 돌아가지 않겠나

나를 반듯이 눕힌 널판을 허비다*도
배와 두 다리에
징글스럽게 감긴 누더기를 쥐어뜯다도
밤
뛰어 뛰어 높은 재를 넘은 어린 사슴처럼
오솝소리* 맥을 버리고
가벼히 볼을 만지는 야윈 손

손도 얼골도 끔쯕히* 축했으리라만*
놀라지 말자
밤
곁에 잠든
수염이 길어 흉한 사내는
가을과 겨울 그리고 풀빛 기름진 봄을
이 굴에서 즘생처럼 살아왔단다

생각이 자꾸자꾸만 몰라들어간다
밤
들리지 않는 소리에
오히려 나의 귀는 벽과 천정이 두렵다

연못

밤이라면 별 모래 골고루 숨 쉴 하늘
생각은 노새를 타고
갈꽃을 헤치며 오막사리*로 돌아가는 날

두셋 잠자리
대일랑 말랑 물머리를 간질이고
연못 잔잔한 가슴엔 내만 아는
근심이 소스라쳐 붐비다

깊이 물 밑에 자리 잡은 푸른 하늘
얼골은 어제보담 희고
어쩐지 어쩐지 못 미더운 날

아이야 돌다리 위로 가자

냇물이 맑으면 맑은 물 밑엔
조약돌도 디려다보이리라*
아이야
나를 따라 돌다리 위로 가자

　멀구* 광주리의 풍속을 사랑하는 북쪽 나라
　말 다른 우리 고향
　달맞이 노래를 들려주마

다리를 건너
아이야
네 애비와 나의 일터 저 푸른 언덕을 넘어
풀냄새 깔앉은 대숲으로 들어가자

　꿩의 전설이 늙어가는 옛 성* 그 성 밖
　우리 집 지붕엔
　박이 시름처럼 큰단다

구름이 희면 흰 구름은
북으로 북으로도 가리라
아이야
사랑으로 너를 안았으니

댓잎사귀 새이새이로 먼 하늘을 내다보자

　봉사꽃* 유달리 고운 북쪽 나라
　우리는 어릴 적
　해마다 잊지 않고 우물가에 피웠다

하늘이 고히* 물들었다
아이야
다시 돌다리를 건너온 길을 돌아가자

　돌담 밑 오지* 항아리
　저녁 별을 안고 망설일 지음*
　우리 아운 나를 불러 불러 외롭단다

──시무라*에서

앵무새

청포도 익은 알만 쪼아 먹고 자랐느냐
네 목청이 제법 이그러지다

거짓을 별처럼 사랑는 노란 주둥이 있기에
곱게 늙는 발톱이 한뉘* 흙을 긁어보지 못한다

네 헛된 꿈을 섬기어 무서운 낭*에 떨어질 텐데
그래도 너는 두 눈을 똑바로 뜨고만 있다

금붕어

유리 항아리 동글한 품에
견디질 못해 삼삼 맴돌아도
날마다 저녁마다 너의 푸른 소원은 저물어간다
숨결이 도롬도롬 방울져 공허로웁다

하얗게 미치고야 말 바탕이 진정 슬프다
바로 눈앞에서 오랑캐꽃*은 피어도
꽃수염 간지럽게 하늘거려도

반츨한* 돌기둥이 안개에 감기듯
아물아물 사라질 때면
요사스런 웃음이 배암처럼 기어들 것만 같애
싸늘한 마음에 너는 오시러운* 피를 흘린다

두더쥐

숨 맥히는 어둠에 벙어리되어 떨어진
가난한 마음아

일곱 색 무지개가 서도 사라져도
태양을 우러러 웃음을 갖지 않을 네건만

때로 불타는 한 줄 빛으로서
네 맘은 아프고 이즈러짐이 또한 크다

그래도 남으로만 달린다

한결 해말숙한* 네 이마에
촌스런 시름이 피어오르고
그래도
우리를 실은
차는 남으로 남으로만 달린다

촌과 나루와 거리를
벌판을 숲을 몇이나 지나왔음이냐
눈에 묻힌 이 고개엔
가마귀도 없나 보다

보리밭 없고
흐르는 멧노래*라곤
더욱 못 들을 곳을 향해
암팡스럽게 길 떠난
너도 물새 나도 물새
나의 사람아 너는 울고 싶고나

말없이 쳐다보는 눈이
흐린 수정알처럼 외롭고
때로 입을 열어 시름에 젖는
너의 목소리 어성* 없는 듯 가늘다

너는 차라리 밤을 부름이 좋다
창을 열고
거센 바람을 받아들임이 좋다
머릿속에서 참새 재잘거리는 듯
나는 고달프다 고달프다

너를 키운 두메산골에선
가라지*의 소문이 뒤를 엮을 텐데
그래도
우리를 실은
차는 남으로 남으로만 달린다

장마 개인 날

하늘이 해오리*의 꿈처럼 푸르러

한 점 구름이 오늘 바다에 떨어지련만

마음에 안개 자옥히 피어오른다

너는 해바래기처럼 웃지 않아도 좋다

배고프지 나의 사람아

엎디어라 어서 무릎에 엎디어라

두만강 너 우리의 강아

나는 죄인처럼 수그리고
나는 코끼리처럼 말이 없다
두만강 너 우리의 강아
너의 언덕을 달리는 찻간에
조고마한 자랑도 자유도 없이 앉았다

아모것두 바라볼 수 없다만
너의 가슴은 얼었으리라
그러나
나는 안다
다른 한 줄 너의 흐름이 쉬지 않고
바다로 가야 할 곳으로 흘러내리고 있음을

지금
차는 차대로 달리고
바람이 이리처럼 날뛰는 강 건너 벌판엔
나의 젊은 넋이
무엇인가 기대리는 듯 얼어붙은 듯 섰으니
욕된 운명은 밤 우에 밤을 마련할 뿐

잠들지 말라 우리의 강아
오늘 밤도

너의 가슴을 밟는 뭇 슬픔이 목마르고
얼음길은 거츨다 길은 멀다

길이 마음의 눈을 덮어줄
검은 날개는 없느냐
두만강 너 우리의 강아
북간도*로 간다는 강원도 치와 마조 앉은
나는 울 줄을 몰라 외롭다

(1938)

우라지오 가까운 항구에서

삽살개 짖는 소리
눈포래*에 얼어붙는 섣달그믐
밤이
얄궂은 손을 하도 곱게 흔들길래
술을 마시어 불타는 소원이 이 부두로 왔다

걸어온 길가에 찔레 한 송이 없었대도
나의 아롱범*은
자욱자욱*을 뉘우칠 줄 모른다
어깨에 쌓여도 하얀 눈이 무겁지 않고나

　　철없는 누이 고수머릴*랑 어루만지며
　　우라지오*의 이야길 캐고 싶던 밤이면
　　울어머닌
　　서투른 마우재말*도 들려주셨지
　　졸음졸음 귀 밝히는 누이 잠들 때꺼정
　　등불이 깜박 저절로 눈 감을 때꺼정

다시 내게로 헤여드는
어머니의 입김이 무지개처럼 어질다
나는 그 모도*를 살틀히* 담았으니
어린 기억의 새야 귀성스럽다*

거사리지* 말고 마음의 은줄에 작은 날개를 털라

드나드는 배 하나 없는 지금
부두에 호젓 선 나는 멧비둘기 아니건만
날고 싶어 날고 싶어
머리에 어슴푸레 그리어진 그곳
우라지오의 바다는 얼음이 두텁다

등대와 나와
서로 속삭일 수 없는 생각에 잠기고
밤은 얄팍한 꿈을 끝없이 꾀인다
가도 오도 못할 우라지오

(1938)

등불이 보고 싶다

하늘이 금시 무너질 양 천동*이 울고
번갯불에 비취는 검은 봉오리 검은 봉오리

미끄러운 바위를 안고 돌아 몇 굽이 돌아봐도
다시 산 사이 험한 골짝길 자옥마다 위태롭다

옹골찬 믿음의 불수레* 굴러 조마스런 마암을 막아보렴
앞선 사람 뒤떨어진 벗 모두 입 다물어 잠잠

등불이 보고 싶다
등불이 보고 싶다

귀밀* 짓는 두멧사람아
멀리서래두 너의 강아지를 짖겨다오

고향아 꽃은 피지 못했다

하얀 박꽃이 오들막*을 덮고
당콩* 너울*은 하늘로 하늘로 기어올라도
고향아
여름이 안타깝다 무너진 돌담

돌 우에 앉았다 섰다
성가스런 하로해가 먼 영에 숨고
소리 없이 생각을 드디는 어둠의 발자취
나는 은혜롭지 못한 밤을 또 부른다

　도망하고 싶던 너의 아들
　가슴 한구석이 늘 차그웠길래*
　고향아
　돼지굴 같은 방 등잔불은
　밤마다 밤새도록 꺼지고 싶지 않았지

　드디어 나는 떠나고야 말았다
　곧 얼음 녹아내려도 잔디풀 푸르기 전
　마음의 불꽃을 거느리고
　멀리로 낯선 곳으로 갔더니라

그러나 너는 보드러운 손을

가슴에 얹은 대로 떼지 않았다
내 곳곳을 헤매어 살길 어두울 때
빗돌처럼 우두커니 거리에 섰을 때
고향아
너의 부름이 귀에 담기어짐을
막을 길이 없었다

　"돌아오라 나의 아들아
　까치 둥주리 있는
　아까시야가 그립지 않느냐
　배암장어 구워 먹던 물방앗간이
　새잡이 하던 버들방천*이
　너는 그립지 않나
　아롱진 꽃그늘로
　나의 아들아 돌아오라"

나는 그리워서 모두 그리워
먼 길을 돌아왔다만
버들방천에도 가고 싶지 않고
물방앗간도 보고 싶지 않고
고향아
가슴에 가로누운 가시덤불

돌아온 마음에 싸늘한 바람이 분다

이 며칠을 미칠 듯이 살아온 내게
다시 너의 품을 떠날려는 내 귀에
한마디 아까운 말도 속삭이지 말어다오
내겐 한 걸음 앞이 보이지 않는
슬픔이 물결친다

하얀 것도 붉은 것도
너의 아들 가슴엔 피지 못했다
고향아
꽃은 피지 못했다

낡은 집

날로 밤으로
왕거미 줄 치기에 분주한 집
마을서 흉집*이라고 꺼리는 낡은 집
이 집에 살았다는 백성들은
대대손손에 물려줄
은동곳*도 산호관자*도 갖지 못했니라

재를 넘어 무곡*을 다니던 당나귀
항구로 가는 콩실이에 늙은 둥글소
모두 없어진 지 오랜
외양간엔 아직 초라한 내음새 그윽하다만
털보네 간 곳은 아모도 모른다

찻길이 뇌이기 전
노루 멧돼지 쪽제비 이런 것들이
앞뒤 산을 마음 놓고 뛰어다니던 시절
털보의 셋째 아들은
나의 싸리말* 동무는
이 집 안방 짓두광주리* 옆에서
첫울음을 울었다고 한다

　"털보네는 또 아들을 봤다우

송아지래두 불었으면 팔아나 먹지"
마을 아낙네들은 무심코
차그운 이야기를 가을 냇물에 실어 보냈다는
그날 밤
저릎등*이 시름시름 타들어가고
소주에 취한 털보의 눈도 일층 붉더란다

갓주지* 이야기와
무서운 전설 가운데서 가난 속에서
나의 동무는 늘 마음 졸이며 자랐다
당나귀 몰고 간 애비 돌아오지 않는 밤
노랑 고양이 울어 울어
종시 잠 이루지 못하는 밤이면
어미 분주히 일하는 방앗간 한구석에서
나의 동무는
도토리의 꿈을 키웠다

그가 아홉 살 되든 해
사냥개 꿩을 쫓아다니는 겨울
이 집에 살던 일곱 식솔이
어데론지 사라지고 이튿날 아침
북쪽을 향한 발자옥만 눈 우에 떨고 있었다

더러는 오랑캐령* 쪽으로 갔으리라고
더러는 아라사*로 갔으리라고
이웃 늙은이들은
모두 무서운 곳을 짚었다

지금은 아무도 살지 않는 집
마을서 흉집이라고 꺼리는 낡은 집
제철마다 먹음직한 열매
탐스럽게 열던 살구
살구나무도 글거리*만 남았길래
꽃피는 철이 와도 가도 뒤울안에
꿀벌 하나 날아들지 않는다

(1938)

꼬리말

새롭지 못한 느낌과 녹쓸은 말로써 조고마한 책을 엮었으니, 이 책을 『낡은 집』이라고 불러주면 좋겠다.

되도록 적게 싣기에 힘써 여기 열다섯 편을 골라 넣고…… 아직 늦지 않았음을 믿는 생각만이 어느 눈 날리는 벌판에로 쏠린다.

두터운 뜻을 베풀어 제 일처럼 도와준 동무들께 고마운 말을 어떻게 가졌으면 다할는지 모르겠다.

용 악

제3부

오랑캐꽃

오랑캐꽃

　─ 긴 세월을 오랑캐와의 싸홈*에 살았다는 우리의 머언 조상들이 너를 불러 '오랑캐꽃'이라 했으니 어찌 보면 너의 뒷모양이 머리태*를 드리인 오랑캐의 뒷머리와도 같은 까닭이라 전한다 ─

　아낙도 우두머리도 돌볼 새 없이 갔단다
　도래샘*도 떳집*도 버리고 강 건너로 쫓겨 갔단다
　고려 장군님 무지무지 쳐들어와
　오랑캐는 가랑잎처럼 굴러갔단다

　구름이 모여 골짝 골짝을 구름이 흘러
　백 년이 몇백 년이 뒤를 이어 흘러갔나

　너는 오랑캐의 피 한 방울 받지 않았건만
　오랑캐꽃
　너는 돌가마*도 털메투리*도 모르는 오랑캐꽃
　두 팔로 햇빛을 막아줄게
　울어보렴 목 놓아 울어나 보렴 오랑캐꽃

(『인문평론』, 1939. 10.)

불

모든 것이 잠잠히 끝난
다음에도
당신의 벗이래야 할 것이

솟아오르는 빛과 빛과 몸을 부비면
한결같이 일어설 푸른 비늘과 같은
아름다움
가슴마다 피어

싸움이요
우리 당신의 이름을 빌어
미움을 물리치는 것이요

(『매일신보』, 1942. 4. 5.)

노래 끝나면

손뼉 칩시다 정을 다하야
우리 손뼉 칩시다

노새나 나귀를 타고
방울 소리며 갈꽃을 새소리며 달무리를
즐기려 가는 것은 아니올시다

청기와 푸른 등을 밟고 서서
웃음 지으십시오
아해들은 한결같이 손을 저으며
멀어지는 나의 뒷모양 물결치는 어깨를
눈부시게 바라보라요

누구나 한번은 자랑하고 싶은
모든 사람의 고향과
나의 길은 황홀한 꿈속에 요요히* 빛나는 것

손뼉 칩시다 정을 다하야
우리 손뼉 칩시다

(『춘추』, 1942. 2.)

벌판을 가는 것

몇천 년 지난 뒤 깨어났음이뇨
나의 밑 다시 나의 밑 잠자는 혼을 밟고
새로히* 어깨를 일으키는 것
나요
불길이요

쌓여 쌓여서 훈훈히 썩은 나뭇잎들을 헤치며
저리 환하게 열린 곳을 뜻함은
세월이 끝나던 날
오히려 높디높았을 나의 하늘이 남아 있기 때문에

내 거니는 자욱마다 새로운 풀폭 하도 푸르러
뒤돌아 누구의 이름을 부르료

이제 벌판을 가는 것
바람도 비도 눈보라도 지나가버린 벌판을
이렇게 많은 단 하나에의 길을 가는 것
나요
끝나지 않는 세월이요

(『춘추』, 1941. 5.)

집

밤마다 꿈이 많아서
나는 겁이 많아서
어깨가 처지는 것일까

끝까지 끝까지 웃는 낯으로
아해들은 층층계를 내려가바렸나 본데
벗 없을 땐
집 한 칸 있었으면 덜이나 곤하겠는데

타지 않는 저녁 하늘을
가벼운 병처럼 스쳐 흐르는 시장기
어쩌면 몹시두 아름다워라
앞이건 뒤건 내 가차이 모올래 오시이소

눈 감고 모란을 보는 것이요
눈 감고
모란을 보는 것이요

구슬

마디마디 구릿빛 아무렇던
열 손가락
자랑도 부끄러움도 아닐 바에

지혜의 강에 단 한 개의 구슬을 바쳐
밤이기에 더욱 빛나야 할 물 밑

온갖 바다에로 새 힘 흐르고 흐르고

몇천 년 뒤
내
닮지 않은 어느 아해의 피에 남을지라도
그것은 헛되잖은 이김이라

꽃향기 숨 가쁘게 날러드는 밤에사
정녕 맘 놓고 늙언들 보자요

(『춘추』, 1942. 6.)

해가 솟으면

잠잠히 흘러내리는
개울을 따라
마음 섧도록 추잡한 거리로 가리
날이 갈수록 새로히 닫히는
무거운 문을 밀어제치고

조고마한 자랑을 만날지라도
함부로 푸른 하늘을 대할지라도
내사
모자를 벗어 반갑게 흔들어주리라

숱한 꽃씨가 가슴에서 튀어나는 깊은 밤이면
손뼉 소리 아스랗게* 들려오는 손뼉 소리
멀어진 모오든 사람들의 이름을 부르며
호을로 거리로 가리

욕된 나날이 정녕 숨 가쁘
곱새는 등곱새*는
엎디어 이마를 적실 샘물도 없어

(『인문평론』, 1940. 11.)

죽음

별과 별들 사이를
해와 달 사이 찬란한 허공을 오래도록 헤매다가
끝끝내
한번은 만나야 할 황홀한 꿈이 아니겠습니까

가장 높은 덕이요 똑바른 사랑이요
오히려 당신은 영원한 생명

나라에 큰 난 있어 사나히*들은 당신을 향할지라도
두려울 법 없고
충성한 백성만을 위하야 당신은
항상 새 누리*를 꾸미는 것이었습니다

아무도 이르지 못한 바닷가 같은 데서
아무도 살지 않은 풀 우거진 벌판 같은 데서
말하자면
헤아릴 수 없는 옛적 같은 데서
빛을 거느린 당신

(『매일신보』, 1942. 4. 3.)

밤이면 밤마다

가슴을 밟고 미칠 듯이 걸어오는 이
음침한 골목길을 따라오는 이

바라지 않는 무거운 손이 어깨에 놓여질 것만 같습니다
붉은 보재기로 나의 눈을 가리우고 당신은
눈먼 사나이의 마지막을
흑흑 느끼면서 즐길 것만 같습니다

메레토스*여 검은 피를 받은 이
밤이면 밤마다
내 초조로이 돌아가는 좁은 길이올시다

술잔을 빨면 모든 영혼을 가벼히 물리칠 수 있었으나
나중에 내 돌아가는 곳은
허깨비의 집이올시다 캄캄한 방이올시다
거기 당신의 쩨우스*와 함께 가두어뒀습니다
당신이 엿보고 싶은 가지가지 나의 죄를

그러나 어서 물러가십시오
푸른 정녕코 푸르른 하늘이 나를 섬기는 날
당신을 찾어
여러 강물을 건너가겠습니다

자랑도 눈물도 없이 건너가겠습니다

(『삼천리』, 1940. 9.)

꽃가루 속에

배추밭 이랑을 노오란 배추꽃 이랑을

숨 가쁘게 마구 웃으며 달리는 것은

어디서 네가 나즉히 부르기 때문에

배추꽃 속에 살며시 흩어놓은 꽃가루 속에

나두야 숨어서 너를 부르고 싶기 때문에

(『매일신보』, 1941. 7. 25.)

• 원제 「꽃가루 속에―근작시초(近作詩抄) 2」.

달 있는 제사

달빛 밟고 머나먼 길 오시리

두 손 합쳐 세 번 절하면 돌아오시리

어머닌 우시어

밤내 우시어

하아얀 박꽃 속에 이슬이 두어 방울

(『매일신보』, 1941. 12. 3.)

• 원제 「달 있는 제사─북방시초(北方詩抄) 2」.

강가

아들이 나오는 올겨울엔 걸어서라두
청진*으로 가리란다
높은 벽돌담 밑에 섰다가
세 해나 못 본 아들을 찾어오리란다

그 늙은인
암소 따라 조이밭* 저쪽에 사라지고
어느 길손이 밥 지은 자췬지
끄슬은 돌 두어 개 시름겨웁다

(『시학』, 1939. 10.)

• 『리용악 시선집』에서 「강가에서」로 개제함.

다리 우에서

바람이 거센 밤이면
몇 번이고 꺼지는 네모난 장명등*을
궤짝 밟고 서서 몇 번이고 새로 밝힐 때
누나는
별 많은 밤이 되려 무섭다고 했다

국숫집 찾어가는 다리 우에서
문득 그리워지는
누나도 나도 어려선 국숫집 아이

단오도 설도 아닌 풀버레 우는 가을철
단 하로
아버지의 제삿날만 일을 쉬고
어른처럼 곡을 했다

(『매신사진순보』, 1942. 4. 11.)

버드나무

누나랑 누이랑
뽕오디 따러 다니던 길가엔
이쁜 아가씨 목을 맨 버드나무

백 년 기대리는 구렝이 숨었다는 버드낡*엔
하루살이도 호랑나비도 들어만 가면
다시 나올 성싶잖은
검은 구멍이 입 벌리고 있었건만

북으로 가는 남도 치들이
산길을 바라보고선 그만 맥을 버리고
코올콜 낮잠 자던 버드나무 그늘

사시사철 하얗게 보이는
머언 봉우리 구름을 부르고
마을선
평화로운 듯 밤마다 등불을 밝혔다

(『조선일보』, 1939. 6. 29.)

벽을 향하면

어느 벽에도 이름 모를 꽃
향그러이 피어 있는 함 속 같은 방이래서
기꺼울* 듯 어지러웁다

등불을 가리고 검은 그림자와 함께
차차로 멀어지는 벽을 향하면
날라리* 불며
날라리 불며 모여드는 옛적 사람들

검푸른 풀섶을 헤치고 온다
배암이 알 까는 그윽한 냄새에 불그스레
취한 얼골들이 해와 같다

(『매일신보』, 1940. 12. 27.)

• 원제「다시 밤─세한시초(歲寒詩抄) 2」.

길

여덟 구멍 피리며 앉으랑 꽃병
동그란 밥상이며 상을 덮은 흰 보재기
안해가 남기고 간 모든 것이 고냥 고대로
한때의 빛을 머금어 차라리 휘휘로운데*
새벽마다 뉘우치며 깨는 것이 때론 외로워
술도 아닌 차도 아닌
뜨거운 백탕*을 훌훌 마시며 차마 어질게 살아보리

안해가 우리의 첫애길 보듬고
먼 길 돌아오면
내사 고운 꿈 따라 횃불 밝힐까
이 조그마한 방에 푸르른 난초랑 옮겨놓고

나라에 지극히 복된 기별이 있어 찬란한 밤마다
숱한 별 우러러 어찌야 즐거운 백성이 아니리

꽃잎 헤칠사록 깊어만 지는 거울
호을로 차지하기엔 너무나 큰 거울을
언제나 똑바루 앞으로만 대하는 것은
나의 웃음 속에
우리 애기의 길이 틔어 있기에

(『국민문학』, 1942. 3.)

무자리*와 꽃

가슴은 뫼풀 우거진 벌판을 묻고
가슴은 어느 초라한 자리에 묻힐지라도
만날 것을
아득한 다음날 새로히 만나야 할 것을

마음 그늘진 두던*에 엎디어
함께 살아온 너
어디루 가나

불타는 꿈으로 하야 자랑이던
이 길을 네게 나누자
흐린 생각을 밟고 너만 어디루 가나

눈을 감으면 너를 따라
자욱자욱 꽃을 드딘다*
휘휘로운 마음에 꽃잎이 흩날린다

(『동아일보』, 1940. 8. 11.)

다시 항구에 와서

모든 기폭이 잠잠히 내려앉은
이 항구에
그래도 남은 것은 사람이올시다

한마디의 말도 배운 적 없는 듯한 많은 사람 속으로
어질게 생긴 이마며 수수한 입술이며
그저 좋아서
나도 한마디의 말없이 우줄우줄* 걸어나가면
저리 산 밑에서 들려오는 돌 깨는 소리

시바우라* 같은 데서 혹은 메구로* 같은 데서
함께 일하고 함께 잠자며
퍽도 친하게 지내던 사람들로만 여겨집니다
서로 모르게
어둠을 타 구름처럼 흩어졌다가
똑같이 고향이 그리워서
돌아온 이들이 아니겠습니까

하늘이 너무 푸르러
갈매기는 쭉지에 흰 목을 묻고
어느 옴쑥한* 바위틈 같은 데 숨어바렸나 본데
차라리 누구의 아들도 아닌 나는 어찌하야

검붉은 흙이 자꾸만 씹고 싶습니까

(『매일신보』, 1941. 7. 27.)

• 원제 「다시 항구에 와서―근작시초(近作詩抄) 3」.

전라도 가시내

알룩조개에 입 맞추며 자랐나
눈이 바다처럼 푸를뿐더러 까무스레한 네 얼골
가시내야
나는 발을 얼구며*
무쇠 다리를 건너온 함경도 사내

바람 소리도 호개도 인전 무섭지 않다만
어두운 등불 밑 안개처럼 자욱한 시름을 달게 마시런다만
어디서 흉참한 기별이 뛰어들 것만 같애
두터운 벽도 이웃도 못 미더운 북간도 술막*

온갖 방자의 말을 품고 왔다
눈포래를 뚫고 왔다
가시내야
너의 가슴 그늘진 숲속을 기어간 오솔길을 나는 헤매이자
술을 부어 남실남실 술을 따르어
가난한 이야기에 고히 잠거다오

네 두만강을 건너왔다는 석 달 전이면
단풍이 물들어 천 리 천 리 또 천 리 산마다 불탔을 겐데
그래두 외로워서 슬퍼서 초마폭*으로 얼굴을 가렸더냐
두 낮 두 밤을 두루미처럼 울어 울어

불술기* 구름 속을 달리는 양 유리창이 흐리더냐

차알삭 부서지는 파도소리에 취한 듯
때로 싸늘한 웃음이 소리 없이 새기는 보조개
가시내야
울 듯 올 듯 울지 않는 전라도 가시내야
두어 마디 너의 사투리로 때아닌 봄을 불러줄게
손때 수집은* 분홍 댕기 휘휘 날리며
잠깐 너의 나라로 돌아가거라

이윽고 얼음길이 밝으면
나는 눈포래 휘감아 치는 벌판에 우줄우줄 나설 게다
노래도 없이 사라질 게다
자욱도 없이 사라질 게다

(『시학』, 1939. 8.)

118

두메산골 1

들창을 열면 물구지떡* 내음새 내달았다
쌍바라지* 열어제치면
썩달나무 썩는 냄새 유달리 향그러웠다

뒷산에두 봋나무*
앞산두 군데군데 봋나무

주인장은 매사냥을 다니다가
바위틈에서 죽었다는 주막집에서
오래오래 옛말처럼 살고 싶었다

(『순문예』, 1939. 8.)

두메산골 2

아히도 어른도
버슷*을 만지며 히히 웃는다
독한 버슷인 양 히히 웃는다

돌아 돌아 물곬 따라가면 강에 이른대
영 넘어 여러 영 넘어가면 읍이 보인대

맷돌 방아 그늘도 토담 그늘도
희부옇게 엷어지는데
어디서 꽃가루 날러오는 듯 눈부시는 산머리

온 길 갈 길 죄다 잊어바리고
까맣게 쓰러지고 싶다

(『시학』, 1939. 10.)

두메산골 3

참나무 불이 이글이글한
오지 화로에 감자 두어 개 묻어놓고
멀어진 서울을 그리는 것은
도포 걸친 어느 조상이 귀양 와서
일삼든 버릇일까
돌아갈 때엔 당나귀 타고 싶던
여러 영에
눈은 내리는데 눈은 내리는데

두메산골 4

소곰토리* 지웃거리며* 돌아 오는가

열두 고개 타박 타박 당나귀는 돌아 오는가

방울소리 방울소리 말방울소리 방울소리

(『시학』, 1940. 10.)

슬픈 사람들끼리

다시 만나면 알아 못 볼
사람들끼리
비웃*이 타는 데서
타래곱*과 도루모기*와
피 터진 닭의 볏 찌르르 타는
아스라한 연기 속에서
목이랑 껴안고
웃음으로 웃음으로 헤어져야
마음 편쿠나
슬픈 사람들끼리

(『백제』, 1947. 2.)

비늘 하나

파도 소리가 들려오는 게 아니요

꽃향기 그윽히 풍기거나

따뜻한 뺨에 볼을 부비는 것이 아니요

안개 속 다만 반짝이는 비늘 하나

모든 사람이 밟고 지나간 비늘 하나

(『매일신보』, 1941. 7. 30.)

• 원제 「비늘 하나—근작시초(近作詩抄) 4」.

열두 개의 층층계

열두 개의 층층계를 올라와
옛으로 다시 새날로 통하는 열두 개의
층층계를 양 볼 붉히고 올라와
누구의 입김이 함부로 이마를 스칩니까
약이요 네 벽에 층층이 쌓여 있는 것
어느 쪽을 무너뜨려도 나의 책들은 아니올시다
약상자뿐이요 오래 묵은 약병들이요

청춘을 드리리다 물러가시렵니까
내 숨 쉬는 곳곳에 숨어서 부르는 이
모두 다 멀리로 떠나보내고
어둠과 어둠이 마조쳐 찬란히 빛나는 곳
땅을 향해
흔들리는 열두 개의 층층계를
영영 내려가야 하겠습니다

(『매일신보』, 1941. 7. 24.)

• 원제 「열두 개의 층층계―근작시초(近作詩抄) 1」.

등을 둥그리고

한 방 건너 관 덮는 모다귀소리* 바삐 끄친다
목메인 울음 땅에 땅에 슬피 내린다

흰 그림자 바람벽을 거닐어
니어니어* 사라지는 흰 그림자 등을 묻어 무거운데
아모 은혜도 받들지 못한 여러 밤이 오늘 밤도
유리창은 어두워

무너진 하늘을 헤치며 별빛 흘러가고
마음의 도랑을
씨들은 풀잎이 저어가고
나의 병실엔 초라한 돌문이 높게 솟으라선다

어느 나라이고 새야
외로운 새야 벙어리야 나를 기대려* 길이 울라
너의 사람은 눈을 가리고 미웁다

(『인문평론』, 1940. 1.)

• 『리용악 시선집』에서 「욕된 나날」로 개제, 작품 말미에 "1940, 감방에서"라고 부기(附
記)함.

뒷길로 가자

우러러 받들 수 없는 하늘
검은 하늘이 쏟아져 내린다
왼몸을 굽이치는
병든 흐름도 캄캄히 저물어가는데

예서 아는 이를 만나면 숨어바리지
숨어서 휘정휘정* 뒷길을 걸을라치면
지나간 모든 날이 따라오리라

썩은 나무다리 걸쳐 있는 개울까지
개울 건너 또 개울 건너
빠알간 숯불에 비웃이 타는 선술집까지

푸르른 새벽인들 내게 없었을라구
나를 에워싸고
외치며 쓰러지는 수없이 많은 나의 얼골은
파리한 이마는 입술은 잊어바리고저
나의 해바래기는
무거운 머리를 어느 가슴에 떨어뜨리랴

이제 검은 하늘과 함께
줄기줄기 차거운 비 쏟아져 내릴 것을

네거리는 싫여 네거리는 싫여
히히 몰래 웃으며 뒷길로 가자

(『조선일보』, 1940. 6. 15.)

항구에서

영원과 같은 그러한 것이 아득히 바라뵈는 그러한 꿈길을 끝끝내 돌아온 나의 청춘이요 바쁘게 떠나가는 검은 기선과 몰려서 우짖는 갈매기의 떼

구름 아래 뭉쳐선 흩어지는 먹구름 아래 당신네들과 나의 어깨에 도 하늘은 골고루 머물러 얼마나 멋이었습니까

꽃이랑 꺾어 가슴을 치레하고 우리 회파람이나 간간이 불어보자요 훨훨 옷길을 날리며 머리칼을 날리며 서로 헤어진 멀고 먼 바닷가에 서 우리 한번은 웃음 지어보자요

그러나 언덕길을 오르나리면서 항상 생각는 것은 친구의 얼골들이 아니었습니다 갈바리*의 산이요 우뢰 소리와 함께 둘로 갈라지는 갈 바리의 산

희망과 같은 그러한 것이 가슴에 싹트는 그러한 밤이면 무슨 즘생 처럼 우는 뱃고동을 들으며 바다로 보이지 않는 바다로 휘정휘정 내 려가는 것이요

(『매일신보』, 1942. 10. 20.) (『민심』, 1946. 3.)

『오랑캐꽃』을 내놓으며

여기 모은 시는 1939년부터 1942년까지 신문 혹은 잡지에 발표한 작품들이다. 초라한 대로 나의 셋째 번 시집詩集인 셈이다.

1942년이라면 붓을 꺾고 시골로 내려가던 해인데, 서울을 떠나기 전에 시집『오랑캐꽃』을 내놓고자 했으나 뜻을 이루지 못했을 뿐만 아니라, 그 이듬해 봄엔 모某 사건에 얽혀 원고를 모조리 함경북도咸境北道 경찰부警察部에 빼앗기고 말았다.

8·15 이후 이 시집을 다시 엮기에 1년이 더 되는 세월을 보내고도 몇 편의 작품은 끝끝내 찾아낼 길이 없어 여기 넣지 못함이 서운하나, 위선 모여진 대로 내놓기로 한다.

끝으로 원고 모으기에 애써주신 신석정辛夕汀* 형과 김광현金光現,* 유정柳呈* 양군兩君에게 감사하여 마지않는다.

1946년 겨울

130

제4부

이용악집

편집장編輯長에게 드리는 편지便紙

해방 후의 작품을 중심으로 하되 예전 것에서도 골고루 대표작을 자선해서 한 권 엮어달라고 하신 말씀을 듣고, 정작 손을 대보니 그다지 쉬운 노릇은 아니었습니다.

왜냐하면, 유감스럽게도, 이것이 지금까지 써온 작품 중에서 골라낸 소위 나의 대표작이요 하고 내놓을 만한 것이 별로 없을 뿐만 아니라, 두루 어쩌는 사이에 제 자신의 작품을 골고루 들여다볼 수 있는 스크랩 하나도 저에겐 남아 있지 않고, 또 어쩐지 쑥스러운 생각이 자꾸 앞서기 때문이었습니다.

그래서 정직히 말씀드리면, 처음 생각을 다소 수정하고, 비교적 쉽게 그리고 단시일에 엮는 방법으로서, 현재 갖고 있는 것과, 가까운 동무들 손에 있는 자료에서 차별 없이 한 권 될이만큼 베껴내기로 작정했습니다.

1과 2, 그리고 8은 해방 후의 작품에서, 3은 처녀시집 『분수령』에서, 4는 시집 『낡은 집』에서, 5와 6~7은 시집 『오랑캐꽃』에서 추린 것과, 또 같은 시대의 작품으로서 『오랑캐꽃』에 넣지 못했다가 그 후 수집된 것을 섞어보았습니다.

그리고, '사진' 말씀이 있었으나 이것만은 제발 용서하시기 바랍니

다. 지금 바삐 떠나야 할 길이 있어, 자세한 말씀 드리지 못하고 두어
자 적었습니다. 나무래지 마시길.

1948년 늦가을

용 악

벨로우니카에게

고향선 월계*랑 붉게두 피나 보다
내사 아무렇게 불러도 즐거운 이름

어디서 멎는 것일까
달리는 뿔사슴과 말발굽 소리와
밤중에 부불*을 치어든* 새의 무리와

슬라브*의 딸아
벨로우니카*

우리 잠깐 자랑과 부끄러움을 잊어버리고

달빛 따라 가벼운 구름처럼
일곱 개의 바다를 건너가리

고향선 월계랑 붉게두 피나 보다
내사 아무렇게 불러두 즐거운 이름

(『매일신보』, 1941. 8. 1.)

• 원제 「슬라브의 딸과 ― 근작시초(近作詩抄) 5」.

당신의 소년은

설룽한 마음 어느 구석엔가
숱한 별들 떨어지고
쏟아져 내리는 빗소리에 포옥 잠겨 있는
당신의 소년은

아득히 당신을 그리면서
개울창에 버리고 온 것은
갈갈이 찢어진 우산
나의 슬픔이 아니었습니다

당신께로의 불길이
나를 싸고 타올라도
나의 길은
캄캄한 채로 닫힌 쌍바라지에 이르러
언제나 그림자도 없이 끝나고

얼마나 많은 밤이 당신과 나 사이에
테로스*의 바다처럼
엄숙히 놓여져 있습니까
당신은 당신의 슬픔에서만 나를 찾았고
나는 나의 슬픔을 통해 당신을 만났을 뿐입니까

어느 다음날
수풀을 헤치고 와야 할 당신의 옷자락이
훠얼훨 앞을 흐리게 합니다
어디서 당신은 이처럼 소년을 부르십니까

(『조선일보』, 1940. 8. 5.)

별 아래

눈 내려
아득한 나라까지도 내다보이는 밤이면
내사야 혼자서 울었다

나의 피에도 머물지 못한 나의 영혼은
탄타로스*여
너의 못가에서 길이 목마르고

별 아래
숱한 별 아래

웃어보리라 이제
헛되이 웃음 지어도 밤마다 붉은 얼굴엔
바다와 바다가 물결치리라

(『매일신보』, 1940. 12. 30.)

• 원제 「별 아래—세한시초(歲寒詩抄) 3」.

138

막차 갈 때마다

어쩌자고 자꾸만 그리워지는
당신네들을 깨끗이 잊어버리고자
북에서도 북쪽
그렇습니다 머나먼 곳으로 와버린 것인데
산굽이 돌아 돌아 막차 갈 때마다
먼지와 함께 들이키기엔
너무나 너무나 차거운 유리잔

(『매일신보』, 1941. 12. 1.)

• 원제「막차 갈 때마다―북방시초(北方詩抄) 1」.

등잔 밑

모두 벼슬 없는 이웃이래서
은쟁반 아닌
아무렇게나 생긴 그릇이 되려
머루며 다래까지도 나눠 먹기에 정다운 것인데
서울 살다 온 사나인 그저 앞이 흐리어
멀리서 들려오는 파도 소리와 함께
모올래 울고 싶은 등잔 밑 차마 흐리어

(『매일신보』, 1941. 12. 24.)

• 원제 「등잔 밑—북방시초(北方詩抄) 3」. 『리용악 시선집』에서는 「어두운 등잔 밑」으로
개제함.

시골 사람의 노래

귀 맞춰 접은 방석을 베고
젖가슴 헤친 채로 젖가슴 헤친 채로
잠든 에미네*며 딸년이랑
모두들 실상 이쁜데
요란스레 달리는 마지막 차엔
무엇을 실어 보내고
당황히 손을 들어야 하는 것일까

몇 마디의 서양 말과 글 짓는 재주와
그러한 것은 자랑삼기에 욕되었도다

흘러내리는 머리칼도
목덜미에 점점이 찍혀
되려 복스럽던 검은 기미도
언젠가 쫓기듯 숨어서
시골로 돌아온 시골 사람
이 녀석 속눈썹 츨츨히* 긴다란 우리 아들도
한번은 갔다가
섭섭히 돌아와야 할 시골 사람

불타는 술잔에 꽃향기 그윽한데
바람이 이는데

이제 바람이 이는데
어디루 가는 사람들이
서로 담뱃불 빌고 빌리며
나의 가슴을 건느는 것일까

(『해방기념시집』, 중앙문화협회, 1945. 12.)

오월에의 노래

이빨 자욱 하얗게 홈 간 빨뿌리*와 담뱃재 소복한 왜접시*와 인젠
불살러도 좋은 몇 권의 책이 놓여 있는 거울 속에 너는 있어라

성미 어진 나의 친구는 고오고리*를 좋아하는 소설가 몹시도 시장
하고 눈은 내리던 밤 서로 웃으며 고오고리의 나라를 이야기하면서
소시민 소시민이라고 써놓은 얼룩진 벽에 벗어버린 검은 모자와 귀
걸이가 걸려 있는 거울 속에 너는 있어라

그리웠던 그리웠던 구름 속 푸른 하늘은 우리 것이라 그리웠던 그
리웠던 메에데에*의 노래는 우리 것이라

어느 동무들이 희망과 초조와 떨리는 손으로 주워 모은 활자들이
냐 아무렇게나 쌓아놓은 신문지 우에 독한 약봉지와 한 자루 칼이 놓
여 있는 거울 속에 너는 있어라

(1946) (『문학』, 1946. 7.)

노한 눈들

불빛 노을 함빡 갈앉은 눈이라 노한 노한 눈들이라

죄다 바서진 창으로 추위가 다가서는데 몇 번째인가 어찌하여 우리는 또 밀려나가야 하는 우리의 회관에서

더러는 어디루 갔나 다시 황막한 벌판을 안고 숨어서 쳐다보는 푸르른 하늘이며 밤마다 별마다에 가슴 맥히어 차라리 울지도 못할 옳은 사람들 정녕 어디서 움트는 조국을 그리는 것일까

폭풍이어 일어서는 것 폭풍이어 폭풍이어 불길처럼 일어서는 것

구보*랑 회남*이랑 홍구*랑 영석*이랑 우리 그대들과 함께 정들인 낡은 걸상이며 책상을 둘러메고 지나간 데모에 휘날리던 깃발까지도 소중히 감아 들고 지금 저무는 서울 거리에 갈 곳 없이 나서련다

내사 아마 퍽도 약한 시인이길래 부끄러이 낯을 돌리고 그저 울음이 복받치는 것일까

불빛 노을 함빡 갈앉은 눈이라 노한 노한 눈들이라

(1946) (『서울신문』, 1946. 11. 3.)

우리의 거리

아버지도 어머니도
젊어서 한창땐
우라지오로 다니는 밀수꾼

눈보라에 숨어 국경을 넘나들 때
어머니의 등곬에 파묻힌 나는
모든 가난한 사람들의 젖먹이와 다름없이
얼마나 성가스런 짐짝이었을까

오늘도 행길을 동무들의 행렬이 지나는데
뒤이어 뒤를 이어 물결치는
어깨와 어깨에 빛 빛 찬란한데

여러 해 만에 서울로 떠나가는 이 아들이
길에서 요기할 호박떡을 빚으며
어머니는 얼어붙은 우라지오의 바다를
채쭉* 쳐 달리는 이즈보즈*의 마차며 트로이카*며
좋은 하늘 못 보고
타향서 돌아가신 아버지의 이야길 하시고

피로 물든 우리의 거리가
폐허에서 새로이 부르짖는

우라아*
우라아 × × × ×

(1945)

하나씩의 별

무엇을 실었느냐 화물열차의
검은 문들은 탄탄히 잠겨졌다
바람 속을 달리는 화물열차의 지붕 우에
우리 제각기 드러누워
한결같이 쳐다보는 하나씩의 별

두만강 저쪽에서 온다는 사람들과
쟈무스*에서 온다는 사람들과
험한 땅에서 험한 변 치르고
눈보라 치기 전에 고향으로 돌아간다는
남도 사람들과
북어 쪼가리 초담배* 밀가루 떡이랑
나눠서 요기하며 내사 서울이 그리워
고향과는 딴 방향으로 흔들려 간다

푸르른 바다와 거리거리를
설움 많은 이민열차*의 흐린 창으로
그저 서러이 내다보던 골짝 골짝을
갈 때와 마찬가지로
헐벗은 채 돌아오는 이 사람들과
마찬가지로 헐벗은 나요
나라에 기쁜 일 많아

울지를 못하는 함경도 사내

총을 안고 뽈가*의 노래를 부르던
슬라브의 늙은 병정은 잠이 들었나
바람 속을 달리는 화물열차의 지붕 우에
우리 제각기 드러누워
한결같이 쳐다보는 하나씩의 별

(1945) (『자유신문』, 1945. 12. 3.) (『민주주의』, 1946. 8.)

그리움

눈이 오는가 북쪽엔
함박눈 쏟아져 내리는가

험한 벼랑을 굽이굽이 돌아간
백무선* 철길 우에
느릿느릿 밤새어 달리는
화물차의 검은 지붕에

연달린 산과 산 사이
너를 남기고 온
작은 마을에도 복된 눈 내리는가

잉큿병 얼어드는 이러한 밤에
어쩌자고 잠을 깨어
그리운 곳 차마 그리운 곳

눈이 오는가 북쪽엔
함박눈 쏟아져 내리는가

(1945) (『협동』, 1947. 2.)

하늘만 곱구나

집도 많은 집도 많은 남대문턱 움 속에서 두 손 오그려 혹혹 입김 불며 이따금씩 쳐다보는 하늘이사 아마 하늘이기 혼자만 곱구나

거북네는 만주서 왔단다 두터운 얼음장과 거센 바람 속을 세월은 흘러 거북이는 만주서 나고 할배는 만주에 묻히고 세월이 무심찮아 봄을 본다고 쫓겨서 울면서 가던 길 돌아왔단다

띠팡*을 떠날 때 강을 건늘 때 조선으로 돌아가면 빼앗겼던 땅에서 농사지으며 가 갸 거 겨 배운다더니 조선으로 돌아와도 집도 고향도 없고

거북이는 배추 꼬리를 씹으며 달디달구나 배추 꼬리를 씹으며 꺼무테테한 아배의 얼굴을 바라보면서 배추 꼬리를 씹으며 거북이는 무엇을 생각하누

첫눈 이미 내리고 이윽고 새해가 온다는데 집도 많은 집도 많은 남대문턱 움 속에서 이따금씩 쳐다보는 하늘이사 아마 하늘이기 혼자만 곱구나

(『개벽』, 1948. 1.)

• 1946년 12월 전재동포 구제 '시의 밤' 낭독시.

나라에 슬픔 있을 때

자유의 적 꼬레이어*를 물리치고저
끝끝내 호을로 일어선 다뷔데*는 소년이었다
손아귀에 감기는 단 한 개의 돌멩이와
팔맷줄 둘러메고
원수를 향해 사나운 짐승처럼 내달린
다뷔데는 이스라엘의 소년이었다

나라에 또다시 슬픔이 있어
떨리는 손등에 볼타구니에 이마에
싸락눈 함부로 휘날리고 바람 매짜고
피가 흘러
숨은 골목 어디선가 성낸 사람들
동포끼리 옳잖은 피가 흘러
제마다의 가슴에 또다시 쏟아져 내리는
어둠을 헤치며
생각는 것은 다만 다뷔데

이미 아무것도 갖지 못한 우리
일제히 시장한 허리를 졸라맨 여러 가지의
띠를 풀어 탄탄히 돌을 감자
나아가자 원수를 향해 우리 나아가자
단 하나씩의 돌멩일지라도 틀림없는

꼬레이어의 이마에 던지자

(1945. 12.) (『신문학』, 1946. 4.)

월계는 피어
― 선진수 동무의 영전에

숨 가빠 쳐다보는 하늘에
먹구름 뭉게치는* 그러한 때에도
너와 나와 너와 나와
마음속 월계는 함빡 피어

꽃이팔 꽃이팔 캄캄한 강물을 저어간 꽃이팔

산성을 돌아
쌓이고 쌓인 슬픔을 돌아
너의 상여는 아득한 옛으로
돌아가는 화려한 날에

다시는 쥐어 못 볼 손이었던가
휘정휘정 지나쳐버린
어느 골목엔가 월계는 피어

(1946) (『생활문화』, 1946. 2.)

흙

애비도 종 할애비도 종 한뉘 허리 굽히고 드나들던 토막 기울어진 흙벽에 쭝그리고* 기대앉은 저 아해는 발가숭이 발가숭이 아이의 살결은 흙인 듯 검붉다

덩쿨 우거진 어느 골짜구니를 맑고 찬 새암물 돌돌 가느다랗게 흐르는가 나비사 이미 날지 않고 오랜 나무 마디마디에 휘휘 감돌아 맺힌 고운 무늬 모냥 버섯은 그늘에만 그늘마다 피어

잠자듯 어슴프레히* 저놈의 소가 항시 바라보는 것은 하늘이 높디 높다란 푸른 하늘이 아니라 분질러*놓은 수레바퀴가 아니라 흙이다 검붉은 흙이다

(『경향신문』, 1946. 12. 5.)

거리에서

아무렇게 겪어온 세월일지라도 혹은 무방하여라 숨 맥혀라 숨 맥혀라 잔바람 불어오거나 구름 한 포기 흘러가는 게 아니라 어디서 누가 우느냐

누가 목메어 우느냐 너도 너도 너도 피 터진 발꿈치 피 터진 발꿈치로 다시 한번 힘 모두어* 땅을 차자 그러나 서울이어 거리마다 골목마다 이마에 팔을 얹는 어진 사람들

눈보라여 비바람이어 성낸 물결이어 이제 휩쓸어 오는가 불이어 불길이어 노한 청춘과 함께 이제 어깨를 일으키는가

우리 조그마한 고향 하나와 우리 조그마한 인민의 나라와 오래인 세월 너무나 서러웁던 동무들 차마 그리워 우리 다만 앞을 향하여 뉘우침 아예 없어라

(『신천지』, 1946. 12.)

빗발 속에서

대회는 끝났다 줄기찬 빗발이어 빗발치는 생명이라

문화공작대*로 갔다가 춘천에서 강릉서 돌팔매를 맞고 돌아온 젊
은 시인 상훈*도 진식*이도 기운 좋구나 우리 모다 깍지 끼고 산마루
를 차고 돌며 목 놓아 부르는 것 싸움의 노래

흩어지는 게 아니라 어둠 속 일어서는 조국이 있어 어둠을 밀고
일어선 어깨들은 어깨마다 미움을 물리치기에 천만 채찍을 참아왔
거니

모다 억울한 사람 속에서 자유를 부르짖는 고함 소리와 한결같이
일어나는 박수 속에서 몇 번이고 그저 눈시울이 뜨거웠을 아내는 젖
멕이를 업고 지금쯤 어딜루 해서 산길을 내려가는 것일까

대회는 끝났다 줄기찬 빗발이어 승리가 약속된 제마다의 가슴엔
언제까지나 싸움의 노래를 남기고

(1947. 7. 27.) (『신세대』, 1948. 1.)

유정에게

요전 추위에 얼었나 보다 손등이 유달리 부은 선혜란 년도 입은 채로 소원이 발가락 안 나가는 신발이요 소원이 털모자인 창이란 놈도 입은 채로 잠이 들었다

겨울엔 역시 엉뎅이가 뜨뜻해야 제일이니 뭐니 하다가도 옥에 갇힌 네게 비기면 못 견딜 게 있느냐고 하면서 너에게 차입할 것을 늦도록 손질하던 아내도 인젠 잠이 들었다

머리맡에 접어놓은 군대 담요와 되도록 크게 말은 솜버선이며 고리짝을 뒤저거렸자* 쓸 만한 건 통 없었구나 무척 헐게* 입은 속내복을 나는 다시 한번 어루만지자 오래간만에 들른 우리집 문마다 몹시도 조심스러운데

이윽고 통행금지 시간이 지나면 창의 어미는 이 내복 꾸레미를 안고 나서야 한다 바람을 뚫고 바람을 뚫고 조국을 대신하여 네가 있는 서대문 밖으로 나가야 한다

(1947. 12.)

• 『리용악 시선집』에서 「아우에게」로 개제함.

용악과 용악의 예술藝術에 대하여

　인젠 용악도 나도 서른다섯 해나 지내왔건만 이럭저럭 흘러간 세월 속에서 어떤 이름은 며칠 몇몇 해 부르며 불리우며 하다 사라졌는데, 나의 변두리에서 애초부텀 항시 애오라지 이처럼 애착을 느끼게 하는 이름이 또 있을까?

　용악! 용악이란 시詩로써 알게 된 것도 아니고 섬터서 사귄 것도 아닌 줄은 구태여 말할 나위도 없지만, 오히려 우리가 서로서로 이름도 옮겨 부르질 못하던 아주 적먹이 때부터 낯익은 얼굴이다.

　행幸인지 불행不幸인지 젖먹이 때 우리는 방랑放浪하는 아비어미의 등곬에서 시달리며 무서운 국경國境 너머 우라지오 바다며 아라사 벌판을 달리는 이즈보즈의 마차에, 트로이카에 흔들리어서 갔던 일이며, 이윽고 모도다 홀어미의 손에서 자라올 때 그림 즐기던 용악의 형의 아구릿파*랑 세네카*랑 숱한 뎃상을 붙인 방에서 밤낮으로 얼굴을 맞대고 있었던 일이며, 날더러 간다*—를 그려달라고 해서 그것을 바람벽에 붙여놓고 그 앞에서 침울한 표정을 해가며 글 쓰던 용악 소년의 얼굴이 지금도 눈에 선하다.

　그 뒤 섬트기 시작하여 일본日本으로 북간도北間島로 헤어졌다 만났다 하며 공부하고 방랑하는 새 용악은 어느 틈에 벌써 『분수령分水

嶺』『낡은 집』이란 시집詩集을 들고 노래 불렀던 것이다.

실상 이렇게 노래 부르기까지, 아니 부르면서 용악은 아주 낭떠러진 지층地層과 같은 이루 말할 수 없는 거센 세파世波에 들볶이면서 그 속에서 시를 썼던 것이다. 이것은 용악이 아니면 할 수 없는 생활生活이었고, 이러한 생활이 또한 그가 시를 생산生産하는 저수지貯水池였던 것이라 할까.

그러기에 용악의 초기『분수령』『낡은 집』시대의 그 예술藝術은 부질없는 어떤 예술에의 동경憧憬이나 혹은 동정同情으로 머릿속에서, 책상册床 위에서 만들어낸 수사修辭라든지 값싼 개성個性의 안일무사安逸無事한 색소色素에서 억지로 짜낸 것도 아니고, 기이奇異한 외래시外來詩의 의식적意識的·무의식적無意識的 감염感染의 영역領域에서 우러난 경인구警人句도 아니었다. 지금도 내 머릿속에서 빙빙 돌고 있는「북쪽」「풀버렛 소리 가득 차 있었다」「낡은 집」「두만강 너 우리의 강아」등 거긴 불행히, 억울히 그와 그들의 들어박히운 지층, 오직 그들만이 지닌 때[垢] 내음새와도 같은 것, 방랑에서 오는 허황한 것, 유맹流氓에의 애수哀愁, 이러한 못 견디게 어쩔 수 없는 것이 아브노-말abnormal한 수법手法으로, 소박素朴한 타잎으로 노현露現되었던 것인가 한다.

첫 시집『분수령』이 아마 1937년인가에 나왔고, 그 이듬해엔가『낡은 집』도 동경東京에서 출판되었으니, 십수十數 년 전 일인데 그땐 조선시朝鮮詩가, 번역된 이질적異質的인 외국시外國詩의 수화불량消化不良의 영역에서 무익無益한 리리크가 아니면 예술지상藝術至上의 퇴폐頹廢한 리리시즘적인 것이 아니었던가 한다. 이러한 시기時期에 우리, 아니 모든 유맹들이 유랑流浪하던 이러한 사회상社會相을 배경背景으로 하는 올바른 내용內容을 가진 노래를 소박하게 부를 수 있었다는 것은 어찌 용악의 자랑인 동시 우리 조선시의 자랑이 아닐 수 있으랴.

『낡은 집』을 낸 뒤 얼마 안 되어 그 지루한 학생모學生帽를 벗어 팽개친 용악은 서울에 나타났던 것이다. 그때도 역시 혹독酷毒한 생활고生活苦에 허덕지덕한 그는 잡지편집실雜誌編輯室, 다 떨어진 쏘파 혹은 지하실地下室을 방房 대신 쓰고 있던 일을 기억한다.

일제日帝의 야수적野獸的인 살육殺戮이 날로 우리 문화면文化面에도 그 독아毒牙를 뻗칠 때, 방황彷徨하던 시인詩人들은 더러는 다방茶房 같은 데 모여 원고지原稿紙를 감아쥐고 열적은 생각들을 토로吐露하며 날을 보내던 이러한 절망絕望 속에서 용악은 이런 다방에도 잘 나타나질 않고, 으레 어스름 저녁때면 종로鍾路 네거리를 초조히 서성거리다가 밤 깊으도록

　　다시 만나면 알아 못 볼
　　사람들끼리
　　비웃이 타는 데서
　　타래곱과 도루모기와
　　피 터진 닭의 볏 찌르르 타는
　　아스라한 연기 속에서
　　목이랑 껴안고
　　웃음으로 웃음으로 헤어져야
　　마음 편쿠나
　　슬픈 사람들끼리

　　　　　　　　　　　　　　　—「슬픈 사람들끼리」 전문

이렇게 노래 부르며 취하여 헤매는 것이었다.

그렇게 고래가 되어 가다가도 신문新聞·잡지雜誌에 발표한 시를 보면 깜짝 놀랄 만치 주옥珠玉같은 맑은 것을 내놓았던 것이다.

이 시대 ─ 1939년부터 1942년, 즉 단말마斷末魔적 일제의 우리 문화말살文化抹殺로 붓을 꺾고 시골로 내려갔던 해까지의, 말하자면 『오랑캐꽃』 시절의 용악의 시는 역시 서울에 있어서 그런지 『분수령』 시절의 무뚝뚝한, 박력迫力 있는 소박한 맛은 없어지고 구슬같이 다듬어낸 것이었으나, 거긴 우리의 사회생활社會生活의 질곡桎梏 속에서 아주 특색特色 있는 특징적特徵的인 측면側面으로 그 시대時代의 우리, 아니 이 땅 인민人民들이 무한히 공감共感한 전형적典型的인 비분애수悲憤哀愁를 일층 더 심화深化한 경지境地에서 솜씨 있게 형상화形象化하였다고 보아진다.

끝끝내 그는 낙향落鄕을 하였는데, 거긴들 무사하랴. 으레 끄을려 간 곳은 유치장留置場이었다. 버언한* 날이 있을 수 없었던 용악은 "희망과 같은 그러한 것이 가슴에 싹트는 그러한 밤이면 무슨 즘생처럼 우는 뱃고동을 들으며 바다로 보이지 않는 바다로 휘정휘정 내려가는 것이요"(「항구에서」), 이렇게 함분축원含憤蓄怨의 절망 속에서 노래하며 아주 붓은 꺾었던 것이다.

*

해방解放이 왔다. 들볶이던 모든 것이 일제히 몸부림칠 때 용악이 어찌 그대로 있었으랴. 욕되게 살던 그 서울이 그리워 그리워 "눈보라 치기 전에 고향으로 돌아간다는/남두 사람들과/북어 쪼가리 초담배 밀가루 떡이랑/나눠서 요기하며" "총을 안고 뽈가의 노래를 부르던/슬라브의 늙은 병정"과 함께 "바람 속을 달리는 화물열차의 지붕 우에/우리 제각기 드러누워/한결같이 쳐다보는 하나씩의 별"(「하나씩의 별」)이라고 노래 부르며 서울에 왔던 것이다.

이 노래로써 용악의 아니 우리의 방랑의 애수哀愁는 한결같이 끝이

나야 할 것이었다. 그러곤 우렁찬 건국建國의 대공사장大工事場에 뛰어들어가서 모도다 얼싸안고 웃음으로 웃음으로 푸르른 하늘 아래서 일하게 될 것으로 알았던 것이 우리 눈앞에는 뜻하지 않던, 너무나 삼악한 현실現實이 가로놓였던 것이다.

우리와 우리의 시는 또다시 먹구름 속 만신창흔滿身瘡痕이 되어 형극荊棘의 길을 걷게 되었던 것이다.

여기서 예나 이제나 정의감正義感에 불타던 용악의 시가 무한無限한 분노憤怒와 무수無數한 상처傷處와 창흔瘡痕을 통탄痛歎하다시피 노래 불렀다는 것은 용악으로서 당연當然하다 하기보담 그것은 우리의 통탄이요, 모든 인민들이 가진 바 통탄이었다.

그리하여 용악은 해방 후도 첩첩이 쌓인 먹구름 속 푸르른 하늘을 찾으며 「노한 눈들」 「다시 오월에의 노래」 「빗발 속에서」 「기관구에서」 등 시에서 오늘날 지상地上 수두룩한 나라와 민족民族 속에서 그 어느 곳에서두 볼 수 없는 오직 우리나라 인민들만이 지니고 있는 비범非凡한 전형적典型的인 비분悲憤과 분노와 원한怨恨을, 심각深刻한 상경狀景을 생생生生하게 발랄潑剌하게 노래 불러서 우리 시의 최고봉最高峰을 이루어놓은 것이다.

*

실상 해방 후의 용악의 시의 전모全貌는 이 시집 외 따로 한 권으로 상재上梓될 것이니 그때 이야기할 기회가 있겠지만, 나는 이렇게 생각해보기도 한다.

초기 『분수령』 『낡은 집』 시절의 소박한 박력은 다음 『오랑캐꽃』에선 없어지고, 『오랑캐꽃』 시절은 언어를 아주 알뜰히 다듬어서 내용의 사상성思想性보담도 응결凝結된 언어言語의 말 그 자체自體의 색

소적色素的 · 음향적音響的인 뉴앙스에서 오는 매혹적魅惑的인 포에지의 코스모스가 아닌가 한다.

　해방 후의 용악의 시를 흔히들 내용은 새로우나 형식形式이 낡다고들 하는데 나는 그렇게 아니 봐진다. 모두들 즐기던 저「오월에의 노래」는 해방 후에 썼으나 시로선「오랑캐꽃」시절의 작품 범주에 들 것이라고 본다.「노한 눈들」「유정에게」「다시 오월에의 노래」「기관구에서」, 이런 시에서 용악의 새로운 타이프와 용악의 예술의 방향方向을 충분히 바라볼 수 있을 것이다.

1948년 12월

이수형*

(『이용악집—현대시인전집 제1권』, 농지사, 1949)

제5부

38도에서
―미수록작 모음

패배자敗北者의 소원所願

실직失職한 '마도로스'와도 같이
힘없이 걸음을 멈췄다
— 이 몸은 이역異域의 황혼黃昏을 등에 진
빨간 심장心臟조차 빼앗긴 나어린 패배자(?) —

천사당天使堂의 종소래!
한 줄기 애수哀愁를
테—ㅇ 빈 내 가슴에 꼭 찔러놓고
보이얀 고개[丘]를 추웁게 넘는다
— 내가 미래未來에 넘어야 될……

나는 두 손을 합슴쳐 쥐고
발광發狂한 천문학자天文學者처럼
밤하늘을
오래— 오래 치어다본다

파—라 별들의
아름다운 코—라스!
우주宇宙의 질서秩序를
모기[蛾] 소리보다도 더 가늘게 속삭인다

저— 별들만이 알어줄

내 마음!
피 묻은 발자죽!

오—
이 몸도 별이 되어
내 맘의 발자죽을

하이얀 대리석大理石에 은銀끌로 조각彫刻하면서
저— 하늘 끝까지 흐르고 싶어라
—이 세상世上 누구의 눈에도 보이잖는 곳까지……

—억형億兄께 내 맘의 일편一片을

(『신인문학』, 1935. 3.)

애소哀訴·유언遺言

톡…… 톡 외마디소리— 단말마斷末魔(?)의 호흡呼吸……
아직도 나를 못 믿어하니 어떻게 하란 말이냐

화석化石된 요부妖婦와도 같은
무거운 침묵沈黙을 지켜온 지도 이미 삼 년三年!
── 내 머리 우에는
무르녹이는 회귀선回歸線의 태양太陽도 있었고
살을 에이는 광야曠野의 태풍颱風도 아우성쳤거늘……

팔다리는
천리해풍千里海風을 넘어온 백구白鷗*의 그것같이 말렀고
아편阿片쟁이처럼 창백蒼白한 얼굴에
새벽별같이 빛을 잃은 눈동자만 오락가락……
그래도 나는 때를 기다렸더란다

석양夕陽에 하소하는 파리한 낙엽落葉
북극권北極圈 넘나드는 백웅白熊의 가슴인들
오늘의 내처럼이야 인정人情의 윤락淪落을 느낄소냐
허덕이는 심장心臟이 창공蒼空에 피를 뿜고— 다 토吐한 뒤
내 가슴속은 까─만 숯[炭]덩이로 변變하리라
영영 못 믿을 것이면 차라리 죽여라도 다고 빨리─

죽은 뒤에나 해당화海棠花 피는 동해안東海岸에 묻어주렴?
그렇게도 못하겠으면
백양白楊나무 빨간 불에 화장火葬해서
보기 싫은 기억記憶의 해골骸骨을 모조리 쓸어 넣어라
— 대지大地가 두텁게 얼기 시작始作할 때 노랑 잔디 밑에……

에—
내가 이 세상世上에 살아 있는 한限 영원永遠한 고민苦悶이려니……

— 병상일기病床日記에서

(『신인문학』, 1935. 4.)

너는 왜 울고 있느냐

'포플라' 숲이 푸르고 때는 봄!
너는 왜 울고 있느냐
또……

진달래도 하늘을 향하여 미소微笑하거늘
우리도 먼— 하늘을 쳐다봐야 되지 않겠나?
묵은 비애悲哀의 철쇄鐵鎖를 끊어버리자……

그 사람이 우리 마음 알 때도 이제 올 것을……
너는 왜 울고 있느냐
매아미는
이슬이 말러야 세상世相을 안다고……
어서 눈물을 씻어라

울면은 무엇해?

'포플라' 숲으로 가자!
잃었던 노래를 찾으려……

(『신가정』, 1935. 7.)

임금원林檎園의 오후午後

정열情熱이 익어가는 임금원林檎園*에는
너그러운 향기香氣 그윽히 피어오르다

하늘이 맑고 임금林檎의 표정表情
더욱 천진天眞해지는 오후午後
길 가는 초동樵童의 수집은 노래를
품에 맞어들이다

나무와 나무에 방울진 정열의 사도使徒
너희들이 곁에 있는 한限—있기를 맹세하는 한
영혼靈魂의 영토領土에 비애悲哀가
침입侵入해서는 안 될 것을 믿다

오—
임금林檎나무 회색灰色 그늘 밑에
'창백蒼白한 울분鬱憤'의 매장처埋葬處를 가지고 싶어라

—1935, 경성鏡城에 돌아와서

(『조선일보』, 1935. 9. 14.)

북국北國의 가을

물개고리 소리 땅 깊이 파묻은 뒤
이슬 맞은 성城돌이
차듸―찬 사색思索에 눌리기 시작하면

녹색綠色의 미소微笑를 잃은 포풀라 잎들
가보지 못한 남국南國을 동경憧憬하는데

멀구알이 씨들어갈 때
북국北國 아가씨는
차라리 '고독孤獨한 길손' 되기를 소원한다

(『조선일보』, 1935. 9. 26.)

오정午正의 시詩

흙냄새 잃은 포도鋪道에
백주白晝의 침울沈鬱이 그림자를 밟고 지나간다

피우든 담배 꽁다리*를
'아스팔트' 등에 뿌려 던지고
발꾸락이 나간 구두로 꼭 드딘 채
걸음을 멈추었나니

내 생활生活에
언제부터 복잡複雜한 선線이 침입侵入했노?— 하고
부질없는 마음의 잔편殘片을
깨물어바리고저 할 때

오정午正을 고告하는 '싸이렌' 소리
도시都市 골목골목을 나즉히 배회徘徊하다

(『조선중앙일보』, 1935. 11. 8.)

무숙자 無宿者

오스속 몸살이 난다

지리支離한 봄비 구슬피 나리는 거리를
정처定處 없이 거나리는 이 몸!
도회都會의 밤은
이욕利慾도―
영예榮譽도―
여자女子도―
다― 소용所用없다는 듯 점점 깊어가는데

밤을 평화平和의 상징象徵이라 찬미讚美한 자者 누구뇨?
만물萬物은 명일明日의 투쟁鬪爭에 제공提供할 '에너기'―를
회복回復하기 위爲해서의 휴식休息을 취하고 있음을―

나는 하룻밤의 숙소宿訴 찾기를 벌써 단념斷念했다
쓰레기통에서 나온 빗자루같이 보잘것없는 몸을
반가이 맞어줄 사람도 없으려니와

나는 왜 이렇게까지 되고야 말었담?
'삘딩'의 유리창窓아―
포도鋪道의 '아스팔트'야―
너희들의 예민銳敏한 이지理智도

불타고 재 남은(?) 내 가슴속을 알 길은 없으리라
아— 생각만 해도 소름이 끼치는 기억記憶이여!

삶의 전선戰線을 패퇴敗退하기도 전前에
치명致命의 상처傷處를 받은 자!
내 머릿속은 새파랗게 녹슨 구리쇠[銅]를
잔뜩 쓸어넣은 듯이 테—ㅇ……

정향定向 없는 무숙無宿의 보조步調—
사형죄수死刑罪囚의 눈알같이
흐밋한 가로등街路燈 밑을 비틀비틀 거나린다
그래도 빛을 따라간다
새 힘을 얻으려—

(『신인문학』, 1935. 12.)

다방茶房

바다 없는 항해航海에 피곤한
무리들 모여드는
다방茶房은 거리의 항구港口……

남다른 하소를 미연未然에 감추려는
여인女人의 웃음 끔쯕히 믿엄직하고
으스러히 잠든 등燈불은
미구未久의 세기世紀를 설계設計하는
책사策士?

주머니를 턴
커피 한 잔에
고달픔 사고思考를 지지支持하는
……
……나……너……
휴식休息에 주린 동지同志여
오라!!
유연柔軟히 조화調和된 분위기雰圍氣 속에서
기약期約 없는 여정旅程을 잠깐
반성反省해보자꾸나

(『조선중앙일보』, 1936. 1. 17.)

우리를 실은 배 부두埠頭를 떠난다

해 넘는 령嶺이 붉은 하늘을 맞이하자
항구港口의 파묵波默은
더욱 굵직한 선線을 끄으고* 있다

독크를 오르나리는
수부水夫의 보조步調에 맞추어
곡曲만 아는 집씨―의 노래를 속으로 불러본다

남달리
백색白色 테―푸*만 여덟 개 사온 친구의 뜻을
옳다는 듯이 아니라는 듯이 해부解剖해보는 마음
………?………!………?………

오― 대담大膽한 출범신호出帆信號
젊은 가슴을 고동鼓動시키는 우렁한 기적汽笛
우리를 실은 배 다― 잊으라는 듯이 부두埠頭를 떠난다

(『신인문학』, 1936. 3.)

• '편파월(片破月)'이라는 필명으로 발표.

오월五月

머―르다
종다리 새 삶을 즐겨하는 곳―
내 바라보는 곳

처녀處女의 젖꼭지처럼 파묻혀서
여러 봄을 어두웁게 지낸 마음…… 그러나
자라는 보리밭 고랑을 밟고 서서
다사로이 흙냄새를 보듬은 이 순간瞬間
마음은 종달의 환희歡喜에 지지 않고

깨끗이 커가는 오월五月을 깊이 감각感覺할 때
계집스런 우울憂鬱은 암소의 울음처럼 사라지고
저― 지평地平과 지평에 넘쳐흐르는 녹색綠色을
오로지 소유所有할 수 있는 나!

나는 오월의 수염 없는 입술을
여인女人의 기약期約보다도 더 살틀히 간직해주려니
오월은 내 품에 영원永遠하여라

(『낭만』, 1936. 11.)

어둠에 젖어

마음은 피어
포기 포기 어둠에 젖어

이 밤
호을로 타는 촛불을 거느리고

어느 벌판에로 가리
어른거리는 모습마다
검은 머리 향그러히 검은 머리
가슴을 덮고 숨고 마는데

병들어 벗도 없는 고을에
눈은 내리고
멀리서 철길이 운다

(『조선일보』, 1940. 2. 10.)

술에 잠긴 쎈트헤레나

타올라 빛 빛 타올라
내사 흩어진다
서글피 흔들리는 흔들리며 꺼지는 등불과 등불

돌다리래두 있으면 돌층계를 기어내려
짚이랑 모아 불 지르고 어두워지리
흙인 듯 어두워지면 나의 가슴엔 설레이는 구름도
구름을 헤치고 솟으려는 소리개도 없으리

멀리 가차히 사람은 사람마다 비틀거리고
나의 쎈트헤레나는 술에 잠겨
나어린 병정이
머리 숙이고 쑥스러히* 옆을 스친다

(『인문평론』, 1940. 4.)

바람 속에서
— 나와 함께 어머님의 아들이던 당신 뽀구라니 – 츠나야의 길바닥에
  엎디어 길이 돌아가신 나의 형이여

몰아치는 바람을 안고 어디루 가면
눈길을 밟어 어디루 향하면
당신을 뵈올 수 있습니까

성 굽이나 어득꾸레한 술가가*나
어디서나
당신을 만나면 당신 가슴에서 나는
슬프디슬픈 밤을 나눠드리겠습니다

멀리서래두 손을 저어주십시요

아편에 부은 당신은 얼음장에 볼을 붙이고
얼음장과 똑같이 식어갈 때
기어 기어서 일어서고저 땅을 허비어도
당신을 싸고 영원한 어둠이 내려앉을 때

그곳 뽀구라니 – 츠나야*의 밤이
꺼지는 나그네의 두 눈에
소리 없이 갈앉혀준 것은 무엇이었습니까

당신이 더듬어 간
벌판과 고개와 골짝을 당신의

182

모두가 들어 있다는 조그마한 궤짝만 돌아올 때
당신의 상여 비인 상여가
바닷가로 바닷가로 바삐 걸어갈 때

당신은 어머니의 사랑하는 아들이었을 뿐입니까

타다 남은 나무뿌리도 돌멩이도
내게로 굴러옵니다
없어신 듯한 빛쌀 속에서 당신과 나는
울면서 다시 만나지 않으렵니까

멀리서래두 손을 저어주십시요

(『삼천리』, 1940. 6.)

푸른 한나절

양털 모자 눌러쓰고 돌아오신 게 마즈막 길
검은 기선은 다시 실어주지 않았다
외할머니 큰아버지랑 계신 아라사를 못 잊어
술을 기울이면 노 외로운 아버지였다

영영 돌아가신 아버지의 외롬이
가슴에 옴츠리고 떠나지 않는 것은 나의 슬픔
물풀* 새이새일 헤여가는* 휘황한 꿈에도
나는 두려운 아이 몸소 귀뿌리를 돌린다

잠시 담배 연길 잊어버린
푸른 한나절

거세인 파도 물머리마다 물머리 뒤에
아라사도 아버지도 보일 듯이 숨어 나를 부른다
울구퍼도 우지 못한 여러 해를 갈매기야
이 바다에 자유롭자

(『여성』, 1940. 8.)

슬픈 일 많으면

캄캄한 다릿목에서
너를야 기대릴까

모두 어질게 사는 나라래서
슬픈 일 많으면 부끄러운 부끄러운 나라래서
휘정휘정 물러갈 곳 있어야겠구나

스사로*의 냄새에 취해 꺼꾸러지려는
어둠 속 괴이한 썩달나무엔
까마귀 까치 떼 울지도 않고 날러든다

이제 험한 산ㅅ발이 등을 일으키리라
보리밭 사이 노랑꽃 노랑꽃 배추밭 사잇길로
사뿟이* 오너라 나의 사람아

내게 밟힌 것은 벌렌들 고운 나빈들
오ー래 서서 너를야 기대릴까

(『문장』, 1940. 11.)

눈보라의 고향

휘몰아치는 눈보라 속
우중충한 술집에선
낡은 장명등을 위태로이 내어걸고
어디선가 소리쳐 우는 아해들

험난한 북으로의 길은
이곳에 이르러 끝나야 하겠습니다
고향이올시다 아버지도 형도 그리고 나도
젊어서 떠나버린 고향이올시다

애끼고* 애껴야 할 것에 눈떠
나의 손과 너의 손을 맞잡으면
이마에 흘러내리는
검은 머리카락이 얼마나 자랑스럽습니까

오—래 감췄든 유리병을 깨뜨려
독한 약이 꽃답게 흩어진 얼음 우에
붉은 장미가 피어납니다

눈보라 속
눈보라 속 굳게 닫힌 성문을
뿔로 걷는 사슴이 있어

(『매일신보』, 1940. 12. 26.)

• 원제 「눈보라의 고향─세한시초(歲寒詩抄) 1」.

눈 나리는 거리에서

휘몰아치는 눈보라를 헤치고
오히려 빛나는 밤을 헤치고
내가 거니는 길은 어느 곳에 이를지라도
뱃머리에 부딪쳐 둘로 갈라지는 파도 소리요
나의 귓속을 지켜 길이 사라지지 않는 것
만세요 만세소리요

단 한 번 정의의 나래를 펴기에
우리는 얼마나 많은 세월을 참아왔습니까

이제 오랜 치욕과 사슬은 끊어지고
잠들었던 우리의 바다가 등을 일으켜
동양의 창문에 참다운 새벽이 동트는 것이요
승리요
적을 향해 다만 앞을 향해
아세아의 아들들이 뭉쳐서 나아가는 곳
승리의 길이 있을 뿐이요

머리 위 어깨 위 내려 내려서 쌓이는
하아얀 눈을 차라리 털지도 않고
호올로 받들기엔 너무나 무거운 감격을 나누기 위하여
누구의 손일지라도

나는 정을 다하여 굳게 쥐고 싶습니다

(『조광』, 1942. 3.)

거울 속에서

푸른 잉크를 나의 얼굴에 뿌려
이름 모를 섬들을 찾어보지 않으려느냐
먼 참으로 머언 남쪽 바다에선
우리 편이 자꾸만 이긴다는데

두메에 나 두메에서 자란
눈이 맑어 귀여운 아히야
나는 서울 살다 온 사람이래서 얼굴이 하이얄까

석유 등잔이 흔들리는 낡은 거울 속에서
너와 나와 가주란히* 듣는 바람 소리에 당나귀 우는데
웃으면서

(『매신사진순보』, 1942. 4. 21.)

북으로 간다

아끼다*에서 온다는 사람들과
쟈무스로 간다는 사람들과
귤이며 콩이랑 정답게 나눠 먹으면서
북으로 간다

싱가폴 떨어진 이야기*를 하면서
밤내
북으로 간다

(『매신사진순보』, 1942. 5. 11.)

38도에서

누가 우리의 가슴에 함부로 금을 그어 강물이
검푸른 강물이 굽이쳐 흐르느냐
모두들 국경이라고 부르는 38도에 날은
저물어 구름이 모여

물리치면 산산* 흩어졌다도
몇 번이고 다시 뭉쳐선
고향으로 통하는 단 하나의 길
　철교를 향해
　철교를 향해
　떼를 지어 나아가는
　피난민들의 행렬

──야폰스키*가 아니요 우리는
거린채*요 거리인채
한 달두 더 걸려 만주서 왔단다
땀으로 피로 지은 벼도 수수도
죄다 바리고 쫓겨서 왔단다
이 사람들의 눈 좀 보라요
이 사람들의 입술 좀 보라요

──야폰스키가 아니요 우리는

거린채요 거리인채

그러나 또다시 화약이 튀어
제마다의 귀뿌리를 총알이 스쳐
또다시 흩어지는 피난민들의 행렬

나는 지금
표도 팔지 않는 낡은 정거장과
꼼빈탄트와 인민위원회와
새로 생긴 주막들이 모아 앉은
죄그마한 거리 가까운 언덕길에서
시장기에 흐려가는 하늘을 우러러
바삐 와야 할 밤을 기대려

모두들 국경이라고 부르는 38도에
어둠이 내리면 강물에 들어서자
정갱이로 허리로 배꼽*으로 모가지로
마구 헤치고 나아가자
우리의 가슴에 함부로 금을 그어
굽이쳐 흐르는 강물을 헤치자

(『신조선보』, 1945. 12. 12.)

기관구機關區에서
— 남조선 철도파업단*에 드리는 노래

핏발이 섰다 집마다 지붕 위 저리 산마다 산머리 위에 헐벗고 굶주
린 사람들의 핏발이 섰다

누구를 위한 철도냐 누구를 위해 동트는 새벽이었나 멈춰라 어둠
을 뚫고 불을 뿜으며 달려온 우리의 기관차 이제 또한 우리를 좀먹는
놈들의 창고와 창고 사이에만 늘여놓은 철길이라면 차라리 우리의
가슴에 안해와 어린것들 가슴팍에 무거운 바퀴를 굴리자

피로써 물으리라 우리의 것을 우리에게 돌리라고 요구했을 뿐이다
생명의 마지막 끄나푸리를 요구했을 뿐이다

그러나 아느냐 동포여 우리에게 총부리를 겨누고 다가서는 틀림없
는 동포여 자욱마다 절그렁거리는 사슬에서 너이들까지 완전히 풀어
놓고저 인민의 앞재비 젊은 전사들은 원수와 함께 나란히 선 너이들
앞에 일어섰거니

강철이다 쓰러진 어느 동무의 소리가 바람결에 들릴지라도 귀를
모아 천 길 일어설 강철 기둥이다

며칠째이냐 농성한 기관구 테두리를 지키고 선 전사들이어 불 꺼
진 기관차를 끼고 옳소 옳소 외치며 박수하는 똑같이 기름 배인 손들
이어 교대 시간이 오면 두 눈 부릅뜨고 일선으로 나아갈 전사 함마*

며 피켈*을 탄탄히 쥔 채 철길을 베고 곤히 잠든 동무들이어

핏발이 섰다 집마다 지붕 위 저리 산마다 산머리 우에 억울한 모든
사람들이 우리의 승리를 약속하는 핏발이 섰다

(1946. 9.) (『문학』, 1947. 2.)

다시 오월에의 노래
— 반동 테러에 쓰러진 최재록崔在祿 군의 상여를 보내면서

쏟아지라 오월이어 푸르른 하늘이어 마구 쏟아져 내리라

오늘도 젊은이의 상여는 훨훨 날리는 앙장*도 없이 대대로 마지막
길엔 덮어 보내야 덜 슬프던 개우*도 제쳐버리고 다만 조선민주청년
동맹 깃발로 가슴을 싸고 민주 청년들 어깨에 메여 영원한 청춘 속을
어찌하야 항쟁의 노래 한마디도 애곡도 없이 지나가는 거리에

실상 너무나 많은 동무들을 보내었구나 "쌀을 달라" 일제히 기관
차를 멈추고 농성한 기관구에서 영등포에서 대구나 광주 같은 데서
옥에서 밭고랑에서 남대문턱에서 그리고 저 시체는 문수암* 가차이
낭떠러진 바위틈에서

그러나 누가 울긴들 했느냐 낫과 호미와 갈쿠리와 삽과 괭이와 불
이라 불이라 불이라 에미네도 애비도 자식 놈도…… "정권을 인민위
원회에 넘기라" 한결같이 일어선 시월은 자랑이기에 이름 없이 간
너무나 많은 동무들로 하야 더욱 자랑인 시월은 이름 없이 간 모든
동무들의 이름이기에 시월은 날마다 가슴마다 피어 함께 숨 쉬는 인
민의 준엄한 뜻이기에 뭉게치는 먹구름 속 한 점 트인 푸른 하늘은
너의 길이라 이 고장 인민들이 피 뿌리며 너를 부르며 부딪치고 부딪
쳐 뚫리는 너의 길이라

쏟아지라 오월이어 두터운 벽과 벽 사이 먼지 없는 회관에 꺼무테

테한 유리창으로 노여운 눈들이 똑바루 내려다보는 거리에 푸르른
하늘이어 마구 쏟아져 내리라

(1947. 4.) (『문학』, 1947. 7.)

소원所願

나라여 어서 서라
우리 큰놈이 늘 보구픈 아저씨
유정이도 나와서
토장국 나눠 마시게
나라여 어서 서라
꿈치가 드러난 채
휘정휘정 다니다도 밤마다 잠자리발
가없는*
가난한 시인 산운*이도
맘 놓고 좋은 글 쓸 수 있게
나라여 어서 서라
그리운 이들 너무 많구나
목이랑 껴안고
한 번이사 울어도 보게
좋은 나라여 어서 서라

(『독립신보』, 1948. 1. 1.)

새해에

이가 시리다
이가 시리다

두 발 모두어
서 있는 이 자리가 이대로
나의 조국이거든

설이사 와도 그만 가도 그만인
헐벗은 이 사람들이 이대로
나의 형제거든

말하라 세월이어
이제
그대의 말을 똑바루 하라

(『제일신문』, 1948. 1. 1.)

• '용악(容嶽)'이란 필명으로 발표.

짓밟히는 거리에서

잔바람 불어오거나 구름 한 점 흘러가는 게 아니다 짓밟히는 서울 거리 막다른 골목마다 창백한 이마에 팔을 얹는 어진 사람들

숨 막혀라 어디서 누가 울 수 있느냐

눈보라여 비바람이여 성낸 물결이여 이제 마구 휩쓸어 오는가 불길이여 노한 청춘들과 함께 이제 어깨를 일으키는가

너도 너도 너도 피 터진 발꿈치 피가 터진 발꿈치에 힘을 모두어 다시 한번 땅을 차자 사랑하는 우리의 거리 한복판으로 너도 너도 너도 땅을 구르며 나아가자

─ 1948, 서울에서

─────────

• 『리용악 시선집』 수록 작품.

월북 후 작품

제1부

리용악 시선집

서문

    나의 시가 처음으로 활자화되어 세상에 나간 것은 1935년이었고 처녀 시집 『분수령』이 출판된 것은 1937년이었다. 그러므로 이 선집에 수록한 작품들은 오늘에 이르기까지 20여 년 동안 내가 창작 발표한 중에서 고른 셈인데, 정작 모아놓고 보니 모두 이름 없는 꽃들이며 잡초의 묶음에 지나지 않는다.

    편의상 작품 배열은 다섯으로 구분하였다. 처음에 놓은 「어선 민청호」와 마지막 「평남 관개 시초」는 정전 후 최근까지의 작품 중에서 골랐다. 둘째 번 「우라지오 가까운 항구에서」에 넣은 시들은 주로 『분수령』『낡은 집』『오랑캐꽃』 등 시집에서 추린 것인데 이것은 모두 해방 전 작품들이다(해방 전 시편들 중 연대를 적지 않은 것은 주로 『오랑캐꽃』에 수록되었던 작품으로서 1939년부터 1942년 사이에 창작되었다). 셋째로 「노한 눈들」은 해방 후 서울에서 쓴 작품 중에서 골랐으나 이 시기의 것으로서 「기관구에서」「다시 오월에의 노래」 등 내 깐으로는 비교적 애착이 가는 시편들을 찾아낼 길이 없어 여기 수록하지 못하였다. 넷째 번에 배열한 「원쑤의 가슴팍에 땅크를 굴리자」는 조국해방전쟁 시기의 작품들이다. 각 부를 통하여 더러는 부분적인 수정을 가한 작품들도 있다.

이 선집이 비록 이름 없는 꽃들과 잡초의 묶음으로 엮어지기는 했으나 이것이 바로 나의 반생을 총화하는 것으로 되며 이것을 발판으로 앞으로의 전진이 있어야 한다고 생각할 때 기쁨을 또한 금할 수 없다.

여러 선배, 동료들과 독자 여러분의 끊임없는 편달을 기대하여 마지않는다.

1957년 가을
저자

1. 어선 민청호

봄

산기슭에 띠엄띠엄
새로 자리 잡은 집마다
송진내 상기 가시지 않은
문을 제낀다
햇살에 훨씬 앞서 문을 제낀다

자욱한 안개 속
사람과 함께 소가 움직인다
시퍼런 보습*날이 움직인다
오늘은 일손 바른 살구나무 집
조이밭 갈러 가는 날

귓머리 날리며 개울을 건너
처녀 보잡이* 정례가
바쁜 걸음 멈춘 곳은
춘관 노인네 보리밭머리

농사에사 옛날 법이 제일이라
고집만 부리던 영감님도
정례의 극진한 정성에 웃음 지으며
보름이나 일찍 뿌린 봄보리가
줄지어 돋았다

정례는 문득 생각났다
선참*으로 이 밭을 갈아 제낄 때
품앗이 동무들이 깔깔대며 하던 말
―편지가 왔다더니 기운 내누나
―풍년이 들어야 좋은 사람 온단다

한마디 대꾸도 나오지 않아
자꾸만 발목에 흙이 덮이어
걸음이 안 나가던
수집은 정례

정례는 또 듣는다
파룻파룻한 새싹들이
나직이 속삭이는 소리
―기다리라요
―기다리라요

혹시나 누가
누가 볼세라
저도 모르게 볼을 붉히며
정례는 당황해서 소를 몬다

그러나 누가 모르랴
동부 전선에 용맹 떨친
중기 사수 윤모가
이윽고 돌아올 꽃다운 날엔
정례는 춘관 노인네 둘째 며느리

안개가 걷히기 시작한다
논누렁 오솔길에 둥글소 앞세우고
가슴 벅찬 기쁨 속을
재우* 밟는 종종걸음

누우렇게 익은 보리밭을 지나
마을 장정들이 전선으로 가던 길
전선과 연닿아 끝끝내 승리한 길
까치 고개를 다시 한번 바라보니
햇살이 솟는다

(1954. 4.) (리용악 외, 『서정시 선집』, 조선작가동맹출판사, 1956)

어선 민청호

큰 섬을 지나 작은 섬 굽이
앉으랑 소나무를 우산처럼 펼쳐 쓴
선바위를 바삐 지나
항구로 항구로 들어오는 배

── 민청호다
── 민청호다
누군가 외치는 반가운 소리에
일손 멈춘 순희의 가슴에선
파도가 출렁……

바다를 휩쓸어 울부짖는 폭풍에도
어젯밤 돌아오지 않은 단 한 척
기다리던 배가
풍어기를 날리며 들어온다

밤내 서성거리며 시름겨웁던
숱한 가슴들이 탁 트인다
그러나 애타게 기다리기야 아마
애타게 기다리기야 순희가 으뜸

이랑 이랑 쳐드는 물머리마다

아침 햇살 유난히도 눈부신 저기
마스트*에 기대서서
모자를 흔드는 건 명호 아니냐

분기 계획 끝내는 다음이래야
육지에서 한바탕
장가 잔치 차린다는 저 친군
성미부터 괄괄한 바다의 사내

꼼베아*의 발동은 그만하면 됐으니
순희야 손 한번 저어주려마
방수복에 번쩍이는 고기 비늘이
비단 천 무늬보다 오히려 곱다

평생 봐도 좋은 바다
한결 더 푸른데

뱃전을 스쳐 기폭을 스쳐
수수한 사람들의 어깨를 스쳐
시원시원 춤추는 갈매기 떼 거느리고
바쁘게 바쁘게 민청호가 들어온다

(『조선문학』, 1955. 7.) (리용악 외, 『보통 노동일』, 조선작가동맹출판사, 1956)

어느 반도에서

소낙비

번개 친다
번개 친다
느릅봉을 감아 싼 먹구름 속에서
먹장구름 타래치며 번갯불 튄다

새파랗던 바다를 검은 날개 뒤덮고
꽃단지 애기섬이 삽시간에 사라지고

나직한 언덕 아래 구부렁 길을
아무 일 없는 듯이 천천히 오는 이
육지에서 사흘 자면 멀미가 난다는
반농 반어 조합의 어로반 좌상님

묵직한 그물을 가볍게 둘러멘 채
멈춰 선 노인님 빙그레 웃으며
"얘들아 얘들아
어서 내려와"

"으하하 할아바이 염려 말아요
뽕나무 우에선 멀미 안 나요"

"소낙비가 당장이다
어서어서 내려와"

"으하하 할아바이 염려 말아요
누에가 막잠*에서 깨게 됐는데
마지막 밥을랑 듬뿍 줘야 하지요"

양잠반 처녀들은 아부 일 없는 듯이
한 잎 따고 으하하 ―
두 잎 따고 으하하 ―

감자밭에 수수밭에 처녀들 이마에
빗방울 하나둘씩 떨어지건만
노인은 껄껄껄 웃으며 가고
머언 원산* 쪽만 환하게 개었구나

보리가을*

바다 저쪽 모롱이*도 누우렇구나
동디 마을 언덕목도 싯누렇구나

하지만 올해에사 어림없지
우리 조합 보리가 상의 상이지

덥단 말 말자 덥단 말 말자
단오는 불단오*래야 풍년 든단다

령마루가 시름에 잠길 만큼
구름이 밀려오면 어떻게 하니
앞섬도 갈마* 끝도 보이지 않을 만큼
비구름 몰려오면 어떻게 하니

조합 무어* 첫 농사 첫째 번 낫질
한 이삭 한 알인들 어찌 버릴까
달포 넘는 장마에 햇볕 그립던
지난해의 보리고개 어찌 잊을까

덥단 말 말자 덥단 말 말자
단오는 불단오래야 풍년 든단다

썩 한번 소매를 더 걷어 올리지
이번 이랑 다 베군 잠시만 쉬지
돌배나무 그늘에서 적삼 벗으면

안겨오는 바닷바람 늘상 좋더라

나들이 배에서

만날 적마다 반가운 사람들끼리
어진 사람들끼리
허물없이 나누는 이야기에 출렁이며
나들이 배가 바다를 건너간다

아득히 연닿은 먼 데 산봉우리엔
어느새 눈이 내려 쌓였는가

둘째 며늘네 몸 푼 기별을 받고
바쁜 길 떠났다는 할머니 무릎에서
무릎에 놓인 연두색 봇짐에서
자꾸만 풍기는 미역 냄새
미역 내음새

"늘그막에 첫 손자니
영감이야 당신이 떠난다고 서둘렀지만
명태가 한창인 요즘 철에

바다를 비울 짬이 어디 있나요"

백발을 이고도 정정한
할머니의 기쁨이
제 일처럼 그저 즐거워
빙그레 웃음 짓는 얼굴들이
어찌 보면 한집안 식구와도 같구나

둘째가 군대에서 돌아온 건
작년 이맘때—
두어 달 푸욱 쉬랬더니
말도 새겨 듣지 않더란다

"팔다리가 놀구서는
생선국도 제맛이 안 난다고
사흘 되기 바쁘게 부랴부랴
전에 일하던 저기로 가더니
글쎄 아들을 봤군요"

자애로운 손을 들어 햇빛을 가리며
할머니가 자랑스레 바라보는 저기
우뚝 솟은 굴뚝이 세차게 연기 뿜는

저기는 바로 문평제련소*

하늘도 바다인가
아름다운 한나절

읍으로 통한 널따란 신작로가
가파로운 산굽이에서 시작된
나루에로 나루에로
나들이 배가 서어 간다

아침

푸름푸름 동트기 시작한
새벽하늘
아스랗게 드러난 머언 수평선이
불빛 노을을 뿜어 올린다

바닷가 나루까진 아직도 한참인데
소년은 마음이 아주 바쁜데

항구로 가는 새해의 첫 배가

퐁퐁 연기를 토하며 잔교*를 떠난다
물 좋은 생선을 가득히 싣고
백설에 덮인 반도에서 떠난다

간물에 흠뻑 젖은 로뿌*를
재우재우 끌어올린 다음
두툼한 덧저고리 깊숙한 옆채기*에
양손 찔러 넣고
갑판에 선 소년의 아버지

그는 보았다 저기
낙타등 같은 산 아래 학교 앞을
실로 웬일인가? 다급하게
다급하게 아들이 달려온다

바람이 일면 우수수
눈꽃이 쏟아지는 솔밭을 지나
수산협동조합 창고들을 지나
잔교 복판까지 숨 가쁘게 왔을 때
아버지는 소리쳤다
"어째서 그러니—"

"요전번에 약속한 소설책
그 책을 잊지 마세요—"

"이번엔 걱정 말아
『아동 혁명단』*이지—"
차차루 멀어지는 발동선에서
힘찬 노래와도 같이 들려오는
아버지의 목소리……
소년은 옳다고 손을 젓는다

무수한 새들이 죽지를 털며
일제히 달아나듯
춤추는 바다
끝없이 밀려오는 검푸른 파도

(1955)

석탄

청년이 몇십만 번 굽이쳐 흘러갔나
헤아릴 수 없는 침묵을 거쳐
나는 이제
빛발 속으로 나간다

태양을 우러러 영광을 드리리
나의 생명은 지층 속에서 다져졌으나
처음에 그것은
눈부신 햇빛에서 받았기에

불타리라
불타리라
확확 불타리라

봉우리마다 청춘인 산맥을 흔들며
꽃보라를 흩날리며 내딛는 기관차의 심장에
쇳물 녹여 번지는 용광로에
더욱 세찬 정열을 부어주리니

위대한 시대의 꿈으로 하여
별빛 가득 찬 너의 눈에서
젊은 탄부여 나는 본다

220

세월이 그 얼마를 가고 또 가도
거기에 나의 보람 불타고 있을
불굴한 사람들의 나라
전진하는 새 조선의 아름다운 앞날을!

(『조선문학』, 1955. 5.) (리용악 외, 『보통 노동일』, 조선작가동맹출판사, 1956)

탄광 마을의 아침

꽃밭 사이사이 이슬에 무릎을 적시며
새로 지은 구락부 옆을 지나 언덕에 올라서니
명절을 앞둔 여기 탄광 마을에
한결 더 거창한 새벽이 물결친다

동트기 바쁘게 활짝 열어 제친 창문들에
증산에의 출진을 알리는 싸이렌 소리……
지하에 뻗은 골목골목에선 굴강한* 사람들이
한 초 한 초를 몸으로 쪼아 불꽃을 날리리라

사시 푸른 소나무가 울창한 산과 산 사이
맑은 대기 속을 청년들이 떼 지어 간다
말끝마다 웃음 섞인 즐거운 이야기
처음 맞는 탄부절의 기쁨을 주고받으며
청년 돌격대가 갱내로 갱내로 들어간다

10년 전 여기는
천대받는 사람들이 비분으로 살던 곳
손이 발 되어 어둠을 더듬어도
기아와 멸시만이 따라 서던 곳

그러나 보라 우리의 정권은

가슴에 덮쳤던 암흑을 몰아냈다
낮이 없던 깊은 땅속
저주로운 침묵이 엎디었던 구석구석까지
밤이 없는 광명으로 차게 하였다

보라 여기는 씩씩한 젊은이들이
청춘의 한길을 다투어 택한 곳

기름이 흐를 듯한 석탄을 가득 싣고
무쇠 탄차가 줄지어 올라오는 갱구에
전체 인민이 보내는 영광을 전하면서
수도에서 오는 북행 열차가 산굽이를 돌아간다

(1955)

좌상님은 공훈 탄부

열 손가락 마디마디 굵다란 손이며
반 남아 센 머리의 아름다움이여!

우리야 아들 또래 청년 탄부들
놋주벅*에 남실남실 독한 술 따르어
"드이소 드시이소" 드리는 축배를
좌상님은 즐겁게 받아주시네

젊어서 빼앗기신 고향은 낙동강가
배고픈 아이들의 지친 울음이
강물 타고 흐른다는 그곳 그 땅을
어찌 잊으랴만 그래도 잊으신 듯

"새우가 물고기냐 탄부가 인간이냐"고
마소처럼 천대받던 왜정 때 세상을
어찌 잊으랴만 그래도 잊으신 듯
좌상님은 또 한 잔 즐겁게 드시네

창문 앞엔 국화랑 코스모스가 한창
울바자*엔 동이만 한 호박이 주렁주렁

땅속으로 천 길이랴

가슴속 구천 길
고난의 세월 넘어 층층 지하에
빛을 뿌린 위력은 인민의 나라

조국의 번영 위해 잔을 들자고
서글서글 웃음 짓는 좌상님 따라
우리 모두 한뜻으로 향해 서는 곳
조석으로 드나드는 저 갱구는
좁아도 넓고 넓은 행복의 문

묵묵한 탄벽에서 불길을 보아온
지혜로운 눈들이 지켜 섰거니
표표히 가는 구름 그도 곱지만
우리네 푸른 하늘 더욱 곱구나

(1956) (리용악 외, 『탄부들』, 조선작가동맹출판사, 1956)

귀한 손님 좋은 철에 오시네

옥색이랴 비취색 푸르름이랴
우리의 고운 하늘 가장 고운 철
정말로 좋은 철에
귀한 손님 오시네

가을 향기 그윽한 능금밭 사잇길로
능금밭 사잇길로 먼저 모실가
청진이며 희천*이랑 흥남* 지구의
자랑 많은 공장들이 기다리는데

지난날의 상처가 꽃에 묻힌 거리로
꽃에 묻힌 거리로 먼저 모실가
나무리*며 운전*이랑 열두 삼천리*의
풍년 맞은 조합들이 기다리는데

산에 먼저 모실가
물 맑은 강변에 먼저 모실가

몰다비야* 고지의 바람 소리도
아름다운 다뉴브*의 흐름 소리도
손님들은 여기서 들어주시리
노래처럼 여기서 들어주시리

붉게 붉게 하도 붉게 단풍이 들어
이 산 저 산 젊음인 듯 불처럼 타는 철
정말로 좋은 철에
귀한 손님 오시네

── 1956, 루마니야* 정부 대표단을 환영하여

(1956)

쏘베트에 영광을

어느 땅에 뿌리를 내렸거나
태양을 향해
모든 수목들이 가지를 펴듯
모든 풀잎들이 싱싱한 빛깔을 띠듯

언제나 어디서나 우리는 한결같이
영원한 청춘의 나라
쏘베트*를 우러러
샘솟는 희망을 가득히 안는다

어깨를 짓누르던 먹장구름도
걸음마다 뒤따르던 주림과 총검도
다시는 우리에게 다가오지 못하게
형제여 위대한 전우여 그대들은
죽음보다 더한 압제에서 우리를 해방했거니

피로써 그대들이 열어주었고
피로써 우리가 지켜낸 그 길
자유와 행복과 평화의 길을
우리는 날마다 넓혀나간다

윙윙 우는 고압선과

발돋움하여 일으키는 강철 기둥들
즐거운 벼 포기 보리 포기
밝은 창문들

진리의 세찬 흐름 멎지 않듯이
광활한 우리 앞에 어둠이 없듯이
우리의 마음 깊이 울려 나오는
감사의 노래 끝이 없으리

쏘베트에 영광을!
쏘베트에 영광을!

(『조선문학』, 1955. 5.) (리용악 외, 『전하라 우리의 노래』, 조선작가동맹출판사, 1955)

원쑤의 가슴팍에 땅크를 굴리자

오늘도 우리의 수도 서울은
미제 야수들의 폭격을 받았다
바로 눈앞에서
우리의 부모 형제 어린것들이
피에 젖어 숱하게 쓰러졌다

찢고 물어뜯고
갈갈이 찢고 물어뜯어도
풀리지 않을 원쑤
원쑤의 가슴팍에
땅크*를 굴리자

패주하는 야수들의 잔악한 발톱은
얼마나 많은 애국자들을 해쳤느냐
수원에서 인천에서
천안과 원주 평택과 안성에서……

가도 가도 아름다운 산기슭과 들길을
맑고 맑은 강물을 백모래사장을
얼마나 처참한 피로써 물들게 했느냐
광명을 바라면서 꺼진 눈망울마다
증오로 새겨졌을 원쑤의 모습

살아선 뗄 수 없는 젖먹이를 안은 채
땅을 허비며 숨 거둔 젊은 어머니의
가슴 깊이 사무친 원한으로 하여
하늘엔 먹장구름 몸부림치는데

오늘도 우리의 수도 서울은
야수들의 폭격을 받았다

미제를 무찔러 살인귀를 무찔러
남으로 남으로 번개같이 내닫는
형제여 강철의 대오여
최후의 한 놈까지 원쑤의 가슴팍에
땅크를 굴리자

(1950. 7.) (리용악 외, 『영광을 조선인민군에게』, 조선인민군 전선문화훈련국 편,
문화전선사, 1950. 8.)

핏발 선 새해

아아한* 산이여 분노하라
뿌리 깊은 바위도 일어서라
티 없이 맑은 어린것들 눈에까지
흙을 떠 넣는
미국 야만들을 향해

놈들의 기총*에 뚫린
그 어느 하나가
나의 가슴이 아니랴

꽃 가시 풋 가시에 닿아도
핏방울 아프게 솟는 작은 주먹으로
숨지는 허리를 부둥켜안고
"엄마야" 소리도 남기지 못한
그 어느 아이가
귀여운 나의 자식이 아니랴

놈들이 불 지른 골목골목에
흩어진 기왓장 하나하나에도
모든 아픔이 얽혀서 흘러
3천만의 분노가 얽혀서 흘러
우리의 새해는

복수에 핏발 섰다

타다 남은 솔글거리*
눈에 묻혀 이름 없는 풀포기까지도
독을 뿜으라
미국 야만들을 향해
일제히 독을 뿜으라

(1951. 1. 1.)

평양으로 평양으로

1

포성은 자꾸 가까워지는데
오늘 밤도 남쪽 하늘은
군데군데 붉게 타는데

안해는 바위에 기대어 잠이 들었다
두 손에 흑흑 입김을 불어
귓방울 눅이던* 어린것들도
어미의 무릎에 엎디어 잠이 들었다

차마 잊지 못해 몇 번을 돌아봐도
사면팔방 불길은 하늘로 솟구치고
길 떠나는 사람들의 분노에 싸여
극진한 사랑에 싸여
안타깝게도 저물어만 가던 서울

아이야 너희들 꿈속을
정든 서울 장안 사대문 네거리며
날마다 저녁마다 엄마를 기다리던
담배 공장 옆 골목이 스쳐 흐르는가

부르튼 발꿈치를 모두어
무거운 자국자국 절름거리며
이따금씩 너희들이 소리 맞춰 부르는
김일성 장군의 노래*
꿈결에도 그 노래
귀에 쟁쟁 들리는가

굽이굽이 험한 벼랑 안고 도는
대동강 푸른 물줄기를 쫓아
넘고 넘어도 새로이 다가서는
여러 령을 기어오를 때
찾아가는 평양은 멀고도 아득했으나

──바삐 가야 한다 김 장군 계신 데로
거듭거듭 타이르며
맥 풀린 작은 손을 탄탄히 잡아주면
별조차 눈 감은 캄캄한 밤에도
울던 울음 그치고 타박타박 따라서던
어린것들 가슴속 별빛보다 그리웠을
김일성 장군!

그러나 하늘이 무너지는가

들려오는 소식마다 앞은 흐리어

이미 우리는 하루면 당도할
꿈에 그리던 평양으로 가서는 안 된다
무거운 발길을 돌려 다만 북으로
북으로만
걸음을 옮겨야 하던 날

철없는 아이들겐 말도 못하고
안해는 나의 얼굴을
나는 그저 안해의 얼굴을 바라보다가
서로 눈시울이 뜨거워서 돌아서던
그날은 10월 며칠이던가

우리는 자꾸만 앞서는 원쑤들의 포위를 뚫고
산에서 산을 타 여기까지 왔다
우리는 또 앞을 가로막는
포위 속에 놓여 있다

첩첩한 낭림산맥*
인촌*도 멀어 길조차 나지 않은
험한 산허리에 어둠이 내릴 때

해 질 녘이면 신을 벗고 들어설 집이 그리운
아이들은 또 외웠다
　── 엄마야 평양은 너무 멀구나

가파로운 밤길을 부디 견디라
칡넌출* 둘로 째서
떨어진 고무신에 칭칭 감아주던
안해는 웃는 낯으로 타일렀다
　── 멀어두 참고 가야지
선혜는야 여섯 살
오빠는 더구나 아홉 살인데

2

흰 종이에 새빨간 잉크로
어린 여학생은 정성을 다하여
같은 글자를 또박또박 온종일 썼다

조선민주주의인민공화국 만세!

골목이 어둑어둑 저물어

벽보 꾸러미를 끼고 나설 때
온종일 망을 봐준 할머니는
귀여운 손녀의 귀에 나직이 속삭였다
──개 무리 없는 세상을
　　살아서 보고 싶구나

밤이 다 새도 이튿날 저녁에도
어린 여학생은
끝내 집으로 오지 않았고
석 달이 지난 그 어느 날

카빈 보총이 늘어선 공판정에서
검사놈 상판대기에 침을 뱉고
역도* 이승만의 초상을 신짝으로 갈긴
어린 여학생은 피에 젖어 들것에 얹히어
감방으로 돌아갔다

어둡고 캄캄하던
남부 조선
우리의 전구 서울──

피에 물어 순결한 동무들이

원쑤들의 뒤통수를 뜨겁게 하고
자유를 갈망하는 형제들 가슴에
항쟁의 불꽃을 뿌린 투쟁 보고 와
새로운 과업들을 이빨에 물고
숨어서만 드나드는 아지트에서
손에 손을 잡거나
살이 타고 열 손톱 물러나는
고문실이나 감옥 벌방에서
소속이야 어디건 이름이야 누구이건
이미 몸을 바친 전우들끼리
서로 시선만 마주쳐도

새로이 솟는 용기와
새로이 느껴지는 보람으로 하여
어깨와 어깨에 더운 피 굽이쳤다
우리에겐 생명보다 귀중한 조국이 있기에
영광스런 인민공화국이 있기에
평양이 있기에

놈들의 어떠한 박해에도
끊길 수 없는 선을 타고
심장에서 심장에로 전하여지는

암호를 타고 온
투쟁 구호와 함께

지난날 우리의 회관에서 정든 동무
지난날 한자리에서
지리산 유격 지구에의 만다트*를 받고
목을 껴안으며 서로 뺨을 비빈
전위 시인 유 동무*의
사형 언도의 정보가 다다른 이튿날

헐벗긴 인왕산* 아래 붉은 벽돌담을
눈보라 소리쳐 때리는 한나절
뜨거운 눈초리로
조국의 승리를 믿고 믿으며
마지막 가는 길 형장으로
웃으면서 나간 동무

나이 서른에 이르지 못했으나
바위처럼 무겁던 경상도 사나이
철도 노동자 정 동무가
순결한 마음을 획마다에 아로새겨
남겨놓은 손톱 글씨 오직 열석 자

조선민주주의인민공화국 만세!

아침마다 희망을 북돋아
입안으로 외우는 강령이 끝나면
두터운 벽을 밀어젖히고
자꾸자꾸만 커지면서 빛나는 피의 글씨
불같은 한 자 한 자를 바라보면서
우리는 마음 깊이 맹세하였다
─ 동무야 원쑤를 갚아주마

3

나뭇가지 휘어잡고
바위에서 바위에로 넘어서는
험준한 사길도 생각하면 고마워라
높은 산 깊은 곬 어느 하나가
싸우는 우리의 편이 아니랴

가자 달이 지기 전에
이 령을 내려

동트는 새벽과 함께 영원벌*이
훤히 내다보일 저 산마루까지
저기가 오늘부터 우리의 진지
저기서 흘러내린 골짝 골짝은
우리의 첫째 번 전구로 된다

내 비록 한 자루의 총을
지금은 거머쥐지 못하였으나
활활 타는 모닥불에 둘러앉아
당과 조국 앞에 맹세하고
불굴의 결의를 같이한
여기 미더운 전우들이 있다

우리는 반드시
우리의 부모 형제를 해치려고
놈들이 메고 온 놈들의 총으로
쏘리라
놈들의 가슴팍을
놈들의 뒤통수를

여기 비록 어린것들이
무거운 짐처럼 끼여 있으나

이름과 성을 숨기고
넓으나 넓은 서울 거리를
피해 다니며 살아온 아이들
세상도 알기 전에
원쑤의 모습부터 눈에 익은 아이들

미국제 전화선 한두 오리쯤
이를 악물고 끊고야 말
한 자루의 뻰찌*가 어찌
이 아이들 손에 무거울 수 있으랴

오늘 길조차 나지 않은 이 령을
우리의 적은 대열이 헤치고 내리라
깊은 골짝 골짝
줄 닿는 곳곳에서
숱한 전우들을 반드시 만나리라

그리고 오리라
높이 솟으라선 죽음의 철문을
노한 땅크로 깔아 부시고*
이 아이들에게 그립던 아버지와
노래를 돌려준 우리 군대

인민 군대는 열풍을 일으키며
북쪽 한끝으로부터 다시 오리니

원쑤를 쓸어눕히는 총성이
산에서 산으로 울리어
준열한 복수의 날을 일으키고
승리의 길이 한 가닥씩
비탈을 끼고 열릴 우리의 전구

자유의 땅이 한 치씩 넓혀지는
어려운 고비고비 그 언제나
조국의 깃발은 우리와 함께 있으리

기우는 달빛 뺨에 시리나
아이 어른 다 같이
김일성 장군의 노래를 부르며
밤내 내리는 이 길에사 어찌
우리와 더불어 슬픔이 있으랴

포성은 자꾸 가까와지는데
오늘 밤도 남쪽 하늘은
군데군데 붉게 타는데

우리는 간다
이윽고 눈보라를 헤치며
원쑤를 소탕하며
그리운 평양으로 평양으로 나갈
싸움의 길을 바쁘게 간다

(1951)

모니카 펠톤 녀사에게
— 국제녀맹조사단 영국 대표 모니카 펠톤 녀사에 대한 애트리 정부
  의 박해를 듣고

진리는 세계의 양심들을 일으켜
평화에로 평화에로 부르고 있지 않습니까
애트리*에게 가장 두려운 것은 이것입니다.

모니카 펠톤* 녀사여

지난날 당신이 분격에 싸여 거닐은 이곳 평양에
이미 벽돌 굴뚝만 남아 선 병원이며 학교들에
이미 슬픔을 거부한 움집들에
오늘도 미친 폭탄이 쏟아지는데

백발성성한 어머니와 사랑하는 누이를 잃은
나는 당신에게 충심으로 말합니다
— 당신은 정당합니다

아픔 없이는 당신이 헤어질 수 없었던
다박머리*—
아버지는 십자가에 결박되어 강물에
어머니는 젖가슴 도리우고 끝끝내 숨 거둔
열한 살 김성애를 대신하여

"누가 엄마를 언니를 죽였느냐"고

당신이 물었을 때
속눈섭* 츨츨한 두 눈 부릅뜨고
"미국 놈"이라 치를 떨며 대답한
아홉 살 박상옥이를 대신하여

끔찍이 불행한 너무나 많은 사람들을 대신하여
나는 당신에게 충심으로 말합니다
──당신은 정당합니다

모니카 펠톤 녀사여

황토 구덩이에 산 채 매장당한
열이나 스물로 헤일 수 없는 어린것들과
백이나 이백으로 헤일 수 없는 부녀들의
'큰 무덤' 파헤친 5월 한나절
황해도 이름 없는 산봉우리엔
흐르는 구름도 비껴가고
멧새도 차마 노래하지 못했거니

얼굴조차 분간할 수 없게 된
우리의 수돌이와 복남이와 옥희들 속에서
당신은 당신의 거리에서 조석으로 정든

당신들의 죠온*과 메리이*들을
안아 일으키지 않을 수 있었겠습니까

모니카 펠톤 녀사여

애트리 도당들은 당신을
'반역'의 죄로서 심판하려 합니다
그러나 세계 인민들의 준열한 심판이
제 놈들 목덜미에 내리고야 말리라는 것은
애트리의 발밑을 흘러내리는 데-무스*의
캄캄한 물결까지도 알고 있습니다

평화의 전열을 밝혀 나선
진리의 불을 끌 수는 없기 때문에
날로 더 높아지는 진리의 함성을
침묵시킬 수는 없기 때문에

모니카 펠톤 녀사여

형제들의 선혈 스며 배이고
형제들의 원한 복수에 타는 이 땅에서
미제 침략 군대를 마지막 한 놈까지 눕히기 전엔

목 놓아 울지도 않을 조선 사람들은
당신에게 충심으로 말합니다

―우리의 싸움이 반드시 승리하듯
  당신의 투쟁도 승리합니다

(1951. 7.) (리용악 외, 『평화의 노래』, 문화전선사, 1952) (리용악 외, 『녀성들에게』,
조선녀성사, 1952)

싸우는 농촌에서

불탄 마을

양 볼에 옴쑥옴쑥* 보조개 패이는
소녀는 애기를 업고 서성거리며
대추나무 사이사이 쌓아 올린 낟가리 사이로
이따금씩 고갯길을 바라보며 하는 이야기

엄마는 현물세 달구지를 끌고
고개 넘어 첫새벽에 떠났단다
아버지는 없단다
지난해 섣달에
미국 놈들이……

집도 연자간*도 죄다 불탄 작은 마을
앞뒷산이 단풍 들어 왼통 붉은데
피의 원쑤는 피로써 반드시 갚아질 것을
몇 번이고 다시 믿는 귀여운 소녀는
어서 나이 차서 인민 군대 되는 것이
그것이 제일 큰 소원이란다

달 밝은 탈곡 마당

봉선화랑 분꽃 해바라기랑
봄이 오면 샘터에 가득 심을 의논으로
첫 쉬임 정말로 즐겁게 끝났다

도랑치마* 숙희가 엄마를 따라
무거운 볏단을 안아 섬기며
속으로 생각하는 걸 누가 모른담

엄마도 누나도 일손 재우 놀리며
거칠어진 손등으로 땀을 씻으며
속으로 생각하는 걸 누가 모른담

동이만 한 박 서너 개 지붕에 둔 채
하늘엔 군데군데 흰 구름 둔 채
어디루 가는 걸까 달은 바삐 달리고

칠성이는 어려도 사내아이 기운 좋구나
발끝에 힘 모두어 탈곡기를 밟으면서
속으로 생각하는 건 오직 한 가지
── 형이 어서 이기게

— 형이 어서 이기게

토굴집에서

그날은 함박눈 펑펑 쏟아졌단다
국사봉에 진을 친 빨찌산*들이
이 고장을 해방시킨 그 전전날

어둠을 타 산에서 산을 타
국사봉에 연락 짓고 돌아오는 비탈길에서
원쑤에게 사로잡힌 처녀 분탄이
분탄이는 노동당원 꽃나이 스무 살

봄이면 봄마다 진달래 함빡 피는
뒷산 아래 형제바우 앞에서
사랑하는 향토를 지켜 동지를 지켜
분탄이는 가슴에 총탄을 받았단다

풀벌레 소리 가득 찬 토굴집에서
영감님은 밤 늦도록 새끼를 꼬면서
장하고 끔찍스런 딸의 최후를

쉬엄쉬엄 나직이 이야기하면서

날이 새면 포장할 애국미 가마니엔
분탄이의 이름도 굵직하게 쓰리란다

막내는 항공병

가랑비 활짝 개인 산등성이를
날쌔게 우리 '제비'가 지난다
떼지어 도망치는 쌕쌔기*를 쫓아—

잡것 하나 섞일세라 현물세 찰강냉이
굵은 알갱이만 고르던 할머니

입동 날이 회갑인 할머니는
도래샘 소리 다시 귓전을 스칠 때까지
'제비'가 사라진 남쪽을 지켜본다

입동이사 이달이건 내달이건 회갑 잔치는
그 애가 이기고 오기 전엔 막무가내라는
할머니의 막내는 항공병

연거푼 공중전에서 속 시원히
미국 놈 비행기를 동강 낸 공으로
두 번이나 훈장 받은 신문 사진을
김 장군 초상 밑에 오려 붙이고

할머니의 마음은 아들과 함께
항상 푸른 하늘을 날고 있다

(1951)

• 「막내는 항공병」(1951. 10.)

다만 이것을 전하라
— 불가리야의 노시인 지미뜨리 뽈리야노브에게

머리는 비록 백설로 희나
평화를 쟁취하는 벅찬 전선을 위하여
다할 바 없는 청춘을 안고 온 전우여
지미뜨리 뽈리야노브

이제 그대 고향으로 돌아가면
미국 놈들 총탄에 처참히도 쓰러진
수많은 조선 누이들에 대하여
마음 어진 불가리야* 어머니들께
이야기하지 말라
그들의 아픔이 너무 크니

다만 전하라
사랑하는 남편과 아들을 화선에 보낸
우리의 누이와 어머니들은
폭탄 자국을 메워 씨를 뿌리고
기총과 싸우며 오곡을 가꾸어
기적 같은 풍년을 이룩했다고

이제 그대 고향으로 돌아가면
따뜻한 엄마 품을 영영 빼앗기고
살던 집과 학교와 동무마저 잃은

수많은 조선 아이들에 대하여
마음 착한 불가리야 어린이들께
이야기하지 말라
그들의 슬픔이 너무 크리니

다만 전하라
키가 다섯 자를 넘지 못한 소년들도
원쑤에의 증오를 참을 길 없어
가는 곳마다 강점자의 발꿈치를 뜨겁게 한
나어린 빨찌산들의 기특한 전과를

빗발치는 야만들의 폭탄으로 잿더미된
조선의 거리거리와 마을들에 대하여
선량한 형제들께 이야기하지 말라

다만 전하라
우리가 승리하는 날
갑절 아름답게 갑절 튼튼하게 건설될
조선의 도시와 농촌들을
우리의 가슴마다에 이미 일어선
새 조선의 웅장한 모습을

머리는 비록 백설로 희나
평화를 쟁취하는 벅찬 건설을 위하여
우리와 함께 젊은 피 끓는 전우여
지미뜨리 뽈리야노브

이제 그대 고향으로 돌아가면
부디 전하라
천만 갈래 불비로도
조선 인민의 투지를 꺾지 못한다고

(1951. 11. 14.) (리용악 외, 『평화의 초소에서』, 문화전선사, 1952)

위대한 사랑

변하고 또 변하자
아름다운 강산이여

전진하는 청춘의 나라
영광스런 조국의 나날과 더불어
한충 더 아름답기 위해선
강산이여 변하자

천추를 꿰뚫어 광명을 내다보는
지혜와 새로움의 상상봉
불패의 당이
다함없는 사랑으로 안아 너를 개조하고
보다 밝은 내일에로 깃발을 앞세웠거니

강하는 자기의 청신한 젖물로써
태양은 자기의 불타는 정열로써
대지는 자기의 깊은 자애로써
오곡을 무럭무럭 자라게 하라

(『조선문학』, 1956. 8.)

흘러들라 십 리 굴에

으리으리 솟으라선 절벽을 뚫고
네가 흘러갈 또 하나의 길을
대동강아 여기에 열거니
서로 어깨를 비집고 발돋음하는
우리의 마음도 너와 함께 소용돌이친다

내리닫이 무쇠 수문이 올라가는
육중한 음향이 너의 출발을 재촉하는구나
맞은편 로가섬 설레이는 버들 숲과
멀리서 기웃하는 봉우리들에
하직하는 인사를 뜨겁게 보내자

흘러들라 대동강아
연풍 저수지* 화려한 궁전으로 통한
십 리 굴에 길고 긴 대리석 낭하에
춤을 추며 흘러들어라

우렁우렁 산악이 진동한다
깍지 끼고 땅을 구르며 빙빙 도는
동무들아 동무들아 잠깐만
노래를 멈추고 귀를 귀울이자

간고한 분초를 밤 없이 이어
거대한 자연의 항거를 정복한 우리
암벽을 까내며 굴 속에 뿌린 땀이
씻기고 씻기어 강물에 풀려
격류하는 흐름 소리……

저것은 바로 천년을 메말랐던
광활한 벌이 몸부림치는 소리
새날을 호흡하며 전변하는 소리다

(『조선문학』, 1956. 8.)

연풍 저수지

둘레둘레 어깨 겯고
산들도 노래하는가
니연니연* 물결치는 호수를 가득 안고
우리 시대의 자랑을 노래하는가

집 잃은 멧새들은 우우 떼지어
떼를 지어 봉우리에 날아오른다

오늘에야 쉴짬 입은 베르트* 꼼베아를
키다리 기중기를 배불뚝이 미끼샤*를
위로하듯 살뜰히 어루만지는
어제의 경쟁자 미더운 친구들아
우리는 당의 아들 사회주의 건설자

유구한 세월을 외면하고 따로 섰다가
우리의 날에 와서 굳건히도 손잡은
초마산과 수리개 비탈이
뛰는 맥박으로 서로 반기는 건
회오리 설한풍 속에서도 오히려 가슴 더웁게
우리의 힘이 흔들고 흔들어 깨워준 보람

스물이랴 서른이랴

아흔아홉 굽이랴
태고부터 그늘졌던 골짝 골짝에
대동강 물빛이 차고 넘친다

마시자 한 번만 더 마셔보자
산보다도 듬직한 콩크리트 언제*를
다져 올린 두 손으로 움켜 마시니

대대손손 가물에 탄 목을 적신 듯
수수한 농민들의 웃음 핀 얼굴이
어른어른 물에 비쳐
숱하게 숱하게 정답게도 다가온다

(『조선문학』, 1956. 8.)

262

두 강물을 한곬으로

─연풍 저수지를 떠난 대동강 물이 제2간선에 이르면 금성 양수장*에
서 보내는 청천강* 물과 감격적인 상봉을 하고 여기서부터 합류하
게 된다

물이 온다 바람을 몰고
세차게 흘러온 두 강물이
마주쳐 감싸들며 대하를 이루는 위대한 순간
찬연한 빛이 중천에 퍼지고

물보다 먼저 환호를 울리며
서로 껴안는 노동자 농민들 속에서
처녀와 총각도 무심결에 얼싸안았다

그것은 짧은 동안 그러나 처녀가
볼을 붉히며 한 걸음 물러섰을 땐─

사람들은 물을 따라 저만치 와아 달리고
저기 농삿집 빈 뜨락에 흩어졌다가
활짝 핀 배추꽃 이랑을 찾아
바쁘게 숨는 어린 닭무리

물쿠는* 더위도 몰아치는 눈보라도
공사의 속도를 늦추게는 못했거니
두 강물을 한곬으로 흐르게 한
오늘의 감격을 무엇에 비기랴

무엇에 비기랴 어려운 고비마다
앞장에 나섰던 청년 돌격대
두 젊은이의 가슴에 오래 사무쳐
다는 말 못 한 아름다운 사연을

처녀와 총각은 가지런히 앉아
흐르는 물에 발목을 담그고 그리고 듣는다
바람을 몰고 가는 거센 흐름이
자꾸만 자꾸만 귀띔하는 소리
"말해야지 오늘 같은 날에야
어서어서 말을 해야지……"

(『조선문학』, 1956. 8.) (리용악 외, 『아름다운 강산』, 조선문학예술총동맹출판사, 1966)

전설 속의 이야기

떠가는 구름장을 애타게 쳐다보며
균열한 땅을 치며 가슴을 치며
하늘이 무심타고 통곡하는 소리가
허허벌판을 덮어도 눈물만으론
시드는 벼 포기를 일으킬 수 없었단다

꿈결에도 따로야 숨 쉴 수 없는
사랑하는 농토의 어느 한 홈타기*에선들
콸콸 샘물이 솟아 흐를 기적을 갈망했건만
풀지 못한 소원을 땅 깊이 새겨
대를 이어 물려준 이 고장 조상들

물이여 어디를 내가 딛고 서서 발을 돋우면
아득히 뻗어나간 너의 길을 다 볼 수 있을까

노쇠한 대지에 영원한 젊음을
지심 깊이 닿도록 젊음을 부어주는
물줄기여

소를 몰고 고랑마다 타는 고랑을
숨차게 열두 번씩 가고 또 와도
이삭이 패일 날은 하늘이 좌우하던

건갈이* 농사는 전설 속의 이야기
전설 속의 이야기로 이제 되었다

물이여 굳었던 땅을 푹푹 축이며
내가 흘러가는 벌판 한 귀에
너무나 작은 나의 입술을 맞추면서
쏟아지는 눈물을 막으려도 하지 않음은
정녕코 정녕 내 나라가 좋고 고마워

(『조선문학』, 1956. 8.) (리용악 외, 『아침은 빛나라』, 조선작가동맹출판사, 1958)

덕치 마을에서 1

서해에 막다른 덕치 마을 선전실
환한 전등 밑에 모여 앉아
라지오를 듣고 있던 조합원들은
일시에 "야!" 하고 소리를 친다

이 밤에 누구보다 기쁜 이는 아마
육십 평생 농사로 허리가 굽었건만
물모*라군 꽂아 못 본 칠보 영감님
"연풍에서 물이 떠났다구 분명히 그랬지?"

"그러문요 떠났구 말구요
우리가 새로 푼 논배미들에도
머지않아 철철 넘치게 되지요
얼마나 꿈같은 일입니까

나라와 노동자 동무들 은혜를 갚자면
땅에서 소출이 더 많아야 하지요
우리 조합만도 올 가을엔
천 톤쯤은 쌀을 더 거둘 겁니다"

위원장의 이야기가 끝나자
사람들은 끼리끼리 두런거리고

누군가 나직이 물어보는 말
"천 톤이면 얼마만큼일까?"

"달구지로 가득가득 날르재도
천 번쯤은 실어야 할 그만큼 되지요"

어질고 근면한 이 사람들 앞에
약속된 풍년을 무엇이 막으랴
쌀은 사회주의라고 굵직하게 써 붙인
붉은 글자들에 모든 시선이 즐겁게 쏠리고

허연 구레나룻를 쓰다듬다가
무릎을 탁 치며 껄껄 웃던 칠보 영감
"산 없는 벌판에 쌀산이 생기겠군"

(『조선문학』, 1956. 8.)

덕치 마을에서 2

"어쩌나 생광스런 물이과데*
모르게 당두하면* 어떻게 한담
물마중도 쓰게 못 하면
조합 체면은 무엇이 된담"

밤도 이슥해 마을은 곤히 자는데
칠보 영감만 홀로 나와 둑에 앉았다
"물이 오면 달려가 종을 때리지"

볕이 쨍쨍하면 오히려 마음 흐리던
지난 세월 더듬으며 엽초를 말며
석 달 열흘 가물어도 근심 걱정 없어질
오는 세월 그리며 엽초를 말며

그러다가 영감님은 말뚝잠*이 들었다
머리 얹은 달빛이 하도 고와서
구수한 흙냄새에 그만 취해서

귓전을 스치는 거센 흐름 소리에
놀래어 선잠에서 깨어났을 땐
자정이 넘고 삼경도 지날 무렵
그러나 수로에 물은 안 오고

가까운 서해에서 파도만 쏴— 쏴—

희슥희슥 동트는 새벽하늘을
이따금씩 바라보며 엽초를 또 말며
몹시나 몹시나 초조한 마음
"어찌된 셈일까 여태 안 오니"

수로가 2천 리도 넘는다는 사실을
아마도 영감님은 모르시나 봐
물살이 아무리 빠르다 한들
하루에야 이 끝까지 어찌 다 올까

(『조선문학』, 1956. 8.) (리용악 외, 『아름다운 강산』, 조선문학예술총동맹출판사,
1966)

물 냄새가 좋아선가

이 소는 열두 삼천리에 나서
열두 삼천리에서 자란 둥글소

떡심*이야 마을에서 으뜸이건만
발목에 철철 감기는 물이 글쎄
물이 글쎄 무거워선가
걸음을 제대로 걷지 못하네

써레*쯤이야 쌍써레를 끈다 한들
애당초 문제될까만
난생처음 밟고 가는 강물 냄새가
물 냄새가 유별나게 좋아선가
걸음을 제대로 걷지 못하네

(『조선문학』, 1956. 8.)

열두 부자 동둑

황토색 나무재기* 풀만 해풍에 나부끼는
넓고 넓은 간석지를 탐스레 바라보며
욕심쟁이 열두 부자가 의논했단다
"이 개펄에 동둑*을 쌓아 조수를 막자
물만 흔해지면 저절로 옥답이 되지
그러면 많은 돈이 제 발로 굴러오지"

열두 삼천리에 강물을 끌어온다고
일제가 장담하자 군침부터 삼키며
때를 놓칠세라 공사를 시작했단다

5년이 아니 10년 거의 지났던가
물은 소식 없고 동둑도 채 되기 전에
재산을 톡 털어 바닥난 열두 부자는
찡그린 낯짝을 어디까장* 쥐어뜯다가
끝끝내는 개펄에 코를 처박았단다

뺏을 대로 빼앗고 그것으론 모자라
열두 삼천리 무연한* 벌에서 산더미로 쏟아질
백옥 같은 흰쌀을 노리던 일제 놈들
수십 년 허덕이고도 물만은 끌지 못한 채
패망한 놈들의 꼴상판을 이제 좀 보고 싶구나

인민의 행복 위한 인민의 정권만이
첩첩한 산 넘어 광활한 벌로
크나큰 강줄기를 단숨에 옮겼더라

그리고 여기 드나드는 조수에 오랜 세월 씻기어
자취조차 없어지는 탐욕의 둑을 불러
열두 부자동이라 비웃던 바로 그 자리에
이 고장 청년들이 쌓아 올린 길고 긴 동둑

조수의 침습을 영원히 막아
거인처럼 팔을 벌린 동둑에 올라서면
망망한 바다가 발아래 출렁이고
나무재기 풀만 무성하던 어제의 간석지에
푸른 벼 포기로 새옷을 갈아입히는
협동 조합원들의 모내기 노래가
훈풍을 저어 저어 광야에 퍼진다

(『조선문학』, 1956. 8.)

격류하라 사회주의에로

우리 조국의 지도 우에
새로이 그려 넣을
푸른 호수와 줄기찬 강물이
얼마나 많은 땅을 풍요케 하는가
얼마나 아름다운 생활을 펼치는가

평화를 열망하는 인민들 편에
시간이여 네가 섰음을 자랑하라

아득히 먼 세월 그 앞날까지도
내 나라는 젊고 또 젊으리니
우리 시대의 복판을 흘러 흘러
기름진 유역을 날로 더 넓히는
도도한 물결
행복의 강하

강하는 노호한다
강도의 무리가 더러운 발로 머물러
약탈로 저물고 기아로 어둡는
남쪽 땅 사랑하는 강토의 반신에도
붉게 탈 새벽노을을 부르며

274

격류한다 승리의 물줄기는
우리의 투지 우리의 정열을 타고
사회주의에로!
사회주의에로!

(『조선문학』, 1956. 8.)

저자 약력

리용악은 1914년 11월 23일 함경북도 경성군 경성면 수성동에서 빈농민의 가정에 출생하였다.

열아홉 살에 고향을 떠나 서울로 갔으며 1934년 봄 일본으로 건너간 그는 한때 일본대학 예술과에서 배운 일도 있고 1939년에 상지대학 신문학과를 졸업하였다.

1939년 겨울에 귀국하여 서울에서 주로 잡지 기자 생활을 하였다. 그의 해방 전 작품집으로서 『분수령』『낡은 집』『오랑캐꽃』세 권의 시집이 있다.

8·15해방 후 그는 서울에서 미제와 리승만 역도를 반대하여 투쟁하는 진보적인 문화인 대열에서 사업하였다. 1949년 8월 리승만 괴뢰 경찰에 체포되어 10년 징역 언도를 받고 서대문형무소에서 갇혔다가 인민 군대에 의한 6·28 서울 해방과 함께 출옥하였다.

1951년 3월 남북 문화 단체가 연합하면서부터 1952년 7월까지 조선문학동맹 시분과위원장 공작을 하였으며 1956년 2월부터 현재 조선작가동맹출판사 단행본 부주필 공작을 하고 있다.

그가 『조선문학』1956년 8월호에 발표한 「평남 관개 시초」는 조선인민군 창건 5주년 기념 문학예술상 1956년도 시 부문 1등상을 받았다.

편집부

제2부

막아보라 아메리카여

—미수록작 모음

막아보라 아메리카여

지금도 듣는다 우리는
뭉게치는 구름을 몰아 하늘을 깨는
진리의 우레 소리
사회주의 혁명의 위대한 기원을 알리는
전투함 '아브로라'*의 포성을!

지금도 본다 우리는
새로운 인간들의 노한 파도
솟꾸쳐 밀리는 거센 물결을!

레-닌*의 길
볼쉐위끼* 당이
붉은 깃발 앞장 세워 가르치는 건
낡은 것들의 심장을 짓밟어
뻬뜨로그라드*의 거리거리를
휩쓸어 번지는 폭풍을!

첫째도 무장
둘째도 무장
셋째로도 다시 무장한
1917년 11월 7일!

이날로 하여 이미
'피의 일요일'은
로씨야 노동계급의 것이 아니며
'기아의 자유'는 농민의 것이 아니다

이날로 하여
키 높은 벗나무 허리를 묻는
눈보라의 씨비리*는
애국자들이 무거운 쇠사슬을
줄지어 끌고 가는
유형지가 아니다

백 길 풀릴 줄 모르던
동토대에 오곡이 무르익고
지층 만 리 탄맥마다
승리의 연륜 기름으로 배여

반석이다
평화의 성새
쏘베트!

오늘 온 세계 인민들은

쓰딸린*을 둘러싸고
영원한 청춘을
행복을
고향을 둘러싸고 부르짖는다

막아보라 제국주의여
피에 주린 너희들의 '동궁'에로 향한
또 하나 '아브로라'의 포구를!

막아보라 아메리카여
먹구름 첩첩한 침략의 부두마다
솟구치는 노한 파도
거센 물결을!

한지*의 모래불일지라도
식민지이기를 완강히 거부한
아세아의 동맥에
위대한 사회주의 10월 혁명의
타는 피 굽이쳐

원쑤에겐 너럭바위*도 칼로 일어서고
조악돌도 불이 되어 튀거니

맑스 – 레닌주의 당이
불사의 나래를 떨친 동방
싸우는 조선 인민은
싸우는 중국 인민은
네놈들의 썩은 심장을 뚫고
전취한다 자유를!
전취한다 평화를!

(『문학예술』, 1951. 11.)

어디에나 싸우는 형제들과 함께
— 김일성 장군께 드리는 노래

1

포성은 자꾸 가까워지는데
오늘 밤도 남쪽 하늘은
군데군데 붉게 타는데

안해는 바위에 기댄 채 잠이 들었다
두 손에 입김 흑흑 불어
귓방울 녹이던 어린것들도
어미의 무릎에 엎딘 채 잠이 들었다

차마 잊지 못해 몇 번을 돌아봐도
사면팔방 불길은 하늘로 솟구치고
영원히 정복되지 않을 조선 인민의
극진한 사랑에 싸여
타 번지는 분노에 싸여
안타깝게도 저물어만 가던
우리의 전구 우리의 서울

아이야 너이들 꿈속을
정든 서울 장안 서대문 네거리며
날마다 저녁마다 엄마를 기대리던

담배 공장 옆 골목이
스쳐 흐르는가

부르튼 발꿈치를 모두어
걸음마다 절름거리며
낮이면 이따금씩 너희들이
노래 높이 부르는
김일성 장군께서
두터운 손을 어깨에 얹으시는가

굽이굽이 험한 벼랑을 안고 도는
대동강 푸른 물줄기를 쫓아
넘고 넘어도 새로이 다가서는
여러 령을 기어오를 때
찾아가는 평양은 너무도 멀고 아득했으나

――바삐 가야 한다
    김 장군 계신 데로
이렇게 타이르며
맥 풀린 작은 손을 탄탄히 잡아주면
별조차 눈감은 캄캄한 밤에도
울던 울음을 그치고

돌부리에 채이며 타박타박 따라서던
어린것들 가슴속 별빛보다 그리웠을
김일성 장군!

그러나 들려오는 소식마다
가슴 아펐다
하루면 당도할
꿈에 그리던 평양으로
가서는 아니 된다

무거운 발길을 돌려
다만 북으로
북으로만
걸음을 옮겨야 하던 날

─어째서 장군님 계신 데로 가지 않나
아이들은 멈춰 서서 조르고
안해는 나의 얼굴을
나는 다만 안해의 얼굴을 바라보다가
서로 눈시울이 뜨거워서 돌아서던
그날은 10월 며칠이던가

우리는 자꾸만 앞서는
놈들의 포위를 뚫고
산에서 산을 타 여기까지 왔다
우리는 또
앞을 가로막는
포위망 속에 놓여 있다

첩첩한 낭림산맥
인촌도 멀어 길조차 나지 않은
험한 산허리에 어둠이 나릴 때
해 질 녘이면 신 벗고 들어설
집이 그리운
아이들은 또 외웠다
──장군님은 어디 계실까

강파로운 밤길을 부디 견디라
칡넌출 둘로 째서 칭칭
떨어진 고무신에 감아주던
안해는 웃는 얼굴로
이번엔 서슴지 않고 대답하였다
──어디에나
　　용감히 싸우는 사람들과 함께

2

흰 종이에 새빨간 잉크로
정성을 다하여 어린 여학생은
같은 글자를 왼종일 썼다
── 조선민주주의인민공화국 만세!
　경애하는 수령 김일성 장군 만세!

골목이 어둑어둑 저물어
벽보 꾸레미를 끼고 나설 때
왼종일 망을 봐준 할머니는
귀여운 소녀의 귀에 나즉한 소리로
── 살아서 보고 싶다
　그이 계신 세상을

밤이 다 새도
이튿날 저녁에도 어린 여학생은
끝내 돌아오지 않았고
석 달이 지난 어느 날

카-빙 보총이 늘어선

공판정에서
수령의 이름을 욕되이 부른
검사놈 상판대기에 침을 뱉고
신짝을 던져 역도 이승만의
초상을 갈긴 어린 여학생은
피에 젖어
들것에 얹히어
감방으로 돌아왔다

어둡고 캄캄하던
남부 조선
그러나 우리의 전구 서울엔
1분 1초의 주저도
1분 1초의 타협도
있을 수 없었다

피에 물어 순결한 동무들이
놈들의 뒷통수를 뜨겁게 하고
자유를 갈망하는 형제들 가슴마다에
항쟁의 불꽃을 뿌린 투쟁 보고와
새로운 과업들을 이빨에 물고
밤이나 낮이나

숨어서만 드나드는 아지트에서
손에 손을 잡거나

살이 타고 열 손톱 물러나는
고문실이나 감옥 벌방에서
소속이야 어디건 이름이야 누구이건
이미 몸을 바친 전우들끼리
서로 시선만 마주쳐도

새로이 솟는 용기와
새로이 느껴지는 보람으로 하여
어깨와 어깨에
더운 피 굽이쳐 흘렀다
우리에겐 항상 우리를 영도하시는
김일성 장군께서 계시기에

놈들의 어떠한 박해에도
끊길 수 없는 선을 타고
두터운 벽을 조심스러이 두드려
심장에서 심장으로 전하여지는
암호를 타고
내려온 전투 구령과 함께

오래인 동안 만나지 못한 전우들
지난날 우리의 회관에서
조석으로 정든 김태준* 선생의
지난날 한자리에서
지리산 유격 지구에의 만다트를 받고
서로 목을 껴안으며 뺨을 부빈
문학가 동맹원 유진오* 동무의
사형 언도의 정보가 다다른 이튿날

붉은 벽돌담을 눈보라
소리쳐 때리는 한나절
뜨거운 눈초리로
조국의 승리를 믿고 믿으며
마지막 가는 길 형장으로
웃으면서 나간 동무

나이 서른에 이르지 못했으나
바위처럼 무겁던 경상도 사나이
철도 노동자 정순일 동무가
손톱으로 아로새겨
남겨놓은 일곱 자

영광을 수령에게!

아침마다
돌아가며 입속으로 외우는
당의 강령이 끝나면
두터운 벽을 밀어제치고
자꾸자꾸만 커지며 빛나는
이 일곱 자를 바라보면서
우리는 맹시했다
──동무야 원쑤를 갚아주마

3

나뭇가지를 휘어잡고
바위에서 바위에로 넘어서면서
겨우 아홉 살인 사내아이는
어른처럼 혼잣말로
──어디에나
    용감히 싸우는 사람들과 함께

그렇다 바로 이 시간에도

난관이 중첩한 조국의 위기를
승리에로 이끌기 위하여
잠 못 이루실
우리의 장군께선
사랑하는 서울을 한 걸음도
사랑하는 평양을 한 걸음도
물러서지 않고 용감히 싸우는
형제들과 함께 계시다

검푸른 파도에 호을로 떠 있는
이름 없는 섬들에 이르기까지
삼천리 방방곡곡에서
정든 향토를 피로써 사수하는
형제들과 함께 계시다

바삐 가자
달이 지기 전에 이 령을 내려
동트는 하늘과 함께 영원골이
발아래 훤언히 내다보일
저 산마루까지

저기가 오늘부터 우리의 진지이다

저기서 흘러내린 골짝 골짜기
우리의 첫째 번 전구이다

내 비록 한 자루의 총을
아직 거머쥐지 못하였으나
하늘로 일어선 아름드리 벗나무 밑
확확 타는 우둥불*에 둘러앉아
당과 조국과
수령의 이름 앞에 맹시하고
불굴의 결의를 같이한
여기 여섯 사람의 굴강한 전우가 있다

우리는 반드시
우리의 부모 형제를 해치기 위하여
놈들이 메고 온 놈들의 총으로
쏘리라
놈들의 가슴팍을
놈들의 뒤통수를

여기 비록 어린것들이
무거운 짐처럼 끼여 있으나
이름과 성을 갈고

넓으나 넓은 서울 거리를
숨어 다니며 살아온 아이들
말을 배우기 전부터
원쑤의 모습이 눈에 익은 아이들

미국제 전화선 한두 오리쯤
이를 악물고 끊고야 말
한 자루의 뻰찌가 어찌
이 아이들 손에 무거울 수 있으랴

오늘 비록 길조차 나지 않은
이 령을
우리의 적은 대열이 헤치고 내리라
반드시 만나리라 우리의 당을
반드시 만나리라 숱한 전우들을
깊은 골짝마다
줄 닿는 마을마다

우리는 반드시 만나리라
우리의 당
우리의 당을

294

원쑤를 쓸어눕히는
총성이 산을 울리어
짓밟히는 형제들 귀에까지 이르러
준열한 복수의 날을 일으키며
우리의 전구엔
승리의 길이 한 가닥씩
비탈을 끼고 열리리니

조국의 자유가 한 치씩 넓어지는
어려운 고비마다
경애하는 우리 수령
김일성 장군께서
함께 계시여
항상 우리를 영도하시리

바삐 가자
진지에의 길
이윽고 눈보라를 헤치며
원쑤를 소탕하며
사랑하는 평양으로
사랑하는 서울로
돌아가야 할 영광의 길을

(『문학예술』, 1952. 1.)

• 『리용악 시선집』에 수록된 「평양으로 평양으로」와 흑사한 작품으로 김태준(金台俊, 1905~50), 유진오(兪鎭五, 1922~50) 등의 실명(實名)이 공개되고 있다. 부제에서 잘 드러나듯 "김일성 장군"을 한층 힘주어 강조하고 있다.

우리의 정열처럼 우리의 염원처럼

새해의 첫아침
붉은 태양이
우리의 정열처럼 솟아오른다
우리의 염원처럼 솟아오른다

천리마에 채질하여 달린 지난해를
어찌 열두 달만으로 헬 수 있으랴
넘고 또 넘은 고난의 봉우리들에
한뜻으로 뿌린 땀의 보람
슬기로운 지혜의 보람

눈부신 사회주의 령마루가
영웅 인민의 억센 발 구름과
승리의 환호를 기다린다
1959년— 이 해는
5개년을 앞당기는 마지막 해
청춘의 위력을
보다 높은 생산으로 시위하는 해

공산주의 낙원으로 가는 벅찬 길을
불멸의 빛으로 밝히는 당
우리 당의 깃발이 앞장섰거니

세기의 기적들을 눈앞에 이룩할
영광스러운 강철 기지의
　　　　　용광로마다에

끓어넘치는 노동 계급의 의지
끓어넘치는 조국에의 충성
무엇을 못하랴

이미 들려오는구나
우리 손으로 만든 자동차가
더 많은 광석과 목재를 싣고
준령을 넘어 달리는 소리
우리 손으로 만든 뜨락또르*가
기름진 땅을 깊숙 깊숙 갈아엎는 소리

실로 무엇을 못하랴
우리는 당의 아들!
김일성 원수의 충직한 전사!

전진은 멎지 않는다
혁명은 쉬지 않는다

미제의 마수에 시달리는 남녘땅
기한에 떠는 형제들에게 자유와
참된 생활을 줄 그날을 위하여

새해의 첫아침
붉은 태양이
우리의 정열처럼 솟아오른다
우리의 염원처럼 솟아오른다

(『문학신문』, 1959. 1. 1.)

깃발은 하나

듬보비쨔

번화한 부꾸레스트*의 거리를 스쳐
젖줄처럼 흐르는 듬보비쨔*―
듬보비쨔 천변을 걸으면 들리는구나,
냇물이 도란대는 전설의 마디마디.

부꾸르*라는 어진 목동의 한 패
넓고 넓은 초원을 떠다녔단다,
풍토 좋고 살기 좋은 고장을 찾아
온 세상을 양 떼 몰고 떠다녔단다.

무더운 여름철도 어느 한나절
정말로 무심코 와 닿은 곳은
듬보비쨔 맑은 물 번쩍이며 흐르고
아득한 지평선에 꽃구름 피는 땅.

타는 목을 저마다 축인 목동들
서로서로 껴안으며 주고받은 말
―이 물맛 두고 어디로 더 가리,
―이 물맛 두고 어디로 더 가리.

그때로부터 듬보비쨔 맑은 냇가엔
사랑의 귀틀집들 일어섰단다,
노래와 더불어 일하는 사람들
흥겨운 춤으로 살기만 원했단다.

그때로부터 몇천 년 지나갔는가
부꾸르의 이름 지닌 부꾸레스트—
나는 지금 듬보비쨔 천변을 걸으며
세월처럼 유구한 전설과 함께
파란 많은 역사를 가슴에 새긴다.

목동들이 개척한 평화의 길을 밟고
끊임없이 몰려온 침략의 무리
토이기*의 강도 떼도 히틀러 살인배도
빈궁과 치욕만을 남기려 했건만.
어진 사람들이 주초*를 다진 땅에
스며 배인 사랑을 앗지는 못했거니
강인한 인민의 품에 영원히 안긴
부꾸레스트의 번영을 자랑하며
듬보비쨔는 빛발 속을 흐르고.

수수한 형제들의 티 없는 웃음에도

잔디풀 키 다투며 설레는 소리에도
부꾸르의 고운 꿈이 승리한 세상
사회주의 새 세상의 행복이 사무쳤다.

미술박물관에서

앞을 못 보는 아버지의 손을 잡고
소녀는 내내 웃는 낯으로
소녀는 걸음마다 살펴 디디며
윤기 나는 계단을 천천히 올라왔다.

실뜨기에 여념 없던 방지기 할머니
우리에게 다가와서 귀띔하기를
"저이는 미술을 본디 좋아했는데
파쑈의 악형으로 그만 두 눈이……"

나란히 벽에 걸린 그림 앞에서
화폭에 담긴 정경이며 그 색채를
소녀는 빠칠세라 설명하였고
그럴 때마다 아버지의 얼굴엔
밝은 빛이 가득히 피어나군 하였다.

앞을 못 보는 아버지의 손을 잡고
다음 칸으로 천천히 옮겨 간 소녀가
"스떼판의 조각이야요
「조선 빨치산」……" 하면서
넓은 방 한복판에 멈춰 섰을 때.

아버지는 불현듯 검은 안경을 벗었다
세 눈으로 꼭 한 번 보고 싶다는 듯……
그러나 어찌하랴 어떻게 하랴
한참이나 안타까이 섰던 소녀는
아버지의 손을 조용히 이끌어
「조선 빨치산」의 손 우에 얹어드렸다.

대리석 조각의 굵은 손목을
널직한 가슴과 실한 팔뚝을
몇 번이고 다시 더듬어 만지면서
무겁게 무겁게 속삭이는 말
"강하고 의로운 사람들
미제를 무찌른 영웅들"

그의 두터운 손은 뜨겁게 뜨겁게

나의 심장까지도 만지는 것 같구나
무엇에 비하랴 행복한 이 순간
조국에의 영광을 한 품에 안기엔
내 가슴이 너무나 너무 작구나.

에레나와 원배 소녀
— 에레나는 조국해방전쟁 시기에 루마니야 의료단의 일원으로 조선에 왔던 동무

가을 해 기우는 다뉴브 강반에서
조선의 새 소식을 묻고 묻다가
김원배란 이름 석 자 적어 보이며
안부를 걱정하는 니끼다 에레나.
전쟁의 불바다를 회상하는가
에레나는 이따금 눈을 감는다.

미제 야만들이 퍼붓는 폭탄에
집뿐이랴 하늘 같은 부모마저 여의고
위독한 원배가 병원으로 업혀 온 건
서릿바람 일던 어느 날 아닌 밤중.

죽음과의 싸움에서 소녀를 구하자고

자기의 피까지도 수혈한 에레나
혈육처럼 보살피는 고마운 에레나를
엄마라 부르면서 원배는 따랐단다.

  "그 애가 제 발로 퇴원하던 날
   몇 걸음 가다가도 뛰어와서 안기며
   헤어지기 아쉽던 일 생각만 해도……"
말끝을 못 맺는 니끼다 에레나여!

어찌 어린 소녀 원배에게만이랴
조선이 승리한 억센 심장 속에는
루마니야의 귀한 피도 얽혀 뛰거니
공산주의 낙원으로 어깨 겯고 가는
두 나라의 우애와 단결은 불멸하리.

붉게 붉게 타는 노을 다뉴브를 덮고
다뉴브의 세찬 물결 가슴을 치는데,
조선이 그리울 제 부른다면서
에레나가 나직이 시작한 노래
우리는 다 같이 소리를 합하여
김일성 장군의 노래를 부른다
내 조국이 걸어온 혈전의 길과

아름다운 강산을 온몸에 느끼며.

꼰스딴쨔의 새벽

기선들의 호기 찬 항해를 앞두고
대낮처럼 분주한 저기는 부두
무쇠 닻줄 재우쳐 감는 소리도
떠나는 석유 배의 굵은 고동도
항구에 남기는 석별의 인사.

새벽도 이른 꼰스딴쨔*의 거리를
바쁘게 오가는 해원들 머리 우에
초가을 하늘은 푸름푸름 트고
가로수 잎사귀들 입 맞추며 깨고.

불타는 노을빛 한창 더 붉은
먼 수평선이 눈부신 광채를 뿜자
망망한 흑해*가 한결 설레며
빛에로 빛에로
빛에로 물결을 뒤집는다.

이런 때에 정녕 이러한 때에
내 마음이 가서 닿는 동해 기슭을
마양도*며 송도원* 어랑* 끝 앞바다를
갈매기야 바다의 새 너는 아느냐.

풍어기 날리며 새벽녘에 돌아오는
어선들의 기관 소리 물가름 소리
가까이 점점 가까이 항구에 안기는
바다의 사내들이 팔 젓는 모습과
웅성대는 선창머리 하도 그리워.

나는 해풍을 안고 햇살을 안고
낯선 항구의 언덕길을 내려간다
벅찬 생활 물결치는 동해의 오늘을
흑해와 더불어 이야기하고저,
두 바다의 미래를 축복하고저.

깃발은 하나
— 해방 전에 루마니야 공산주의자들이 얽매였던 돕호다나 감옥, 게오르기우 데스
  동지를 위시한 지도자들이 갇혀 있은 감방 앞에서

한 걸음 바깥은 들꽃이 한창인데

이 안의 열두 달은 항시 겨울날
철 따라 풍기는 흙냄새도
두터운 돌벽이 막아섰구나.

태양도 여기까진 미치지 못하여
이 안의 열두 달은 노상 긴긴 밤
떠가는 구름장도 하늘 쪼각도
여기서는 영영 볼 수 없구나.

조국을 사랑하면 사랑한 그만치
인민을 사랑하면 사랑한 그만치
피에 절어 울부짖던 가죽 채찍과
팔목을 죄이던 무거운 쇠사슬.

그러나 나는 아노라
투사들의 끓는 정열 불같은 의지는
몰다비야 고원에서 다뉴브의 기슭까지
강토의 방방곡곡 뜨겁게 입 맞추며
참다운 봄이 옴을 일깨웠더라.

고혈을 뽑히는 유전과 공장
무르익은 밀밭과 포도원에서

308

굶주린 인민들의 심장을 흔들어
광명에로 투쟁에로 고무했더라.

나는 경건히 머리 숙이며
머리를 숙이며 생각하노라.

칼바람 몰아치는 백두의 밀림에서
슬기로운 우리나라 애국자들이
고난 중의 고난 겪은 허구한 세월
붉은 기를 높이 들고
용진하며 싸운 고귀한 나날을.

산천은 같지 않고 말은 달라도
목숨으로 고수한 깃발은 하나
공산주의 태양만이 불멸의 빛으로
투사들의 가슴을 뜨겁게 하고
밝고 밝은 오늘을 보게 하였다.

——『루마니야 방문 시초』 중에서

(『조선문학』, 1959. 3.) (리용악 외, 『당이 부르는 길로』, 조선작가동맹출판사, 1960)

우산벌에서

가슴에 가득가득 안아 거두는
볏단마다 두 볼을 비비고 싶구나
무연한 들판 어느 한 귀엔들
우리가 흘린 땀 스미지 않았으랴,

나락 냄새 구수해서 황새도 취했는가
훨훨 가다가도 몇 번이고 되오네.

황해도 신천* 땅 여기는 우산벌*
붉은 편지 받들고 가을 봄 긴긴 여름
비단필 다루듯 가꾼 포전*에
이룩한 만풍년* 이삭마다 무거워라.

설레이는 금물결 황금 바다에
저기 섬처럼 떠 있는 소담한 마을
황토 언덕 높이 세운 이깔* 장대엔
다투어 휘날리는 추수 경쟁기

재우 베자 더 재우 베어나가자
우리네 작업반 풀색 깃발을
상상 꼭대기에 동무들아 올리자.

사회주의 령마루를 쌀로 쌓아 올리는
우리의 아름다운 꿈으로 하여
하늘의 푸르름 한결 진하고
어머니 대지는 우렁찬 노래에 덮이네.

(『문학신문』, 1959. 9. 25.)

영예군인 공장촌에서

삼각산*이 가물가물 바라뵈는 언덕 아래
신작로 길섶엔 쑥대밭 뒤설레고
낡고 낡은 초가집 몇 채만
가을볕을 담뿍 이고 있었다네.

처절하던 전쟁의 나날을 회고하면서,
아직은 갈 수 없는 남쪽
시름겨운 고향을 이야기하면서
먼 길 와 닿은 영예군인 다섯 전우
정든 배낭을 마지막 내려놓던 날,

가진 건 아무것도 없었다네, 그러나
불타는 시선으로 미래를 그렸거니
가장 고귀한 것을 지녔기 때문.

그것은 걸음마다 부축하여
뜨겁게 뜨겁게 안아주는
당의 사랑!
그것은 조국의 통일을 위해
있는 정열 다하려는 붉은 마음!

붉은 마음으로 헤친 쑥대밭에

오늘은 높직한 굴뚝들이 일어섰네,
불굴한 청년들의 꿈처럼 푸른 색깔로
송판에 큼직큼직 써서 붙인
「영예군인 화학 공장」

아쉽던 사연인들 이만저만이랴만
심장을 치는 기계 소리에 가셔졌다고
서글서글 웃기만 하는 얼굴들이
어찌하여 나 보기엔 한사람 같구나.

배필 무어 한 쌍씩 따로내던* 때에사
독한 개성 토주 달기도 하더라는
자랑 많은 형제들아
걸음마를 익히는 귀염둥이들
옥볼에 두 번씩 입 맞춰주자.

삼각산이 가물가물 바라뵈는 언덕 우에
양지바른 문화주택 스물네 가호
집마다 초가을 꽃향기에 묻혔네,
남쪽을 향한 창들이 빛을 뿌리네.

(『조선문학』, 1959. 12.) (리용악 외, 『그날을 위하여』, 조선작가동맹출판사, 1960)

빛나는 한나절

백설에 덮인 강토가
일시에 들먹이는가
금관을 쓴 조국의 산들이
한결같이 어깨를 쳐드는구나

설음* 많은 이국의 거리거리에서
오랜 세월 시달린 우리의 형제들이
그립고 그립던 어머니 땅에
첫발 디디는 빛나는 한나절

울자
노래 부르자
내 나라가 있기에 가져보는 이 행복
다시는 이 행복을 잃지 말고저
다시는 쓴 눈물 흘리지 말고저
목이랑 껴안고 볼에 볼을 비비면
매짠 바람도 도리어 훈훈하구나

울자 이러한 날에사
더 높이 노래 부르자
가슴속 치미는 뜨거움을 다하여
고마운 조국에 영광을 드리자.

—— 시초『고마와라, 내 조국』중에서

(『조선문학』, 1960. 1.) (리용악 외,『뜨거운 포옹』, 조선작가동맹출판사, 1960)

열 살도 채 되기 전에

배에서는 한창 내리나 본데
발돋움 암만 해도 키가 너무 모자라
비비대며 총총히 새어 나가는
꼬마는 아마도 여덟이나 아홉 살

될 말이냐 어느새 앞장에 나섰구나
새납* 소리 징 소리도 한층 흥겨워라

목메어 그리던 어머니 조국 품에
꿈이런듯 안기는 숱한 사람 중에서도
자기 또래에게 마음이 먼저 쏠려
꼬마는 달려간다
달려가서 덥석 손을 잡는다.

만나자 정이 든 두 꼬마는
하고 싶은 그 한마디 찾지 못해서
노래 속에 춤 속에 꽃보라 속에
벙실벙실 내내 웃고만 섰구나

하지만 그것은 정말로 짧은 사이
어찌하여 천진한 두 꼬마는
얼굴을 일시에 돌리는 것일까

꼭 쥔 채 놓지 않는 귀여운 손과 손이
어찌하여 가늘게 떠는 것일까

새별 같은 눈에서 무수한 잔별들이
무수한 잔별이 반짝이면서
갑작스레 쏟아지는 눈물의 방울방울
나의 가슴속에도 흘러내린다.

얼마나 좋으냐 우리 조국은
너희들이 열 살도 채 되기 전에
눈물의 뜨거움을 알게 했구나
자애로운 공화국을 알게 했구나

(『조선문학』, 1960. 4.)

봄의 속삭임

그립던 누이야 나는 이제사
밝고 밝은 세상에 태어났구나
하늘의 푸르름도 바람 소리까지도
옛날의 그것과는 같지 않구나

돌아올 기약 없이 끌려가던 때
앞을 가리던 검은 구름장
세월이 흐를수록 쌓이고 더 쌓여
사십 평생 가슴에서 뭉게치더니

서러웁던 굽인돌이* 황토 길에서
마지막 만져본 야윈 팔이랑
검불그레 얼어 터진 너의 손등이
잠결에도 문득문득 시름겹더니

어둡던 나날을 영영 하직한
여기는 청진 부두
아직은 겨울이건만 가슴속 움트는
봄의 속삭임 조잘조잘 내닫는 개울물 소리

누이야 의젓한 너의 어깨에
너의 어깨에 입 맞춘 그 시각부터

해토하는 흙냄새 흠씬 맡으며
나는 고향 벌에 벌써 가 있다.

얼마를 절하면 끝이 있을까
너와 나의 애틋한 어린 시절이
이랑마다 거름처럼 묻힌 땅에서
행복을 찾게 한 사회주의 내 조국

얼마를 절하면 끝이 있을까
그립던 누이야 나는 이제사
밝고 밝은 세상에 태어났구나

(『조선문학』, 1960. 4.)

새로운 풍경

먼동조차 늦추 트는 첩첩 두메라
쏟아지는 햇빛이 한결 더 좋아서
황금 빛발 한 아름씩 그러안으며
우리 조합 젖소들 숱하게 가네
우우 옮겨 앉는 새 떼의 지저귐
번쩍이며 내닫는 개울물 소리
모두가 내게는 가슴 뛰는 인사말로
항시 새로운 노래로 들리네.

부대기*나 일쿠던* 그 험한 세월에사
부는 바람, 지는 달
흘러가는 구름장에도
시름만이 뒤설레던 이 골짜기

삶의 막바지던 이 골짜기에
꿈 아닌 지상낙원 일어서고
오늘엔 풀잎마저
각색 꽃같이 웃고

가난살이 하직한 우리네처럼
멍에를 영영 벗은 누렁 젖소들
소들이 가네

사료 호박 한창 크는 비탈을 돌아
저 골안 방목지로 줄지어 가네.

── 창성군*에서

(『문학신문』, 1961. 1. 6.)

우리 당의 행군로

배개봉*은 어디바*루
　　　　　　해는 또 어디
하늘조차 보이잖는
　　　　　　울울한 밀림
찌죽찌죽* 우는 새도
　　　　　　둥지를 잃었는가
갑작스레 쏟아지는
　　　　　　모진 빗방울

꼽아보자 그날은
　　　　　　스물 몇 해 전
우리 당 선두 대열
　　　　　　여기를 행군했네
억눌린 형제들께
　　　　　　골고루 안겨줄
빛을 지고
필승의 총탄을 띠고

넘고 넘어도
　　　　　　가로막는 진대통*
어깨에 허리에
　　　　　　발목에뿐이랴

나라의 운명에
          뒤엉켰던 가시덤불
붉은 한뜻으로
          헤쳐나간 길

저벅저벅 밟고 간
          자국 소리
아직도 가시잖는
          그 소리에 맞추어
너무나 작은 발로
          나도 딛는 땅,
막다른 듯 얽히다도
앞으로만 내내 트이는구나

진주를 다듬어
          천리에 깐다 한들
이 길처럼이야
          어찌 빛날까
조국의 광복을 만대에 이으신
김일성 동지!
그이의 가슴에서 비롯한 이 길!

감사를 드리노라
우리 당의 행군로를
　　　　　한곬으로 따르며
그이들이 선창한
　　　　　혁명의 노래
온몸으로 부르고
　　　　　또 부르며

——『전적지 시초』 중에서

(『문학신문』, 1961. 9. 8.) (리용악 외, 『당에 영광을』, 조선작가동맹출판사, 1961) (리용악 외, 『1961 문학 작품 년감』, 조선문학예술총동맹출판사, 1963. 5. 10.)

불붙는 생각

사랑하는 내 나라의 험한 운명을
산악 같은 두 어깨에 무겁게 지고
수령께서 내다보신 어느 중천에
그날은 먹장구름 뭉게쳤던가

여기는 청봉*
조국의 한끝

뒤설레는 초목에 어머니 땅에
사무쳤던 그리움을 철철 쏟으며
그이 안겨주신 붉은 꿈으로 하여
이 숲속의 긴긴 그 밤
투사들은 잠시 잠들지 못했으리

그이들의 옷깃이 스쳐 간 밀림 속
춤추는 풀잎이며 싱싱한 나무순
땅을 덮은 꽃이끼며 모래 한 알까지도
내 나라의 새 빛을 담뿍 머금었구나

혈전의 모진 세월 넘고 또 넘어
그이 펼치신 밝고 밝은 우리 시대
우러르면 멀리 트인 비취색 하늘

연연히* 뻗어 내린 푸른 산줄기

인민의 살처럼 피처럼 아끼며
수령께서 뜨겁게 뜨겁게 입 맞추신
백두 고원의 검붉은 흙을
두 손에 떠 안으며 불붙는 생각

자랑스럽구나 나의 조국은
암흑한 천지를 압제가 휩쓸던 때
그이들이 활활 태운 햇불로 하여
햇빛보다 더 밝은 그 빛으로 하여

내 가슴 복판에 불붙는 생각
가슴이 모자라게 불붙는 생각
세차게 내닫자 더욱 세차게
그이 가리키는 천리마의 진군로를.

(『문학신문』, 1962. 4. 15.)

땅의 노래 (가사)

나라를 잃은 탓에 땅마저 잃고
헤매이던 그 세월이 어제 같구나
노동당이 찾아준 기름진 이 땅에
세세년년 만풍년을 불러오리라

제 땅을 잃은 탓에 봄마저 잃고
시달리던 종살이를 어찌 잊으랴
수령님이 안겨준 영원한 봄빛에
피어나는 이 행복을 노래 부르자

다시는 이 땅 우에 압제가 없고
이 땅 우에 가난살이 영영 없으리
은혜롭고 고마운 어머니 내 조국
사회주의 내 조국을 피로 지키자

(『문학신문』, 1966. 8. 5.)

다치지 못한다 (가사)

아름다운 내 나라 인민의 나라
다치지 못한다 한 포기 풀도
조국을 지켜 선 젊은 용사들
꿈결에도 총검을 놓지 않는다

걸음마다 애국의 피로 물든 땅
다치지 못한다 한 줌의 흙도
조국을 위하여 불타는 심장
백두의 붉은 피 용솟음친다

목숨보다 귀중한 인민의 제도
다치지 못한다 어떤 원쑤도
고지는 일떠서 요새가 되고
초목도 날창*을 비껴들었다

(『문학신문』, 1966. 9. 27.)

당 중앙을 사수하리 (가사)

눈보라의 만 리 길 험난하여도
붉은 심장 끓어번진* 항일유격대
간악한 왜놈 군대 쓸어눕히며
그이 계신 사령부를 보위하였네

장군님은 끝까지 보위하라고
혁명 전우 남긴 유언 쟁쟁하여라
원쑤의 포위망을 천백 번 뚫고
목숨으로 사령부를 지켜냈다네

4천만의 염원을 한품*에 안고
수령님은 통일의 길 밝혀주셨네
마지막 한 놈까지 미제를 치며
그이 계신 당 중앙을 사수하리라

(『문학신문』, 1967. 7. 11.)

붉은 충성을 천백 배 불태워

먼동도 미처 트기 전에
어버이 수령께서
복구 현장을 또다시 다녀가신 감격으로 하여
우리의 가슴속은 진정할 수 없고

싱싱한 우리의 어깨마다에
그이께서 친히 맡기신 벅찬 일 더미
오늘도 본때 있게 해제껴야 할 일 더미를 두고
우리의 젊음은 더욱 자랑스럽구나

난관이 중첩한 이러한 때일수록
정녕코 어려운 때일수록 앞장에 서게 하신
그이의 두터운 신임과
극진한 사랑으로 하여
우리의 심장은 끓어번지거니

우리는 다 같이 그이의 붉은 전사
더더구나 영광스러운 수도복구건설대

영웅 인민의 기상과 슬기가 깃든 여기
수령께서 혁명을 구상하시고 영도하시는
백전백승의 당 중앙이 있는 평양

정녕코 소중한 평양의 모든 것을
큰물의 피해로부터 하루바삐 복구하고
그이의 신임과 사랑에 보답하자

기어코 보답하자!
있는 힘을 천백 배로 하여
있는 지혜를 천백 배로 하여
어버이 수령께 한결같이 바치는
우리의 붉은 충성을 천백 배로 불태워

사랑하는 우리의 혁명 수도를
정녕코 사랑하는 평양의 모든 것을
보다 더 환하게 건설해내자

(1967. 9. 2.) (『문학신문』, 1967. 9. 15.)

오직 수령의 두리에 뭉쳐

선거의 기쁜 소식으로 들끓는 복구 건설장
붉은 수도건설대의 뭉친 힘을 보라는 듯
오늘 계획도 이미 넘게, 푹푹 자리를 내놓고
담배 한 대씩 피워 문 즐거운 휴식의 한때

땀에 흠뻑 젖은 어깨에, 가슴에, 무쇠 팔뚝에
쏟아지는 가을볕이 한창 영글고
하늘도 오늘따라 푸르름을 더하는데
검붉은 흙무지*를 타고앉아
모두들 꽃피우는 선거 이야기

제 손으로 자기의 주권을 선거하는
인민의 명절을 맞이할 때마다
몇 번이고 다시 다시 생각하게 되는구나
착취와 압박 없는 참된 자유 속에서
너나없이 고루 누리는 오늘의 행복에 대하여

우리의 위대한 수령의 이름과 따로 떼여
오늘의 보람 그 어느 하나 말할 수 없고
그이께서 영도하시는 노동당과 따로 떼여
휘황한 미래를 말할 수 없는 것처럼

간고하고도 긴긴 15개 성상의
혈전의 길을 거쳐
그이께서 펼치신 밝고 밝은 사회주의 이 제도
그이께서 안아 키운 인민주권과 따로 떼어
4천만의 운명을 말할 수는 없는 것

그러기에, 언제
어디서
무엇에 부딪쳐도
우리에겐 한길밖에 없다.
수령께서 가리키는 그 한길밖에

나라가 없은 탓에 살길을 빼앗기고
암담하던 그 세월을 못 잊기 때문에,
무엇과도 못 바꿀 오늘이 정녕 소중하기 때문에,
그이께서 친히 진두에 서신
혁명의 승리를 굳게 믿기 때문에

그러기에 뚫지 못할 장벽이란 없고
그러기에 넘지 못할 난관이 없는 우리
곡괭이 한 번 들어 찍는 그것까지
삽으로 흙 한 번 던지는 그것까지

혁명의 심장부를 반석 우에 솟게 하고
우리의 주권을 다지고 또 다지는 것

무엇이 우리 앞을 막는다더냐
제 손으로 자기의 주권을 선거하는
인민의 명절을 맞이할 때마다
오직 수령의 두리에 굳게 뭉친
우리의 충성은 날로 더 무적한 힘을 낳거니

무엇이 우리 앞을 막는다더냐
남북 형제 다 같이 그이 품에 안길 그날
위대한 그날도 부쩍부쩍 앞당기거니

동무들아!
혁명의 수도 평양을
보다 웅장하게 건설하는 벅찬 투쟁으로
뜻깊은 선거를 맞이하자!
조선 공민의 본때와 긍지를 세계에 자랑하자!

(1967. 9. 26.) (『문학신문』, 1967. 9. 29.)

찬성의 이 한 표, 충성의 표시!

온 나라 방방곡곡을 하나로 격동시키는
무한한 감격의 세찬 흐름을 타고
온 인민이 하나로 휩싸인 흥분의 선풍을 타고
명절이 다가온다. 그처럼 기다린
선거의 명절이 바로 눈앞에 박두하였다

보다 큰 혁신과 새 승리에로 고무하신
어버이 수령 김일성 동지의 축하문을 받들고
하나로 들끓는 공장들과 건설장들
지하 천 길 막장이며 심산 속 산판들에서
풍만한 결실을 노래 높이 쌓아 올린 황금벌에서
만경창과 기름진 동서해의 어장들에서

천만 사람이 한마음 한 덩어리 되어
선거의 날을 크나큰 명절로 맞이하는 것은
영명하신 그이께서 친히 창건하고 친히 키우신
우리의 주권이야말로 진정한 인민의 주권
이 땅 우에 인민의 낙원을 이룩한 주권이기에

그이께서 친히 이끄시는
우리의 주권이야말로
보다 거창하고 보다 휘황한 변혁에의 길을

공산주의 미래에로 당당하게 진군하는
조선 혁명의 강력한 무기이기에

그러기에
지성에 찬 한 표 한 표를 바쳐
자기의 주권을 더욱 굳게
다져야 하는 우리

우리는 바치련다
공화국의 공민된 긍지와
나라의 진정한 주인된 무거운 책임 안고
우리가 바칠 찬성의 한 표 한 표는
어버이 수령께 드리는 충성의 표시!

우리는 다시 한번 자랑하리라
당과 조국에 대한 다함없는 사랑을 담아
혁명의 승리를 믿고 믿는 확고한 신념을 담아
우리가 바칠 한 표 한 표로써
위대한 수령의 두리에 철석같이 뭉친
조선 인민의 불패의 통일과 단결의 힘을

소리 높여 시위하자

어느 한시도 잊지 못하는
남녘 형제들에 대한 열렬한 지원을 실어
우리가 바칠 귀중한 한 표 한 표로써
악독한 미제를 한시바삐 몰아내고
조국을 기어코 통일하고야 말
우리의 굳은 결의를 온 세계에 시위하자

(『문학신문』, 1967. 11. 24.)

산을 내린다

산을 내린다
험준한 북한산 봉우리들에
깎아지른 절벽에, 깊은 골짝 골짜기에
어느덧 어둠이 쏟아져 내릴 무렵

산을 내린다
항일 투사들이 부르던 「결사전가」를
나직나직 심장으로 힘차게 부르며
싸움의 길을 바쁘게 가는
우리는 조국 위해 몸 바친 남조선 무장유격대의
용맹한 소조

산을 내린다
몸은 비록 여기 암흑의 땅에 나서
압제의 칼부림과 모진 풍상 헤가르며
잔뼈가 굵어진 한 많은 우리지마는
민족의 태양이신 김일성 원수님의
혁명 사상을 받들고 투쟁하는 그이의 전사

가슴 벅차게 기다리던 출진을 앞두고
바위 그늘에 둘러앉은 미더운 전우들끼리
어버이 수령님께 다시 한번 충성을 다지는

엄숙한 결의 모임부터 가지고 떠난 우리

산을 내린다
진하디진한 송진내를 휙휙 풍기며
쏴아쏴아 안겨오는 서느러운 솔바람도
하나둘씩 눈을 뜨는 하늘의 별들도
피 끓는 사나이들의 앞길을 축복해주는데

몇 번째의 능성이에 올라섰는가
앞장에 가던 동무 문득 걸음을 멈추자
모두들 푸르청청한 늙은 소나무 밑에 선 채
말없이 바라보는 저기 저 멀리
숱한 등불이 깜박거리는 건 파주*의 거리

약탈과 사기와 협잡이 활개를 치고
테로와 학살이 공인되는 저 대양 건너
제 놈들이 살던 소굴처럼 못하는 짓이 없기에
'한국의 텍사스'로 불리우는 저 거리

이 세상 모든 악덕이 한데 모여
거리낌 없이 난무하는 저 거리는 또한
미제 야만들에게 오래도 짓밟히는

남조선 사회의 썩을 대로 썩은 몰골을
한눈으로 보게 하는 생지옥이거니

저 거리에서 벌어지고 있을
몸서리치는 일들을 누구면 모르랴
미제 강도 놈의 갖은 행패에 항거하는 우리 사람들
더는 이대로 살아갈 수 없는 우리의 부모처자
사랑하는 우리의 형제자매들이
정말로 목마르게 새날을 기다리며
자애로운 수령님의 품속을 그리며
원쑤 놈들을 향해 이를 갈고 있으리라

우리는 알고 있다
미제 침략자들을 소멸하지 않는 한
어떠한 새날도 맞이할 수 없다는 것을
우리의 자유와 진정한 해방은
우리 자신의 투쟁에 의해서 온다는 것을

그러기에 우리는 무장을 들고 일어섰다
앉아서 죽기보다는 일어나 싸우기 위하여
노동자, 농민들과 청년 학생, 지식인들이
굳게 뭉쳐 싸우면 반드시 이긴다는

그 진리와 신심을 안고

산을 내린다
산을 내린다
벌써 몇 차례의 번개 같은 기습에서
원쑤 놈들에게 복수의 불벼락을 안기고
미제와 박정희 개 무리의 학정에 신음하는
인민들 가슴마다 새 희망과 용기를 불 지른 우리

산을 내린다
우리가 가고 있는 험난한 이 길은
다름 아닌 조국 통일의 대로에 잇닿아
어버이 수령님의 넓은 품속에서
우리도 북녘 형제들과 함께 행복하게 살
영광에 찬 그날을 당당하게 맞이하는 길

길을 가며 무심코 허리를 짚으려니
분노에 떠는 주먹, 불쑥 손에 닿는 수류탄
수류탄아, 오늘도 부시자
한 놈이라도 더
인민의 이름으로 원쑤를 잡자.

(리용악 외, 『조국이여 번영하라』, 문예출판사, 1968)

앞으로! 번개같이 앞으로!

내게는 몇 장의 낡은 전투 속보가 있다
그것은 가열하던 낙동강 전선
불비 쏟아지는 전호에서 전호에로
넘겨주고 넘겨받던 우리 군부대의 전투 속보
전투 속보 「번개같이」를 때때로 펼치는 것은
혹은 휴식의 한낮, 혹은 선잠 깬 아닌 밤중에
혈전의 나날이 문득문득 떠오르기 때문.

「번개같이」
「번개같이」
이것은 바로 단매에 원쑤를 박살내달라는
부모형제들의 한결같은 염원이었고
「번개같이」, 이것은 바로
적에게 숨 쉴 틈조차 주지 않은
인민군 전사들의 멸적의 기상이었다.

온 겨레의 피맺힌 그 원한을
기어코 풀어주시고야 말
어버이 수령님, 우리의 최고사령관 동지께서
─악독한 침략자들을 더욱 무자비하게
   결정적으로 격멸하기 위하여
   앞으로! 번개같이 앞으로!…… 하신

명령을 심장 깊이 새긴 우리
걸음마다 원쑤를 무리로 짓부셨거니

위훈 가득 찬 그날의 전투 속보를 펼칠 때마다
생사를 같이한 전우들의 벅찬 숨결과도 같은 것을,
후더웁게* 달아오른 체온과도 같은 것을
어디라 없이 어디라 없이 몸 가까이 느끼기에
불현듯 풍기는 화약내와 더불어
눈앞에 선한 전투 마당을
나는 황황히 내달리군 한다.

빗발치는 적의 탄막을 뚫고 뚫으며
혹은 피의 낙동강을 함께 건넜고
혹은 남해가 지척인 산마루에 공화국기 날리며
「김일성 장군의 노래」를 함께 부른 전우들
오직 수령의 부름이라면 죽음도 서슴지 않는
굳강한 사나이들 속에 있는 행복이여!

위대한 수령의 전사된 이 행복과
이 영광에 보답하기 위하여
마디 굵은 손아귀에 틀어쥔 총창
백두의 넋이 깃든 일당백의 총창을

꿈결에도 놓지 않고
결전의 새 임무를 주시기만 갈망하는 우리

목숨보다 귀중한 조국의 남녘땅을
스무 해도 넘게 짓밟는 원수
그날에 못다 족친 미국 강도들을
마지막 한 놈까지
마지막 한 놈까지
이제야말로 쳐부시리니

때로는 막역한 벗들과 함께
때로는 입대 나이 다 된 자식과 함께
낡은 전투 속보를 새 마음으로 펼치군 하는 것도
세월이 갈수록 지중한 수령의 명령이
──앞으로! 번개같이 앞으로!
하고 방금 부르시는 듯
가슴 한복판을 쩡쩡 울리기 때문.

(리용악 외, 『철벽의 요새』, 조선문학예술총동맹출판사, 1968)

피값을 천만 배로 하여

포가 갈긴다
포가 갈긴다
남부 웰남* 인민들의 분노와 저주와
구천에 사무친 원한을 다진
복수의 명중탄이 미제 강도들을 갈긴다

지뢰를 파묻던 날새* 같은 처녀들도
죽창을 깎고 있던 할아버지 할머니들도
탄약을 가득 싣고 강을 건너던 매생이군*도
모두들 후련한 가슴을 펴고
가슴을 활짝 펴고 쏘아보는 저기

정말로 시원스런 폭음과 함께
하늘 높이 치솟는 시커먼 불기둥과 함께
미제 침략자들의 비행장과 놈들의 병영
놈들의 무기고가 연이어 박산* 나고
삽시에 지옥으로 화하는 죄악의 기지

사람의 탈을 훔쳐 쓴 살인귀들이
가슴에 십자가도 그을 새 없이
외마디 비명도 지를 새 없이
오늘 또 얼마나 많이 녹아나는가

남의 나라 남의 땅 남의 뜨락에
피 묻은 네 발로 함부로 기어들어
닥치는 대로 질러놓은 잔악한 불길
잔악한 그 불길의 천만 배의 뜨거움이
이제는 제 놈들을 모조리 태워버릴 때

거리건 나루터건 학교건 병원이건
닥치는 대로 퍼부은 온갖 폭탄과
밭이건 논이건 혹은 우물 속이건
닥치는 대로 뿌린 무서운 유독성 물질의
천만 배의 독을 지닌 앙칼진 쇠붙이들이
이제는 제 놈들을 갈갈이 찢어 치울 때

포가 갈긴다
포가 갈긴다
웰남 형제들과 생사를 같이할
우리의 우의와 멸적의 기개를 함께 다진
복수의 명중탄이 끊임없이 갈긴다

영웅 조선의 어느 한 귀퉁이
영웅 웰남의 어느 한구석에도

침략의 무리가 마음 놓고 디딜 땅
무자비한 징벌 없이 디딜
그러한 땅은 영원히 없거니

자유를 교살하며 가는 곳마다
끔찍이도 흐르게 한 무고한 피의
무엇과도 못 바꿀 그 피값을 천만 배로 하여
무엇에도 못 비길 그 아픔을 천만 배로 하여
강도 미제의 사지에서 짜내고야 말 때다

(1968) (리용악 외, 『판가리싸움에』, 문예출판사, 1968)

어느 한 농가에서 (서정서사시)

1

우수 경칩도 이미 지난 철이건만
드센 바람 상기 윙윙거리고
두텁게 얼어붙은 채 풀릴 줄 모르는 두만강 기슭
양수천자* 가까운 산모롱이 외딴 농삿집

마당 앞에 우뚝 선 백양나무 가지에서는
오늘따라 까치들이 유별나게 우짖는데

캄캄한 어둠에 짓눌린 세월
오랜 세월을 두고
태우고 태운 고콜불* 연기에
새까맣게 그슬은 삿갓 탄자 밑에서
가난살이 시름하던 순박한 늙은 내외

"까치두 허, 별스레 우는구려
집난이*의 몸 푼 기별이 오려나
손 큰 소금 장수가 오려나
까치두 정말 별스레 울지"
"강냉이 풍년에 수수 풍년이나 왔으면
눈이나 어서 녹고

산나물 풍년이라도 들어줬으면"
"풍년이면 언제 한번 잘살아봤노
세납 성화나 덮치지 말아라
부역 성화나 덮치지 말아라
지긋지긋한 지주놈의 성화나 제발……"

소원도 많은 늙은 내외는
돌연한 인적기에 깜짝 놀라
주고받던 이야기를 뚝 끊었네
언제 어디서 왔는지
난데없는 군대들이
마당에 저벅저벅 들어서는 바람에

"에크! 이걸 어쩌나……"
하고 소리라도 칠 뻔한 그 순간
두 늙은이 머릿속을 번개처럼 스친 것은
악귀 같은 왜놈의 군경이었네
바로 지난가을에도
미친 개 무리처럼 집집에 들이닥쳐
갖은 행패를 다 부린 쪽발이 새끼들

시퍼런 총창을 함부로 휘두르면서

구차한 세간들을 닥치는 대로 짓부셔대고
종당에는 씨암탉마저 목을 비틀어 간
왜놈들의 상판대기가 불현듯 떠올라
늙은 내외는 몸서리를 쳤더라네

그러기에 문밖에서 주인을 찾는 소리
한두 번만 아니게 들려왔건만
죽은 듯이 눈을 감고
한마디 응답도 끝내 하지 않았네

하지만 어찌하랴
잠시 후 서로 얼굴만 쳐다보는
두 늙은이 가슴속은 끔찍이도 불안하였네
──이제 필경 문을 와락 제낄 텐데
    무지막지한 구둣발들이 쓸어들 텐데
    가슴에 총부리를 들이댈 텐데

안골 사는 꺽쇠 영감네가
봉변을 당한 일이 문득 생각났네
유격대가 있는 데를 대라고
당치도 않은 생트집을 걸어
죄 없는 초가삼간에 불을 지르고는

끌날같은* 외아들을 끌어가지 않았던가

아랫마을 강 노인네가
애꿎게 겪은 일들이 문득 떠올랐네
까닭 없이 퍼붓는 욕지거리며
영문도 모를 지껄임에 대답을 못 했다구
늙은이고 아낙네고 사정없이 마구 차서
삽시에 반죽음이 되게 하지 않았던가

생각만 해도 섬찍한 일들이 눈에 선하여
늙은 내외는 똑같이 공포에 질려 있었네

그런데 웬일일까?
당장에 무슨 변이 터지고 말 듯한
팽팽한 몇 순간이 지난 것만 같은데
어찌된 일일까?
문고리에 손을 대는 기미두 영 없고
큰 소리치는 사람 하나 없으니……

너무나 뜻밖이고 너무 이상스러워
문틈으로 넌지시 바깥을 내다보는
두 늙은이의 휘둥그런 눈에는

모두가 모두 모를 일뿐이었네

얼른 봐도 부상자까지 있는 형편인데
문을 열고 들어설 생각은커녕
마당 한구석에 쌓여 있는 짚단 하나
검부러기 하나도 다치지 않고
바람 찬 한데서 수굿수굿* 차비를 하고 있는
정녕코 정녕 알 수 없는 사람들……

단정한 매무시며 행동거지며
수수하고 싱싱한 얼굴 표정부터가
여태까지 봐온 여느 군대와는 판이한 군대
왜놈 같은 기색은 털끝만치도 보이지 않는
이분들은 도대체 무슨 군대일까?

영감님도 할머니도 아직은 몰랐다네
이분들이 바로 항일유격대임을,
동에 번쩍 서에 번쩍 발길 닿는 곳마다
원쑤 일제에게 무리 죽음을 안기고
인민들 가슴속에 혁명의 불씨를 심어주는
이분들이 바로 백전백승의 장수들임을——

더더구나 어찌 알았으랴
온 천하가 우러르는 절세의 애국자이시며
전설적인 영웅이신 김일성 장군님과
그이께서 친솔하신 영광스런 부대가
지금 바로 눈앞에서
잠시나마 쉴 차비를 하고 있음을……

2

장설*로 내린 숫눈*길을 헤치고
새벽부터 행군해 온 부대가
산모롱이 외딴 농삿집 마당에서
잠시 휴식하게 된 것은 늦은 낮밥 때
모두들 땀에 젖어 있었으나
살을 에이는 듯한 맵짠 날씨였네

─간밤에도 뜬눈으로 새신
  장군님, 사령관 동지만은
  부디 방안에 모셨으면……
  부상당한 동무만은
  잠깐이나마 온돌에 눕혔으면……

이것은 모든 대원들의 한결같은 심정이었건만

그런데 글쎄 세상은 까다로와
풀리지 않는 일도 때론 있는 법
방금까지 집 안에서는 인기척이 있었는데
몇 번 다시 주인을 불러봐도
응답 한마디 종시 없지 않은가

하지만 이러한 때에 어느 누구도
눈살조차 찌푸리는 일이 없고
문고리에 손 한 번 가져가지 않음은
유격대원들은 언제 어디서나
인민의 충복이 되어야 한다고 가르치신
김일성 장군님의 간곡하고도 엄한 교시가
누구나의 심장 속에 항시 살아 있기 때문

어느 누구보다도 그이께서
몸소 인민을 존중하시고
인민의 이익을 제일생명으로 여기시는
훌륭하고도 지중한 산 모범을
누구나가 혁명 생활의 거울로 삼고 있으며
숭고한 그 정신을 군율로 삼기 때문에

원쑤들에게는 사자처럼 용맹하고
범처럼 무자비하면서도
인민들 앞에서는 순하디순한 양과도 같이
자기의 모든 것을 아낌없이 바칠 줄 아는
김일성 장군님의 참된 전사들!

집주인이 응대를 아니한다 하여
어찌 얼굴빛인들 달라질 수 있으랴

아무 일도 없었던 듯이
모두들 미소를 지으며
흙마루에
땅바닥에
눈무지* 우에
휴대품들을 묵묵히 내려놓는데

장군님은 어느새 입으셨던 외투를 벗어
부상당한 대원에게 친히 덮어주시고
들것에 누워 있는 피 끓는 투사의
안타까운 마음의 구석구석을
따뜻한 손길로 어루만져주시는 듯

이것저것 세심히 보살피시더니

추울 때엔 가만히 앉아서 쉬기보다
추위를 쫓아야 한다고 하시면서
도끼를 들고 마당 한가운데로 나오시자
모든 대원들이 그이를 따라나섰네
혹은 눈가래*를 들고
빗자루를 들고
혹은 지게며 낫이며 물통을 들고

이리하여 더러는
앞뒤 뜰에 쌓인 눈을 치고
마당을 말끔히 쓸고
더러는 기울어진 울바자를 바로 세우고
더러는 뒷산에서 나무를 해다가
산속에서 하던 솜씨대로
한데에 고깔불*을 활활 피우고

따라나선 꼬마 대원을 데리고
강역*으로 나가신 장군님께서
얼어붙은 물구멍을 도끼로 까고
양철통에 철철 넘치게 손수 길어오신 물

행길까지 총총히 달려나가 물통을 받아들인
단발머리 여대원은 재빠르게도
백탕을 설설 끓이며 식사 준비를 서두르고

다시금 도끼를 드신
장군님께서 통나무 장작을 패는 소리
쩡쩡
가슴마다에 쩡쩡 메아리치네

꿈결에도 못 잊으실 어머님께
어머님께라도 들르신 것처럼
생사고락을 함께 겪은 어느 전우의
일손 바른 고향집에라도 들르신 것처럼
널려 있는 장작을 맞춤히들 쪼개어
처마 밑에 차국차국 쌓아까지 주시는 그이

마당에서 벌어지는 이 모든 광경을
문틈으로 샅샅이 내다보고 있는
늙은 내외의 복잡한 마음속은
말로는 못다 할 놀라움과 감격으로 하여
시간이 갈수록 더욱더 붐비었네

무슨 군대들이 글쎄
멸시와 천대밖에 모르고 사는
백성의 집에 와서 한데에 쉬는 것도
있을 법한 노릇이 정말 아닌데
며칠 해도 못다 할 궂은일까지
삽시간에 서근서근* 해제꼈으니……

숱한 남의 일을 제 일처럼 하면서도
장작 한 개피 축내기는커녕
마당에서 활활 타고 있는 삭정이까지
뒷산에 올라가 손수 해왔으니

이분들이야말로
옛말에 나오는 신선이 아니면
이 세상에서 으뜸 좋고
으뜸으로 어진 군대리!

들것에 누워 있는 부상자에게
외투들을 벗어서 푸근히 덮어주고
번갈아 끊임없이 오고 가면서
있는 정을 다 쏟아 간호하는
실로 미덥고 아름다운 사람들

이분들이야말로
한 피 나눈 친어버이 친형제 아니면
이 세상에서 으뜸 뭉치고
으뜸으로 의리 깊은 군대리!

이렇게 생각한 영감님은
평생 갚아도 못다 갚을 빚이라도
걸머진 것처럼 어깨가 무겁고
어쩐지 송곳방석에 앉은 것만 같았네
문을 열고 나가자니 낯이 그만 뜨겁지
그냥 앉아 배기자니 양심에 찔리지

이러지도 저러지도 못해하는 때
일이 났네
꿈에도 생각지 못한 일
여지껏 잘도 자던 어린아이가
갑자기 "으아" 하고 울음보를 터뜨릴 줄이야……

그 바람에 영감님은 이것저것 다 잊고
그 바람에 황황히 문을 차고 나왔더라네

3

이윽고 이분들이 소문에만 들어온
항일유격대라는 것을 알게 된 영감님은
이 사람 저 사람의 옷소매를 잡고
이마가 땅에 닿도록 사죄하였네

"유격대 어른들이 오신다고
그래서 까치들이 유별나게 구는 걸
그런 것을 글쎄 그런 것을 글쎄
왜놈 군대로만 알다니
죽을 죄를 졌수다, 이 늙은것이……"

어쩔 바를 몰라하는 영감님보다
한층 더 딱해하는 유격대원들
어떻게 하면 노인을 안심시킬 것인가고
모두들 갖은 애를 다 쓰고 있을 때
김일성 장군님은 만면에 웃음 지으시며
노인에게 천천히 다가오셔서
공손히 담배를 권하시고
불까지 친히 붙여주시면서 말씀하셨네

"할아버지! 아무 일 없습니다
우리들은 다 할아버지와 같은 처지에 있는
그러한 분들의 아들딸인데요……
아무 일 없습니다, 할아버지!
어서 담배를 피우시며
이야기나 좀 들려주십시오"

이글이글한 불더미 곁에
노인과 나란히 나무토막을 깔고 앉으신
장군님은 한집안 식구와도 같이
다정하게 살림 형편을 물으셨네

이 집은 오랜 농가임에 틀림없는데
어찌하여 닭 한 마리도 치지 못하는지?
이렇게 추운 때에 어찌하여 아이들에게
털모자 하나도 사 씌우지 못하는지?
어찌하여 뼈 빠지게 농사를 지어도
한평생 가난살이를 면하지 못하는지?

그이의 영채 도는 눈빛이며
서글서글한 풍모에서

모든 것을 한품에 앉아주실 듯한 너그러움과
무한한 사랑을 심장으로 느낀 영감님
영감님은 그이께서 물으시는 대로
집안 형편을 허물없이 털어놓았네

그러고는 담배 연기와 함께
긴 한숨을 푹 쉬고 나서
"모두가 타고난 팔자지요
팔자소관이지요" 하고
고개를 서글프게 떨구기 시작하자

장군님은 때를 놓치지 않고
노인의 쓰라린 마음을 얼른 부축하셨네
"아닙니다, 할아버지!
타고난 팔자라니요"

일을 암만 하여도 가난한 것은
타고난 팔자 탓도 운수 탓도 다 아니고
일제 놈들의 약탈이랑
군벌*들의 닥달질이랑
지주 놈의 가혹한 착취랑
이런 것들이 이중 삼중으로 덮치기 때문임을

그러기에 우리가 잘 살 수 있는 길은
무엇보다도 일제를 반대하여 싸우는
그 한길뿐이라는 것을,
인민들이 한 덩어리 되어서
싸우기만 하면 반드시 이긴다는 것을
불을 보듯 알기 쉽게 풀어주신 덕분에
난생처음 나갈 길을 깨닫게 된 영감님

영감님은 앞이 탁 트이는 것 같고
늙은 몸에도 새 힘이 솟는 것 같아서
수그렸던 고개를 번쩍 쳐드니
잠시 시름에 잠기셨던
장군님의 안색이 환하게 다시 밝아지셨네

너무나 후련하고 너무 고마워
영감님은 곰곰이 속궁리를 하였네
── 나 같은 백성들을 위하여
    목숨 걸고 싸우시는 이분들을
── 어떻게 하면 조금이라도 도울 수 있을까

그러다가 훌쩍 집 안으로 들어가더니

금싸라기처럼 아껴오던 옥수수 두어 말과
소고기 맞잡이*로 귀한 시래기를 들고 나왔네
다만 한 끼라도 부디 보태시라고
하찮은 것이나마 부디 받아달라고……

잠시 깊은 생각에 잠기셨던
장군님은 노인의 손을 굳게 잡으시고
조용조용 무거웁게 말씀하시었네
"할아버지! 성의만은 정녕 고맙습니다
옥백미 백 섬 주신 것보다 더 고맙습니다
그러나 이것을 받을 수는 없습니다
그러잖아도 눈앞에 춘궁을 겪으실 텐데
숱한 식구들의 명줄이 달린 식량을
유격대가 어찌 한 알인들 축낸단 말입니까"

4

즐거운 휴식의 한때를 마치고
부대가 다시 길을 떠나렬 때
행장을 갖추시던 김일성 장군께서는
헤어지기 아수해하는* 노인의 손에

364

얼마간의 돈을 슬며시 쥐여주셨네

짐작컨대 할머니까지도 옷이 헐어서
문밖 출입을 제대로 못하시는 것 같은데
적은 돈이지만 부디 보태 쓰시라고,
닭이랑두 사다가 기르면서
아이들에게 때로는 고기 맛도 보게 해주라고……

너무나 뜻하지 아니한 일에
가슴이 뭉클해지고
목이 그만 메어서
할 말을 못 찾고 멍하니 섰는 영감님
―이분은 과연 누구신데
　　이렇게까지 극진히 돌봐주실까
　　나는 아무것도 해드린 것이 없는데
―나를 낳은 부모조차 일찍이
　　대를 물린 빚 문서밖에는 아무것두
　　아무것도 쥐여주지 못한 손
　　이 손에
　　이처럼 많은 돈을 쥐여주시다니

갈구리 같은 자기의 손을

물끄러미 내려다보는 두 눈에서는
뜨거운 눈물이 뚝뚝 떨어졌네
──무시루 달려드는 구장 놈이
　　눈알부터 부라리면서
　　가렴잡세*의 고지서랑 독촉장이랑
　　뻔질나게 쥐여주는 손,
　　이 손에
　　돈뭉치를 쥐여주시다니
──열 손톱이 다 닳는 일 년 농사를
　　바람에 날리듯 톡톡 털어도
　　동전 한 닢 제대로 못 쥐어보는 손,
　　평생 억울하고 평생 분하여
　　땅을 치고 가슴만 두드리는 이 손에
　　사랑이 담긴 돈을 쥐여주시는
　　이분은 과연 누구이실까?

누군지도 모르는 어른께서
주신다고 어찌 그냥 받겠느냐고
한참 만에야 입을 연 영감님 곁에서
벙글벙글 웃고 있던 꼬마 대원이
넌지시 귀띔해준 놀라운 사실
"사령관 동지시지요, 김일성 장군님이시지요"

"김일성 장군님이시라니!!
아니 이게 꿈인가, 생시인가?"

그 이름만 듣고도
원쑤들은 혼비백산하여 쥐구멍을 찾고
온 세상 사람들이 흠모하여 마지않는 그이
인민의 자유와 해방을 위하여
어두운 세상에 밝은 빛을 뿌리기 위하여
장엄하고도 슬기로운
백두산 정기를 한 몸에 타고나신
그이를 가까이 뵈옵는 영광이여!

영감님은 그이의 옷자락을 잡고
쏟아지는 눈물을 금치 못하였네
"사령관께서 손수 물을 길어 오시다니
장군님께서 손수 장작을 패시다니……"
"사령관도 인민의 아들이랍니다
인민들이 다 하는 일을
내라고 어찌 못하겠습니까
사람은 일을 해야 하는 재미가 있고
밥맛도 훨씬 더 좋아진답니다"

장군님은 빙긋이 웃으시며
지체 없이 가볍게 말씀하여주셨지만
그럴수록 영감님의 순박한 마음은
무거운 가책으로 하여 몹시 아팠네
　―김 장군님을 직접 뵈온 자랑만 하여도
　　　자자손손에 길이 전할 일인데
　　　그이께서 얼마나 극진히 보살펴주시는가
　　　그런데 글쎄 그런데 글쎄
　　　그이께서 우리 집에 들르셨다가
　　　방문도 아니 열고 떠나가신다면
　　　나는 무슨 염치로 자식들을 키운담

　―장군님께서 한데만 계시다가
　　　그냥 그대로 떠나가신다면
　　　나는 이제부터 무슨 낯짝이 있어
　　　아래웃동리의 남녀노소를 대한담
　　　첫째로 안골 꺽쇠 영감이
　　　나를 어찌 사람이라 하랴

영감님은 진정을 다하여
그이께 간청하였네

하룻밤만이라도 장군님을 모시고 싶다고
날씨가 몹시 차거워지는데
부디 모두들 묵어가시라고

그러나 부대는 이미 대열을 지어
저만치 저벅저벅 떠나가고 있거니
한번 내디딘 혁명 대오를
무슨 힘으로 멈춰 세우랴
그이도 이것만은 어찌할 수 없다고
거듭거듭 타이르시고 길을 떠나가시네

바람에 휘청거리는 백양나무 가지에서
우짖던 까치들도 우우 날아나고……

점점 멀어지는 유격대와
장군님의 뒷모습을 오래오래 바래면서
영감님은 불길 이는 마음으로
뜨겁게 뜨겁게 속삭였다네

"까치야! 전하여라
장군님이 가실 곳마다 어서 날아가
사람들에게 기쁜 소식 전하여라

세상에서 제일 훌륭하고 어엿한
인민들의 군대가 이제 온다고
까치야! 전하여라
김일성 장군께서 친히 거느리신
백두산 장수들이 오신다고……"

(『조선문학』, 1968. 4.)

날강도 미제가 무릎을 꿇었다

어느 시대의 어느 침략자보다 거만하고
어느 시대의 어느 전쟁상인보다 뻔뻔스러운
날강도 미제가 무릎을 꿇었다
노한 노한 조선 인민 앞에
무적한 사회주의 강국 우리 공화국 앞에

날강도 미제가 또다시 무릎을 꿇었다
기억도 생생한 열여섯 해 전
영웅 조선의 된주먹에 목대를 꺾이고
수치스러운 항복서에 서명을 하던
바로 그 자리 판문점에서

날강도 미제가 무릎을 꿇었다
그 어떤 속임수로도 뒤집어낼 수 없는 진실 앞에
그 어떤 불장난에도 끄떡하지 않는 정의 앞에
온 세계 인민들의 분격한 목소리 앞에

날강도 미제가 무릎을 꿇었다
엄연한 남의 영해에 무장간첩선을 침입시켜
비열하게도 정탐을 일삼게 한 범죄자
조선인민군 용사들의 자위의 손아귀에
멱살을 잡혀 버둥거리면서도

우리에게 되려 사죄하라던 미국 야만들

제 놈들이 등을 대는 온갖 살인 무기를
우리의 턱밑까지 함부로 들이대고
가소롭게도 조선의 심장을 놀래우려 했지만
놀란 것은 조선 사람 아닌 바로 제 놈들

어느 시대의 어느 해적단보다 난폭하고
어느 시대의 어느 약탈자보다 흉악무도한
날강도 미제가 끝끝내 무릎을 꿇었다
위대한 수령의 가르침 따라 전체 인민이 무장하고
온 나라가 난공불락의 요새로 전변된
혁명의 나라 조선민주주의인민공화국 앞에

날강도 미제가 무릎을 꿇었다
'보복'에는 보복으로
전면전쟁에는 전면전쟁으로 대답하고 말
조선 인민의 확고부동한 기개 앞에
열화와도 같은 투지 앞에, 신념 앞에

날강도 미제가 또다시 무릎을 꿇었다
기억도 생생한 열여섯 해 전

수치스러운 항복서에 서명을 하고
영원한 파멸에의 내리막길을 걷기 시작한
바로 그 자리 판문점에서

날강도 미제가 무릎을 꿇었다
무장간첩선 '푸에블로'호*와 함께
멱살을 잡힌 세계 제국주의의 우두머리
세계 반동의 원흉인 미제가
또다시 항복서에 서명을 하였다

그러나 싸움은 끝나지 않았다
승냥이가 양으로 변할 수 없는 것처럼
제국주의의 본성은 변하지 않기 때문에
한두 해도 아닌 스물네 해째
우리의 절반 땅을 놈들이 짓밟고 있기 때문에

최후의 한 놈까지 미제를 쓸어내고
어버이 수령님의 자애로운 한품에서
남북 형제 똑같이 행복하게 살기 위해선
십 년을 몇십 년을 싸울지라도
한순간도 공격을 멈추지 않을 우리

우리는 머지않아 반드시 받아내리라
백 년 원쑤 미제의 마지막 항복서를……

(『조선문학』, 1969. 2.)

자
료

제1부

산문

복격服格

요지음 친구들끼리 앉으면 '복격服格'이란 말을 써가면서 웃어대는 수가 많다.

속에는 배운 것이나 든 것이 없어도 겉치장만 반들하게 차리고 다니면 남들이 쳐다보게 되는 것이고, 따라서 제아무리 속에는 훌륭한 것이 들어 있어도 겉치장이 초라하면 남한테 업심*을 받게 된다는 것이다. 이런 데서 복격이란 말이 생기게 된다.

언젠가 K군은 날더러 이렇게 일깨워준 일이 있었다.

"자네두 그 고루뎅을 벗어야 행세하네. 월부로래두 한 벌 얻어 입어야지, 이 사람아. 이게 어느 때라구 그러구 다니는 거야, 글쎄. 결국 손해야, 손해여……"

하기사 낸들 모르는 건 아니다.

남한테 쳐다뵈구 싶어서나 분에 넘치는 행세를 하구퍼서는 아니래두, 여름이면 바람이 건들건들 나드는 것을, 겨울이면 푹신한 털붙이*를 ― 이렇게 철을 따라 갈아입고도 싶지만, 우리 정도의 월급쟁이에게 월부로 입혀줄 눈먼 양복점은 아직 발견하지 못한 채로 여러 겨울과 여러 봄이 지나가고 또 더위가 닥쳐온다.

그래서 그런지는 몰라도 (내가 늘 초라히 하고 다니는 탓으로 혹은 질투에서 나오는 생각일지도 모르겠으나 말이다) 요지음 거리에 나서면 괴상한 복격자服格者들이 어찌도 많은지 슬그머니 불쾌할 때가 있다.

기마순사騎馬巡査의 아랫바지처럼 파라파란 우와기*가 흘러다니

지, 샛노란 것으로 아래위를 감고 내로라고 활개치는 게 보이지, 복
격두 여기까지 오면 보들레르*나 니체*의 인격人格이 괴상했던 것과
는 아주 그 의미가 다를 것이다.

더군다나 여인들이 (모 다 그런 건 아니지만) 어울리지도 않는 입성
으로 자랑처럼 여기고 다니는 꼴이란 가엾어서 차마 바라볼 수 없다.
　물오리처럼 생겨먹은 몸뚱어리에 그래두 양장洋裝이랍시구, 가슴
에 어깨에 그리고 새둥주리* 같은 머리에 별별 것을 다 주워 붙이고
다니는 꼴, 에노구*칠을 했는지 화장을 했는지 분간하기 어렵게 낯짝
을 더럽히고 다니는 꼴, 그리고 조선 옷도 상당히 얄궂은 것이 유행
하는 것 같다. 미국米國*선 스커트가 두 치나 길어져서 이쪽에서 가는
명주실 값이 마구 올라가던 것이 언젠지두 모르는 아가씨들이 무에
'모던'이라구 무에 '디아나 다아빈'*식式이라구, 초마는 궁둥이까지
올라가고 저고리는 엉뎅이까지 내려오니 우스운 일이다.

"제멋대루 제 맘대루 제 졸대루 하고 다니는데 댁이 챙견*은 웬 챙
견이야."
하고 달려들 사람두 없지 못해 있을 것 같다만, 마치로 대구리*를 갈
겨두 피 한 방울 흐를 것 같지 않은 돌대구리들, 어쩌다가 그런 "제멋
대루"를 차지했다.

유행流行이라면 무작정하구 달려드는 것들, 『베르테르의 슬픔』이
출판된 후에 구주歐洲에서는 베르테르와 똑같은 복장을 하고 권총으
로 자살하는 것이 유행했다고 한다.
　아인슈타인 박사가 동경東京엘 왔을 때 무릎을 기워 입은 것을 본
동경 학자學者들 사이엔 무릎을 기워 입는 것이 유행한 일이 있다고

한다. 유행이란 것두 어지간히 딱한 물건인가 보다.

만약 요지음처럼 복격자만 행세하는 때에 아인슈타인 박사가 무릎을 기워 입고 조선 같은 델 찾아온다면, 복격이 없다구 해서 밥 한 끼 대접하지 않을는지두 모를 일이다.

아무튼 나는 언제 월부로래두 한 벌 얻어 입고 K군의 말마따나 손해를 보지 않고 살겠는지……

요지음 친구들끼리 앉으면 복격이란 말을 써가면서 웃어대는 수가 많다.

(『삼천리』, 1940. 7.)

전갈

비 오는 날이었다.

S가 찾아와서 한잔 사라기에 그러라고 선뜻 대답했더니, S는 과연 뜻밖이라는 듯이,

"얼마나 있나?"

"10전짜리 두 푼허구 1전짜리 세 푼."

"그걸루야 어림 있나."

"이 사람아, 한 잔밖에 없을 때엔 한 잔으로 취할 줄도 알아야지. 아무튼 따라오세."

이런 이야기를 주받으면서 S와 나는 서울서두 가장 싸고 가장 너줄하고,* 그러나 언제 가든지 가장 드나들기 좋은 선술집으로, 아니 빈대떡집으로 들어갔다.

소주와 빈대떡을 달래서 목이나 적시자고 했으나 S는 막무가내다.

허는 수 없이 '너는 구경이나 해라'고 혼자서 독한 놈을 빨아대는 판인데, 잠잠히 앉었던 S 무슨 생각을 했음인지,

"용악이 자네는 절대로 자살하지 못할 게니 안심하네."

뚱딴지 같은 소리를 꺼내는 것이었다.

"왜?"

"이런 데까지 거리낌 없이 출입할 만큼 했으니 자살하지 않어두 될 거네."

"그럴까? 그러나, 왜 그럴까."

서로 농으로 지껄이는 이야기였으나, 용악이는 자살하지 못할 게라는 절대로 못할 게라는 S의 말이 내겐 너무나 쓸쓸하게 외롭게 분

하게 들리었다.

자살 이야기가 났으니 말이지, 나는 몇 달 전에 『자살학自殺學』이란 책을 구해가지고 두 번 세 번 읽었는데, 여간 자미나는 것이 아니다.

15~16년 전 통계에 의하면, 미국米國선 1년 동안에 1만 5천 인이나 되는 사람이 자살했는데, 그중엔 '골프'가 잘되지 않는다는 이유로 자살한 청년도 있고, 머리털 빛깔이 나빠졌다고 자살한 여인도 있으며,

"추운 겨울이 오기 전에"

이런 간단한 유서가 있는가 하면,

"새로운 자극 얻고 싶다"

는 희망 때문에 자살한 부인도 있었다고 한다.

아무리 미국이로소니 이따위 세계일世界一을 자랑할 용기는 나지 않을 것이다. 이런 얼간 친구들께 비긴다는 것은 너무나 아까운 일이지만

"유유悠悠하도다 천양天壤, 요요遼遼하도다 고금古今……"

유명한 암두지감巖頭之感을 남기고 폭포에 몸을 던진 후지무라 미사오*라든지, 캄캄한 시대를 안고 자꾸만 어두워지는 정신을 이기지 못해 자살한 젊은 시인 '세르게이 에세닌'*을 앞에 쓴 미국 친구들과 함께 생각할 땐, 참으로 사람이란 얼마든지 얼간이 될 수도 있고 얼마든지 똑똑헤질 수도 있는 동물인가 보다.

한데, 자살이란 사람만이 할 줄 아는 노릇인가 했더니, 웬걸 다른 동물도 자살하는 수가 있다는 것이다.

'삐데'나 '아렌 톰슨'이 시험한 바에 의하면, 전갈이란 독충毒蟲이 자살하는 것을 보았다고 한다.

전갈을 불로 위협하면 자기 꼬리에 있는 독침을 제 사등*에 박고 그 벌레는 자살한다는 것이다.

그러면 그야, 용악이는 절대로 자살하지 못할 게라고 말한 나의 동무야, 나는 빈대떡집을 알았기 때문에 전갈보다도 못한 사나이냐.

나는 미운 것을 미워할 줄 모르는, 슬픈 것을 슬퍼할 줄 모르는, 괴로운 것을 괴로워할 줄 모르는, 나의 정신精神 속에서도 나의 편을 만날 수 없는 그런 사나이란 말이냐. 어떤 일이 있더라도 자살하지 못할, 전갈보다도 못한 벌레란 말이냐.

다시는 S야, 농으로래두 그런 쓸쓸한 말을 내게 들려주지 말기를.

(『동아일보』, 1940. 8. 4.)

관모봉冠帽峯 등반기登攀記
— 여러 해 전 일일뿐더러 기록해둔 것도 없고 해서 기억나는 대로
간단간단히 적는다

제1일

여덟 사람으로 된 우리 일대一隊가 경성역鏡城驛에 모였을 때엔 벌
써 지방신문의 사진반이 나와 기다리고 있었다.

첫차로 주을朱乙*에 내려, 누구보다도 관모봉통冠帽峯通으로 이름
난 천야淺野 씨를 먼저 찾았다. 천야 씨의 주선으로 길 안내 한 사람
과 인부 두 사람을 손쉽게 구할 수 있었다. 그리하여 우리 일대는 열
한 사람이 된 셈이다.

여기서 관모봉*으로 가자면 주을온천朱乙溫泉, 뽕파를 거쳐서 가는
길과, 포상온천浦上溫泉, 남하단南河湍을 거쳐서 가는 두 길이 있다. 우
리는 포상 쪽을 택했다.

해가 있어서 포상온천에 닿았다.

냇가에 천막天幕을 치고 밥을 짓는 한편 가까이 있는 온천으로 갔
다. 이름이 온천이지 아무 설비도 없는 노천露天 온천이었다. 물론 일
전一錢 한 푼 달라는 사람도 없었다.

밤에 B군과 둘이서 몰래 천막을 빠져나왔다. '담배'라고 써붙인 집
에 가서 독한 소주를 두어 잔을 빨고 돌아오는 참인데, 온수물이 찰
박거리는 소리와 함께 여인네들의 이야기 소리가 들렸다. 아마 여인
들은 밤이래야 안심하고 노천욕장露天浴場에 들어앉을 수 있는 모양
이었다.

별이 총총한데 천막 쪽은 고요히 잠들어 있었다.

제2일

첫새벽에 천막을 걷었다.

앞이 잘 바라뵈지 않는 버들방천을 지나 산기슭을 돌았다.

포상浦上서 시오 리가량 간 곳에 최후의 집이라고 하는 쬐그마한 초가집이 있었다. 외나무다리를 건너가려는데 널따란 돌 위에 저고리를 벗어버린 채 머리를 빗는 열서너 살 된 예쁘게 생긴 소녀가 있었다. 소녀는 우리를 보자 그만 당황해서 감자밭머리를 돌아 도망하는 것이었다.

육승암六僧巖이라고 하는 괴상하게 생긴 바위를 바라보면서 점심을 먹는 사이에 화가畵家 B군은 무심히 스케치하고 있었다. 제2일의 목적지인 남하단南河湍에 다다르기 전에 비가 내리기 시작했다. 빗방울이 떨어지자 더 퍼붓기 전에 아무데고 천막을 치자는 의견도 있었으나 그냥 걸었다.

남하단이라고 해야 그저 이름뿐이지 집 한 채 있을 리 없다. 숲속을 흐르는 두 줄기의 물이 합치는 곳이었다.

우리는 그다지 넓지 못한 삼각주三角洲에 이어 제2야第二夜의 천막을 쳤다.

제3일

비 개인 뒤의 수풀은 한껏 푸르고 숨이 막히도록 씨언한* 바람이 이마를 스쳤다. 남하단을 지나서부터는 길이랄 것이 없었다. 우리는 골짜구니를 지날 때마다 지도를 펴놓고 이쪽이니 저쪽이니 하면서 불안했다. 그러나 총을 멘 길 안내의 경험은 그다지 우리를 실망시키지 않았다.

길도 온전치 않고 모두 피곤하기 시작했는데 딱한 일이 생겼다. 두 인부가 쑤군거리더니 그만 주을朱乙로 돌아가겠다는 것이다. 언성이 서로 높아졌다. 누구고 손만 먼저 빼면 큰 싸움이 벌어질 뻔한 것을 겨우 말리고 결국은 몇 원씩 더 주기로 했다.

나뭇잎들이 쌓여 쌓여서 썩어 발이 빠진다. 절로 거꾸러져 썩는 나무 위에 다시 거꾸러진 대목大木, 멧돼지가 지나간 자취, 훈감한* 내 음새.

갖은 고생을 다 해가면서, 그러나 어둡기 전에 우리는 천야淺野 소옥小屋에 닿았다. 이것은 등산가登山家들의 편리를 위해 천야 씨가 대단한 곤란을 겪어가면서 지은 것이라고 한다. 밥을 지었으나 기압관계氣壓關係로 통 설어서 먹을 수가 없다.

R군이 감춰뒀던 위스키를 내놓아서 술기운에 잠이 들었으나 추위가 대단하여 밤중에 덜덜 떨면서 잠을 깬 우리는, 도끼를 들고 나가 마른 가지를 찍어다가 모닥불을 피우고, 더러는 앉아서 졸고 더러는 모닥불 옆에 드러누워 잠이 들었다.

제4일

천아 소옥에서 얼마 안 올라가 꽃밭이 있었다. 다른 데서 절대로 볼 수 없다는 아름다운 꽃들이 만발해 있었다.

누가 이렇게 높고 추운 곳에 따뜻한 입김을 불어 미美로운 빛깔을 띠게 한 것일까. 어디서 날라온 꽃씨들이며, 얼마나 오랜 세월을 싸워 이렇게 빛나는 영토를 차지한 것일까.

절정絶頂. 우리는 조선서 가장 높은 꼭대기에 올라섰다. 아득히 동해東海가 바라보인다. 무슨 봉峰이니 무슨 산이니 하는 길 안내의 손가락이 서쪽을 가리키자 우리는 구름 속에 머리를 치어든 백두산白頭山을 바라볼 수 있었다.

갑자기 구름이 모여들어 앞을 분간할 수 없게 되었다. 천야 소옥에 돌아와서 짐을 꾸려가지고 떠나려는데 빗방울이 떨어지기 시작했다.

저녁때가 되어도 비는 멎지 않았다. 물줄기만 따라 내려가는 판인데 밤이 되었다. 또 아무데고 천막을 치고 밤을 새자는 의견이 생겼다. 그러나 아무데고 천막을 쳤다가 밤중에 물이 몰려온다면 그것은 더 난처한 노릇이겠기 때문에, 우리는 한 걸음이라도 더 걷는 수밖에 없었다.

나뭇가지에 옷은 찢기고 돌을 차서 발은 상하고, 앞선 사람도 뒤떨어진 사람도 모두 말없이 제각기 불안한 생각에 눌려 얼마나 많은 시간을 걸었는지 모르겠다.

멀리서 개 짖는 소리가 들렸다. 비로소 모두들 입을 열어 인가人家가 가까워졌음을 기뻐했다. 개가 짖는 동리洞里는 우리가 제1야第一夜를 지낸 포상온천이었다.

이렇게 일찍이 돌아온 예는 아직 없었다고 하면서 '담배'라고 써붙인 집 늙은 노파는 뜨뜻한 국이며 독한 소주를 마련해주는 것이었다.

(『삼천리』, 1941. 11.)

지도地圖를 펴놓고

남방南方으로 가면 나두 돌이랑 모아놓고 절하는 사람이 되는 것일까.

아마 배암이 많은 곳이래서 거기 사람들은 여러 가지의 신神을 믿어왔겠다.

철철이 새로운 내 고장이 비길 데 없이 좋긴 하지만 한번은 지나고 싶은 섬들이다. 한번은 살고 싶은 섬들이다.

아리샤*니 벨로우니카니 하는, 우리와는 딴 풍속風俗을 사는 사람들의 이름이 그저 내 귀에 오래 고왔듯이 세레베스*니 마니라*니 하는 남방의 섬 이름들은, 어째서 그럴까 그저 어질고 수수하고 미美롭게만 생각된다.

그곳에서 가장 악惡하다는 사람일지라도 혹은 내보담은 훨씬 덕德에 가깝고 시름에 먼 사람일는지도 모르겠다.

그 사람들은 분명히 어둠보다는 빛을 더 많이 받았으리라.

그러나 내사 남방엘 가지 않으련다, 평화로운 때가 와 혹이사 꿈의 나라를 다녀오는 친구들이 있으면 고흔 조개껍질이랑 갖다 달래서 꿈을 담아놓고 한평생 내 고장에서 즐거운 백성이 되고저.

(『대동아』, 1942. 3.)

감상感傷에의 결별訣別
—『만주시인집滿洲詩人集』*을 읽고

만주滿洲에 있는 선계鮮系* 시인들의 작품을 한 권에 모아보기는
이번 길림吉林에서 상재上梓된『만주시인집』이 처음일 것이다.

일찍이 조선서도 널리 읽혀진 유치환柳致環,* 박팔양朴八陽,* 함형
수咸亨洙,* 김조규金朝奎* 제씨諸氏와『초원草原』동인同人이던 신상보
申尙寶 씨며, 한때 만주에 있어서의 유일한 문예동인지이던『북향北
鄕』* 시대부터 꾸준히 활약하여온 천청송千靑松* 씨, 그리고『만선일
보滿鮮日報』*를 통해 종종 좋은 작품을 보여주던 송철리宋鐵利, 윤해영
尹海榮,* 조학래趙鶴來, 채정린蔡禎麟 제씨諸氏와 여류 장기선張起善 씨
의 근작近作 37편으로 된 이 시집을 받고 오래 기다리던 기별에 접한
듯한 반가움을 금할 수 없었다.

정직히 말하자면 몇 해 전까지도 만주에서 인쇄되는 시에는 고약
스런 내음새가 무슨 숙명宿命처럼 붙어다녔던 것이다. 걸핏하면 시베
리아의 찬바람이니 바가지 조調로 나온 것은 혹은 어쩔 수 없는 노릇
이었을지도 모르겠으나 피차에 섭섭한 일이기도 했다. (그것은 마치
우리가 오뎅집이나 선술집 같은 데서 화류계花柳系란 말을 남용濫用하는
계집을 만날 때에 그만 죽여버리고 싶도록 불쾌한 것과 거의 비슷한 노릇
이었다.)

환경環境에 지내* 젖어버리면 되려 환경에 어두워지는 그러한 불
편은 어느 곳 누구에게나 있을 수 있는 것이지만, 사실 지나친 과장誇
張과 감상感傷을 일삼는 시인詩人들이 적지 않았다.

그러기 때문에 꼭 같이 만주에 취재取材한 것이라도 만주에 있는
사람들보다는 오히려 잠깐씩 만주를 다녀온 사람들이 훨씬 좋은 작

품을 보여주고 있었다.

그러나 『만주시인집』을 읽고서 첫째로 느낀 것은 이미 감상感傷에의 결별訣別이 지어졌다는 것이다. 그러므로 이 시집을 계기契機로 금후今後 새로운 길이 트일 것을 믿어 마지않는다.

박팔양 씨의 서문序文이 말하는 바와 같이 그네들에 있어서 만주의 "자연自然과 사람은 완전히 애무愛撫하는 육체肉體의 한 부분"이 된 것이다.

욕심을 부려 끄집어내자면 전혀 흠이 없는 것은 물론 아니겠으나, 지난날 즐겨 눈물을 청請하고 하던 만주의 시인들이 살림을 극복하고 지금 굳세인 생활의 노래를 들려준 것만으로도 우리는 박수를 아껴선 안 될 것이다.

(『춘추』, 1943. 3.)

전국문학자대회全國文學者大會 인상기印象記

우리는 일찍이 이러한 모임을 가질 수 없었고 이러한 호화로운 분위기 속에 앉아보지를 못했다.

모두들 캄캄한 골목을 거쳐온 사람들이다. 숨소리 숨겨가며 그늘에서만 살아온 사람들이다. 등을 일으키면 어깨를 내리누르는 무거운 발굽이 있었다. 내딛는 자욱마다 발꿈치에 피 터지는 가시덤불에서 오래인 동안 눈물겨운 고역苦役을 겪었다.

거개가 나면서부터, 더러는 섬트기 전부터 나라 없는 설움 속에 놓여졌던 사람들이다. 자유란 도시 있을 수 없었다. 조선 사람이란 이름은 그대로 죄수罪囚를 의미하는 것 이외의 아무것도 아니었다. 더욱이 시를 쓰고 소설을 쓴다는 것은, 아니 그것을 읽는다는 것만으로써도 충분히 사상범思想犯으로 취급되었다.

전쟁戰爭이 마지막 고비에 들어가자 놈들은 조선의 모든 지식분자知識分子를 학살虐殺해버릴 흑첩黑帖까지를 꾸미었다. 전쟁이 조금만 늦은 속도로 해결되었더라도 우리는 오늘을 보지 못했을 것이다. 틀림없는 죽음에서 돌아온 사람들이다.

그러므로 우리는 그리웁던 동무들을 여러 해 만에 만났다는 것만으로써도 전국문학자대회全國文學者大會의 날짜가 바삐 오기를 기다렸던 것이다.

달빛이 흡사 비 오듯 쏟아지는 밤에도
우리는 헐어진 성터를 헤매이면서
언제 참으로 언제 우리 하늘에

오롯한 태양을 모시겠느냐고
가슴을 쥐어뜯으며 이야기하며 이야기하며
가슴을 쥐어뜯지 않았느냐?

그러는 동안에 영영 잃어버린 벗도 있다
그러는 동안에 멀리 떠나버린 벗도 있다
그러는 동안에 몸을 팔아버린 벗도 있다
그러는 동안에 말을 팔아버린 벗도 있다

이것은 대회의 첫날을 끝내고 시 쓰는 동무들끼리만 따로이 모여 술을 나누며 처음으로 맘 놓고 즐기는 자리에서, 시골서 올라온 석정夕汀이 노래 대신 소리 대신 낭독한 「꽃덤풀」이란 시의 일 절一節이다.

참으로 그동안 잃어버린 벗도 떠나버린 벗도 없이, 잠으로 그동안 몸 판 벗도 마음 판 벗도 없이 다 같이 이날을 맞이하여 다 같이 이날을 즐기고 다 같이 팔을 걸고 우리 문학의 앞날을 토의할 수 있었더라면 우리는 얼마나 더 행복하였을까.

개회에 앞서 국기를 향해 "조선민족문학수립만세"라고 써붙인 슬로건을 향해 일제히 일어나서 애국가를 부를 때 나는 문득 일종의 슬픔이 형용할 수 없는 모양으로 마음 한구석을 저어가는 것을 느꼈다.

우리 민족과 함께 우리 문학도 너무나 불행하였다. 시도 소설도 희곡도 한결같이 불행하였다. 민족의 불행사不幸史는 곧 문학의 불행사가 아닐 수 없었다. 그러므로 가장 불행한 조건 밑에서도 조선문학朝鮮文學이 부단히 피를 이어왔다는 것은 문학에 종사하는 우리뿐만 아니라 민족 전체의 자랑이래야 할 것이다. 이것은 분명코 승리에 속하는 것이 아닐 수 없다.

이틀 동안 부문별로 보고연설報告演說을 담당한 연사演士들의 부르짖는 음성이 과거에의 분노와 미래에의 불타는 희망에 떨릴 때, 듣고 만 섰은 의리의 손도 떨리었다.

그 한마디 한마디를 기억할 수 없으나 민족의 성장成長과 함께 조선문학의 앞엔 성장의 길 이외의 어떠한 항로航路도 정류장停留場도 있어서는 안 될 것이므로, 우리의 똑바른 성장을 해치는 일체의 불행을 몸으로써 거부하자는 것이었다.

그것이 수입품輸入品이냐 자국제自國製냐는 물을 필요 없이, 그것이 브랜디의 레텔을 붙였더냐 워카의 레텔을 붙였더냐 막걸리병에서 나왔느냐는 더욱 물을 필요도 없이, 그것이 메틸이 섞인 술이라면 아무리 아름다운 컵에 따른 것일지라도 우리는 단연코 거부하지 않으면 안 될 것이다.

한 사람이 열 번 부르짖어도 열 사람이 백 번을 부르짖어도, 파시즘을 부숴라, 국수주의國粹主義를 부수자는 등의 말이 튀어나올 때마다 전원이 박수로써 동의한 것은 오로지 이러한 원칙에서일 것을 믿는다.

민주주의民主主義 국가의 건설 과정에 있어서 조선문학의 자유스럽고 건전한 발전을 위하여 전국문학자대회가 무엇을 결의決議하고 시사示唆했다 할지라도, 그것이 문학이나 문학자만의 이익을 위해서가 아니고 또한 말로만이 아니고, 우리의 문학실천文學實踐이 진실로 민족 전원의 이익을 존중해서의 무기武器가 될 수 있을 때에만 비로소 그 의의意義가 클 것이다.

그리고 역사적인 이번 대회를 더욱 빛나게 한 것은 소련 작가 니코라이 치오노프 씨가 대회에 보내준 우정에 넘치는 메시지와, 우리가 대회의 이름으로서 연합각국聯合各國의 작가들에게 보낸 메시지였다.

나는 또다시 끝으로 생각한다. 만약 그동안 잃어버린 벗도 떠나버린 벗도 없이, 만약 그동안 몸 판 벗도 마음 판 벗도 없이 다 같이 한

자리에 앉을 수 있었더라면, 죽음에서 돌아온 사람들끼리 이번의 모임인 대회가 얼마나 더욱 찬란한 것이었을까.

(『대조』, 1946. 7.)

풍요와 악부시에 대하여

풍요風謠나 악부시樂府詩가 다 그 내용이 인민적인 점에 있어서는 서로 공통성을 가지고 있다.

그뿐만 아니라 넓은 의미에서의 풍요 안에는 악부시도 포함된다. 그것은 봉건 시기 인민들의 지향과 생활 감정, 풍습, 통치자들에 대한 반항의식 등을 노래한 창작 시나 가요들을 다 포괄하여 범박하게 풍요라고 불러왔었기 때문이다.

신라 시대에 향가의 제목으로 씌어진 '풍요'라는 말도 이런 의미였고 그 이후에 많은 문헌들에 나오는 '풍요' '풍아風雅' '풍시風詩' 등이 다 이런 의미로 씌어졌다.

그러나 18세기 이후 서민문학庶民文學의 급격한 대두와 함께 서민 시인들의 작품집에 '풍요'라는 말을 붙이기 시작하면서 풍요는 한 특정한 계층들의 작품명 내지는 서적명으로 고착되었고 악부시는 풍요와 상대적으로 구별되게 되었다.

문학의 본질이 그런 것처럼 인간 사회에 계급적 대립이 생기자 시가도 지배계급에 복무하는 것과 근로 인민에 복무하는 것의 두 가지로 나뉘게 되었으며 근로 인민들의 노래는 노동을 사랑하고 조국의 운명을 수호하며 착취자들에 대한 강한 반항을 표시하는 것으로 특징지어졌다.

그러므로 이러한 노래들은 근로 인민들 자신이 집체적인 구두 창작을 하였거나, 인민들 속에서 자란 천재적인 작가가 자기 계급의 사상감정으로 독창적인 노래를 불렀거나, 그렇지 않으면 양반 지배층에 속하는 시인일지라도 그의 강한 정의감과 문학적 양심으로 하여

인민의 노래를 부른 것들이다.

인민적인 시가의 창작 경위를 이 세 가지로 나눈다고 하면, 악부시는 처음과 마지막에 해당하는 인민 구두 창작과 진보적인 봉건 작가들의 인민 생활에 대한 관심으로부터 출발한 것이며, 풍요는 근로 인민의 아들인 특출한 시인들의 손에 의하여 이루어진 것이다.

물론 풍요 안에도 인민 구두 창작과 연관된 작품들이 있으며, 악부시에도 서민 작가들의 노력이 적지 않게 반영되어 있다. 그러나 대체로 풍요와 악부시는 두 가지 체계를 이루고 있는 것이다.

1. 서민문학과 풍요

우리나라의 서민문학이 뚜렷한 계선을 그으며 대두한 것은 18세기 중엽, 즉 이조의 영조 시기부터이다.

영조, 정조 시기는 사회 경제적으로 자못 복잡성을 띤 시기였다. 지배층들은 중앙 집권적 봉건통치 체계를 강화하기 위하여 균역법均役法, 신포법身布法을 개선 실시하였으며 당파 싸움의 폐해를 없애기 위하여 탕평책蕩平策을 선포하고 농업 생산을 높이기에 전력을 기울였다. 이러한 결과 지배계급들에 복무하는 양반 사대부들은 '태평 성세'를 부르짖으며 복고주의 깃발을 들고 반동적인 문화를 건설하기에 바빴다.

그러나 토지 관계와 계급 관계에 있어서의 본질적인 모순의 격화로 말미암아 봉건의 토대는 일보 일보 분해의 길로 들어갔으며 이를 사상적으로 반영하여 실학파가 대두하기 시작하였다.

실학파 사상가들은 종래의 악랄한 신분제도를 반대하고 농민들에게 토지를 골고루 분배하여야 한다고 주장하였으며, 근로하는 서민들에게 생존의 자유와 출세의 길이 보장되어야 한다고 외치는 동시에 문학예술 분야에서도 실학파들은 문학예술이 어느 특권층에만 복무할 것이 아니라 전체 인민의 것으로 되어야 한다고 주장하였으며, 그러기 위하여는 재능 있고 근면한 근로 대중의 아들딸들이 이에 참가하여야 한다고 호소하였다.

실학파들의 영향력은 오랫동안 암흑과 무권리에 울고 있던 빈한한 농민, 수공업자, 천민, 하급 관리들 속에서 많은 서민 출신의 작가들을 배출하게 하였다.

특히 박지원朴趾源의 직접적인 영향하에 자란 리덕무李德懋, 류득공柳得恭, 박제가朴齊家, 그리고 고시언高時彦, 리량연李亮淵, 리상적李尙迪, 조수삼趙秀三, 정지윤鄭芝潤, 조회룡趙熙龍, 천수경千壽慶, 리언진李彦瑱, 차좌일車佐一, 림광택林光澤, 김락서金洛瑞 등 헤아릴 수 없을 만큼 많은 걸출한 작가들이 한미하고 불우한 계층들 속에서 자라났다.

당시의 서민 출신 시인들의 창작에 큰 영향을 준 것은 '송석원시사松石園詩社'의 출현이다.

서울의 서대문 밖 인왕산 발치에는 많은 서리胥吏, 즉 하급 관리들과 중류배, 수공업자, 천인들이 몰켜서 살고 있었다. 이러한 지대인 인왕산 속, 옥계 기슭에 천인 출신의 시인 천수경이 그의 친구들인 차좌일, 최북崔北, 장혼張混, 왕태王太 등과 함께 초라한 집 하나를 지어놓고 추사 김정희金正喜의 글씨로 '송석원松石園'이라는 세 글자를 새겨 붙였다. 여기가 바로 송석원시사의 본부인 것이다.

여기에 망라된 시인들을 '우대 시인'이라고 불렀는데, 흔히 3~40명 때로는 백여 명씩 모여서 시를 읊고 세상을 근심하고 자기들의 불우한 처지를 통탄하고 당시의 사회를 비난 저주도 하면서 자기들의 창작을 사회문제와 깊이 결부시켰다.

이러한 서민 출신 시인들의 시작품을 수집 발간한 것이 곧 서적으로서의 '풍요'들이다.

이 풍요들이 오늘날까지 전하여 내려옴에 있어서도 결코 평탄한 길을 걷지는 못하였다.

농민, 수공업자, 군대, 하급 관리 등 서민들은 사람만 천대를 받은 것이 아니라 그들의 작품도 심한 천대를 받았던 것이다. 더구나 그들의 작품 속에 지배층들에 대한 반항의식이 포함되어 있을 경우에는 집권자들의 권력에 의하여 무참히도 말살되어버렸던 것이다.

그러므로 풍요의 수집 정리 사업 그 자체가 근로계급의 이익을 옹호하는 커다란 정치 운동으로 되었던 것이다. 물론 이 사업은 서민 작가 자신들의 손에 의하여 온갖 곤난과 싸우면서 진행되었다.

풍요들의 편찬 경위를 살펴보면 대략 다음과 같다.

'송석원시사' 운동보다 조금 앞서 이조 숙종 때 진보적인 서민 시인 홍세태洪世泰는 당시의 불우한 시인 48인의 작품 230여 수를 모아서 『해동유주海東遺珠』라는 시집 한 권을 내었는데, 이것은 풍요 수집 사업의 선행자적 역할을 놀았던 것이다.

그 후 1737년, 즉 영조 13년에 『소대풍요昭代風謠』 3권이 편찬 발간되었다. 이 안에는 『해동유주』를 포함한, 세조 때부터 영조 때까지의 서민 시인 162명의 작품이 수록되어 있다. 이 시집은 당시의 부제학副提學으로 있던 채팽윤蔡彭胤의 편찬이라는 기록도 있으나, 채팽윤은 시집의 출현에 많은 방조를 주었고 실지 편찬은 당시의 저명한 서민 시인 성재省齋 고시언高時彦이 진행하였던 것 같다.

그 후 60년을 지나 1797년, 즉 정조 21년에 천수경과 장혼에 의하여 서민 시인 333명의 작품이 수집 발간되었는데, 이것을 『풍요속선風謠續選』이라고 한다. 『풍요속선』은 '송석원시사'의 서민 시인들의 작품이 그 중심을 이루고 있으며 『소대풍요』에 비하여 장편 시들이 더 많고 반항의식이 더욱 높다.

실학파 학자 리가환李家煥은『풍요속선風謠續選』서문에서 다음과 같이 썼다.

"천하에 성정性情이 없는 사람이 없으며 그러므로 시를 쓰지 못할 사람이 없다. 다만 사람의 본성이 얽매어버리면 시는 망하고 만다. 그런데 사람의 본성을 얽매는 것은 돈 있는 놈과 벼슬아치들이다. 성정이 얽매이면 아무리 재주가 높고 말이 교묘하더라도 어떻게 시를 쓸 수 있으랴."

그 후 또 60년을 지나 1857년, 즉 철종 8년에 유재건劉在建, 최경흠崔景欽에 의하여 서민 시인 305명의 작품이 수집 발간되었는데, 이것이『풍요삼선風謠三選』이다.

이『풍요삼선』은 앞에 두 종류의 풍요보다 훨씬 더 인민성이 강하며 부패한 봉건 지배층들에 대한 노골적인 저주와 항의가 포함되어 있다.

이렇게 세 번 풍요가 간행되는 사이에 실로 120년의 기간이 흘렀으며, 이 3종의 풍요 중에는 800명의 불우한 시인들의 작품이 포함되어 있다.

『풍요삼선』의 발문에서 장지완張之琬은 이 시집의 발간으로 말미암아 "죽은 혼령들도 기뻐할 것이다"고 하였거니와, 만일 이 풍요의 편찬 사업이 없었더라면 당시의 인민의 목소리를 대변하는 수많은 작품들이 속절없이 인멸되어버리고 말았을 것이다.

물론 이 세 종류의 풍요 속에 우리나라 서민 시인들의 작품이 다 포괄된 것은 아니다. 리량연, 리상적, 박제가 등과 같이 서민 출신이나마 이미 당대에 저명한 존재로 되어 따로 문집文集이 발간되고 있는 작가들의 것은 이 안에 들어 있지 않다.

또 너무도 심한 천대와 생활고 때문에 자기의 작품이 세상에 거의 알려지지 못하여 풍요 편집자들이 수집할 길마저 없었던 시인도 수 없이 많았을 것이다.

그러나 이 '풍요'의 편집 발간 사업은 우리나라의 인민문학 발전에 거대한 공헌을 하였다고 말할 수 있다.

2. 악부시

'악부시'란 본래는 봉건시대에 조정 관리들의 손에 의하여 수집 정리된 민간의 노래를 의미하였다.

봉건 지배층들이 민간의 노래들을 수집한 근본적인 이유는 민심民心, 즉 민간의 동태를 구체적으로 파악하자는 데 있었으며 그것은 곧 자기들의 봉건통치 기구를 더욱 강화하려는 노력에서 출발하였다.

그러나 이렇게 모여진 민간의 노래들 속에는 근로하는 대중들의 힘찬 호흡과 생동하는 생활 감정이 담겨 있어 악부시는 세월이 갈수록 더욱 향기롭고 아름다워지는 귀중한 인민의 재보로 되었다.

악부시의 범위는 중세에서 근대로 내려오면서 훨씬 더 확대되었다.

처음에는 단순한 민간의 가요만이 그 대상으로 되었으나 그 후 차츰 굿놀이, 창극, 운문적인 이야기 등도 악부시의 범위에 들어가게 되었다.

그뿐만 아니라 수많은 진보적인 전문 시인들이 이 악부시 창작에 가담하였다.

인민들의 생활, 감정에 부단한 관심을 가지고 있는 그들은 자연히 자기들의 창작 활동을 통한 인민 구두 창작과 접근시키지 않을 수 없었으며, 인민들의 생활 풍습과 민족 전래의 아름다운 전통을 중요한 작품의 소재로 삼지 않을 수 없었던 것이다.

이리하여 봉건 조정에서 민간의 노래를 수집하는 제도가 철폐된 후에도 악부시는 의연히 문단의 큰 조류를 이루고 발전하였다. 그것은 악부시가 너무도 인민적이며 민족적이었던 까닭이다.

더구나 우리나라 한시의 역사에서 악부시가 차지하는 비중은 대단히 크다. 귀족 지배층들은 사대주의적인 사상에 물젖어 중국 한漢·당唐을 모방하던 나머지 그 시들이 내용 없는 형식주의에 흐르고 말았을 때 악부시는 끝까지 주체의 입장에 서서 조선 사람들의 생활과 풍속과 감정을 노래하였던 것이다.

그러므로 악부시는 인민들의 생활을 바탕으로 하여 피어난 문학이다.

조선 악부시의 역사는 아득한 옛날부터 시작되었다.

가락국의 개국 전설과 결부된 신을 맞는 노래[迎神歌]라든지 여옥麗玉의 노래 「공후인箜篌引」 같은 것도 다분히 민요적인 성격을 띤 일종의 악부시로 볼 수 있으며, 신라 때 최치원崔致遠의 민속무용을 노래한 시들[鄕樂雜詠], 고려 때 리제현李齊賢의 「소악부小樂府」들은 벌써 우리나라 악부시의 튼튼한 기반을 닦아놓았다.

이조 시기에 들어와서 우리나라 악부시는 찬란히 꽃피기 시작하였는 바 수많은 우수한 작가, 시인들이 악부시의 수집 정리와 창작에 힘을 기울였으며 빛나는 성과들을 거두었다.

그중에도 김종직金宗直, 홍량호洪良浩, 신위申緯, 김려金鑢, 최영년崔永年 등 걸출한 시인들의 업적은 우리 문학사를 더욱 빛내었다.

역대 시인들의 수많은 문집文集 속에 단편적으로 끼어들어 있는 악부시들은 이루 다 헤아릴 수 없을 만큼 무수하며 한 개의 편명篇名을 가진 시집의 형태로 나온 악부시들만 하여도 대단히 많은 분량을 차지하는바 그 대표적인 시편들을 본 선집에 수록하였다.

우리나라 악부시는 양적으로 이렇게 많을 뿐만 아니라 그 내용도 매우 다종다양하다.

우선 시의 형태들로 말하더라도 금체시, 고체시, 5언, 7언, 절구, 사율, 배율, 전사塡詞 등 다양한 형식들을 취하였다.

취급된 내용은 다음의 두 가지로 크게 구분된다.

첫째는 인민의 구두 창작을 정리 번역한 것이다. 그 대표적인 실례를 김상숙, 신위, 홍량호 등의 악부시에서 들 수 있다.

홍량호의 『청구단곡靑丘短曲』에는 109수의 시조를 번역하였거나 시조에서 상을 얻어 창작한 악부시가 있으며 그 밖에도 많은 민요들의 번역이 있다.

둘째로는 시인이 직접 인민들의 노래를 창작한 것이다.

당시 근로인민의 거의 전부를 차지하는 농민들의 생활 풍습을 노래하고, 지배계급에 대한 그들의 반항 정신을 찬양하고, 그들의 생활 환경을 이루고 있는 조국의 자연과 아름다운 전통을 구가하였다.

말하자면 당시의 양심적인 시인들이 농민의 입장에 서서 농민의 노래를 지어준 것이다.

이것은 다시 여러 가지로 내용상 세분될 수 있다.

「북새잡요北塞雜謠」나 김려金鑢의 악부시들과 같이 근로인민들의 생활감정을 소박한 민요적인 형식으로 노래 부른 것도 있으며 『성호악부星湖樂府』*나 심광세沈光世*의 『해동악부海東樂府』와 같이 조국의 전통을 노래 부른 것도 있으며 '상원上元 죽지竹枝'*나 '세시歲時 기속시紀俗詩'*같이 우리나라의 풍속 습관을 노래 부른 것도 있다.

산전의 아름다움을 노래한 악부시, 노동의 기쁨을 자랑하는 악부시, 풍년이 들기를 기원하는 악부시, 놀음놀이와 창극 등을 묘사한 악부시, 심지어 회고시懷古詩, 풍자시까지도 악부시 형태로써 노래하여 실로 악부시의 영역은 봉건 시기의 근로대중들의 전 생활을 포괄하고 있다.

그러므로 악부시는 한시의 형식으로 노래되어 있으나 양반 귀족들의 공허한 풍월시들과는 엄연히 대립되어 있다. 악부시는 인민의 목소리로 존재하였던 것이다.

3. 정리, 번역에서

'풍요'와 '악부시'의 정리 번역에서 역자 등은 다음의 몇 가지 기준을 세웠다.

'풍요'의 작품들을 선택함에 있어서는 애국심이 강한 작품, 근로를 사랑하는 작품, 지배계급에 대한 반항을 표시하는 작품, 생활과 자연에 대한 아름다운 서정이 담겨 있는 작품 등을 선차적으로 뽑았으며 동시에 되도록 많은 시인들을 망라하려고 노력하였다.

작품의 배열은 기본적으로 원전에 준하였으나 일부 불합리한 점들은 시정하였다. 『소대풍요昭代風謠』의 마지막 부분인 별집別集과 『풍요속선風謠續選』의 첫 부분에는 시인과 작품들이 서로 중복되는 것이 많으므로 그 중복되는 부분들은 『소대풍요昭代風謠』에 올려서 정리하였다.

조수삼趙秀三의 시는 『풍요속선』에 80여 수가 들어 있으나 『고전문학 선집』 중에서 따로 작품집이 나오기 때문에 그를 풍요 체계에서 완전히 빼는 것도 아수하고* 하여 두 편만을 번역해 넣었다.

'악부시'는 한 개의 시집 형태를 갖춘 악부시들만 취급하였으며 그것도 주로 근세의 것에 치중하였다.

원시 선택의 기준은 사상성이 높은 것을 우선적으로 뽑으면서 당시의 생활 풍속, 농민들의 희망, 민족 전통 등을 노래한 서정적인 가요들을 많이 취급하였다.

시조나 가요를 번역한 것으로 그 원 시조나 노래가 아직도 뚜렷이 전하고 있는 악부시는 여기에 취급하지 않았다. 실례로 시조를 번역한 신위申緯의「소악부小樂府」와 같은 것은 제외하였다. 그러나 시조나 노래를 직역하지 않고 거기에서 상을 얻어 다소라도 달리 쓴 악부시나 본 노래가 없어져버린 악부시들은 일부 여기에 취급하였다. 실례로 홍량호의『청구단곡靑丘短曲』중의 일부 시편들이 그것이다.

악부시의 매개 시편들의 주해는 원저자가 제목 밑에 붙여놓은 것은 번역에서도 그대로 제목 밑에 붙였고, 원시의 뒤에 붙인 것은 역시 번역시의 뒤에 붙이면서도 원저자 주와 역자 주를 구별하기 위하여 원저자 주에는 아래위에 괄호를 달아두었다.

번역에서나 자료 수집 정리 사업에서 여러 가지 미비한 점이 많다는 것을 자인하면서 이를 보다 더 완성하기 위하여 노력할 것을 다짐한다.

리용악 · 김상훈

(리용악·김상훈 역,『조선 고전 문학 선집 6—풍요 선집』, 조선문학예술총동맹출판사, 1963)

제2부

논고

내가 본 시인
── 정지용 · 이용악 편

김광현

부두 선박 노동을 빼놓고는 온갖 가지의 품팔이 노동꾼으로 피땀을 흘려 이역異域의 최하층最下層 생활권 내를 유전流轉해가면서 학비學費를 조달하여 일본日本 상지대학上智大學을 다닌 이용악李庸岳 씨는 확실히 의지意志가 강한 시인이다. 의지가 강하기에 조선민족朝鮮民族을 해방시키려는 혁명운동革命運動에도 참가하여 여덟 번이나 일제日帝의 악독한 경찰에 붙들리고 그 무서운 고문拷問에도 이겨 나왔다. 그러나 이 시인李詩人은 이것을 자랑하기는커녕 유치장留置場에서 얻은 피부병을 감출려고 애를 쓰고 있는 것이다.

이런 과거를 미끼 삼아 독립운동獨立運動에 기여했다고 자처할 만큼 어리석은 이용악 씨는 아닌 것이다.

씨보다 몇 배 아니 몇십 배의 강렬한 의지와 또한 이론이 겸비한 혁명가革命家가 감옥監獄에서 살해되었고, 또 반생半生을 옥獄에서 보낸 혁명가가 수없이 많음을 누군들 부인치 못할 것이 아닌가! 이렇게 엄연한 투사들에 비기면 이용악 씨는 일제의 불의不義를 그냥 목격하고만 있을 수 없어

솟아오르는 빛과 빛과 몸을 부비면
한결같이 일어설 푸른 비늘과 같은
아름다움
가슴마다 피어

싸움이요
우리 당신의 이름을 빌어
미움을 물리치는 것이요

　　　　　　　　　　　—「불」부분

하니, 정의正義에 불타는 학생다웁게 항거해본 데 불과한 것이다.

그리고 그냥 팽창해가는 일본 제국주의日本帝國主義가 만주滿洲 중
국中國을 침략 착취하는 데 주력을 기울이며 이에 반대하는 자민족
自民族 내의 진보적 인물을 탄압일로彈壓一路의 정책으로 내려쳤으나,
조선 사람이야 더 말할 것 없이 야수적 폭압暴壓 밑에 놓이지 않을 수
없었다. 여기서 이용악 씨는 눈물을 머금듯이 술을 배웠다. 술은 이
시인의 체질에 꼭 들어맞았다. 이것은 조금도 다행한 일은 아니었다.

"술취한 이용악이가…… 누구를 때렸다. ……누구한테 맞었
다……"하는 가십의 재료를 제공하였을 뿐만 아니라 알콜 성분이
가득 찬 생활 상태는 시詩에도 영향이 미쳐 자칫하면 데카당에 흐를
뻔하였던 것이다. (이용악 씨의 시가 난해한 것은 사실이나 데카당은 아
니다.)

그러나 어떻든 이 시인은 조국의 독립에 대해선 끝까지 절망하지
않았다는 것을 다음의 시가 증명하고 있다.

청기와 푸른 등을 밟고 서서
웃음 지으십시오
아해들은 한결같이 손을 저으며
멀어지는 나의 뒷모양 물결치는 어깨를
눈부시게 바라보라요

누구나 한번은 자랑하고 싶은

모든 사람의 고향과

나의 길은 황홀한 꿈속에 요요히 빛나는 것

손뼉 칩시다 정을 다하야

우리 손뼉 칩시다

—「노래 끝나면」 부분

이는 일제의 탄압에 못 이겨 인문평론사人文評論社를 그만두고 급기야 붓을 끊지 않을 수 없고, 인제 서울에선 생계의 방도조차 세울 수 없게 되어 함경도咸鏡道 고향으로 쫓겨가다시피 돌아가면서 그만 「노래 끝나면」이라 제題하여 일제하에선 최후로 발표한 작품이다.

보통 사람 같으면 실의失意 · 낙향落鄕 · 절망絶望의 노래가 아니 나올 수 없었거늘 "물결치는 어깨를/눈부시게 바라보라요", 이 얼마나 밝은 인상을 주는 자신만만한 시인의 태도인가! 이는 바로 우리의 조국祖國이다. 조국과 더불어 독립獨立을 지향指向하는 빛나는 길을 간다는 정情을, "나의 길은 황홀한 꿈속에 요요히 빛나는 것"이라고 표현하였다.

구체적인 표현이 못 되고(실상 할 수도 없었다), 치열한 투지가 없으나 조국의 원수 왜제倭帝의 발악發惡을 차라리 완전히 묵살해버리고 지성至誠껏 나라를 사랑하며 '정을 다하여 손뼉 치자'는 이 맑은 시정詩情에 접한 당시 나는 조치원鳥致院 오막살이에서 눈물로써 조국과 함께 이 시인의 앞길을 위하여 손을 모두었었다.

그러한 이용악 씨라! 8·15를 맞이하여도 남들과 같이 흥분치 않았고 새삼스럽게 서둘지도 않았다. 이것은 이 시인으로선 당연한 일이었는지 모르나 이용악 씨는 그냥 낡은 형식의 시를 고지固持하는 보수적 시인으로 알려지는 결과를 가져오게 하였다.

사실에 있어서 이용악 씨의 시는 조선시朝鮮詩에서 가장 난해難解한 부류部類에 속하기 때문에 일반대중一般大衆은 물론 문단文壇에서까지 오해되는 일이 왕왕 있었다. 가령 청년문필가협회靑年文筆家協會에서 이용악 씨를 시인상 후보자로 선택하였다는 것 같은 난센스가 있었고, 또는 문학가동맹文學家同盟의 일부 평가評家는 오직 신통치 않은 낭만시인浪漫詩人의 일인一人이라고 말하는 일도 있었다. 어쨌든 이 시인의 시가 대중과 동떨어져 있다는 것은 그 기교와 형식주의에 쏠리는 데서 기인한 것으로 이 시인도 자기반성自己反省을 하지 않을 수 없는 입장에 서게 되었음을 알고 있을 것이다.

　　그리웠던 그리웠던 구름 속 푸른 하늘은 우리 것이라 그리웠던 그리웠던 메에데에의 노래는 우리 것이라

　　어느 동무들이 희망과 초조와 떨리는 손으로 주워 모은 활자들이냐 아무렇게나 쌓아놓은 신문지 우에 독한 약봉지와 한 자루 칼이 놓여 있는 거울 속에 너는 있어라

　　　　　　　　　　　　　　　　　　　　　—「오월에의 노래」부분

이 시는 문학가동맹 문학상 후보 작품으로 추천되었고, 문제의 시로서 여러 층에서 논의된 바 있었는데, 이 시인은 나에게 "이 작품은 반년이란 긴 시일과 무려 5~6백 매의 원고지를 소비하는, 고심에 고심을 거듭하여 비로소 이루어진 것이라"고 고백하였다. 나는 여러 계층의 우인友人으로부터 「오월에의 노래」에 있는 "독한 약봉지와 한 자루 칼이 놓여 있는 거울 속에 너는 있어라"라는 것은 무슨 뜻인가라는 질문을 받아 적지 않은 난경難境에 빠지었었다.

이 시인은 어찌 그리 난해한 시를 써서 나까지 괴롭히는 것인가. 나는 그때 이 시인이 참말 원망스러울 정도였다.

이 시에 대해선 문학가동맹에서도 "새로운 내용과 낡은 형식의 모순 위에 서 있음을 부인할 수 없다"고 규정하여 문학상은 받지 못하였다.

강한 의지를 가진 이용악 시인이 그 의지를 낡은 형식을 고지固持하는 고집에 연결하였다는 것은 비극悲劇이다.

이 시인은 강한 의지와 또한 대담한 기상氣象을 가지고 있는 것이다. 재작년(1946년) 이른 봄, 미군정美軍政 고문관顧問官 삐춰 씨의 문화인 초대연에 참석한 영어불통英語不通의 이용악 씨가 영어를 조선말보다 더 잘한다는 사람들은 제쳐놓고 통역을 통하여 상당한 정견政見으로써 일대 논쟁으로 열변을 토했을뿐더러 "나를 초대했으면 내 집까지 나를 모셔라"고 호령(?)하여 모든 조선의 문화인文化人이 도보로 귀가할 때 유독 자동차로, 그것도 삐춰 씨의 전용차專用車로 유유히 자택에 이르러 동차同車의 미국인 운전수를 방으로 이끌고 들어가 소주 한 병과 깍두기 김치뿐인 술상을 차려 술을 권하였는데, 운전수 씨는 얼굴을 찡그리려 하다가 "그 많은 조선의 문화인 가운데서 이분만을 전용차로 보내니 아마 굉장한 사람임에 틀림없다"고 생각게 되었음인지 고맙다는 듯이 몇 잔 술을 받는데, 주인은 무례하게도 외국 손님께 "너는 혼자 마시다 가라"는 듯이 안방에 들어가 드르렁드르렁 코를 곯았다니, 대담하다면 이처럼 대담한 시인은 아마 조선엔 없으리라. 그러나 이 대담성을 술을 마시는 데만 발로發露하니 또한 비극이 아닐 수 없다.

온갖 인민人民의 행복을 위한 정부政府이어야 하겠거늘…… 시詩 또한 인민의 행복에 이바지하지 않을 수 없겠거늘, 어찌 인민이 이해하는 시를 쓰지 않을 수 있으랴!!

이용악 씨는 그 강한 의지와 대담한 기상氣象으로 새로운 형식의 시를 창조하는 데 경주傾注하여야만 될 것이며, 그러기 위해선 그 낡은 고집과 그 애음愛飮의 술을 버리지 않으면 안 되리라고 나는 믿는다.

(『민성』, 1948년 9~10월 합병호)

• 이 글은 「내가 본 시인—정지용·이용악 편」에서 '이용악 편'이다.

『리용악 시선집』을 읽고

박산운

우리 시단을 장식한 여러 시선집들과 나란히 꽂혀 있는『리용악 시선집』을 읽으면서 우선 가슴 뜨거이 느껴지는 것이 있다. 그것은 이 책을 통해서도 우리 생활의 개선 행진과 함께 날로 젊어져가고 있는 이 땅의 무궁한 시심을 엿볼 수 있기 때문이다.

이 시선집에 수록되어 있는 1956년에 씌어진 「흘러들라 십 리 굴에」와, 같은 시인이 20여 년 전에 쓴 「풀버렛 소리 가득 차 있었다」를 대비해 읽으면서 이런 생각을 더욱 새로이 가지게 된다.

> 흘러들라 대동강아
> 연풍 저수지 화려한 궁전으로 통한
> 십 리 굴에 길고 긴 대리석 낭하에
> 춤을 추며 흘러들어라

여기 나오는 서정적 주인공 ― 새날을 호흡하며 전변하는 격류에 귀를 기울이고 있는 굴강한 그의 형상은 얼마나 행복스럽고 젊은 청춘에 넘치고 있는가!

여기에는 생활 현상들에 파고들어가 그 본질, 그 아름다움을 적출해내는 간고한 노력 투쟁의 낮과 밤을 거쳐, 우리가 관통시킨, 검고 울퉁불퉁한 10리 길 암벽을 두고서 으리으리한 대리석 긴 낭하로 승화시키는 깊은 서정적 체험과 예지가 빛나고 있다.

과연 우리 인민의 위대한 창조적 노력의 불꽃이 튀고 튄 '연풍 저수지'는 우리 시대에 와서 처음으로 유구한 대동강이 맑고 맑은 청천강과 입 맞추면서 으리으리한 대리석 낭하를 지나 들어앉는 화려한 궁전이 아닌가!

그러나 1936년에 씌어진 「풀버렛 소리 가득 차 있었다」는 우리에게 다른 생활 정경을 보여주면서 또 다르게 깊은 생각에 잠기게 한다.

　　우리 집도 아니고
　　일갓집도 아닌 집
　　고향은 더욱 아닌 곳에서
　　아버지의 침상 없는 최후 최후의 밤은
　　풀버렛 소리 가득 차 있었다

『리용악 시선집』은 바로 시인이 이와 같이 아버지의 주검 앞에서 이 구슬픈 풀버렛 소리를 들으며 문단에 나섰던 그때로부터 1956년에 이르기까지 20여 년 동안에 그가 쓴 시편들 가운데서 추린 68편이 들어 있다.

「우라지오 가까운 항구에서」부터 「평남 관개 시초」에 이른 시인의 행로를 말해주는 이 시선집에는 일제 강점하의 10년과 8·15 및 미제 강점하의 남반부에서 싸우던 생활, 그리고 조국해방전쟁 시기와 전후 인민경제 복구 건설 3개년 계획 시기에 이르는 거대한 역사의 계기들과 전변이 직접 또는 간접으로 노래되고 있다.

일제 시기에 씌어진 작품들 중에는 당시 아직 미숙했던 그의 세계관이 재현을 주고 있으며 시의 기본 모찌브*들을 비탄과 통고에서 옮기지 못하고서 때로 슬픔에 지친 흔적도 볼 수 있다.

그러나 이 시기에 나온 시편들에서 일관하게 느낄 수 있는 것은 자기의 시신 ─ 얽매인 조국땅에 대한 사랑과 원쑤들에 대한 증오의 정신이며 밝은 미래에 대한 갈망이다.

일제 시기에 쓰인 시편들에 나오는 서정적 주인공들의 아픈 몸짓들은 한마디로 말해서 얽매인 조국에 대한 자기의 혈연적 관계를 확인하며, 다시 확인하려는 민족적 양심의 안받침으로 하여 특징적이다.

8·15 이후 시인은 「오월에의 노래」를 계기로 하여 새로운 투쟁 환경에 들어서고 있다. 그리하여 점차 그의 서정적 주인공은 사상적으로 단련되면서 「짓밟히는 거리에서」에서 "피가 터진 발꿈치에 힘을 모두어 다시 한번 땅을 차"며 앞으로 나아갔다.

이 시기의 작품들은 인민들과 함께 싸우고 함께 걸어온 조선의 슬기로운 인테리들의 정신세계를 보여주고 있으며, 한편 전시 중에 씌어진 작품들은 미제 원쑤들과의 가혹한 전투 속에서 더욱 장성 발전된 서정적 주인공의 강인한 성격과 불굴의 기개를 보여주고 있다.

그러나 이 시인의 시 세계는 하반부에 들어와서 비로소 더 자유롭게 발전하기 시작하였는바 그의 시에 특유한 화폭의 선명성이 일층 빛나고 있으며, 잃었던 청춘을 도로 찾아낸 환희가 들끓고 있다. 「어선 민청호」 편에 수록된 「어느 반도에서」 중 「소낙비」에서는 지어* 감자밭에, 수수밭에, 순결한 처녀들의 이마 우에 하나둘씩 뚝뚝 떨어지는 빗방울 소리까지 선명하게 들리는 것 같다. 또한 「아침」은 우리 생활의 아무렇지도 않은 일상적인 사건을 붙잡아 우렁찬 생활의 개선 행진곡으로 들려주고 있다.

이 시집의 마지막에 수록된 「평남 관개 시초」에서 특징적으로 나타나고 있는 혁명적 낭만과 함께 시적 형상과 화폭과 감정들이 갖고 있는 친근한 민족적 성격은 특별한 주목을 이끈다.

임의의 예를 「덕치 마을에서 2」도 볼 수 있다.

그러다가 영감님은 말뚝잠이 들었다
머리 얹은 달빛이 하도 고와서
구수한 흙냄새에 그만 취해서

[……]

가까운 서해에서 파도만 쏴ー 쏴ー

　달빛이 바다와 같다든가 푸르다라고는 어느 나라 시인도 말할 수
있을 것이다. 조선의 개변되어가고 있는 땅 우에서 선참으로 물 소식
을 들으러 왔다가 기쁨에 입을 벌린 채 말뚝잠이 든 농민의 머리 우
에 비친 달을 ― 곱게 머리 얹은 달빛으로는, 어느 나라 시인마다 다
할 수 없는 일이다. 이러한 실례는 「물 냄새가 좋아선가」 기타 여러
시편들에서 볼 수 있는데, 짧은 형상적 언어 뒤에도 서정적 주인공이
밟고 선 민족적 토양이 뚜렷이 나타나고 있는 이러한 특성과 함께 이
시선집에 수록된 최근 시기 작품들에서 볼 수 있는바 우리말의 아름
다운 운율에 대한 진지한 탐구도 일정한 성과를 거두고 있다.

（『문학신문』, 1958. 6. 19.）

생활의 체온을 간직한 시인
─『리용악 시선집』을 읽고

김우철*

해방 전후를 통하여 계속 활동하고 있는 그리 많지 않은 시인들의 시선집 간행은 그 시인들에게 있어 이정표로 될 뿐만 아니라 우리 시 문학의 화랑을 다채롭게 윤색하고 있다.

그중의 하나인 『리용악 시선집』은 1937년에 내어놓은 처녀시집 『분수령』으로부터 1957년에 발표한 「평남 관개 시초」에 이르기까지 그가 걸어온 창작 경로를 밝혀주고 있다. 이 시선집에 수록된 68편 (해방 전 31편, 해방 후 37편)의 서정시편들을 통하여 우리는 시인 리용악의 개성과 쓰찔,* 그리고 생활의 깊이에 가라앉은 정신세계를 감득할 수 있으며 인민에 대한 신뢰와 사랑을 가슴 후더웁게 느낄 수 있다. 또한 「낡은 집」과 「오랑캐꽃」으로부터 해방 후 「노한 눈들」을 거쳐 「평남 관개 시초」에로 확대 심화된 그의 시야와 사상 ── 예술적 발전 면모를 엿볼 수 있다.

카프가 일제의 탄압에 의하여 해산된 1934년(1935년의 착오─엮은이) 그 이듬해부터 시를 발표하기 시작한 그는 카프의 영향 밖에 놓여 있었으며, 따라서 사회주의적 사실주의 기치 밑에 나서지 못하였다. 그의 초기 작품들에는 일제하의 암담한 현실에 대한 소리 없는 흐느낌과 침묵의 항변만이 몸부림치고 있다.

1936년에 발표한 시 「풀버렛 소리 가득 차 있었다」에서 그는 아라사로 다니면서까지 애써 키운 아들딸들에게 한마디의 유언도 없이

• 이 논고의 인용 작품은 『리용악 시선집』의 '개작 시편'으로, 원시(原詩)와 다름.

돌아가신 아버지의 최후의 밤을 노래하면서 다음과 같이 끝을 맺고
있다.

　　　서러운 머리맡에 엎디어
　　　있는 울음 다 울어도 그지없던 밤
　　　아버지의 침상 없는 최후 최후의 밤은
　　　풀버렛 소리 가득 차 있었다.

　여기서는 비분강개가 강조되어 있을 뿐 항거의 정신은 찾아볼 수
없다. 그다음 해(1937년)에 발표한 「나를 만나거든」에서도 시인은 고
독한 경지에 머물러 있다.

　　　폐인인 양 시들어져
　　　턱을 고이고 앉은 나를
　　　어두침침한 방구석에서 만나거든
　　　울지 말라
　　　웃지도 말고
　　　내가 자살하지 않는 이유를
　　　그 이유를 묻지 말아라.

　1938년에 내어놓은 「두만강 너 우리의 강아」와 「우라지오 가까운
항구에서」에 와서야 비로소 고독과 비분이 경지에서 헤어나오려는
시인의 몸부림과 사색의 깊이를 엿볼 수 있다.

　　　아무것도 바라볼 수 없다만
　　　너의 가슴은 굳게 얼었으리라

그러나 나는 안다,
다른 한 줄 너의 흐름이 쉬지 않고
바다로 가야 할 곳으로 흘러내리고 있음을
                              ──「두만강 너 우리의 강아」 부분

드나드는 배 한 척 없는 지금
부두에 홀로 선 나는 갈매기 아니건만
날고 싶어 날고 싶어
머리에 어슴푸레 그려진 그곳
우라지오의 바다 이역의 항구로
                              ──「우라지오 가까운 항구에서」 부분

　이상 두 편에서 느낄 수 있는 바와 같이 시인은 초기 작품에 지배적이던 정관의 울타리 안에서 벗어나 사회의 발전을 능동적으로 받아들이기 시작하였으며 회의와 동요를 솔직하게 표시하면서도 희망과 저항을 잃지 않으려고 모대끼고 있다.

　이 시기의 그의 대표작 「낡은 집」에서 그는 북쪽으로 남몰래 떠나간 털보네 셋째 아들의 어린 시절을 추억하면서 털보네가 버리고 간 낡은 집의 정경 묘사를 통하여 일제하에 날로 황폐해가는 농촌 생활을 노래하고 있다. 이 작품에는 초기 작품에 내포되어 있는 정한적 태도가 아직 흔적을 남기고 있기는 하나 비분을 강조하려는 내성적 사색의 경지를 벗어나 현실에 대한 사실주의적 투시력이 확대 심화되고 있음을 감촉할 수 있다.

　그럼에도 불구하고 시인 리용악은 조국과 인민이 8·15 해방의 감격과 기쁨 속에 휩싸일 그때까지 사회주의적 사실주의 창작의 길에 들어서지는 못하였다.

다만 우리가 여기서 잊어서는 안 될 것은 동시대의 젊은 시인들의 태반이 부르조아 반동 문학사조에 물젖어 퇴폐주의와 허무주의, 그리고 초현실주의 시작품들을 난발하고 있을 때, 시인 리용악은 그 탁류에 휩쓸리지 않았으며 우리가 이 선집에서 찾아볼 수 있는 바와 같이 인간에 대한 사랑과 생활에 대한 항거의 빠포스*는 미흡하였으나 결코 애상과 비탄에 빠져 있지는 않았으며 현실 탐구의 가시덤불 길에서 지향을 꺾지 않고 몸부림쳤다. 이처럼 진지한 그의 창작 태도를 견지해온 그는 해방 후 우리 당의 올바른 영도 밑에서 인민의 시인으로 개변되었다. 그리하여 그의 개성과 쓰찔은 날개를 펼치게 되었던 것이다.

1946년에 그가 서울에서 발표한 「오월에의 노래」와 「노한 눈들」은 계급적 입장에 뿌리박은 시인의 모습을 심장의 고동으로 느끼게 하는 시편들이다.

그리웠던 그리웠던 구름 속 푸른 하늘은 우리의 것이라,
그리웠던 그리웠던 메데의 노래는 우리의 것이라

어느 동무들이 희망과 초조와 떨리는 손으로 주워 모은 활자들이냐, 아무렇게나 쌓아 올린 신문지 우에 지난날의 번뇌와 하직하는 나의 판가리 노래가 놓여 있는 거울 속에 오월이여 넘쳐라.
　　　　　　　　　　　　　　　　　　　　——「오월에의 노래」 부분

이 얼마나 솔직한 고백이며 가슴 후더워오는 서정인가! 새날을 호흡하는 시인의 표정만이 아니라 그의 내면세계가 동해 밑의 조개처럼 들여다보인다.

우리는 또한 「노한 눈들」에서 원쑤들에 대한 증오와 동지들에 대

한 사랑으로 앙양된 그의 공민적 빠포쓰를 벅차게 느낄 수 있다. 서정적 주인공 '나'는 시대정신을 대변하고 있으며 '우리' 속에 포괄되어 있다.

　폭풍이여 일어나라 폭풍이여 폭풍이여 불길처럼 일어나라.

　지금은 곁에 없는 미더운 동무들과 함께 끊임없는 투쟁을 서로서로 북돋우며 조석으로 정들인 낡은 걸상이며 책상을 둘러메고 지나간 데모에 노래 높이 휘날리던 깃발까지도 소중히 감아 든 우리

　우리는 이제 저무는 거리에 나서련다. 갈 곳 없이 나서련다. 내사 아마 퍽도 약한 시인이길래 그저 울음이 복받치는 것일까.

　불빛 노을 함빡 갈았은 눈이라 노한 눈들이라.

반동들의 박해로 회관을 뺏기우고 동지들과 함께 저무는 거리에 나선 서정적 주인공의 내면세계가 따뜻한 체온으로 안겨온다. 여기서의 울음은 단순한 비애가 아니다. 그것은 그의 투지와 결의를 밑받침해주고 있으며 진실성을 깊이 울려주고 있다. 그리하여 원쑤에 대한 증오로 하여 노한, 노한 눈들이 우리의 망막에 더한층 미더웁게 육박해오는 것이다.

1947년과 1948년에 서울에서 발표한 「빗발 속에서」와 「짓밟히는 거리에서」도 그의 높은 호소성과 집약된 표현으로 하여 흥분과 공감을 불러일으키는 서정시들이다. 특히 1950년 7월에 발표한 「원쑤의 가슴팍에 땅크를 굴리자」는 그의 대표작의 하나로서 우리의 심금을 깊이 울린다.

"찢고 물어뜯고/갈갈이 찢고 물어뜯어도/풀리지 않을 원쑤/원쑤의 가슴팍에/땅크를 굴리자"고 외친 시인의 높은 호소는 인민들의 적개심에 불씨를 번져주었으며 조국해방전쟁 시기 서울을 지켜 선 인민군과 시민들의 사기를 북돋아주었다.

간고한 후퇴 시기 당중앙을 찾아 들어올 때의 긴박한 정황 속에서 승리에 대한 신심을 노래한 「평양으로 평양으로」는 시인이 심혈을 기울인 서정서사시로서 3장으로 나누인, 그 구성에 있어 다소 산만한 감은 있으나 정황의 긴박성과 빠포쓰의 진실성으로 하여 우리의 가슴을 흔드는 작품이다.

그는 51년도에 「모니카 펠톤 여사에게」와 「다만 이것을 전하라」, 그리고 연시 「싸우는 농촌에서」(4부작)를 발표한 후 1954년에 「봄」을 내어놓을 때까지 만 3년 동안 한 편의 시도 발표하지 않았다. 그의 성실한 창작 태도와 발표에 대한 신중성을 염두에 두면서도 시우들과 독자들은 저으기 걱정하여왔다. 그러다가 「봄」을 세상에 내어놓은 그는 그 이듬해에 이미 성과적으로 널리 알려져 있는 「어선 민청호」를 발표하였다. 이 시는 우리 시문학 발전에 새로운 영양소를 기여하였다. 서정적 주인공의 풍윤한 내면세계를 따뜻한 체온과 함께 솔직하고 간명하게 개방하여야 할 서정시의 특성을 저버리고 일부의 시들이 소재의 비중에 매달려 주제를 설명하거나 정황 나열과 노력 행정 소개에 치우치고 있을 때 그의 서정시 「봄」과 「어선 민청호」는 약진하는 현실에 대한 민감한 감수성과 참신한 형상성으로써 서정시 분야에 새로운 입김을 풍겨주었다. 그중에서도 「어선 민청호」는 우리 시대에 사는 청년들의 개변된 풍모와 고상한 내면세계를 생동하게 발가내어 형상한 작품이다.

　—민청호다

―민청호다
　　누군가 외치는 반가운 소리에
　　일손 멈춘 순희의 가슴에선
　　파도가 출렁……

　　바다를 휩쓸어 울부짖는 폭풍에도
　　어젯밤 돌아오지 않은 단 한 척
　　기다리던 배가
　　풍어기를 날리며 들어온다.

　　밤내 서성거리며 시름겨웁던
　　숱한 가슴들이 탁 트인다
　　그러나 애타게 기다리기야 아마
　　애타게 기다리기야 순희가 으뜸

　　이랑 이랑 처드는 물머리마다
　　아침 햇살 유난히도 눈부신 저기
　　마스트에 기대서서
　　모자를 흔드는 건 명호 아니냐

―「어선 민청호」 부분

　　이처럼 순화된 시어의 구사와 투명한 생활감정은 시인의 내면세계
가 다채롭고 풍윤함에 그 바탕을 두고 있다. 다시 말해서 사상적 및
정서적 충만이 없고 이에 따르는 형상적 사색과 절약적 표현이 없다
면 이처럼 아름답고 참신하게 정신세계를 개방할 수 없었을 것이다.
　　시인 리용악에게 있어 「평남 관개 시초」는 기념비적 작품으로 되

고 있다.

이 시초는 평남 관개의 거창한 공사에 떨쳐나선 근로자들의 정서적 화폭을 우리 앞에 펼쳐주고 있다. 시인은 거대한 사변의 객관적 기록자로서가 아니라 그 자신 생활의 체현자로서 변혁의 중심부에 뜨거운 초점을 세우고 있다. 서정적 주인공으로서의 자기 위치를 옳게 찾았으며 공민적 빠포쓰로 현실의 본질을 투시하고 있다. 그는 이 시초의 머리시 「위대한 사랑」을 다음과 같이 시작하고 있다.

변하고 또 변하자
아름다운 강산이여

전진하는 청춘의 나라
영광스런 조국의 나날과 더불어
한층 더 아름답기 위해선
강산이여 변하자

이렇게 첫 발단에서부터 시인은 주어진 소재와 자기의 서정을 밀착시키고 있을 뿐만 아니라 자연개조 사업에 참가한 긍지감을 갖고 서정시의 중심에 떨쳐나선다. 그리하여 다음 시 「흘러들라 십 리 굴에」 가서 그는 차고 넘치는 격정을 다음과 같이 노래하고 있다.

간고한 분초를 밤 없이 이어
거대한 자연의 항거를 정복한 우리
암벽을 까내며 굴 속에 뿌린 땀이
씻기고 씻기어 강물에 풀려
격류하는 흐름 소리……

저것은 바로 천년을 메말랐던
광활한 벌이 몸부림치는 소리
새날을 호흡하며 전변하는 소리다

이처럼 현실 생활의 한복판에 굳게 발을 붙이고 있는 서정적 주인
공——시인 자신의 생활 체험은 개인적인 것이면서 동시에 사회적,
전 인민적인 것으로 되고 있다. 독자들은 개성적인 시인의 목소리를
통하여 전 인민적인 감정을 느끼고 체험하게 되는 것이다.

시인은 자기의 시적 사색과 서정을 주어진 소재에 침투시켜 혼연
일체의 경지를 이루고 있다. 우리가 이 시초에서 훈훈하게 느낄 수
있는 바와 같이 그의 서정은 자연과 더불어 개변되고 있는 새날을 가
슴 깊이 호흡하고 있다. 또한 그것은 간고한 시련을 극복하면서 노력
위훈을 세우고 있는 근로자들과 더불어 심장의 고동을 맞추고 있다.
여기에는 관조적인 서술도, 도금칠한 찬사도 없다. 서정적 주인공의
다함없는 긍지와 맑고 따뜻한 호소가 종소리처럼 울리고 있다.

이 시초 중에서도 우리의 가슴에 더욱 깊이 안겨오는 작품은 역시
「덕치 마을에서 2」이다.

이 시에서 시인은 물을 하마 고대하는 늙은 농민의 심정을 온몸으
로 느끼고 자기의 감정으로 혈육화했을 뿐만 아니라 그것을 정서의
체온으로 훌륭하게 전달하였으며 생활의 뉘앙스에까지 깊이 파고들
었다. 그릇이 작은 서정시에서 이처럼 한 농민의 일생을 환기시켜준
그의 예술적 기교는 실로 비범한 것이다.

볕이 쨍쨍하면 오히려 마음 흐리던
지난 세월 더듬으며 엽초를 말며

석 달 열흘 가물어도 근심 걱정 없어질
오는 세월 그리며 엽초를 말며

그러다가 영감님은 말뚝잠이 들었다
머리 얹은 달빛이 하도 고와서
구수한 흙냄새에 그만 취해서

귓전을 스치는 거센 흐름 소리에
놀래어 선잠에서 깨어났을 땐
자정이 넘고 삼경도 지날 무렵
그러나 수로에 물은 안 오고
가까운 서해에서 파도만 쏴 — 쏴 —

인간의 심정이 자연 서정과 혼연일체로 배합되어 아름다운 정서를
자아내고 있다. 외로울 수 있는 경지에 놓아두었건만 이처럼 인간에
대한 시인의 신뢰가 깃들면 결코 외롭게 보이지 않는다. 자연묘사를
인간의 내면세계와는 무관계한 것으로 여기고 서정적 분위기의 조성
이나 치레가락으로 일삼는 우리의 부분적인 시와는 달리 그의 시에
서는 자연현상이 인간의 내면세계에 미치는 작용을 올바로 포착하였
다. 한뉘 땅을 파며 살아온 농민이 어찌 이러한 밤, 달빛과 흙냄새에
취하지 않을 수 있으며 서해의 파도 소리에 귀를 보내지 않을 수 있
으랴! 그리하여 시인은 자기 시의 끝 연을

수로가 2천 리도 넘는다는 사실을
아마도 영감님은 모르시나 봐
물살이 아무리 빠르다 한들

하루에야 이 끝까지 어찌 다 올까

이렇게 여운을 남긴 채 끝맺었는바 우리는 이 한 편을 읽고도 족히 평남관개 2천 리 수로의 전모와 물을 기다리는 농민들의 심정을 흐뭇하게 느낄 수 있다.

「두 강물을 한 곬으로」는 창조적 노동 속에서 싹트고 맺어진 청춘 남녀의 아름다운 사랑을 주제로 한 서정시로서 시초 가운데서 이채를 띠우고 있다. 시인은 이 시에서 두 강물이 한 곬으로 합치는 위대한 순간의 농촌 정경을 아름다운 화폭으로 보여주면서 그러나 서경 묘사에 매혹되지 않고 두 젊은이의 뜨거운 심장의 결합에 시적 사색의 초점을 박았다. 노력하는 인간들의 아름다운 결합을 통해서뿐 자연도 아름답게 보이는 것이다. 이 시에는 애정에 대한 시인의 올바른 견해와 주장이 형상적 사색을 통하여 심화되어 있고 서정적 투시력이 맑고 건강하다.

이상 시편들에 비하여 「전설 속의 이야기」 「덕치 마을에서 1」 「열두 부자 동둑」 「격류하라 사회주의에로」 등 작품은 손색이 있다. 말하자면 시적 사색이 깊지 못하다. 발라드 형식으로 씌어진 「열두 부자 동둑」은 소재가 시적으로 잘 정리되지 못했으며 산문에 가까울 정도로 음조미가 허뜨러졌다. 「덕치 마을에서 1」은 모찌브가 안배되어 있지 않고 따라서 주제가 선명치 않다.

이상 부분적인 부족점을 내포하고 있으나 이 시초는 노동을 주제로 한 서정시의 새로운 경지를 개척하였으며 이 시선집에 무게를 얹어주었다.

시선집에 수록된 그의 서정시편들에 관통되어 있는 쓰찔의 특징은 시인의 서정이 주어진 소재에 밀착하여 생활의 체온을 강렬하게 풍기는 바로 그 점인 것이다. 해방 후에 그가 발표한 시편들이 공민적 빠포쓰로 충만되어 있음은 이에 기인한 것이다. 생활 체험을 거쳐 연소시킴이 없이는 좀체로 붓을 들지 않는 시인이다. 그의 많지 않은 정론시에 있어서도 그 기반에는 반드시 생활 체험과 시적 사색이 깔려 있다.

그는 남들이 이미 개척해놓은 길을 무난히 따라가는 것이 아니다. 소처럼 느린 걸음일망정 드팀이 없이 독특한 경지를 헤치고 나아간다. 집약적 표현, 시어의 탁마에 있어서도 그는 자신에 대한 요구성이 높은 시인이다. 자기의 작품 계보에 있어서 유사성을 극복하기 위하여 부단히 탐색하고 있다. 이는 시어의 선택, 구사에만 국한되지 않고 표현 수법에까지 세심한 주의가 미치고 있다. 그의 서정시편들에는 해방 전후를 일관하여 생활의 체온이 따뜻하게 간직되어 있다. 또한 그의 시적 사색의 밑바닥에는 민족적 정서와 우리 인민의 사고 방식이 깔려 있으며 생활적 언어를 시어로 순화시키려는 노력과 애정이 시행들에 차고 넘쳐 있다. 그의 생활감정은 현실의 핵을 틀어쥐고 있다. 그러므로 그는 가식과 도금칠을 용납하지 않는다. 그의 매 시편들에는 강렬한 주장이 종소리처럼 높이 울리고 있다.

"강산이여 한층 더 아름답기 위해선 변하고 또 변하자"—이 시행에 차고 넘치는 그의 주장은 얼마나 강렬한 것인가!

(1958. 10. 17.) (『조선문학』, 1958. 12.)

암울한 시대를 비춘 외로운 시혼詩魂
— 향토의 시인 이용악의 초상

유 정

세상 참 바뀌기도 바뀌었구나 싶다. '이 풍진 세상'이란 느낌도 든다. 내가 이제 이용악 이야기를 하게 되다니! 내 생전에 그를 다시 만나긴새려, 아무도 그의 이야기를 다시는 꺼낼 수 없을 것만 같았는데—.

그러나 이젠 말해야겠다. 그에 대한 이야기는 누군가 해야 하며, 나는 나름대로 알고 있는 이야기가 있으니 말이다.

근자에 윤영천尹永川 교수는 『한국 유민시流民詩 선집』 1·2권을 엮어내고, 서서 『한국의 유민시』와 「이용악론 — 민족시의 전진과 좌절」을 발표하면서, 동란·분단 이후 처음으로 이 시인에 대한 연구와 평가를 본격화했다. 특히 역작 논문 「이용악론」에서 윤 교수는, 무엇이 진정한 '민족시'이며, 이용악의 문학사적 존재 의미가 무엇인가를 깐깐하고도 탄탄한 문체로 간곡하게 설파했다.

윤 교수의 이 「이용악론」을 재독 삼독 음미하면서, 나는 오랜만에 문학에 대한 신뢰와 용악 시에 대한 애착을 회복하였다. 게으르고 무기력한 이 필자로 하여금 무딘 펜이나마 들어보게 한 것은, 오직 윤교수의 이상 역저들이 준 감명과 그의 은근한 독려가 저지른 짓이다.

하나 막상 펜을 들고 보니, 무척 불안하고 조심스럽다. 행여 시인의 인간과 문학에 대한 부정확한 언설로 하여, 시인에게 본의 아닌 '누'라도 끼치지 않을는지? 아니 그보다도, 현재 저쪽에 생존해 있을지도 모를 그의 안위安危에, 행여 추호의 영향이나마 미침이 없기를!

1. 「북쪽」 시인과의 만남

시인 이용악 —— 그를 내가 처음 알게 된 것은, 그 '사람'보다 먼저 그 시편을 만남으로써였다.

고보高普 2학년생인 문학 소년이었던 나는, 다음과 같은 6행짜리 시를 읽고, 그만 넋을 잃고 말았다. 꼭 이물질異物質을 삼킨 것만 같은 충격이었다.

> 북쪽은 고향
> 그 북쪽은 여인이 팔려 간 나라
> 머언 산맥에 바람이 얼어붙을 때
> 다시 풀릴 때
> 시름 많은 북쪽 하늘에
> 마음은 눈감을 줄 모르다

제목은 「북쪽」이고, 그 시편은 『분수령』이라는 시집의 허두에 실려 있었다. 사륙판의 얄팍한 시집이었다.

다시 읽고 또다시 읽어보면서, 가슴속은 야릇한 흥분으로 물결치듯 했다. 한 20편 되는 시집을 단숨에 읽고선, 시인의 아우인 용해庸海한테서 그 시집을 빌려가지고 돌아왔다.

시 「북쪽」은 나에겐 분명 이물질이었다. 그때까지 내가 알고 있던 '고향'을 그린 시편들과는 다른 무엇이 있었다. 그 무엇이 무엇인지는 당시의 나로선 미처 해명해낼 재간이 없었다.

가령, 그때까지 내가 알고 있던 예이츠*의 "난 인제 일어나 가리라. 이니스프리로"라든지, 일본 시인 무로우室生*의 "고향은 먼 곳에서 그려보는 것"이라든지, 우리 시인 지용芝溶*의 "고향에 고향에 돌아와도/그리던 고향은 아니러뇨"라든지에 비해, 용악의 「북쪽」은 분명 다른 그 무엇을 호소하고 있다.

위의 시인들의 시편들은 어디까지나 순수한 개인의 서정을 꾀한 목가적牧歌的인 서정시이다. 그에 비해 용악의 「북쪽」은 개인의 서정을 떠나, 사회적인 관심을 치열하게 내포한 시작품인 것이다.

이 시의 "여인이 팔려 간 나라"는 종래의 서정시에선 보기 드문 사회적 현상에의 관심이요, "시름 많은 북쪽 하늘에"는 단순한 '향수鄕愁'의 영역을 벗어난 것이다. 서정성을 지니면서, 그 서정 속에 사회 의식을 강렬하게 반영했다는 데서, 이 시편은 용악의 초기의 대표작이자 이후의 그의 시의 방향을 점치는 지표가 되었다고 할 수 있겠다.

얼마 후 그해 여름이던가 그 '사람' 이용악을 처음 만났는데, 약간 실망하지 않을 수 없었다. 예상했던 젊고 우수憂愁를 띤 낭만적인 풍모가 아니었으니 말이다. 그러니까 그때 그는 23세의 청년, 나는 15세의 소년이었다.

그의 아우 용해가 "얘두 문학 지망생이라오" 하고 나를 소개하자, 그는 아무 말 없이 웃음을 띠고 내 손을 잡아주었다. 흰 이를 반쯤 드러내고, 소리 없이 웃는 웃음, 누구한테나 보여주는 히히 웃는 듯한 그 표정은 그가 늘 그러는 버릇이었다.

당시 문인들 간의 유행이던 장발('올빽'이라 했다)에, 역시 유행이던 굵직한 테의 안경('로이드 안경'이라 했다)을 썼으나, 머리칼은 푸석푸석한 게 기름기가 없고, 안경알도 뿌연 게 도수가 꽤 있는 것 같았다.

누른 기를 띤 피곤한 듯한 안색, 어딘가 자기적自棄的인 느릿한 동작……

그때는 분명 여름방학 때였는데, 검정색 겨울 교복을 걸치고 있었다. 교모校帽는 감추듯 벗어 들고 있었다. 귀향할 때와 동경東京 갈 때만 교복을 착용하고, 그 밖엔 대개 색바랜 갈색 코르덴 상하를 걸치고 다녔다.

말수가 적었다. 거의 말이 없었다. 물론 애송이 문학 소년에게 무슨 관심이 있었을까만, 나한테만 그러는 게 아니고, 가족한테도 친구들한테도 그러는 것 같았다. 그러면서도 친구들과 어울려 술이 들어가면 차츰 활기를 띠고 말이 많아지곤 했다.

키는 165센티가량, 당시로선 작은 키가 아니고, 몸매는 약간 여윈편, 통 모양낼 줄 몰랐다. 생겨먹은 대로, 아무렇게나 움직거리면 그만이 아니냐 하는 투였다.

그러나 그게 결코 투박스럽다거나 촌스럽다거나 그런 건 아니었다. 어떻게 보면 되려 소탈해 보이기도 했다. 상대방을 편안하게 해주는 히히 웃는 듯한 표정 ― 그런 것이 따스한 친애감을 풍겨주기조차 했다.

그해에 아마 중등학교에서 '조선어' 과목이 폐지되고, '고등보통학교' 명칭도 '중학교'로 바뀌었던 것 같다. 나는 일문 습작들을 일본의 문예 잡지와 지방신문에 부지런히 투고하고 있었다. 심심찮게 입선도 하곤 했다.

그런 눈치를 챈 용악은 크게 나무라지 않으면서도, "유도 조선말 공부 좀 해야지" 몇 번 그렇게 타이르듯 했다.

여름방학과 겨울방학엔 동경에서 서울을 거쳐 꼭꼭 귀향을 하고, 그 밖에도 한두 번 귀향을 했는데, 올 때는 왔다고 알려주지만 떠날 때는 소식 없이 떠나고, 엽서 한 장 보내주는 법이 없었다.

2. 시인의 향토 경성읍鏡城邑

이용악은 1914년, 함북 경성읍에서 태어났다.

향토와 환경이 문학자에게 큰 관계를 가진다고 한다면, 용악에게 있어서 경성은 운명적인 고장이었다고 할 수 있다.

경성을 찾은 적이 있는 사람들은 흔히들 남도의 청주시淸州市를 연상한다고 했는데, 그 말이 맞는 것 같다. 좀더 자세히 설명하기 위해 당시의 어느 풍토지를 참조하면서, 필자의 보충을 덧붙이면 '경성鏡城'이란 다음과 같은 고장이었다.

경성군청 소재지이며, 북으로 나남羅南 4킬로미터, 남으로 주을朱乙 4킬로미터, 시가지의 남쪽 작은 평야를 냇물이 흐르고, 서남·서북에 나직한 산과 아득한 서쪽에 해발 2천 5백 미터의 관모연령冠帽連嶺이 사철 백설로 빛나고, 동으로 2킬로미터에 푸른 동해가 웅얼거린다.

시가지를 둘러싸고 옛날(1436년, 세종 8년) 함경도 2백 진鎭을 통수한 병마설도사를 두었던 성곽 치성성지雉城城址가 있고, 여진女眞을 몰아낸(1107년) 윤관尹瓘 장군을 기리는 원수대元帥臺, 공자묘孔子廟, 관해사觀海寺 등 명승고적이 산재, 인구 약 2만 5천, 시가지는 성내城內·남문밖·서문거리의 3구로 형성, 성내는 특색 있는 기와집들의 구시가로, 군청·읍사무소 등 관청, 초중등학교와 예배당·청년회관 등 교육·문화시설이 있고, 남문 밖은 상업구로 항시 활기찬 시장이 섬. (이 상업구를 벗어난 남쪽 끝에 용악·유정의 집이 있었다.) 성 밖 서북 변두리에 서울과 두만강변을 잇는 함경선의 경성역鏡城驛이 있고……
— 남조선 과도정부 발행,『통계연감』, 1943. 12. 주사

좀 장황한 설명이지만, 용악의 소·청년 시절의 성장 환경 이해에 도움이 될 줄 안다. 사실, 그의 시작품에는 도처에서 이 향토의 풍경·정경이 점철되어 있다. 특히 그의 초기 작품에서 그렇다.

이러한 자연환경 못지않게 이 시인에게 영향을 준 것이, 이 지방

출신 선배와 동년배 문인들이 아닌가 한다. 기이하다면 기이한 것은 이들 중에는 산문가(소설·평론 등)는 거의 없고, 거개가 시인이고 지망생들이라는 점이다. 무슨 이 지방 기질의 특색이 아닐지 모른다.

그중 파인巴人 김동환金東煥*은 경성읍 출신의 대선배 시인으로, 1924년 한국 신시단 최초의 장편서사시『국경의 밤』*을 들고 '혜성과 같이' 등장하여, 문단과 청소년층에 커다란 충격을 안겨주었음은 우리 신문학사에서 익히 알려진 사실이다.

이 동향 선배 시인의 문제 시집이 소년 용악에게 던져준 영향은 어지간히 컸던 것 같다. 뒤에 용악 자신이 파인巴人의 시를 읽었을 때의 감동을 이야기하던 열띤 표정이 지금도 필자에겐 생생히 살아난다.

3. 기류寄留문인과 문학청년들

시인이 아닌 점이 어쩌면 이색적이기도 했던 강원도 출신의 작가 이효석李孝石*이 경성읍鏡城邑으로 낙향하여 몇 해 동안 지낸 일이 있는데, '동반작가'로서 중앙 문단에 쟁쟁하던 효석의 존재는, 지방 문학청년들의 외경과 동경의 대상이 되어 마땅했을 것이다.

이름난 '경읍미녀鏡邑美女'에 이미 장가들어 있던 효석은, 그런 연고지이기도 한 이곳의 아늑한 경개가 퍽도 마음에 들어서 한때는 정착할 것도 생각했던 듯, 경성농업학교(5년제) 영어 교사로 재직하는 한편, 차분하고도 참신한 문체의 역작들「돈豚」「성수부聖樹賦」「산」「메밀꽃 필 무렵」 등등을 완성 발표하여, 중앙 문단에 명성을 떨치기에 이른다.

청년들 중에 허이복許利福*이라는 지방 시인이 있었는데, 이 사람이 고심작들을 묶어『박꽃』(1939)이라는 시집을 엮고, 그 서문으로

효석의 꽤 호의적인 글을 받은 것을 가지고, "호랑이 꼬랑지라도 잡은 것처럼" 으스댄다 해서 선망과 질시의 표적이 되기도 했다. 이 시집은 출간되자 임화林和*가 중앙의 어느 신문에서 "소박하고 성실한 리얼리즘……"이라고 역시 호의적인 평을 했다는 것을, 필자는 후년에 와서 알았다.

허이복 씨는 필자의 보통학교 은사로, '글짓기'를 잘하는 아이라고 공연히 부추겨가지고 훗날 나로 하여금 '시인' 소리를 듣게끔 한 장본인의 하나이기도 하다.

그 당시 용악은 어쩌다 귀향을 하면, 허이복을 중심한 문학청년들과 꼭꼭 어울리곤 했으나, 효석과는 사귄 것 같지 않다.

청년들 중 아직 무명이긴 했지만, 김진세金軫世,* 신동철申東哲 두 사람은 각기 개성이 있고 앞날을 촉망케 하는 시인들이었는데, 그 후 일제 암흑기 막바지에 어떻게 되었는지 알 길이 없다. 진세의 단련시單聯詩는 필자가 아직까지 잊지 않고 있는 수작이다.

해저海底 ── 오늘도 어둑한 암반巖盤에 흡반吸盤을 붙이고, 아득한 해상海上의 회리바람을 걱정하는 미련한 장어長魚가 있다.

김종한金鍾漢*과 함윤수咸允洙*도 동향의 시인이지만, 이들은 용악의 동경 유학 시절에 더 많이 어울렸으므로 그 대목에 가서 다시 이야기하기로 한다. 함윤수의 사촌형이며, 저 「해바라기의 비명碑銘」(1936)이란 명시를 남긴 함형수咸亨洙, 그리고 해방 후도 남한에서 뜸뜸이 시작을 보여주던 오화룡吳和龍도 이곳 출신임을 덧붙여둔다.

김광섭金珖燮*도 경성 출신으로 알려졌지만, 실은 경성읍에서 좀 떨어진 어랑漁郎 사람으로 나이도 근 10년 위이고 해서 용악과는 이곳에서 별 교섭이 없었던 것 같다.

이 밖에 30년대 모더니즘의 기수 김기림金起林*은 성진城津 사람이
지만, 1942년에 낙향, 이곳 경성고보 영어 교사로 취직하여, 허이복·
신동철·필자 등과 한동안 어울렸다. 이때는 이미 태평양전쟁도 절정
으로 치닫고, 중앙에 있던 문인·지식인들이 뿔뿔이 낙향, 일본 경찰
의 감시의 눈을 피해 살길을 도모하기에 바빴다.

기림과 거의 같은 무렵에 이곳에 낙향한 이용악은, 일자리를 찾아
이내 청진淸津인가로 나가버림으로써 기림과의 이곳 해후는 없었던
것 같다.

기림의 이곳 '유복자'로선, 현재 시단에서 활약 중인 시인 김규동
金奎東,* 이활李活* 등이 있고, 그밖에 영화감독 신상옥申相玉,* 사회당
당수를 하던 정객 김철金哲* 기타가 있는데, 이들은 기림한테 시학 아
닌 영어와 물리를 배웠던 것이다.

4. 「2인二人」 동인 김종한金鍾漢

그토록 고단한 고학 생활 속에서도, 용악의 문학에 대한 정열은 치
열하게 불타올랐다. 유학한 다음 해(1935년)에 데뷔 작품으로 알려진
「패배자의 소원」에 이어 봇물 쏟아지듯 습작을 마구 발표해온 그가,
패기만만한 동향의 신진 시인 김종한을 만나, 둘이서 『2인二人』을 내
게 되면서, 그 문학에 획기적인 진경進境을 보이기에 이른다.

『2인』은 제목 그대로 용악·종한 단 두 사람의 동인지(!)로서, 국판
8페이지의 알량한 팸플릿에 불과했으나, 전체 지면에 문학에의 젊은
의욕이 철철 넘쳐흐르듯 했다. 처음 얼마 동안은 달에 두어 번씩 내
놓았는데, 각자의 최근 시작품을 꼭꼭 싣고, 서울 문단 소식과 동경
유학생 문인들의 소식을 곁들였다.

첫 호엔 용악의 「아이야 돌다리 위로 가자」와 종한의 「미망인 R의 초상」이 실렸던 것으로 기억한다. 용악의 것은 더 손질을 해서 나중에 시집 『낡은 집』에 수록했으며, 종한의 것은 뒤에 『문장文章』에 정지용鄭芝溶 최초의 추천 작품으로 당선됐던 것으로 기억한다. 그 종한의 「미망인 R의 초상」을 잠깐 소개해보면 —

그림자가 그늘을 쳤소
하이한 벤취 위에
하이한 당신의 드레쓰에

그물 속에서
물고기의 습성을 호흡하는
당신의 휴게

……잊어버렸다가도
바람의 방언이
나무 품속을 속삭이면……

보이지 않는 손이
(오오 누구의 손일까오)
그물코를 흔드오 흔드오

종한은 용악과 동갑으로 명천明川 출생이지만 경성고보鏡城高普를 나와서 그해(1934년)에 일본으로 건너가 니혼대학日本大學에 다녔는데, 그 이전에 이미 「베짜는 각씨」 「망향곡」 등 창작 민요와 「낡은 우물이 있는 풍경」 등 재치 넘친 시작품을 발표, "나야말로 신진 중의 신진이노라"고 대단한 자부심을 과시하고 다녔다.

이 두 사람의 동경 유학 후반기에 『은화식물지隱花植物誌』의 시인 함윤수咸允洙가 종한을 따라 니혼대학에 입학하고, 뒤미처 1941년 유정이 역시 니혼대학에 들어가게 되는데, 이때엔 이미 용악은 서울로 돌아가고, 종한 혼자 동경에서 일문 잡지 기자를 하고 있었다.

용악과 종한──두 시인은 상통한 점도 있었으나, 그 기질이며 문학관, 생활 태도에서 판이한 점이 더 많았다. 용악의 '과묵'에 대해 종한의 '다변多辯' '소탈'에 대해 '자기현시' '토착적인 서정'에 대해 '모더니즘풍의 기교', 이런 면에서 서로 대항하고 반발하고 했다.

하지만 용악이 종한한테 얻어낸 것이 더 많았다. 용악은 자기 본래의 토착 정신을 한층 굳고 깊게 하는 한편, 종한의 기교 – 수사법에 대한 관심을 여겨보았다. 그 모색 과정에서 시집 『분수령』이 산출되었으며, 이어 그의 문학적 확신을 보여주는 『낡은 집』(1938)이 결실되었던 것이다.

5. "걸어 다니며 쓴다"

용악은 시를 "걸어 다니면서, 전차나 버스를 타고 손잡이 잡고 흔들거려가면서 쓴다"고 했다. 집에서 책상 앞에 앉아서 원고지에다 쓰는 광경을 통 볼 수 없기에, 언제던가 궁금해서 물었더니 그런 대답을 했다.

그럴 수밖에 없었던 것이, 그에겐 조용히 앉아서 글 쓸 집이나 책상이 있을 수 없는 생활을 해왔던 것이다. 유학 생활 4, 5년은 말이 '유학'이지 사실상 학비를 위한 노동으로 지냈으며, 귀국해서 광복 안팎 7, 8년은 취직·실직·낙향·피신으로 '동가식서가숙東家食西家宿'

하는 방랑 생활이었던 것이다.

그는 "걸어 다니며" 시를 착상하고, 싸구려 소주를 마시면서 시 구절을 다듬고, 이불 속에서 그것을 완성했다. 그가 이불 속에 엎드린 채 원고지에 시를 정서하는 현장을 필자는 번번이 보았다.

이불 속에서 시 쓰는 버릇은 그 후도 오래 지속되어, 광복 후 버젓한 2층의 서재가 마련된 뒤에도 여전 변함이 없었다.

도시 그에겐 서재 같은 건 필요치 않았던 것이다. 그는 서재나 책상머리에 쌓아놓을 만한 서적을 가지려 하지 않았다. 책상 위엔 언제 봐도 신간 잡지 두어 권에 담배꽁초 수북한 재떨이가 흐트러져 있을 뿐이었다.

그 대신이랄까, 그 기억력은 놀라우리만큼 대단했다. 자신의 시작품의 구절구절은 물론이요, 한번 보고 들은 사물이나 사건에 대한 지식은 언제 어디서나 성확하게 되살려내곤 했다. 기자 생활 시절에 풍물 기행이나 사건 취재를 나가도, 그는 메모 따위는 하는 적이 없고, 돌아와서 신문사 데스크 옆에서 기사를 작성해 내놓곤 했다.

용악의 작품 생활에 있어서 가장 회심會心의 시절이었던 것은 시 「오랑캐꽃」을 발표한 1939년께가 아닌가 한다. 이 작품이 발표되자 시단과 독자층은 크게 찬탄했다. 동료 시인을 좀처럼 평가하지 않던 서정주徐廷柱*조차 이 시편을 쓴 작자를 가리켜 "그는 가난 속에 괄시를 받으면서, 망국민의 절망과 비애를 잘도 표현했다"고 호의적인 평가를 했던 것이다.

실은 용악의 「오랑캐꽃」과 전후해서 정주의 시 「귀촉도歸蜀途」가 발표되어 이 역시 시단의 화제를 모았었다. 어느 쪽이 앞섰던지 기억이 확실치 않으나, 두 시편이 서로 대항의식을 갖고 쓰인 것이, 두 작품을 보면 역력하다. 시의 주제나 구상에 닮은 면이 있으며, 특히 둘이 다 여느 때 없이 시 제목에 해제解題를 붙였는데, 그 해제가 하나같이 멋진 시구를 이루었다 해서 야단들이었던 것이다.

「오랑캐꽃」의 "발표지를 보았느냐"면서 사뭇 만족해하던 용악의 표정이 지금도 선연하다. "정주·장환*·용악이 현 시단의 삼재三才로 일컬어지고 있음을 아느냐" 그런 말도 하고 그는 유쾌한 듯 웃었다.

위의 두 시편의 '해제'를 이에 인용하여 그 시절의 회고로 삼는 것도 필자에겐 새삼스러운 감회의 하나이다.

——긴 세월을 오랑캐와의 싸홈에 살았다는 우리의 머언 조상들이 너를 불러 '오랑캐꽃'이라 했으니 어찌 보면 너의 뒷모양이 머리태를 드리인 오랑캐의 뒷머리와도 같은 까닭이라 전한다——

——「오랑캐꽃」 머리 해제

육날 메투리는, 신 중에서는 으뜸인 미투리 중에서도 가장 아름다운 조선의 신발이었느니라. 귀촉도는, 항용 우리들이 두견이라고도 하고, 소쩍새라고도 하고, 접동새라고도 하고, 자규子規라고도 하는 새가, '귀촉도…… 귀촉도……' 그런 발음으로써 우는 것이라고, 지하에 돌아간 우리들의 조상의 때부터 들어온 데서 생긴 말씀이니라.

——「귀촉도」 꼬리 해제

6. 배추꽃 속의 사랑

용악의 작품의 주제는 초기의 시일수록 가족에 대한 것이 많다. 아니, 거의 모두가 타국 일본에서 또는 간도間島 등지에서 고향 집을 그리워하는 것이라 해도 지나치지 않을 정도다. 그만큼 그는 가정적 애정에 굶주려 있었던 것이다.

그 외로운 심정을,

> 벗 없을 땐
> 집 한 칸 있었으면 덜이나 곤하겠는데
>
> 타지 않는 저녁 하늘을
> 가벼운 병처럼 스쳐 흐르는 시장기
> 어쩌면 몹시두 아름다워라
> 앞이건 뒤건 내 가차이 모올래 오시이소
>
> ──「집」부분

하고 호소하던 시인이, 애틋한 '가정'에의 소망을 풀어보게 된 것은, 역시 북도北道 출신의 규수 최씨와 해후함으로써였다.

이 처녀와의 해후 이후, 용악의 생활에 한 가닥의 '밝음'이 비쳐들고, 그 '밝음'은 여러 편의 '사랑'의 시편으로서 그의 전체 작품 속에서 이채를 띤 가작들로 나타났다. 「장마 개인 날」「꽃가루 속에」「그리움」「길」 등 8, 9편에 이르는 작품군이 그것인데, 그가 남긴 전체 1백여 편에 대한 비율로 보면 상당한 수량임을 알 수 있겠다.

이 규수는 함경북도 무산읍茂山邑의 최씨 가문의 출신으로(그 이름을 필자는 잊었다), 용악의 유학 후반기에 동경東京에 건너와서 서로 알게 되었는데, 동경의 사립 명문 '오쓰마大妻 기예전문학교'에 다니는 중이었다.

시인은 당시의 환희를 이렇게 노래하고 있다.

> 배추밭 이랑을 노오란 배추꽃 이랑을

숨 가쁘게 마구 웃으며 달리는 것은

어디서 네가 나즉히 부르기 때문에

배추꽃 속에 살며시 흩어놓은 꽃가루 속에

나두야 숨어서 너를 부르고 싶기 때문에

—「꽃가루 속에」 전문

　장미꽃도 진달래꽃도 아닌 '배추꽃' 속에서 사랑을 한다는 것, 역시 이 시인다워서 미소롭지 않은가.

　최씨를 필자가 처음 만나본 것은 해방 이듬해 초여름, 서울 종로구 청운동 시인의 새 가정집에서였는데, 그네는 눈을 썻고 다시 보고 싶을 그런 전형적인 북도 미녀였다. 태생을 짐작케 하는 귀인성스러운 동그랗고 하얀 얼굴, 덧니 하나가 있는 옥니를 약간 드러내고 상냥하게 웃었다.

　그 새색시와의 사이에 그때 이미 첫아기(여자아이)를 낳고, 시인은 무척 행복해 보였다. 그러나 그 무렵이 시인의 생애에 처음 맛보는 가정의 행복이자, 마지막 행복이나 아니었을까. 그로부터 불과 몇 해, 둘째 아기(남자아이)가 아장아장 걸어 다니기 시작할 무렵부터 가장인 시인은 다시 숨어 다니는 몸이 되고, 부인의 얼굴엔 어두운 그림자가 곁들이게 되었으니 말이다.

　이제 이 글의 막판에 이르러, 일제하 암흑기의 용악 시 일부에 대한 '친일문학' 논의에 관련해서, 몇 마디 언급을 않을 수 없게 되었다.

　용악 시는 본디 리얼리즘의 문학으로, 초기의 두 시집 『분수령』

『낡은 집』을 거치면서 개인사·가족사로부터 이웃과 '우리들'에의 연대의식으로 전개, 일제하 암흑기에 걸쳐 '민족시'로서의 전진을 꾀하다가 광복과 더불어 되려 좌절을 겪게 되었던 경위는, 윤영천 교수가 이미 상세히 논술한 바이다.

이 암흑기를 헤쳐가기 위해 용악이 고안해낸 것이 바로 '상징시' 시법이다. 구체적 사실적 시법에서 상징에로의 전환은 일종의 도회韜晦이며 위장僞裝이다. 이 당시의 시편들에 '나라'니 '조국'이니 '백성'이니 '충성'이니 하는 과장된 어휘들이 갑자기 헤퍼졌음도 바로 그러한 연유에서다. 같은 시집 『오랑캐꽃』(1947) 중에서도 「불」「구슬」「죽음」 등은 상징 시법의 두드러진 것으로, 이 시법을 이 시기에 특히 중용重用한 시인의 의도를 우리는 정확히 파악해야 한다.

'친일' 논의에 오르내린 용악 시는 주로 1940년대 초반에 씌어진 「길」「눈 나리는 거리에서」 등인데, 번거로우시더라도 먼저 그 전문全文을 읽어보신 다음에 필자의 말에 귀 기울여주시기를……

용악의 이 시편들을 놓고 '친일' 운운하는 평자들은, 이 시편들 속의 "나라에 지극히 복된 기별이 있어……"니 "어찌야 즐거운 백성이 아니리" 또는 "이제 오랜 치욕과 사슬은 끊어지고"니 "아세아의 아들들이 뭉쳐서 나아가는 곳……"이니 하는 구절들의 또는 어휘들의 피상적인 의미에만 시각이 얽매여 있는 것 같다. 상징의 주요 수사법이 풍유와 암유, 역설과 반어의 구사임을 염두에 두고 본다면, 이러한 구절·어휘의 의미하는 바가 무엇인지는 이내 알아차리고도 남음이 있다 하겠다.

그들 학구파들의 시각에는 다음의 시편은 영락없는 '친일시'의 거작巨作으로 비칠 것이다. 그러나 이것은 정상적인 눈을 가진 한국 사람의 시각이라면, 고통스럽고 비창한 한국인 바로 우리들의 '죽음'을 상징한 내용임을 이내 간파할 수 있을 것이다.

나라에 큰 난 있어 사나히들은 당신을 향할지라도
두려울 법 없고
충성한 백성만을 위하야 당신은
항상 새 누리를 꾸미는 것이었습니다

아무도 이르지 못한 바닷가 같은 데서
아무도 살지 않은 풀 우거진 벌판 같은 데서
말하자면
헤아릴 수 없는 옛적 같은 데서
빛을 거느린 당신

—「죽음」부분

(윤영천 편, 『이용악 시전집』, 창작과비평사, 1988)

민족시의 전진과 좌절
── 이용악론

윤영천

1

　한국 근대시사에서 이용악李庸岳(1914~1971)만큼 일제강점기에
대규모적으로 발생한 국내외 유이민流移民의 비극적 삶을 깊이 있게
통찰하고, 또 이를 민족 모순의 핵심으로 명확히 인식, 자기 시에 정
당하게 형상한 시인은 드물다. 이러한 긍정적 평가는 이른바 '해방공
간'(1945. 8. 15.~1948. 8. 15.)에서 이뤄진 그의 시적 성취에도 그대로
적용할 만한 것이다. 이데올로기적 편견 없이 그 작품 세계만을 두고
볼 때, 이 시인이야말로 "진정한 순수시인"(임헌영, 「해방 후 한국문학
의 양상 ── 시를 중심으로」, 『해방전후사의 인식』, 한길사, 1979, p. 465)으
로 일컬어져 마땅하기 때문이다. 식민지 시대의 국내 유랑민과 국외
유이민의 집단적 비극, '해방 조국'의 품을 찾아든 숱한 '귀향 유이
민'의 현실적 질곡을 곧 자기 자신의 그것으로 통절하게 인식하는 통
합적인 시적 감수성에 힘입어 성취된 그의 시의 건강성이 무엇보다
도 이를 잘 입증해준다.
　그러나 분단 40년이 지났어도 민족 통일에 대한 전망은 극히 불투
명하기만 한 이 시점에서 시인 이용악이 그처럼 집요하게 탐색한 시
적 노력의 역사적 중대성을 갈피잡고자 하는 우리의 입장은 결코 편
안한 것이 못 된다.

　　누가 우리의 가슴에 함부로 금을 그어 강물이

검푸른 강물이 굽이쳐 흐르느냐

모두들 국경이라고 부르는 38도에 날은

저물어 구름이 모여

—「38도에서」(1945) 부분

여기서 '38도'는 인적 및 물적 기초의 단순한 양적 분단이 아니라 민족의 동질성을 원천적으로 망각하게 하고 역사의 전진을 역류시키는 "검푸른 강물"로 명료하게 형상되어 있다. 그것은 민족자해民族自害적인 냉전 이데올로기에 덮씌워진 역사의 암흑과, 깊고도 날카롭게 각인된 분단의 한恨을 동시적으로 표상하는 데 그치지 않고, 후반부의 시적 진술에 튼튼히 밑받침됨으로써 그러한 역사의 어둠과 아픔이 간단히 사라지지 않을 것임을 강력히 암시해주기까지 한다.

이 시가 보여주는 역사 예측력의 정확성은 우리의 기형적인 '해방후사'가 웅변적으로 말해주는 바이니, 곧 없어질 줄 알았던 그 '38도'는, 외형상으로는 동족 전쟁이었으나 본질적으로 중요한 이데올로기적 측면에 있어서는 남북에 각기 진주한 양대 정치 열강의 대리전쟁에 다름 아니었던 '6·25'를 거치면서 한층 견고한 현실 선으로 고착돼 오늘에 이르고 있는 것이다. 그렇다면 앞서 말한 그 '불편함'은 대체 어디서 오는가. 말할 것도 없이 그것은, 정치적 난민難民으로서의 일제하 '집단 유이민 현상'이 '해방'과 더불어 일거에 종식된 단순 과거사가 아니라 그 겉모습만을 달리하면서 지금껏 엄히 계속되고 있는 바로 이 시대의 가장 중대한 현안이라는 현실 인식에서 비롯한다. 요컨대, 우리는 체제와 이념을 달리한 채 민족적 저류에 통합하기를 거부하는 '분단 모국'의 주요한 양대 구성체의 어느 한쪽에 속해 살면서 "모두들 국경이라고 부르는 38도" 저 너머의 다른 한쪽과 원수처럼 절연·대립하고 있는 정치적 유이민인 것이다. 그러기에 망국민의 설움을 안고 나라 밖을 떠돌다가 '해방'의 감격을 안고 고국을 찾아온 한 시적 자아가, 그를 포함한 대다수 조선 민중을 만주·시베리아 및 일본·남양南洋 등지로 방축한 저 폭압적인 일제 식민통치에 의해 철저히 도륙당한 황폐한 고향 산천을 향하여 "백두산 높게 솟고 동해물 넘치는 오늘/내가 자라온 고향이여 풀어주리라 그대의 아픔을"(박산운,「고향에 돌아와서」부분,『신천지』, 1946. 6.)이라고 결연히 외친 40여 년 전의 절규가 새삼 우리의 귓전을 아프게 때리는 것이다.

이런 점에 다소라도 유념한다면, 이용악 시에 관한 우리의 논의가 결국은 오늘의 분단 현실을 똑똑히 인식하는 문제에 자연스럽게 연결되는 것임을 깨닫게 된다. 무엇보다도 그 기본 지향에 있어 그의 시는 반反분단주의에 토대한 '민족해방문학'의 면모를 지니고 있다는 점에서 그러하다. 그러나 여기서 간과할 수 없는 것은, 자기 시대 민족 모순의 예각적인 시적 반영에도 불구하고 때로는 이를 일정하게 제약하고 저해하는 모더니즘에의 유혹이 그의 시에는 지속적으로 크게 자리 잡고 있었다는 사실이다. 이용악의 경우 이는 일종의 '계층적 불안'에 근사한 의식의 부동성浮動性의 소산으로 여겨지는데, 결과적으로 그것이 작품으로 하여금 확고한 세계 전망과 시적 형식의 견고성을 확보하지 못하게 할 뿐 아니라 진정한 예술적 형상의 창조에 쐐기를 박는 인과적 고리로 강력히 작용하였음은 물론이다. 사정이 이러했던 까닭에 그의 시는 "주선시에서 가장 난해한 부류"[1]로 논의되기에 이르렀던 것이다. 이용악 시에서 드러나는 이러한 양면

---

1) 김광현,「내가 본 시인 ─ 정지용·이용악 편」,『민성』(1948. 10.). 좌우익 사이의 문학 노선 대립이 첨예하게 전개된 해방 직후의 문단 상황에서 이용악은 그 쌍방으로부터 종종 엉뚱한 오해의 표적이 되곤 하였다. 이 글의 필자에 의하면, 청년문필가협회에서는 그를 '시인상 후보자'로 내세우는 난센스를 연출하기까지 하였다 한다.

성은 그가 '조선문학가동맹'의 좌파 시인들과는 달리 늦게까지 월북하지 않고 남한에 머물러 있었던 이유를 해명하는 문제와도 긴밀히 연관되는 것인바, 그 정신적 토대가 심중하고도 섬세히 가려져야 할 것이다.

본고에서 필자는 다음 몇 가지 사항을 중점적으로 논하고자 한다. ① 비록 그 정도 차는 있을지언정 그가 마지막까지 시원스레 떨쳐버리지 못한 '모더니즘에의 유혹'이 그의 시에 영향한 역기능적 측면, 그리고 이와 그 개인사와의 상관관계, ② '친일문학' 논의와 관련한 이용악 시 해석의 새로운 시각, ③ 일제강점기 '집단 유이민 현실'의 시적 양상과 그 서사지향성의 의미, ④ 이용악 시에 있어서의 '고향'의 의미, ⑤ 해방 이후의 '귀향 유이민시'를 통해 본 이용악 시의 민족문학적 성격 등을 규명하고자 한다. 이와 같은 논점들을 다룸에 있어 특히 유효한 것은, 그의 개인사에 관한 증언과 단편적인 기록, 그리고 시인의 자전적 성격이 짙게 반영된 작품을 적절히 활용하는 것이다. 일찍이 최재서崔載瑞가 적절히 지적한 대로, 이 시인이야말로 정히 "생활을 생활대로 생활에서 우러나는 말로 노래한다는 의미에 있어서의 인생파 시인"[2] 이었기 때문이다.

2

이용악은 1914년 함경북도 경성鏡城에서 한 적빈한 가정의 5남 2녀

---

2) 최재서, 「시와 도덕과 생활」, 『문학과 지성』(인문사, 1938, p. 200). 본고에 인용된 모든 작품은 그 시적 의미가 손상되지 않는 범위 내에서 현대식으로 표기하였다. 이용악 시의 서지사항에 대해서는, (1) 장영수, 「오장환과 이용악의 비교 연구」(고려대대학원 박사 학위 논문, 1987), (2) 최두석, 「민족현실의 시적 탐구—이용악론」(서울대 박사과정 발표 논문, 1987) 등이 크게 참조될 수 있으나, 보다 완벽한 서지의 작성은 향후 과제에 속한다.

중 3남으로 태어났다. 그의 할아버지는 금을 얻기 위해 일찍부터 몸소 달구지에 소금을 싣고 러시아 영토를 넘나들었으며[3] 이런 생활은 아버지 대에도 계속되었다. 이 과정에서 그의 아버지는 러시아에서 객사한 것이 아닌가 여겨진다. 이용악과 동향同鄕 시인 이수형李琇馨[4]은 이런 사정을

바다가 파랗게 내다뵈이는 고향 아라사 가까운 해풍에 열기꽃이 뿔게 피어난 모래밭엔 그렇게도 원통히 죽어간 애비들이 묻혀 있었다.
　　　　─ 이수형, 「아라사 가까운 고향」(『신천지』, 1948. 8.) 부분

행인지 불행인지 젖먹이 때 우리는 방랑하는 아비어미의 등곬에서 시달리며 무서운 국경 넘어 우·라·지·오 바다며 아·라·사 벌판을 달리는 이·즈·보·즈의 마차에, 트·로·이·카에 흔들리어서 갔던 일이며, 이윽고 모도다 홀어미의 손에서 자라올 때……
　　　　─ 이수형, 「용악과 용악의 예술에 대하여」(『이용악집』, 동지사,
　　　　　　1949, p. 160)

---

3) 이하의 진술은 주로 그의 고향 후배 시인인 유정(柳呈)과 필자와의 여러 차례에 걸친 면담(1988. 3.~1988. 4.)에 의한 것이다. 면담에 기꺼이 응해주신 유정 선생께 깊이 감사드린다. 유정은 신석정(辛夕汀)·김광현(金光現) 등과 더불어 이용악의 제3시집 『오랑캐꽃』을 펴내는 데 직접 관여한 바 있는데, 이용악이 그에게 보내는 시 「유정에게」를 훗날 『이용악집』에 수록하고 있음이 주목된다.

4) 해방 후의 좌파 문학단체 '조선문학가동맹'(1946. 2. 8.~2. 9. 결성) 회원이기도 했던 이수형은 이른바 '제주도 4·3항쟁'(1948. 4. 3.)에 참여한 일반 민중들의 삶을 형상화한 「산사람들」(『문학』 1948. 7.), 귀향 유이민들의 잔단적 비극을 훌륭하게 노래한 「행색(行色)─고국을 찾은 사람들」(임학수 편, 『시집』, 한성도서주식회사, 1949) 등의 성과작을 남겨놓고 있다. 시집 『산맥』(헌문사)의 발간이 조선문학가동맹 기관지 『문학』(1947. 7.)에 예고된 바 있으나 실제의 간행 여부는 불확실하다. 그는 6·25전쟁 직전 월북한 것으로 추정된다.

라고 쓰고 있다. 이 점은 그의 가족사적 면모가 생생하게 반영된 작품 「우리의 거리」(1945)[5]에서 "타향서 돌아가신 아버지"라는 시적 표현을 얻고 있다.[6] 필자가 추정컨대, 아마도 그의 부망父亡 시기는 아무리 늦더라도 1922년 이후로 내려잡기는 곤란하다고 생각된다. 왜냐하면 레닌 혁명의 시베리아 제압으로 '극동 러시아령의 소비에트화'가 구체화된 1922년 이후부터는 조선인의 소비에트화를 극도로 경계한 일제에 의해 국경 봉쇄가 매우 삼엄해졌으며, 따라서 이 방면으로의 '가족 이주, 집단 이주'는 사실상 불가능하였기 때문이다 (고승제,『한국이민사연구』, 장문각, 1973, p. 31 참조).

아버지의 객사로 그의 어머니는 '국수 장사, 떡 장사, 계란 장사' 등으로 어렵게 생계를 꾸려야 했지만, 그 와중에서도 아들 5형제만은 모두 고급학교에 진학시키는 억척스런 생활인의 면모를 보여주기도 하였다.[7]

---

5) 이 시의 제 1~2연은 아래와 같다. "아버지도 어머니도/젊어서 한창땐/우라지오로 다니는 밀수꾼//눈보라에 숨어 국경을 넘나들 때/어머니의 등곬에 파묻힌 나는/모든 가난한 사람들의 젖먹이와 다름없이/얼마나 성가스런 짐짝이었을까".

6) 집안의 기둥인 아버지의 객사가 그의 가족사를 얼마나 참담한 것으로 몰고 갔는가가 일정하게 반영된 것으로는 「달 있는 제사」(1941) 「풀버렛 소리 가득 차 있었다」(1937) 「푸른 한나절」(1937) 등이 있다.

7) 유정(柳呈) 시인에 의하면 용악의 중형(仲兄) 송산(松山)은 미술학도이다. 유정은 그가 이억(李億)이라는 필명으로 당시 서울에서 발간되는 여러 신문에 종종 시를 투고한 문학 지망생으로 회고하고 있다. 용악의 데뷔작 「패배자의 소원」(『신인문학』 1935. 3.) 말미에 '억형(億兄)께'라고 부기한 것은 바로 그를 지칭한 것이 아닌가 한다. 동생 용해(庸海)는 시인 유정과 경성중학(鏡城中學) 동기 동창으로『국민문학』등에 시를 발표하였으니, 3형제가 모두 시인이었던 셈이다. 말제(末弟) 용호(庸昊)는 유정의 경성중학 후배이다. 이용악의 개인사에 관련된 대부분의 사항은 시인 유정 선생의 회고 및 김요섭의 글(「눈보라의 궁전—나의 문학적 자서전」,『한국문학』, 1988. 4.)에 의한 것임을 밝혀둔다. 그런데 여기서 우리가 유념할 것은 그가 누대에 걸친 장사꾼의 후예라는 것, 그리고 그가 가난에 일찍부터 매우 익숙해 있었다는 사실이다. 이러한 가족사적 상황은 그로 하여금 장사꾼 특유의 기민한 현실적응력을 지닌 도시적 생활인이 되게끔 하였을 것이다. 또한 그것은 문학적으로 '생활과 시' 또는 단형 서정시와 서사지향성의 긴 이야기시를

가난이 몸에 밴 그는 일본 조치上智대학 유학 시절(1936. 4.~1939. 3.)에 "부두 선박 노동을 빼놓고는 온갖 가지의 품팔이 노동꾼으로 피땀을 흘려 이역異域의 최하층 생활권을 유전하면서 학비를 조달"(김광현, 「내가 본 시인—정지용·이용악 편」, 『민성』, 1948. 10. 참조) 하는 어려움을 겪은 바 있는데, 이수형은 그 일단을 '해방' 후 극도로 혼란스럽고 희망 없는 서울에서의 절망적인 삶에 대비시켜 다음과 같이 읊고 있다.

어찌하여 시바우라 같은 데서 군대 잠빵을 먹으며 모군하면서 싸워 오던 용악과 너희들 청춘은 또다시 서울 골목을 쫓겨다니다 진고개나 넓은 길에선 그저 아무렇지도 않은 체하는 다만 그럴 듯한 쥐정뱅이 구실을 해야만 하느냐.

— 이수형, 「아라사 가까운 고향」(『신천지』, 1948. 8.) 부분

조치대학 소재지인 일본 도쿄東京 근교의 해군 도시 시바우라芝浦에서 공사판 품팔이꾼(모군꾼)으로, 군부대에서 반출되는 음식찌꺼기[殘飯] 등으로 목숨을 부지하면서도, 『2인二人』이라는 동인지를 발간[8]하는 문학적 정열을 불태우기도 하였다. 이 기간 중 방학 때면 으레 귀향, 우리 동포들이 밀집적으로 거주하는 간도間島 등지를 몸소 답파, 만주滿洲 유이민流移民들의 비극적인 삶의 전모에 깊이 주목했으니, 이 유학 시절에 잇따라 발간한 시집 『분수령分水嶺』(동경; 삼문

적절히 통합하는 시적 능력 또는 이와는 정반대로 분열적인 도시적 감수성의 온존이라는 상호 모순된 양면을 공유하게 하는 주된 요인으로 작용했으리라 생각된다.

8) 서정주 편, 『현대조선명시선』(온문사, 1950, p. 266). 시인 유정에 의하면 이 동인지는 이용악이, 함경북도 명천(明川) 출신으로 훗날 『문장』을 통해 등단한 시인 김종한(金鍾漢)과 함께 펴낸 것인데 등사판으로 5~6회 정도 발간되었다고 한다.

사, 1937)과『낡은 집』(동경: 삼문사, 1938)은 그 구체적 결실이었던 것이다. 또한 이 시기에 그는 단순한 문학주의자로서 처신하지 않고 "조선 민족을 해방시키려는 혁명운동에도 참가하여 여덟 번이나 일제의 악독한 경찰에 붙들리고, 그 무서운 고문"에 시달리기도 하였다(김광현,「내가 본 시인—정지용·이용악 편」,『민성』, 1948. 10.).

일본 유학 생활을 마치고 귀국(1939), 평론가 최재서 주관의『인문평론』잡지사에서 근무하던 기간 중 그는 맏형의 느닷없는 죽음을 맞은 듯하다.

몰아치는 바람을 안고 어디루 가면
눈길을 밟어 어디루 향하면
당신을 뵈올 수 있습니까

[……]

아편에 부은 당신은 얼음장에 볼을 붙이고
얼음장과 똑같이 식어갈 때
기어 기어서 일어서고저 땅을 허비어도
당신을 싸고 영원한 어둠이 내려앉을 때

그곳 뽀구라니-츠나야의 밤이
꺼지는 나그네의 두 눈에
소리 없이 갈앉혀준 것은 무엇이었습니까

당신이 더듬어 간

벌판과 고개와 골짝을 당신의

모두가 들어 있다는 조그마한 궤짝만 돌아올 때

당신의 상여 비인 상여가

바닷가로 바닷가로 바삐 걸어갈 때

—「바람 속에서」(1940) 부분

"나와 함께 어머님의 아들이던 당신 뽀구라니-츠나야의 길바닥에 엎디어 길이 돌아가신 나의 형이여"라는 부제가 붙은 위의 시에서 분명하듯, 그의 맏형 또한 아버지를 좇아 저 소련 땅에서 객사했던 것이다.

『인문평론』이 폐간(1941. 4.)된 후 그는 『춘추』(1941. 2.~1944. 10.) 『국민문학』(1941. 11.~1945. 2.) 등의 친일적 성향이 짙은 잡지에 이따금 작품을 발표 — 이 때문에 그의 시는 훗날 '친일문학' 논의의 표적이 되기도 하였다 — 하기도 하였으나, 이미 전시체제로 돌입한 일제에 의해 조선인 전체의 삶이 무참하게 훼손되기 일쑤였던 그즈음 마침내 그는 서울 생활을 청산하고 귀향(1942)하기에 이른다.

1945년 8월 '해방'과 함께 이용악은 급거 서울로 귀환, 그 얼마 후 조선총독부도서관(현 국립중앙도서관 전신)의 일본인 도서관장의 관저를 적산 가옥으로 접수하였다 한다. 적산 불하를 반대하는 여론이 분분, 전평('조선노동조합전국평의회' 약칭, 1945. 11. 5. 결성)·민전('민주주의민족전선' 약칭, 1946. 2. 19. 결성) 등이 반대 성명이 치열(1947. 7.) 했던 그 무렵 그가 재빨리 거물급 일본인 관리의 적산 가옥을 접수한 데서 우리는 생활인으로서의 그의 민첩성을 읽어내게 된다. 말하자면 그는 단순히 글줄이나 쓰는 얌전한 책상물림이 아니라, 시세의 추이를 예리하게 꿰뚫어보는 현실주의자로서의 정확한 안목과 남다른 정치적 식견을 지니고 있었던 것이다.

다른 한편 그는 임화林和 · 김남천金南天 주도의 '문건'('조선문학건설본부' 약칭, 1945. 8. 16. 결성) 일원으로 참여, 1945년 11월경부터 약 1년간 당시 '진보적 민주주의'를 표방한 대표적 좌익지『중앙신문』에 근무하였으며, 1946년 들어서는 '조선문학가동맹'(1946. 2. 8.~2. 9. 결성) 등에 깊이 관여한다. 조선문학가동맹 시부 위원으로 활동하면서 1946년의 '9·24 철도 총파업'에 직접 참여하는가 하면, 1947년 7월에는 '인민에 복무하는 문화'를 내건 문화공작대文化工作隊 활동의 제일선에 나서기도 하였다. (1947년 3월부터 동년 7월까지 그는『문화일보』편집국장으로, 1948년 8월부터 1949년 8월까지『농림신문』기자로 일했다.) 이용악의 이와 같은 좌익 문화전사적 면모는 그러나 단정하의 극우적 상황하에서는 결코 용납될 수 없는 것이었으니, 네번째 시집『이용악집』(동지사, 1949. 1.)을 상재하기 이전 그는 이미 수배의 몸이었던 것이다. 결국 그는 1950년 2월 6일 '남로당 서울시 문화예술사건'으로 피체被逮, 징역 10년을 선고받고 서대문형무소에서 복역 중 북한군의 '6·28 서울 점령'으로 석방(정영진,『통한의 실종문인』, 문이당, 1989, p. 97 참조)되고 끝내 '궁색한 귀향'으로서의 월북행을 감행하기에 이른다.

서대문형무소에 수감되어 있던 이용악은 1950년 6월 28일 북한군의 '서울 입성'을 계기로 월북, 남북한 휴전협정 조인 직후인 1953년 8월 6일에는 이승엽 · 임화 등 '남로당계 숙청' 사건의 여파로 "공산주의를 말로만 신봉하고 월북한 문화인"으로 지목돼 반년 이상 '집필 금지' 처분(이철주,『북의 예술인』, 계몽사, 1966, pp. 326~29 참조)을 당하기도 하였다. 소부르주아적 · 자유주의적 · 지방주의적 잔재를 온존한 종파주의자로 지목돼 북한 문단에서 제거된 그들 남로당계(스칼라피노 · 이정식,『한국공산주의운동사』3, 한홍구 역, 돌베개, 1986, p. 551)에 연루되었음에도 불구하고 이용악은 비교적 가벼운 처벌을 받은 셈이다. 그 후, 마치 책임생산량을 기계적으로 양산해내듯 일종의 문학적 부역에 종사한 여타 문인들과 꼭 마찬가지로 그 또한 메마르고 척박한 언어로 적잖은 작품들을 발표, 『리용악 시선집』(평양: 조선작가동맹출판사, 1957)을 거두었다.

북한문학사에서 '전후 복구 건설과 사회주의 기초 건설을 위한 투쟁 시기'(1953. 7.~1960)로 일컬어지는 기간 중 발표한 그의 연작시 「평남 관개 시초」(10부작, 1956. 8.)는 "위대한 역사적 전변을 가져온 농촌의 벅찬 현실을 높은 사상예술적 경지에서 시적으로 일반화"한 하나의 문학적 전범(박종원·류만, 『조선문학개관』 2, 평양: 사회과학출판사, 1986, p. 189)으로 논의되는 평판작인데, 1963년 그는 월북시인 김상훈金尙勳과 『풍요 선집』(평양: 조선문학예술총동맹출판사, 1963)을 공역·출간하기도 하였다. 1971년, 화가인 그의 아들이 임종한 자리에서 "조국 통일은 곧 우리 문학이 하나가 되는 그날"이라는 유음을 토하고 지병인 결핵으로 일생을 마감(황석영, 「조국은 하나이며 문학도 하나다!」, 『창작과비평』 1990년 봄호)하기까지, 그는 비록 간간이나마 시작 활동을 멈춘 바 없었다. 그만큼 민족통일문학에 대한 통절한 염원을 죽음의 순간까지 순결하게 간직하고 있었던 것이다.

3

1930년대 우리 시사에서 광범한 영향력을 행사한 바 있는 모더니즘적 경향에 특히 주목했던 백철은 '모더니즘의 후예들' 속에 이용악을 위치시키면서도 "일종의 경향시인"이라고 덧붙이기를 잊지 않았다(백철, 『조선신문학사조사—현대편』, 백양당, 1949, pp. 355~57 참조). 말하자면 그의 시인적 좌표를 모더니즘과 리얼리즘 시의 중간에

설정해놓은 셈인데, 그것은 약간 표현을 달리하여 "현대파와 인생파의 중간"(조지훈, 「한국현대시의 관점」, 『조지훈 전집』 3, 일지사, 1973, pp. 167~70 참조) 또는 "회화적 경향과 윤리적 경향의 절충적 입장"(김윤식, 『한국근대문예비평사연구』, 한얼문고, 1973, p. 378 참조)으로 설명되기도 한다. 그렇기는 하나, 그의 시의 우수성은 그 양면적 요소의 어정쩡한 절충에서 오는 것은 아니고, 후자의 현저한 우위에서 비롯된다는 견해가 지배적인 것으로 되어왔다. 즉 그의 시는 삶의 존재론적 의미를 천착하는 데 치중하는 '존재의 시'가 아니라, 인간 상호 간의 갈등적 삶을 선명하게 개괄해내는 투철한 현실 인식을 강조하는 "생활의 거짓 없는 기록"(이규원의 「서序」, 『분수령』, 동경: 삼문사, 1937 참조)이라는 것이다. 전자에 대한 시적 지향이 수준 이하의 관념시로 쉽게 떨어지는 통폐를 일찍부터 날카롭게 간파한 최재서는, 이용악 시가 "침울한 패배적인 반면半面에 있어서만 우수하고, 일보 쾌활한 혹은 명랑한 건설과 미美의 세계로 들어가면 약점을 폭로함은 수긍은 되면서도 저으기 섭섭한 일이다. 그리고 사색적 관념적 시도 시작試作하였으나 거개가 실패라고 본다. 작자는 이 유혹을 물리침이 좋을 듯하다"(최재서, 「시와 도덕과 생활」, 『문학과지성』, 인문사, 1938, p. 203)고 정확히 지적하기도 하였다. '생활의 시인'의 기본 입지점에서 조금이라도 비켜서거나 이탈하고자 하는 경향을 내보이는 경우, 그는 영락없이 '생명력 있는 내용'과 '정치적 언어 구사'를 별다른 소득 없이 맞바꾸는 기교주의자로, 결국 대중과 유리되는 형식주의자로 경계(임화, 「시와 현실과의 교섭」, 『인문평론』, 1940. 5.; 김광현, 「내가 본 시인―정지용·이용악 편」, 『민성』, 1948. 10. 참조)되기 일쑤였으며, 통상적으로 이러한 경계는 정당한 것이었다. 여기서 중요한 것은, 이용악 시에서 드러나는 이러한 양면성이 상호보족적 필요를 제공하는 두 가지 상이한 측면의 통합적 공유인가, 아니면 단순히 서로 상반되고 대척적이기까지 한 두 측면의 분열적 공존, 다시 말해 아무런 세계관적 기초 없이 당시 문단에서 일종의 문학적 관습으로까지 되었던 모더니즘 시 운동에 그가 쉽사리 유인된 결과 빚어진 일시적인 공존인가를 판별해내는 일이다.

> 정열이 익어가는 임금원에는
> 너그러운 향기 그윽히 피어오르다
>
> 하늘이 맑고 임금의 표정
> 더욱 천진해지는 오후
> 길 가는 초동의 수집은 노래를
> 품에 맞어들이다
>
> 나무와 나무에 방울진 정열의 사도
> 너희들이 곁에 있는 한 — 있기를 맹세하는 한
> 영혼의 영토에 비애가
> 침입해서는 안 될 것을 믿다
>
> 오—
> 임금나무 회색 그늘 밑에
> '창백한 울분'이 매장처를 가지고 싶어라
>
> ——「임금원의 오후」(1935) 전문

이 시를 지배하는 정신적 분위기는 한마디로 자기 위안의 성격을 짙게 곁들인 극도의 주관주의이다. 나무에 주렁주렁 매달린 능금 열매를 보고 "방울진 정열의 사도"로 쉽게 등식화하거나, 생산적인 삶의 현장을 간단히 "영혼의 영토"로 추상하는 시적 자아의 극히 상투적이고 관념적인 시선은 농민적 정서와는 전적으로 무관한, 창백한 식민지 지식인의 그것에 지나지 않는다. 거기에는 어떠한 형태의 사회적 의미 관련도 개재될 틈이 없으며, 따라서 작중 화자의 '비애'와 '울분'은 시적 공감대를 형성하는 기본 축으로 바르게 기능하지 못한다. 그 대신 작품 전면에 두드러지는 것은 몇몇 감각적 표현에 가까스로 의존해 있는 화자의 극히 주관적인 감정의 파편들뿐이다. 일본 유학 기간 중 방학을 틈타 귀향한 시인의 감회가 음울하게 표백된 이 시 — 작품 말미에 "경성에 돌아와서"라고 부기되어 있다 — 는 관념어의 빈발, 시어 표기의 철저한 한자 편향성,[9] 작품의 주제화를 되레 저해하는 율독적 구속력의 행사[10] 등으로 그 예술적 형상의 창조에 실패하고 있다.

이러한 작품적 실패는 희망 없는 도회적 삶의 권태 또는 그 허망함을 노래하는 경우, 가령 "흙냄새 잃은 포도鋪道에/백주의 침울이 그림자를 밟고 지나간다"(「오정의 시」, 1935), "바다 없는 항해에 피곤한/무리들 모여드는/다방은 거리의 항구"(「다방」, 1936) 등에서처럼 삶의 경험적 세부가 시인의 조급한 추상화에 짓눌리는 형국으로 나타나기도 한다.

---

9) 기간 시집에 수록되지 않은 초기 시 및 『분수령』 시기 작품들의 경우, 표기 가능한 것은 거의 예외 없이 한자로 썼을 만큼 그 편향성은 극단적이다. 과다한 감상주의의 노출, 외래어의 남용 등이 현저히 감소되거나 거의 완전하게 극복되어 있는 『낡은 집』 시기의 작품들과 대비할 때, 이 무렵 이용악의 모국어 인식은 그리 투철한 것이 못 되었음을 여기서 알 수 있다.

10) 예컨대, 임금원(林檎園)의 평화롭고 한가한 정취가 상대적으로 강조되어야 할 전반부에서 그 원래 시행 배열을 "향기그윽히피어오르다" "더욱천진해지는오후" 따위로 1음보화한 것이 그 좋은 본보기이다.

처녀의 젖꼭지처럼 파묻혀서

여러 봄을 어둡게 지낸 마음…… 그러나

[……]

깨끗이 커가는 오월을 깊이 감각할 때

계집스런 우울은 암소의 울음처럼 사라지고

　　　　　　　　　　　　　　 —「오월」(1936) 부분

　뛰어나게 감각적인 이미지를 구사하여 오월의 계절감을 인상적으로 부각시키고 있는 이 시는 이용악의 '회화파'적 면모를 단적으로 드러내준다. 그러나 작품의 주제적 시어라 할 수 있는 "여러 봄을 어둡게 지낸 마음" "우울" 등이 강렬한 감각적 이미지에 압도된 나머지 정작 중요한 작품적 주제화, 즉 '어두운 마음'의 사회적 의미 획득은 실패로 끝나고 있다. 형식적 기교의 우위가 결코 높은 예술적 수준을 보장하는 것은 아니라는 증좌이다.

　이용악 시에서 엿보이는 모더니즘적 취향은, 20세기 자본주의하 시장경제 체제의 중심부에서 소외된 특정 계층에 의해 생산되고 강화된 예술적 태도로서의 일반적 모더니즘과는 일정하게 구분되는 것으로 이해될 수 있다. 본질적으로 모더니즘은 "역사 창조에의 신념을 잃은 기득권자들의 정신적 고뇌를 표현한 것 이상이 못 되"는 '독단적 문학주의'(백낙청, 「모더니즘에 대하여」, 『민족문학과 세계문학』Ⅲ, 창작과비평사, 1985, pp. 410~40 참조)로 규정될 수 있겠는데, 그것이 보여주는 지적 엘리트주의 또는 사회와 격절된 고립주의 등과 관련시킬 때, 1930년대 한국 모더니즘 시 일반이 이러한 저평가를 모면할 수 없음은 물론이다.

역사 발전에 대한 낙관적 전망의 결여, 암담한 시대 현실에 말미암은 사회적 절망감과 위기의식 등이 복합된 예술적 결과물로서의 모더니즘 시가 갖는 사회적 및 미학적 제한성은 그 발생의 단초에서부터 스스로 예비된 것이라고도 하겠는데, 이런 점에 비추어볼 때 이용악 시의 모더니즘 지향성은 선뜻 이해되기 어려운 특점을 지닌다. 우선 흥미로운 것은, 그의 계층적 입지와 그러한 지향에서 드러나는 근본적 상반성에도 불구하고 어떻게 그 양자가 문학적 악수 관계에 들어갈 수 있었는가 하는 점이다. 무엇보다도 그 작품을 통해 확인되는 바이지만, 이용악 시의 모더니즘적 취향은 그에 대한 확고한 세계관적 기초 아래 이뤄졌다기보다는 당시의 문단적 추이에 민감하게 반응한 데 따른 부산물 정도에 지나지 않을지 모른다. 따라서 그 양자의 어설픈 공존은 이 시인의 정신적 지향이 자신의 계층적 뿌리에 충실하기보다는 상층 기득권자로 부상하는 데 남다른 적극성을 보여주었음을 의미한다. 그러한 위기적 공존의 양상을 내보이는 작품들에서마다 이용악이 철저한 시적 무기력을 노출하는 것은 그러므로 하나의 당위에 속하는 것이라 할 수 있다. 어느 의미에서 그것은, '생활의 시인'이기를 멈추고 섣부른 모더니스트를 지향한다는 것, 즉 자신이 속한 계층적 삶의 토대를 배반하고 쉽사리 다른 형태의 삶을 흉내낸다는 것의 자기모순이 결과한 것이라는 점에서, 일찍부터 예정된 것이라 할 수 있다. 그런데 주목할 것은 그 양자 사이의 방황이 '해방' 후 그의 시에서도 철저히 청산돼 있지 않다는 점이다. 앞서 얘기된 대로 "조선시에서 가장 난해한 부류"(김광현)로 논의될 만큼 그의 시는 논리성을 결여한 내용상의 불명료성, 역사적 현실이 복잡성에 창조적으로 대응하는 유연한 시적 양식의 개발이라는 측면에서 이렇다 할 전진을 성취해내지 못하는 형식주의자의 면모를 내보이는 것이다. 잘못된 문학적 경향에의 일시적 중독이 작품적 대세를 판가름하는 데 때로는 치명적일 수도 있다는 하나의 교훈적 사례로 기억되어야 할 것이다.

4

민족해방운동의 원천적 봉쇄, 침략 전쟁 수행을 위한 인적 및 물적 자원의 강도적 약탈과 동원, 황국신민화 정책의 조직적 강제, 그리고 민족문화에 대한 철저한 탄압 등으로 특징지어지는 일제 식민통치 말기에 있어서, 시인의 글쓰기란 자칫 고립된 자아의 자리에로의 도피이기 일쑤였다. 일체의 조선어 신문·잡지가 폐간당한 1940년 이후부터는 국어를 통한 어떤 형태의 문자 행위도 허용되지 않았으며, 설혹 그 부분적 허용이 가능했다 하더라도 한결같이 그것은 '친일문학'으로 강제되었다. 따라서 이 무렵의 '한글 시 발표'는 그 자체가 바로 친일문학 행위로 쉽사리, 그리고 단정적으로 매도되었으며, 이용악 또한 그 날카롭고 엄격하기 이를 데 없는 '친일' 낙인으로부터 결코 자유스러울 수 없었다.

그러나 잘 따져보면, 1940년대적 상황에서의 시인의 절필 행위 또는 미발표를 전제한 작품 생산 행위는 역사 변혁의 떳떳한 주체 되기를 시인 스스로 포기하는 것과 다르지 않다. 오히려 그러한 시대인수록, 브레히트B. Brecht의 언명처럼 진실을 독자 대중에게 광범하게 유포시킬 수 있는 교묘한 시적 장치 또는 문학적 책략을 다양하게 개발함으로써 그를 질곡하는 억압적 체제에 방법적으로 저항함이 절실히 요청된다. 그 문학에 대한 일부 논자들의 '친일 논의'(임종국, 『친일문학론』, 평화출판사, 1966, p. 467 참조; 장덕순, 『한국문학사』, 동화출판사,

1980, p. 459 참조)에도 불구하고, 이용악 시는 이러한 시대적 요청에
민감하게 부응한 적절한 예라 할 만하다.

여덟 구멍 피리며 앉으랑 꽃병
동그란 밥상이며 상을 덮은 흰 보재기
안해가 남기고 간 모든 것이 고냥 고대로
한때의 빛을 머금어 차라리 휘휘로운데
새벽마다 뉘우치며 깨는 것이 때론 외로워
술도 아닌 차도 아닌
뜨거운 백탕을 홀홀 마시며 차마 어질게 살아보리

안해가 우리의 첫애길 보듬고
먼 길 돌아오면
내사 고운 꿈 따라 횃불 밝힐까
이 조그마한 방에 푸르른 난초랑 옮겨놓고

나라에 지극히 복된 기별이 있어 찬란한 밤마다
숱한 별 우러러 어찌야 즐거운 백성이 아니리
——「길」(1942) 부분

"싱가포르 함락이라는 '지극히 복된 기별'을 듣고 별을 우러러 '즐
거운 백성' 된 것을 노래"함으로써 일제의 침략 전쟁을 합리화(장덕
순, 같은 책, p. 459)했다는 엉뚱한 평가를 받기도 한 이 시의 진정한
주제는 전적으로 그러한 평가와는 무관한 데 있다. 이 시를 통해 이
용악이 은밀하게 드러내고자 한 것은, 고통스런 시대를 살아가는 식
민지 지식인의 부끄러운 자기 확인의 사회적 의미이다. 작중 화자의

슬픔은 단순히, 제2연에서 드러나는 바와 같은 소망스런 삶의 개인적 성취 여부에 달려 있지 않다. "뜨거운 백탕을 홀홀 마시며 차마 어질게 살아보리"라는 구절이 적절히 암시하듯, 그것은 억누를 길 없는 분노의 감정을 동반하는 사회적 저항의 의미로 자연스런 질적 상승을 이룰 만한 것이다. '차마'라는 절대부정어는 이를 한층 촉진하면서, 어느 의미로는 대동아주의의 망상에 사로잡힌 일제가 걸핏하면 내세웠던 '일시동인一視同仁'의 기만적 정략에 정면으로 대치하는 시적 내포로까지 기능한다고 할 수 있다.

그러나 보다 중요한 시적 무기는 마지막 연에서 그 구체를 드러내고 있다. 여기서 작품 해석상의 오류를 명시적으로 제공해주는 구절은 "나라에 지극히 복된 기별이 있어" "즐거운 백성" 등인데, 이는 아시아 침략 전쟁에서 연전연승을 구가하던 일제의 싱가포르 함락(1942. 2. 15.), 필리핀 점령(1942. 4. 9.) 등의 시사적時事的 의미와 쉽게 연결되면서 이 작품을 간단히 '친일시'로 못 박는 데 결정적인 구실을 한다. 그러나 이러한 시적 진술의 명백성은 당시의 검열제도라는 현실적 제약 조건을 벗어나기 위해 그 조건을 일단 만족시키는 것처럼 위장하는 시적 장치를 시인이 의도적으로 마련해놓은 데서 나온 표면적 의미일 뿐이다. 그렇다면 마지막 연을 관통하는 반어적 어조에 힘입어 이룩된 시적 주제 또는 그 배면적 의미란 무엇인가. 한마디로 그것은 일제에 의한 침략 전쟁의 전면 확대에 따라 날로 강도 높은 압박에 시달려야 하는 한국인의 통한 어린 삶의 비극성이다. 이용악 특유의 이와 같은 시적 책략은 "나치 시대 지배계층에 순응·동조할 수 없는 문인·언론인들이, 지배자들에게는 어떤 공격 가능성도 제시하지 않으면서 독자들에게는 그들의 참뜻을 전달하기 위해 사용"한 소위 '노예언어'(김숙희, 「노예언어와 지배언어」, 『오늘의 책』, 1984 가을, 한길사, p. 218 참조)의 그것과 흡사하다. (이는, 실제 작품은 일제강점기에 집필했지만 그 발표는 미뤄둔 채였다가 '해방' 직전에 작고함으로써 그 작품적 전모는 그 뒤에야 알려지기에 이른 윤동주의 경우와는 극히 흥미로운 대조를 이룬다.)

　　휘몰아치는 눈보라를 헤치고
　　오히려 빛나는 밤을 헤치고
　　내가 거니는 길은 어느 곳에 이를지라도
　　뱃머리에 부딪쳐 둘로 갈라지는 파도소리요
　　나의 귓속을 지켜 길이 사라지지 않는 것
　　만세요 만세소리요

　　단 한 번 정의의 나래를 펴기에
　　우리는 얼마나 많은 세월을 참아왔습니까

　　이제 오랜 치욕의 사실은 끊어지고
　　잠들었던 우리의 바다가 등을 일으켜
　　동양의 창문에 참다운 새벽이 동트는 것이요
　　승리요
　　적을 향해 다만 앞을 향해
　　아세아의 아들들이 뭉쳐서 나아가는 곳
　　승리의 길이 있을 뿐이요

　　　　　　　　　　　　　　　—「눈 나리는 거리에서」(1942) 부분

　작품 발표를 거절함으로써 시인으로서의 사회적 책무를 아예 포기하는 대신 이른바 '검열의 사회학'적 측면을 교묘히 역용하여, 조금이라도 세심한 비평적 독자라면 금방 알아차릴 수 있는 그 본래의 시적 의미를 지식인 부류의 독자층에 은밀하게 전달하는 일종의 수용미학적인 독자사회학의 방법이 이 시에서도 원용되고 있다. "동양의 창문에 참다운 새벽이 동트는 것" "아세아의 아들들이 뭉쳐서 나아가는 곳" 등의 구절을 통해 우리가 쉽사리 유추할 수 있는 것은 일제의 대동아주의를 명백하게 뒷받침하는 문학적 임전보국, 즉 전형적인 '황민문학皇民文學'의 모습이지만, 이 시의 진정한 주제는 이러한 표면적 의미를 전적으로 배반하는 곳에 놓인다. 고통스런 현재를 딛고 일어서 아름다운 미래적 비전을 실현하고자 하는 시적 자아에게 궁극의 목표로 되는 것은 "오랜 치욕의 사슬"로부터의 온전한 해방이며, 그를 위해 부단한 자기희생적 삶을 스스로 격렬히 고무하는 것, 이것이 이 시의 진짜 주제인 것이다. 식민지 지식인에 대한 철저한 사상 통제가 극에 달했던 당대 상황으로 미루어볼 때, 이처럼 협소하고 궁색한 문학적 응전으로나마 현실적 질곡을 돌파하고자 한 이용악의 시적 노력은 그 나름의 중요한 뜻을 지니는 것이라 할 수 있다. 이는 앞서 언급한 나치하 '노예언어'가 "궁극적으로 보수시민층 문학의 범주에 드는 대내망명 문학"(김숙희, 같은 글, p. 218 참조)의 본질적 한계에도 불구하고 그 역사적 중요성은 결코 감소될 수 없다는 논리와 동일한 맥락에서 이해될 성질의 것이기도 하다.[11]

---

11) 이용악의 이 작품은, 일제가 획책한 '남방공영권(南方共榮圈)'의 조속한 정책적 실현을 문학적으로 접수한 것이라 할 이른바 '남방시'의 광적인 주창자였던 주영섭(朱永涉)의 시들과 사이좋게 그 지면을 함께한 데서 의심할 나위 없는 '황민시(皇民詩)'로 규정되었다. 그러나 이러한 평가가 명백한 오류라는 것은 다음 글에서도 잘 입증된다. "남방으로 가면 나두 돌이랑 모아놓고 절하는 사람이 되는 것일까. [……] 철철이 새로운 내 고장이 비길 데 없이 좋긴 하지만 한번은 지나고 싶은 섬들이다. 한번은 살고 싶은 섬들이다. [……] 그러나 내사 남방엘 가지 않으련다. 평화로운 때가 와 혹이사 꿈의 나라를 다녀오는 친구들이 있으면 고운 조개껍질이랑 갖다 달래서 꿈을 담어놓고 한평생 내 고장에서 즐거운 백성이 되고저."(이용악, 「지도를 펴놓고」, 『대동아』, 1942. 3.)

5

　용악 시의 탁월함은 모더니즘에의 유혹이 축소·완화되고 그 대신
구체적인 자기 삶에 굳건히 토대한 '이야기시'를 지향할 때 잘 드러
난다. 우리 근대시사에서 강력한 서사지향성의 이 이야기시의 출현
이 지니는 의미는 대단히 심중한 것인데, 이용악의 경우 우리가 특히
주목할 것은, 그의 시가 1929년 무렵 문단의 핵심적 쟁점으로 떠올랐
던 '단편서사시'의 뚜렷한 작품적 결실로 평가되었다는 사실이다(이
해문, 「중견시인론」, 『시인춘추』, 1938. 1. 참조).

　임화林和의 「우리 오빠와 화로」(『조선지광』, 1929. 2.)를 논하면서 김
기진金基鎭이 명명(김기진, 「단편서사시의 길로―우리의 시의 문제에 대
하여」, 『조선문예』, 1929. 5. 참조)한 이 '단편서사시'는 비교적 선명한
서사적 골격을 지닌 일종의 이야기시라 할 수 있겠는데, 악화일로만
을 치닫던 당대의 객관적 정세에 비추어본다면 그것은 절실한 시대
적 요청의 결과임이 분명하다. 단순하기 짝이 없는 기성 서정시로써
는 미처 급변해가는 서사적 현실의 복잡성을 일정하게 반영하는 것
이 아무래도 역부족이라는 양식적 자각, 여러 개의 지배적인 이미지
들이 파편적인 형태로 널려 있기 마련인 기성 서정시가 그러한 파편
적 이미지들을 통합적으로 바라보는 재구성력이 미급한 일반 독자들
로부터 대중성을 확보하는 데는 상당한 난점이 뒤따른다는 인식 등
이 복합적으로 작용, 그 결과물로 나타난 것이 바로 '단편서사시'이
다. 어떠한 형태의 정치 운동도 합법적 차원에서는 전적으로 불가능
했던 시대에, 바로 그러한 정치 운동의 대체이념적 성격을 강력히 표
방하면서 문학이라는 간접 회로를 통한 정치적 운동을 목표했던 프
로문학이 그 목적의식을 한층 명백히 한 시기, 즉 적극적인 문호 개

방과 조직 확대를 통해 프로문학의 반제국주의적인 정치적 지향을 가일층 공고히 한 카프의 '제1차 방향 전환'(1927) 이후, 당대 현실을 심도 있게 수렴하고자 문학 내부에서 활발히 모색된 시적 양식의 구체에 해당하는 이 '단편서사시'류는, 어느 의미로 "프로예술의 참된 방향성의 모색이면서 대중화론을 겸할 수 있는 가능성을 보여주었다는 점"(김윤식,『한국근대문학사상사』, 한길사, 1984, p. 174)에서 문학사적으로 매우 중요한 의미를 지니는 것인데, 양식적 측면에서 그것은 서정시와 소설의 중간적 성격에 드는 "이야기를 가진 장시"(김윤식,「한국문학에 있어서의 마르크스주의의 충격―프로문학에 관하여」,『동아연구』제7집, 서강대학교 동아연구소, 1986, p. 151)라 할 수 있다.

김기진의 지나친 찬사에도 불구하고, 임화의 일련의 '단편서사시'는 그 자신도 분명히 시인한 것처럼 시적 대상에 대한 값싼 감상주의를 현저히 노출시킴으로써 문학이 마땅히 지향해야 할 '사실성'(임화가 자신의「우리 오빠와 화로」에 대해 자가비판하면서 쓴 용어)으로부터 크게 후퇴하는 구조적 취약성을 명백히 보여준다. 그러나 이러한 취약점에도 불구하고 그의 시는, 종래의 프로시처럼 "이념이나 사건을 세계관에 의하여 설명한 개념시"를 부분적으로 극복, "프롤레타리아 서정시의 일 전형을 예시"(백철,『조선신문학사조사―현대편』, 백양당, 1949, p. 143)하는 새로운 지평을 열어주었으니, 그 양식적 후속작업은 안용만[12]과 이용악 등에 의해 이루어졌던 것이다. 말하자면, 임화가 시도한 이러한 시적 양식을 기폭제로 하여 그 시기 한국시의

---

12) 이 점은 임화 자신이 그의 글「담천하(曇天下)의 시단 일년」(『신동아』, 1935. 12.)에서 선언적으로 분명히 밝힌 바이다. 서정과 서사의 예술적 통합에 남다른 시인적 자질을 보여주었던 안용만의 시적 특성에 대해서는 졸저『한국의 유민시(流民詩)』(실천문학사, 1987, pp. 163~72)를 참조할 것.

진정한 방향성 및 대중성 획득에 관한 논의가 활발하게 전개[13]되고, 1930년대에는 그것이 하나의 중요한 시사적 경향성을 드러내게 된 것이다.

이용악의 이야기시가 이러한 시사적 경향성에 정당하게 연결된 소산임은 거의 분명한 듯하다. 그런데 여기서 조심스럽게나마 지적하고 넘어갈 것은, 용악의 경우에 국한시켜 말한다면 그의 '시의 서사화 현상'이 한시漢詩적 전통에 깊이 연관되는 것이 아닐까 하는 점이다.[14]

시의 서사화 현상은, 이를테면 다산茶山 정약용丁若鏞(1762~1836)을 비롯한 조선 후기 시인들의 여러 시편들에서도 쉽게 확인할 수 있는, 우리에게는 결코 낯설지 않은 오래전부터의 건강한 문학적 관습에 속하는 것인데, 조선 정부의 말기적 증상이 현저해짐에 따라 그 복잡다단한 체제내부적 모순을 적실하게 형상할 수 있는 시적 대응 양식으로서 많은 시인들로부터 폭넓게 애호될 만큼 충분히 역사적인 의미를 지니는 것이었다. 이러한 시적 양식이 그 표현 매체를 달리하면서, 1930년대 일제 식민통치 시대에 이용악에 의해 깊이 자각되고, 바로 그것이 당대 민족 모순의 핵심이었던 국내외 유이민 현실의 비극성을 매우 심도 있게 형상한 그의 이야기시로 그 모습을 드러낸 것이 아닌가 생각되는 것이다.

---

13) 김기진의 「단편서사시의 길로」(『조선문예』, 1929. 5.) 및 「프로시가의 대중화」(『문예공론』, 1929. 6.), 그리고 박완식의 「프롤레타리아 시가의 대중화 문제 소고」(『동아일보』, 1930. 1. 7.~1930. 1. 10.) 등은 그 대표적인 예가 될 것이다.

14) 『풍요 선집』(1963)을 번역·발간한 것으로 보아 한문학에 대한 그의 소양은 꽤 높은 수준에 도달했던 것으로 여겨진다. 애당초 민중적 정서가 생생하게 반영된 민간 악곡(樂曲)으로서의 풍요(風謠)는 뒷날 '긴 이야기 형식'의 변체(變體)인 악부(樂府)로 발전하였다. 악부는 두보(杜甫)의 시에서도 잘 나타나듯 서사적 현실의 복잡성을 효과적으로 수용할 수 있는 훌륭한 시적 양식인바, 이용악이 이 같은 한시 양식에 대해 구체적인 관심을 지니고 있었다는 것은 우리에게 여러모로 중요한 시사점을 제공해주는 것이라 아니할 수 없다.

이용악의 이야기시가 제공하는 가장 중요한 매력의 하나는, 식민지 시대 한국인의 삶을 긴박하는 정치경제적 강제를 그의 구체적인 경험적 세부에 긴밀히 관련시켜 하나의 분명한 예술적 형상 또는 문학적 전형을 창출해 보이는 데서 찾아진다. 이용악의 경우 그것은 가장 확실한 경험적 기반이라 할 수 있는 공동체적 삶의 원형적 단위로서의 '가족 이야기'로부터 한층 폭넓은 시적 공감대를 형성하고자 했다.

　　달빛 밟고 머나먼 길 오시리

　　두 손 합쳐 세 번 절하면 돌아오시리

　　어머닌 우시어

　　밤내 우시어

　　하아얀 박꽃 속에 이슬이 두어 방울
　　　　　　　　　　　　　　　—「달 있는 제사」[15] (1941) 전문

일찍 아버지를 여읜 어린 아들의 시선에 잡힌 "달 있는 제사"의 휘휘하고도 애절한 정경이 극히 단순 명료하게 형상된 이 시의 미더운 슬픔의 감정을 엄격히 통제하는 현실주의적 정신의 높이에서 획득된 것이다. 지아비와 사별한 청상青孀의 깊은 비애, 어린 자식들과의 곤궁한 집안 살림에도 불구하고 생활의 때에 찌들지 않은 어머니의 순

---

15) 작품 원제(原題)는 「달 있는 제사 — 북방시초(北方詩抄) 2」이다.

결한 모습 등을 "하아얀 박꽃 속에 이슬이 두어 방울"이라는 시적 이
미지로 집약한 데서 그러한 시적 특장이 여실하게 드러나고 있다. 단
5행에 불과한 이 시가 높은 수준의 시적 공감을 성취할 수 있는 것도
따져보면 이 시인의 뛰어난 현실 개괄 능력에 상응하는 시적 형상력,
즉 간결하면서도 견고한 시적 형태 때문에 가능한 것이다.

> 바람이 거센 밤이면
> 몇 번이고 꺼지는 네모난 장명등을
> 궤짝 밟고 서서 몇 번이고 새로 밝힐 때
> 누나는
> 별 많은 밤이 되려 무섭다고 했다
>
> 국숫집 찾어가는 다리 우에서
> 문득 그리워지는
> 누나도 나도 어려선 국숫집 아이
>
> 단오도 설도 아닌 풀버레 우는 가을철
> 단 하로
> 아버지의 제삿날만 일을 쉬고
> 어른처럼 곡을 했다
>
> ──「다리 우에서」(1942) 전문

간고했던 어린 시절의 삶을 아무런 감정적 수식 없이 노래하는 이
시의 핵심적 화제는 '이중적 결손'에 시달리는 오누이를 중심축으로
하여 이뤄지고 있다. 아버지의 요절에 따른 가정적 결손, 국숫집에서
힘겹게 일하는 어머니를 밤늦게까지 기다리며 겪어야 하는 심리적

불안과 극심한 경제적 결손이 바로 그것이다. 1연에서 그것은 어렵사리 불 밝힌, 처마 끝에 매달린 장명등을 계속 강타하는 거센 '바람'으로 암시되는가 하면, 마지막 연에서는 그러한 정황이 마치 '풍요'의 가을을 설워하는 듯한 '풀버레'의 애처로운 울음소리로 표상되기도 한다. 자칫 작품의 기본적 정조를 망그러뜨릴지도 모를 과도한 감정주의를, 다른 시적 매개물을 통하여 철저히 단속하고 있는 것이다. 이런 점은 다음 시에서도 역력하다.

> 우리 집도 아니고
> 일갓집도 아닌 집
> 고향은 더욱 아닌 곳에서
> 아버지의 침상 없는 최후 최후의 밤은
> 풀버렛 소리 가득 차 있었다
>
> 노령을 다니면서까지
> 애써 자래운 아들과 딸에게
> 한마디 남겨두는 말도 없었고
> 아무을만의 파선도
> 설룽한 니코리스크의 밤도 완전히 잊으셨다
> 목침을 반듯이 벤 채
>
> ——「풀버렛 소리 가득 차 있었다」(1936) 부분

1930년대 전반기 한국 시단에 폭넓게 형성되어 있었던 모더니즘 기류에 근접하고자 한 것일수록 거의 예외 없는 작품적 실패를 보여준 이 시인은, 그러나 만주·시베리아 유이민의 '침울하고 패배적인 생활사'를 형상하는 데 있어서는 동시대의 어느 시인보다도 탁월한

역량을 발휘(최재서, 「시와 도덕과 생활」, 『문학과 지성』, 인문사, 1938, pp. 196~204 참조)하였다. 시인의 "심절深切한 육체를 거쳐 나오는 인간생활의 노래"(한식, 「이용악 시집『분수령』을 읽고」, 『조선일보』, 1937. 6. 26. 참조)라는 점에서 사뭇 긍정적인 평가를 받은 바 있는 이 시에서도 그러한 역량은 잘 드러난다.

죽어서 드러누울 알량한 땅뙈기조차 없는 "침상 없는 최후"를, "우리 집도 아니고/일갓집도 아닌 집/고향은 더욱 아닌" 남의 나라 땅 아라사俄羅斯(러시아―필자)에서 마치고 간 아버지의 주검이 놀랍도록 싸늘한 객체로서 형상되어 있다. 그 아들이자 시적 화자인 '나'의 아버지에 대한 시선은 무서우리만큼 차갑고 엄격하다. 이러한 사실 전달적 어조와 냉정한 시선을 통해, 그 시기 시베리아 유이민 현실의 참담한 실상을 예리하게 형상한 것이다. 더욱이 그것은 "아버지의 침상 없는 최후 최후의 밤은/풀버렛 소리 가득 차 있었다"라는 구절에서 폭발적으로 드러나는 서정성에 매개되어 보다 명료한 이미지를 획득하고 있다. 바로 이런 점이, 이른바 "이민문학을 쓴다는 작가가 자칫하면 빠지기 쉬운 과장과 감상"(최재서, 「시와 도덕과 생활」, 『문학과 지성』, 인문사, p. 203 참조)을 바르게 극복하지 못한 여타 시인들과 이용악을 명백히 갈라놓는 결정적인 차별성이다.

양털 모자 눌러쓰고 돌아오신 게 마즈막 길
검은 기선은 다시 실어주지 않았다
외할머니 큰아버지랑 계신 아라사를 못 잊어
술을 기울이면 노 외로운 아버지였다

[……]

거세인 파도 물머리마다 물머리 뒤에
아라사도 아버지도 보일 듯이 숨어 나를 부른다
울구퍼도 우지 못한 여러 해를 갈매기야
이 바다에 자유롭자

—「푸른 한나절」(1940) 부분

제 나라 제 땅은 일제에게 빼앗긴 채 남의 나라 땅에 얹혀 욕된 삶을 잔명해가는 식민지 백성의 간난이, 갈가리 찢기듯 나라를 달리하면서까지 뿔뿔이 흩어져 살아가는 한 가족의 비극을 통해 압축적으로 제시되어 있다. 한때 단란했던 가족공동체에 파멸적 균열을 가하고 그 구성원들에게 한결같은 운명적 고난을 들씌운 자들 때문에 누를 길 없는 울분 속에서 일찍 죽어간 아버지와, 아버지를 속박했던 삶의 부자유와 고통스런 굴레에서 아직도 해방되지 못한 아들, 그리고 여전히 '아라사'에 묶여 있는 "외할머니 큰아버지" 등의 유랑적 삶의 이미지들은 그러한 비극적 형상을 이룩하는 데 각기 균분적인 시적 기능을 수행한다. 그리고 이 가족사적 비극을 한층 객관적인 것으로 강화시키는 매개물이 '갈매기'이다.

이용악 시에 자주 보이는 '가족 이야기'는 그의 치열한 현실 인식의 중핵적 요인을 이루면서, 그들 가족과 똑같은 처지에 있는 이웃에로의 수평적 확대를 적극 꾀하는 시적 구심점 같은 것이다.

재를 넘어 무곡을 다니던 당나귀
항구로 가는 콩실이에 늙은 둥글소
모두 없어진 지 오랜
외양간엔 아직 초라한 내음새 그윽하다만
털보네 간 곳은 아모도 모른다

찻길이 놓이기 전
노루 멧돼지 쪽제비 이런 것들이
앞뒤 산을 마음 놓고 뛰어다니던 시절
털보의 셋째 아들은
나의 싸리말 동무는
이 집 안방 짓두광주리 옆에서
첫울음을 울었다고 한다

  "털보네는 또 아들을 봤다우
   송아지래두 붙었으면 팔아나 먹지"
마을 아낙네들은 무심코
차그운 이야기를 가을 냇물에 실어 보냈다는
그날 밤
저릇등이 시름시름 타들어가고
소주에 취한 털보의 눈도 일층 붉더란다

[……]

그가 아홉 살 되든 해
사냥개 꿩을 쫓아다니는 겨울
이 집에 살던 일곱 식솔이
어데론지 사라지고 이튿날 아침
북쪽을 향한 발자옥만 눈 우에 떨고 있었다

더러는 오랑캐령 쪽으로 갔으리라고

476

더러는 아라사로 갔으리라고
이웃 늙은이들은
모두 무서운 곳을 짚었다

—「낡은 집」(1938) 부분

튼튼한 서사적 골격 위에 식민지 시대 조선 농민의 몰락상, 더 나아가 전 조선인의 파멸적인 삶의 실상이, 이제는 더 이상 퇴락할 여지조차 없는 까닭에 "마을서 흉집이라고 꺼리는 낡은 집"(같은 시, 제1연)의 파행적인 '근대화'의 허구, 그 과정에서 가혹하게 행해진 양민수탈상의 상징적 묘사, 시베리아·만주 등지로 기약 없는 유랑의 길을 떠나는 조선 세궁민의 참상 등이 균형 있게 노래된 이 시는 식민지 시대 조선 민중의 가장 핵심적인 과제로 떠올랐던 국내 유랑민과 국외 유이민 문제와 직결시켜볼 때 그 시적 의미는 단연 빛나는 것이다. 그 누구도 어쩌지 못할 만큼 마치 '저 혼자 힘차게 내닫는 굴렁쇠' 형상의 악순환과 혹사했던 이들 유이민의 비극을 그 어떤 작품보다도 잘 형상하였기 때문이다.

일제 식민지 수탈의 가장 명징한 공간적 지표인 '항구'를 쉴 새 없이 드나든 나머지 너무나 일찍 늙어버려 늠름하고 당당하기만 했던 옛날의 기품은 아예 찾아볼 수조차 없이 된 '둥글소(황소)'나, 약한 바람에도 금방 꺼질 듯한 '저릎등'과 마찬가지로, 이제는 어디에서도 그 건장했던 모습을 털끝만치도 찾아볼 수 없을 정도로 늙고 쇠잔한 '털보'의 보기 흉하게 일그러진 시적 이미지는 "흉집이라고 꺼리는 낡은 집"의 퇴락한 그것과 기묘하게 어우러지면서, 만주·시베리아 등지의 "무서운 곳"으로 떠나간 털보네 일가의 결코 심상치 않은 암담한 미래를 강하게 암시해준다.

여기서 특히 감동적인 것은, 아낙네들의 "차그운 이야기" 속에 잘 표현되었듯이 어느 의미로는 송아지 신세만도 못한 그 "셋째 아들"의 생동하는 형상이니, 언뜻 이 부분은 두보杜甫의 「병거행兵車行」이나 다산茶山의 「애절양哀絶陽」의 한 대목을 쉽게 연상시킨다. 그런데 정작 이 시가 지니는 중요한 의미는 이보다 훨씬 심대한 것이니, 말할 것도 없이 그것은 '낡은 집'의 시적 내포가 크게 증폭될 수 있는 것이기 때문이다. 일곱 식솔의 털보네 일가가 겪는 불행은 한 가족 단위의 그것이 아니라 당대 민족 모순으로 어김없이 확장되는 집단적 비극이다. 1930년대에 중국을 무대로 하여 뛰어난 항일혁명운동 역량을 보여주었으며, 만주·시베리아 유이민 문제에 대해 남다른 통찰을 지녔던 김산金山(1905~38)이 "쪽발이가 한 놈 들어오면 30명의 한국인이 나라를 쫓겨났고"라고 술회(님 웨일즈, 조우화 역, 『아리랑』, 동녘, 1984, p. 78)한 바 있는데, 이 시에서 드러나는 털보네 일가의 이향離鄕은 바로 그런 경우에 해당하는 것이다.

아들이 나오는 올겨울엔 걸어서라두
청진으로 가리란다
높은 벽돌담 밑에 섰다가
세 해나 못 본 아들을 찾아오리란다

그 늙은인
암소 따라 조이밭 저쪽에 사라지고
어느 길손이 밥 지은 자췬지
끄슬은 돌 두어 개 시름겨웁다

—「강가」(1939) 전문

일제의 강도적 토지 약탈로 말미암은 조선 농민의 광범한 궁민화 현상이 한층 두드러지고, 또 그나마의 생존을 유지하기 위해 외압적 농촌 이탈을 완강하게 거부하는 움직임이 첨예하였던 1920~30년대 식민지 현실에 상도할 때, 이 시에 등장하는 어느 이름 없는 농민의 '아들'이야말로 소작쟁의 등을 통한 대지주對地主 농민 투쟁의 시적 주인공이라 할 수 있다. 그러나 유의할 것은, 그 시적 주제의 정치적 성격에도 불구하고 그것을 드러내는 방식이 전혀 고압적이지 않다는 점이다. 작품의 주제화에 적절히 기능하는 간접화법적 진술 방식(제1연), 서정과 서사의 균형적 통합(제2연) 등이 바로 그런 예에 속한다. 비유적으로 말하자면 그것은 마치 무익한 싸움을 방법적으로 완충하면서 궁극적으로 적을 제압하는 전술적인 공격 기제 같은 것이다. 우리의 상상을 절할 만큼 대규모적으로 발생한 그 시기 국내외 유이민의 희망 없는 삶의 모습을, "어느 길손이 밥 지은 자촨지/끄슬은 돌 두어 개 시름겨웁다"라고 군더더기 없이 형상한 데서 그런 면모가 여실하게 드러난다.

위의 시도 그 예외는 아니지만, 동시대의 가난한 이웃에 대한 이용악의 강한 민족적 연대의식은 단순한 고정적 시각이 아니라 줄곧 움직이면서 그 시적 대상을 다각적으로 조명하는 역동적 이동 시점을 통해 다양하게 표현된다. 시적 자아의 경험 공간이 만주·일본 등지로 증폭되면서, 당대 유이민 현실의 문제적 단면들을 단순한 관찰자적 입장 또는 형상하고자 하는 시적 대상에 스스로를 합치시키는 일인칭 화자의 관점에서 명시적으로 도려내 보이는 것이다.

    나는 죄인처럼 수그리고
    나는 코끼리처럼 말이 없다
    두만강 너 우리의 강아
    너의 언덕을 달리는 찻간에

조고마한 자랑도 자유도 없이 앉았다

아모것두 바라볼 수 없다만
너의 가슴은 얼었으리라
그러나
나는 안다
다른 한 줄 너의 흐름이 쉬지 않고
바다로 가야 할 곳으로 흘러내리고 있음을

[……]

잠들지 말라 우리의 강아
오늘 밤도
너의 가슴을 밟는 뭇 슬픔이 목마르고
얼음길은 거츨다 길은 멀다
　　　　　　　　　—「두만강 너 우리의 강아」(1938) 부분

　"만주·간도 등지를 배경한 침통한 북방의 정조"를 날카롭게 각인
(백철, 『조선신문학사조사—현대편』, 백양당, 1949, p. 356)하는 데 탁발
한 시인적 역량을 보여주었으며, 한때는 만주 유이민의 비극적 삶을
장편서사시[16]로 엮어낼 계획을 지녔던 시인으로 얘기되기도 할 만
큼, 이 시인이 지녔던 만주·시베리아 "유맹流氓에의 애수"는 깊고도

---

16) 이에 해당하는 거의 유일한 작품으로 김억의 『먼동 틀 제』(백민문화사, 1947)를 들 수
　　있다. 이 작품은 원래 1930년 『동아일보』에 20여 회에 걸쳐 발표한 것으로 상당 부분이
　　개작되어 단행본으로 간행되었다. 북조선문학예술동맹 기관지 『문학예술』(문화전선
　　사, 1948. 8.) 창간호에 의하면, 북한의 경우 이 방면의 것으로 한명천(韓鳴泉)의 「북간
　　도」(1947)가 있다. 이는 '북조선문학예술축전' 수상 작품으로 알려진 장편서사시이다.

큰 것(최재서,「시와 도덕과 생활」,『문학과 지성』, 인문사, 1938, p. 200; 이수형,「용악과 용악의 예술에 대하여」,『이용악집』, 동지사, 1949, p. 161 참조)이었다.

만주행 이민열차에 몸을 싣고 두만강 무쇠 다리를 건너가는 "뭇 슬픔"을 극히 냉정하게 노래하고 있는 이 시의 화자는 분명 깊은 산속에서 화전을 일궈 먹다가 그나마도 여의치 못해 만주행을 결행했음 직한, "북간도로 간다는 강원도 치"(같은 시, 제5연)의 외면할 수 없는 고통스런 현실과 정직하게 대면한다. 부자유한 상황, 티끌만큼도 자랑할 것 없는 "욕된 운명"(같은 시, 제3연)적 조건 등에 절망하고 있는 이 작중 화자에게서 특히 두드러지는 것은 "죄인처럼 수그리고" 언제 끝날지도 모를 머나먼 유형流刑의 길을 떠나는 불구적 형상이다. 말할 것도 없이 이는 역사와 현실에 대한 이 시인의 '정신의 부끄러움' 또는 '죄의식'의 시적 표현이다. 우선 그것은 "북간도로 간다는 강원도 치"로 표상된 당대 조선 민중의 현실적 고통으로부터 일정하게 비켜서 있다는 뼈아픈 자각, 나약한 지식인으로서 어떤 의미에서건 그와의 완벽한 통합은 불가능하리라는 일종의 계급적 한계의식과 동류라 할 수 있다. 그러나 보다 엄중한 것은, 두만강의 "가슴을 밟는 뭇 슬픔"을 원천적으로 제거하지 못한다는 데 따른 회한 어린 자기 질책, 즉 역사의 '밤'을 종식시키지 못하는 것에 대한 심각한 자기반성적 사고이다. 그러므로 그의 죄의식은 거짓된 자기 합리화로 떨어지지 않고, 자연스럽게 역사에 대한 건강한 낙관주의와 결합한다. 고통스런 현재만을 보지 않고, 오히려 그 발전적 연장으로서의 미래에 대해 확고한 전망을 지녀야 한다는 것, 이것이야말로 '두만강'과의 내밀한 대화 형식을 빌려 이 시가 드러내고자 한 진정한 시적 주제이다. 각 시행의 특이한 배열이 잘 보여주는 바이지만, 형태상의 점층적 확장 구조를 통해 역사의 흐름이 마땅히 "가야 할 곳으로"전진할 것임을 짙게 암시하고 있음도 간과할 수 없다. 여기서 두만강은 정신의 명징한 각성을 촉구하고 중대한 역사적 결단을 견인하는 시적 상관물로 된다.

그러나 용악 시에 있어 두만강은 다른 한편으론 일제에 내몰린 조선 민중의 깊은 한과 설움의 문학적 징표이기도 하다.

국제 철교를 넘나드는 무장열차가
너의 흐름을 타고 하늘을 깰 듯 고동이 높을 때
언덕에 자리 잡은 포대가 호령을 내려
너의 흐름에 선지피를 흘릴 때
너는 초조에
너는 공포에
너는 부질없는 전율밖에
가져본 다른 동작이 없고
너의 꿈은 꿈을 이어 흐른다

[⋯⋯]

너를 건너
키 넘는 풀 속을 들쥐처럼 기어
색다른 국경을 넘고저 숨어 다니는 무리
맥 풀린 백성의 사투리의 향려를 아는가
더욱 돌아오는 실망을
묘표를 걸머진 듯한 이 실망을 아느냐
　　　　　　　　　　　　　　—「천치의 강아」부분

여기서 '강물'은 이중적 이미지로 나타난다. 제국주의 열강의 고압적인 힘에 짓눌린 채 숨죽여 지내는 식민지 백성의 시적 표상이 그 하나인데, 그것은 "무장열차"와 "언덕에 자리 잡은 포대"에 압도되어 공포에 떨며 "선지피"를 흘리는 형상으로 처리되어 있다. 이에 관련하여 특히 우리의 눈길을 끄는 것은, 바로 생명의 젖줄이라 할 그 '강물'의 주인공으로서의 조선 민중은 온데간데없고 격렬한 이 전투구의 국면을 방불케 하는 제국주의 열강 사이의 혈전장으로 변한 "국제 철교"의 약탈적인 이미지만이 유별나게 도드라진다는 사실이다.

'강물'의 보다 엄중한 또 다른 시적 의미는, 그와 그 주인인 '백성'들의 삶에 차꼬를 채우는 외압에 투쟁적으로 맞서기보다는 오히려 그에 쉽게 순치되고 굴종하는 저열한 노예근성인바, 이는 "너는 부질없는 전율밖에/가져본 다른 동작이 없고/너의 꿈은 꿈을 이어 흐른다"라는 구절에 명료하게 집약되고 있다. 이를 통해 이 시인이 극력 경계하고자 한 것은 역사에의 무관심 또는 극단의 개인주의라 할 수 있다. 멀쩡한 제 땅을 두고도 들쥐처럼 몰래 숨어 다녀야 하는 당대의 무수한 국외 유이민들의 서글픈 운명, 마치 죽음의 묘표墓標를 앞세우고 돌아오는 듯한 만주·시베리아 '귀향 유이민'의 낙담 어린 모습 등에는 아랑곳없이 "냉정한 듯 차게 흐르는"(같은 시, 제1연) 강물을 간단히 '천치'로 규정하는 데서 이 점을 잘 드러난다.

이용악의 탁월함은 일제에 내쫓겨 나라 밖을 떠돌다가 다시 귀환할 때마다 운명적으로 지나쳐야 하는 마지막 관문, 그 시기 만주·시베리아 유이민들에게는 시로 저 유대인들의 '애통의 벽The Wailing Wall'에 충분히 비견될 만한 두만강이나 압록강을 단순한 '애통의 강'으로만 인식하지 않았다는 데서 찾아진다.

그렇다면 이용악 시에 형상된 만주 유이민의 생활사는 어떤 것인

가. 우선 주목되는 것은, 궤멸적인 농민 분해에 따른 경제적 파탄 때문에 '이민열차'에 짐짝처럼 실려 만주 등지로 팔려 간 조선 여인들의 비극적인 삶의 시적 반영이다.

> 감았던 두 눈을 떠
> 입술로 가져가는 유리잔
> 그 푸른 잔에 술이 들었음을 기억하는가
> 부풀어 오를 손등을 어찌려나
> 윤깔 나는 머리칼에
> 어릿거리는 애수
>
> 호인의 말몰이 고함
> 높낮어 지나는 말몰이 고함—
> 뼈자린 채쭉 소리
> 젖가슴을 감어 치는가
> 너의 노래가 어부의 자장가처럼 애조롭다
> 너는 어느 흉작촌이 보낸 어린 희생자냐
>
> ──「제비 같은 소녀야」 부분

뼈 빠지게 일해도 줄곧 적빈을 모면할 길 없는 어느 소작농의 참담한 실상이 마치 입도선매立稻先賣되듯 어리디어린 나이로 남의 땅에 팔려와 술집 작부로 잔명해가는 그 딸의 기구한 삶을 통해 선명하게 부각되고 있다. "부질없이 감정을 과장하거나 떠들어대지도 않고 오로지 그리려는 대상 위에 모든 생활감을 부조浮彫"(최재서, 「시와 도덕과 생활」, 『문학과 지성』, 인문사, 1938, p. 198)하고 있는 것이다. 그러므로 이 시는 단순한 "어린 희생자"의 노래에 머물지 않고 하나의 시적 전형을 창출하는 데까지 나아간다. 그녀의 젖가슴을 휘감는 "뼈자린 채쭉"이야말로, 그 시기 만주 유이민들에게 가해진 중국인 지주로부터의 가혹한 수탈, 마적의 폐해, 중국 관헌의 무서운 압박, 게다가 일본 관동군의 괴뢰정권인 만주국(1932)의 완전무결한 정책적 비호 아래 만주 유이민을 조직적으로 유린했던 일본인 지주 및 '무장 이민'의 횡포 등을 총합적으로 표상한 것이라 할 수 있겠기 때문이다.

일제하 조선 농민 현실에 한층 굳건히 토대하면서 그 구조적 모순의 연장에 불과한 만주 유이민 현실에 주목한 이용악의 다음 작품도 '팔려 간 여인'을 그 시적 소재로 다루고 있다.

> 알룩조개에 입 맞추며 자랐나
> 눈이 바다처럼 푸를뿐더러 까무스레한 네 얼골
> 가시내야
> 나는 발을 얼구며
> 무쇠 다리를 건너온 함경도 사내
>
> [……]
>
> 온갖 방자의 말을 품고 왔다
> 눈포래를 뚫고 왔다
> 가시내야
> 너의 가슴 그늘진 숲속을 기어간 오솔길을 나는 헤매이자
> 술을 부어 남실남실 술을 따르어
> 가난한 이야기에 고히 잠거다오
>
> 네 두만강을 건너왔다는 석 달 전이면

단풍이 물들어 천 리 천 리 또 천 리 산마다 불탔을 겐데

그래두 외로워서 슬퍼서 초마폭으로 얼굴을 가렸더냐

두 낮 두 밤을 두루미처럼 울어 울어

불술기 구름 속을 달리는 양 유리창이 흐리더냐

　　　　　　　　　　　　　—「전라도 가시내」(1939) 부분

　모든 일의 형세가 흉흉하기만 한 까닭에 "두터운 벽도 이웃도 못
미더운 북간도"(같은 시, 제2연)의 어느 허름한 술막에서, 매서운 추
위에 발을 얼리며 두만강 "무쇠 다리를 건너온 함경도 사내"와, 석
달 전 그 두만강을 먼저 건너와 이제는 이름 없는 술집 작부로 전락
한 "전라도 가시내"가 엮어내는 서사적 짜임은 무엇보다도, 그 시기
만주 유이민 문제가 가장 절실한 핵심적 현안이었다는 점에서 우리
에게는 참으로 친숙한 것이다. "천 리 천 리 또 천 리", 삼천리 강토에
뿌리박고 살아가는 일제하 조선 민중에게 있어서는 이들 둘 사이에
개재되어 있는 지극히 사소한 일들까지도 곧장 자기 자신의 그것으
로 되는, 어느 것 하나라도 결코 간단히 지나칠 수 없는 역사적 중대
성을 지닌 것으로 되기 때문이다.
　서정 주체 '나'에게 있어 '전라도 가시내'는 잠시 마주쳤다 쉽사
리 헤어질 남남 같은 존재가 아니다. 그는 이 시적 대상에 강하게 연
대되어 있다. 그들의 삶은 분리된 개체로서 따로 떨어져 있지 아니하
고 튼튼한 공동 운명체로서 강하게 결속되어 있다. 저 천형天刑의 땅
처럼 오랜 역사의 기간 동안 혹독한 지방차별주의와 정치적 무관심
속에 방치돼왔던 조선 최북단 함경도의 한 사내와, 제가 거둔 알곡은
정작 손도 못 댄 채 삼천리 강산이 단풍으로 아름답게 수놓아진 풍요
의 가을을 뒤로하고 낯선 북간도 술막까지 흘러든 조선 남단 전라도
의 어느 이름 없는 소작농의 딸 사이는 그만큼 견고한 통합을 성취하

고 있는 것이다.

오직 가난으로 얼룩진 그녀의 지극히 불행한 개인사를 바로 자기 자신의 것으로 통렬하게 인식하는 이 시의 작중 화자 '나'가 "너의 가슴 그늘진 숲속을 기어간 오솔길을 나는 헤매이자"라고 절규하는 것도 그렇기 때문에 조금도 허튼수작으로 여겨지지 않는다. 문법적 호응관계를 파기하는 청유형 어사를, 스스로 전진적인 삶을 굳게 결의하는 데 동원한 것도 이와 관련시킬 때 매우 유효적절한 시적 장치이다. 요컨대, 여기서의 '나 – 전라도 가시내'의 관계는 오누이와 같은 육친적인 것으로 형상되어 있다. 그녀와의 삶의 고리에 단단히 묶여진 그의 현실 인식은 이미 고립분산성을 벗어나 있다. 이는 '전라도 가시내'에 매개됨으로써 그가 속해 사는 역사적 상황에 대한 보다 온전한 객관적 통찰을 통해 이를 수 있었던 작중 화자의 다음과 같은 마지막 연의 시적 진술에서 명료하게 드러난다.

이윽고 얼음길이 밝으면
나는 눈포래 휘감아 치는 벌판에 우줄우줄 나설 게다
노래도 없이 사라질 게다
자욱도 없이 사라질 게다

여기서 '나'는 이미 감상적 치기를 온존한 관념주의자가 아니다. 전라도의 어느 적빈한 농민의 딸이 걸어온 "가슴 그늘진 숲속을 기어간 오솔길"을 철저히 답파함으로써 그는 자연스럽게 냉철한 현실주의자로 변모한 것이다. 이때의 현실주의자란, 고통스런 현재적 삶을 부단히 갱신함으로써 되려 그것을 앞당겨 현실화하는 종말론자에 다름 아니다. 자국도 없이 스스로를 무화시킴으로써 역설적으로 자신의 모습을 온전히 드러내는 종말론적 삶을 쟁취하기 위하여, 격동하는 역사적 현장의 한복판으로 결연히 내닫는 형국이다. "이윽고 얼음길이 밝으면"이라는 구절이 명시하듯, 그가 처한 현재적 상황은 '역사의 밤'이다. 그러나 그 밤은, 비유적으로 말하자면 그를 한층 강고하게 단련하고 거듭나게 함으로써 그로 하여금 종말론적 삶에로 나아가게 하는 용광로 같은 것이다.

"만주에 있는 조선 사람은 모든 국제적 소용돌이 속에서 스스로 자기를 굳세게 하며, 능히 자기의 길을 개척해나갈 힘을 길러야 할 것"(주요한, 「만주문제 종횡담」, 『동광』, 1931. 9.)이라는, 만주 유이민의 당면 현실은 싹 무시되고 원칙론에 입각한 상투적 표현으로 일관하는 관념론적 발언과, "재만在滿 동포는 마땅히 모든 정권에 초월하여 오직 경제적 · 문화적으로 뿌리를 깊이 박도록 노력할 것"을 특히 강조(이광수, 「재만 동포에게 급고急告」, 『동광』, 1931. 11.)하는 저열한 비정치주의가 난무했던 저간의 사정을 고려할 때, 용악이 이룩한 시적 성취는 매우 값진 것이 아닐 수 없다. 그 요체는 한마디로 '건강한 현실성'이라 이름할 수 있을 터인데, 물론 그것은 이용악의 명확한 현실 개괄력 또는 이를 가능하게 하는 치열한 현실 인식에 깊이 토대한 것이다.

> 잠잠히 흘러내리는
> 개울을 따라
> 마음 섧도록 추잡한 거리로 가리
> 날이 갈수록 새로히 닫히는
> 무거운 문을 밀어제치고
>
> [······]

욕된 나날이 정녕 숨 가쁜
곱새는 등곱새는
엎디어 이마를 적실 샘물도 없어

──「해가 솟으면」(1940) 부분

　여기에 형상된 시적 자아의 모습은 생장이 완전히 정지된 채 욕된 나날을 살아가는, 보기 흉한 곱사등이의 그것[17]이다. 그의 삶은 이중적인 의미에서 구부러지고 파탄당한 삶이다. 그의 삶의 조건은 "엎디어 이마를 적실 샘물"조차 허용되지 않을 만큼 극히 왜소하게 압착돼 있으며, 따라서 그 삶은 "날이 갈수록 새로히 닫히는/무거운 문"에서 강하게 암시되듯 외적 강제에 의한 고통의 연속이며 그 가속적 심화와 다르지 않다. 이 "새로히 닫히는/무거운 문" 안쪽에 묶여 있는 한, 그의 정신 또한 격심한 구부러짐과 자기 파탄을 모면할 길이 없다. 이 점에서 그의 정신과 삶을 옥죄는 압박의 사슬을 끊고 진정으로 아름다운 "추잡한 거리"로 나아가고자 하는 그의 결의는 의미심장하다. "멀어진 모오든 사람들의 이름을 부르며/호을로 거리로 가리"(같은 시, 제3연)라는 그의 선언적 결의는, 스스로에 폐쇄된 정체적 삶을 격파하고 '필연적 도래'를 선취하는 종말론적 삶의 자리로 나아감을 뜻하는 것이기 때문이다. 인간과 세계에 대한 낙관적 전망에서만 가능한 이러한 종말론적 관점은 이용악 시에서, 인간의 '죽음'은 누구나 "한번은 만나야 한 황홀한 꿈"(「죽음」)이라는 아름다운 표현을 낳고 있다. 이 시인에게 있어 그것이 강력한 창조적 긴장으로 작용하고 있음을 알게 된다.

---

17) 이는 얼핏 『시경』의 「낭발(狼跋)」장에 나오는, 앞으로 내닫자니 턱 밑에 늘어진 군살덩이가 밟히고, 뒤로 물러서자니 긴 꼬리가 밟혀 옴짝달싹 못 하는 늙은 승냥이의 처지를 연상시킨다.

6

이용악 시에는 '고향 상실감'에 관련된 결코 단순치 않은 시적 정
서가 두드러져 보이는데, 중요한 것은 그것이 이 시인의 현실 인식
을 일정하게 강화·충격하고 있다는 점이다. 따라서 그의 고향은 단
순한 향수 대상이 아니라 그가 처한 현실적 상황을 총체적으로 가늠
하게 하는 예민한 시적 감응체로 기능한다.

북쪽은 고향
그 북쪽은 여인이 팔려 간 나라
머언 산맥에 바람이 얼어붙을 때
다시 풀릴 때
시름 많은 북쪽 하늘에
마음은 눈감을 줄 모르다

—「북쪽」(1936) 전문

여기서 고향은 독특한 시적 정조 또는 단순한 회고적 감정을 드
러내기 위한 배경물이 아니라, 고통받는 삶과 역사의 시적 등가물
로 치환되어 있다. "북쪽은 여인이 팔려 간 나라" "시름 많은 북쪽"
등의 구절에서 이 점은 적절히 암시되고 있는데, 그 주된 이미지가
다분히 한시漢詩적 모티프에 깊이 연관된 듯한 양상을 보여주고 있
어 주목된다. 마지막 두 행에 잘 표상되어 있듯이, 시적 자아의 의식
은 '북쪽 고향'을 향해 늘 명징하게 깨어 있는 형상을 취하고 있는
바, 이는 남의 나라 땅에서 노예적 삶을 강요당하면서도 고향 땅으
로부터의 '북쪽 바람'에 즉각 예민하게 반응하는 호마胡馬의 이미

지[18]에 아주 근사한 것이다. "여인이 팔려 간 나라"로 그 시적 내포의 비극적 확장을 이루고 있는 고향 이미지 또한 결코 예사로운 것은 아닌 것처럼 보인다. 무엇보다도 그것은, 정치적 볼모로서 오랑캐 땅에 끌려가 구차한 첩살이로 잔명하면서도 통한의 "춘래불사춘春來不似春"을 읊조려야 했던 저 왕소군王昭君의 애절한 형상[19]에 그대로 통하는 것이기 때문이다. 양자를 구분 짓는 차이점이 있다면, 여기서는 그녀의 슬픔이 다른 시적 자아에 의해 극히 간결하고도 투명하게 객체화되어 노래되고 있다는 점이다.

서정주에 의해 "망국민의 절망과 비애를 잘도 표현했다"는 절찬을 받은 바 있는 작품 「오랑캐꽃」(서정주, 「광복 직후의 문단」, 『조선일보』, 1985. 8. 25. 참조) 역시 용악의 건강한 고향의식이 발전적으로 확장된 하나의 구체적 사례에 속한다.

> 아낙도 우두머리도 돌볼 새 없이 갔단다
> 도래샘도 띳집도 버리고 강 건너로 쫓겨 갔단다
> 고려 장군님 무지무지 쳐들어와
> 오랑캐는 가랑잎처럼 굴러갔단다
>
> 구름이 모여 골짝 골짝을 구름이 흘러

---

18) 고향을 그리워하는 마음이 통질하게 만영된 고시(古詩)의 나음 구설과 이는 일성하게 연관된다. "호나라 말은 북쪽 바람에 소스라치고, 월나라 새는 남쪽 가지에 둥지를 트네(胡馬依北風, 越鳥巢南枝)."

19) 당나라 시인 동방규(東方虯)의 시 「왕소군의 원망[昭君怨]」 중 제4~5연에 특히 그녀의 깊은 애국적 충정이 통렬한 서정적 표현을 얻고 있는데, 이 시의 기본적 정조는 이와 긴밀한 연관을 지닌 것처럼 보인다. 그리고 이 시를 바르게 이해함에 있어 중요한 것은, 고구려·발해 시대에는 만주 지역이 우리의 옛 땅이었다는 것, 그리고 그곳은 일제하 조선 이농민의 딸들이 수다히 "팔려 간 나라"이기도 했다는 점을 분명히 기억하는 일이다.

백 년이 몇백 년이 뒤를 이어 흘러갔나

너는 오랑캐의 피 한 방울 받지 않았건만
오랑캐꽃
너는 돌가마도 털메투리도 모르는 오랑캐꽃
두 팔로 햇빛을 막아줄게
울어보렴 목 놓아 울어나 보렴 오랑캐꽃

—「오랑캐꽃」(1939) 전문

작품 서두에 '오랑캐꽃'의 명칭에 관한 역사적 유래담을 간략히 소개하고 있는 이 시는 우리에게 특이한 독법을 요구한다. 역사의 오랜 기간 동안 주변 강대국들로부터의 끊임없는 정치적 압박에 시달려야 했던, 항상 미개한 야만인으로 극심한 멸시와 천대만을 받아온 힘없고 가난한 백성의 형상이 1연의 '오랑캐'이다. "고려 장군님 무지무지 쳐들어와"라는 구절에는 그러한 정치적 피압박의 의미가 잘 반영되어 있는데, 유의할 것은 '오랑캐'와 '고려 장군님'의 시적 의미가 민족적 대립 관계를 형성하는 것이 아니라는 사실이다. 여기서의 '오랑캐'는 역사의 변방민을 표상하는 시적 징표로서, '고려 장군님'과의 교묘한 의미의 전위轉位를 이룬 끝에 그 자리바꿈한 시적 의미를 고스란히 '오랑캐꽃'에 이월하고 있다. 이러한 시적 장치는 우리 민족문화에 대한 원천적 말살이 일제에 의해 조직적이고도 광범하게 자행되었던 당대 정치 상황에 대한 이 시인의 방법적 저항의 산물이라 할 수 있다.

이렇게 볼 때, 2연의 '오랑캐꽃'이 함축하는바 시적 의미는 매우 심중하다. "돌가마도 털메투리도 모르는 오랑캐꽃"의 연약한 형상이야말로 일제 식민통치 아래 신음하는 그 시기 조선 민중의 객관적 상관물에 다름 아니기 때문이다. 남몰래 어둠 속에서 혼자 목 놓아 울어야 하는 오랑캐꽃의 가엾은 처지가 충분히 이런 생각을 가능하게 해준다.

고향의 확장적 또는 축소적 이미지라 할 수 있는 '북쪽' '오랑캐꽃' 등에 대한 시적 자아의 눈길이 깊은 연민으로 충일한 데서도 알 수 있듯, 이용악에 있어 고향은 그로 하여금 항상 정신의 각성에 머물게 하는 시적 매개물의 의미를 지닌다.

> 몇천 년 지난 뒤 깨어났음이뇨
> 나의 밑 다시 나의 밑 잠자는 혼을 밟고
> 새로히 어깨를 일으키는 것
> 나요
> 불길이요
>
> ──「벌판을 가는 것」(1941) 부분

여기서 고향 이미지는, 사회적 삶으로부터 스스로를 절연시키는 내향적 인간을 지양하고 진정한 공동체적 삶이 실현되는 '벌판'에로 자신을 온전히 개방하는 정신의 '불길'로 나타난다. 그것은 혼곤한 의식의 최면 상태를 격파하고, 심하게 왜곡되고 흐트러진 삶의 전열을 가다듬어 "새로히 어깨를 일으키는" 힘을 촉발하는 정신적 구심력의 원천과도 같은 것이다.

> 손뼉 칩시다 정을 다하야
> 우리 손뼉 칩시다
>
> 노새나 나귀를 타고

방울소리며 갈꽃을 새소리며 달무리를
즐기려 가는 것은 아니올시다

[……]

누구나 한번은 자랑하고 싶은
모든 사람의 고향과
나의 길은 황홀한 꿈속에 요요히 빛나는 것

　　　　　　　　　　—「노래 끝나면」(1942) 부분

　　하와이 주둔 미군의 '진주만 기습'(1941. 12. 7.)으로 격발된 이른
바 '대동아전쟁'(1941~45)을 계기로 일본 제국주의의 대외 침략 전
쟁이 전면 확대되면서 조선인에 대한 파쇼적 탄압이 그 극점에 달했
던 1940년대적 상황에서, 시인의 글쓰기란 한낱 고립된 개인적 삶에
로의 자기 위안적 후퇴 또는 비극적 자기 확인 이상의 의미를 지니기
어려운 것이었다. 급기야 용악이 붓을 꺾고 마치 쫓겨가듯 고향으로
돌아가야 했던 바로 그 무렵에 씌어진(김광현, 「내가 본 시인—정지용·
이용악 편」, 『민성』, 1948. 10. 참조) 이 시에서, '고향'은 또다시 시적 자
아의 정신적 각성을 전투적으로 고취하는 매개적 구실을 떠맡고 있
다. 그런데 주목할 것은, 누군가에 의해 갈가리 찢기고 고통받는 '고
향'은 새롭게 전취되어야 한다는 당위적 확신과, 반드시 이룩될 승전
이 기쁨을 앞질러 노래하는 시인의 전진적 의식에 힘입어 그 고향 의
식은 한층 고양된 전투성을 발하고 있다는 것이다.
　　시인으로 하여금 마침내 고향으로 돌아가게 한 것은 무엇인가.

　　우러러 받들 수 없는 하늘

검은 하늘이 쏟아져 내린다
왼몸을 굽이치는
병든 흐름도 캄캄히 저물어가는데

예서 아는 이를 만나면 숨어바리지
숨어서 휘정휘정 뒷길을 걸을라치면
지나간 모든 날이 따라오리라

———「뒷길로 가자」(1940) 부분

스스로를 에워싼 거대한 외적 구속에 속수무책인 식민지 지식인의
암담한 내면 풍경이 간명하게 제시되어 있는 이 시에서 특점을 이루
는 정신적 태도는 쓰라린 자기 질책과 견고히 맞물려 있는 엄격한 자
기반성의 태도이다. 자신의 삶은 물론, "외치며 쓰러지는 수없이 많
은 나의 얼골"(같은 시, 제4연)로 표상된 민중적 삶을 통틀어 긴박하
는 외압적 강제에 올바르게 응전하지 못하는 데 대한 고통스런 자각
과 격심한 갈등, 역사적 삶의 현장으로부터의 자기 이탈과 그 의미
있는 잔류 사이에 계속적인 방황 등의 이미지들이 그러한 태도를 잘
밑받침해준다. 여기서 우리는 이 시인이 처한 현실적 토대가 결코 소
망스런 것이 아님을 확인하게 된다.

모두 어질게 사는 나라래서
슬픈 일 많으면 부끄러운 부끄러운 나라래서
휘정휘정 물러갈 곳 있어야겠구나

스사로의 냄새에 취해 꺼꾸러지려는
어둠 속 괴이한 썩달나무엔

까마귀 까치 떼 울지도 않고 날러든다

이제 험한 산ㅅ발이 등을 일으키리라
보리밭 사이 노랑꽃 노랑꽃 배추밭 사잇길로
사뿟이 오너라 나의 사람아

—「슬픈 일 많으면」(1940) 부분

딱딱한 파열음('ㄲ')의 반복에 의해 강화되는 작중 화자의 폐쇄적 현실은 "모두 어질게 사는 나라"라는 아름다운 외적 수사에도 불구하고 온통 '슬픔'과 '부끄러움'으로 얼룩진 나라, 오욕의 땅 같은 것이다. 그것은 자기 파멸의 탐닉을 음험하게 추동하는 강한 견인력으로서의 '죽음'의 세계와 전적으로 동질적이다. 그런데 중요한 것은, 이러한 암흑적 현실로부터 화자가 "휘정휘정 물러갈 곳"이 단순한 도피의 자리는 아니라는 사실이다. 제2연 첫 행을 통해 유추되는 그것은, 극심한 착취와 억압으로 철저히 파탄된 삶을 스스로 곧추세우는 거듭남의 자리이다. 자력으로 힘차게 직립하는 시적 자아의 모습이 여기서는 잔뜩 구부러진 등을 일으켜 세우는 험준한 산맥으로 형상되어 있음이 특히 인상적인데, 그럼에도 불구하고 그 모습은 여전히 수동주의자의 면모에 머무르는 한계를 지니고 있다.

이용악에 있어 그의 훼손되고 상처받은 삶을 새로운 힘으로 충전시키고 거듭나게 하는 자리는 말할 것도 없이 '고향'이다.

내 곳곳을 헤매어 살길 어두울 때
빗돌처럼 우두커니 거리에 섰을 때
고향아
너의 부름이 귀에 담기어짐을

막을 길이 없었다

[……]

나는 그리워서 모두 그리워

먼 길을 돌아왔다만

버들방천에도 가고 싶지 않고

물방앗간도 보고 싶지 않고

고향아

가슴에 가로누운 가시덤불

돌아온 마음에 싸늘한 바람이 분다

— 「고향아 꽃은 피지 못했다」 부분

　신약성서의 '돌아온 탕자' 이야기와 흡사한 서사적 골격을 지니고 있음에도 불구하고, 비교적 긴 형식의 이 시 후반부는 본질적으로 성서적 모티프 — 이용악 시의 주요한 특점을 이루는 '종말론적 삶'의 관점, 여러 작품들에서 명시적으로 드러나는 성서적 모티프 등은, 그가 재학했던 조치대학上智大學이 가톨릭계 학교였음을 유념할 때 쉽사리 이해된다 — 를 벗어나는 차별적 양상을 드러낸다. 타관으로의 오랜 유랑 끝에 결행된 귀향은, 앞의 시 제2연에서 볼 수 있듯이 운명적 고난의 종지부가 아니라 그 순환적 고리의 하나일 뿐임을 의미한다. 남의 수중에 완전히 장악된 황폐한 고향의 모습을 "가슴에 가로누운 가시덤불"로 형상한 데서 이 점은 명료하다.

　1942년 낙향 이후 '해방'되기까지의 약 3년에 걸친 이용악의 경성鏡城 생활은 그로서는 실로 견디기 어려운 욕된 세월이었던 것 같다. 그는 이때의 심경을 "몇 마디의 서양 말과 글 짓는 재주와/그러한 것은 자랑삼기에 욕되었도다"(「시골 사람의 노래」, 1945)라고 읊고 있다. 도시적 사고와 생활 습속에 이미 깊숙이 침윤된, 식민지 지식인으로서의 그의 경성 생활은 일종의 유배 생활로나 이해될 성질의 것이었을 터이다. 가령 그가 "멀어진 서울을 그리는 것은/도포 걸친 어느 조상이 귀양 와서/일삼든 버릇일까"(「두메산골 3」, 1947)라고 노래하면서 자기 합리화에 가까운 회고적 귀족주의를 은밀하게 표명하는데서 그런 면모는 단적으로 드러난다.

> 모두 벼슬 없는 이웃이래서
> 은쟁반 아닌
> 아무렇게나 생긴 그릇이 되려
> 머루며 다래까지도 나눠 먹기에 정다운 것인데
> 서울 살다 온 사나인 그저 앞이 흐리어
> 멀리서 들려오는 파도 소리와 함께
> 모올래 울고 싶은 등잔 밑 차마 흐리어
>
> ——「등잔 밑」(1941) 전문

관념적 대응으로써는 결코 자기 통어가 불가능할 만큼 강력한 '서울지향주의'가 이 시 전편에 속속들이 배어 있다. "아무렇게나 생긴 그릇"이 아니라 값진 "은쟁반"이기를 의식의 심층에서부터 충동하는 "파도 소리"야말로 이 시인의 강한 서울 지향을 드러내는 물적 표상이다. 서울적 삶에 묶여 있는 그의 의식은 현실투시력의 깊이를 이미 상실한 것이나 마찬가지라 하겠는데, 두 번씩이나 쓰인 "흐리어"의 시적 내포가 그러한 사정을 충분히 뒷받침해준다. 해방되자마자 즉각 서울행을 단행한 이용악의 처지가 쉽사리 수긍될 만도 하다. 그의 서울행은 그 자신도 민망하게 여겨질 정도로 "어쩌자고 자꾸만 그리워지는" 통제 불능의 지난한 과제(「막차 갈 때마다」, 1941)였던 것이다.

7

해방공간의 이용악 시가 보여주는 주된 특성 중의 하나는 이른바 '귀향 유이민'의 비극적 현실을 예각적으로 형상한 데서 찾아진다. 이는 이미 일제강점기에 이루어진 국내외 유이민 문제에 대한 그의 정당한 시적 관심의 훌륭한 연장임에 틀림없지만, 극도로 혼미했던 해방 정국 또는 당시의 분열적 문단 상황과 관련시켜본다면 그 시기 "우리나라 인민들만이 지니고 있는 비범한 전형적인 분노와 원한을, 심각한 상경狀景을 생생하게 발랄하게 노래"(이수형, 「용악과 용악의 예술에 대하여」, 『이용악집』, 동지사, 1949, p. 166)한 이용악 시의 의미는 훨씬 배가될 만한 것이다.

'연합국' 측의 승리에 따른 덤의 형식으로 일단 손쉽게 주어진 듯한 '해방'이었던 까닭에 더욱 그러했겠지만, 특히 국외 유이민에 대한 정치적 및 문학적 관심은 식민지 시대에 비해 현저히 약화되었다. 그것이 중요한 민족적 관심사로 진지하게 논의되기에는 해방직후사가 너무나 숨 가쁘게 진행되었던 것이다. 전후 한국 문제를 둘러싼 국제 열강 사이의 복잡 미묘한 정치경제적 이해관계의 첨예한 표출, 민족적 대동단결과는 사뭇 동뜬 방향으로 틀 잡혀간 국내 좌우익 사이의 '민족 에네르기 소모전', 남북한에 각각 진주한 미·소 정치 세력들에 재빨리 편승한 정치 모리배의 군웅할거, 숨죽여 정세의 추이를 예의 관망한 끝에 새로이 발호하기 시작한 막강한 정치적 실세로서의 '친일 잔재 세력'의 반민족적 작태 등으로 요약되는 이 시기의 어두운 상황하에서는, 어떤 의미에서 국외로부터 '귀향 유이민' 또는

'전재민戰災民' 문제 따위는 아예 논의의 쟁점으로 부각될 가치조차 없었을는지도 모른다. 이 점은, 예컨대 '만주 문제'에 대한 다음과 같은 발언을 통해 살펴볼 때 아주 분명해진다.

> 만주는 과연 어디로 가는가? 우리의 영토의 일반—半이 38선이라는 불의의 경계로 적화赤化되어가고 있지 않으냐? "38선, 38선" "남북통일, 남북통일" 이것만이 요사이 정치가들의 구호이요, 우리 겨레의 화제 같다. [……] 그러나 오늘의 사태는 38 이북과 만주는 이신동체異身同體의 형상이다.
> ── 서범석, 「조선민족과 만주」(『현대문화독본』, 김정환 편, 문영당, 1948, pp. 222~25)

해방된 지 고작 3년밖에 안 된 그 무렵에 벌써 싸늘한 이데올로기 문제로 너무 손쉽게 치환됨으로써 그 존재 의미 자체가 무화되어버린 국외 유이민[20])의 암담한 정치적 운명이 이 글에 강력하게 예고되고 있음을 본다. 결코 원한 것이 아님에도 불구하고 그들은 이미 '남북통일' 논의에서 절단되었을 뿐 아니라 "적화되어가고 있"는 동족 아닌 '적敵'과 같은 존재로 곧장 규정되는 무서운 논리를 접하게 되는 것이다. 그 무렵 사정이 이러하였으므로, 해방 직후 재만 동포를 비롯한 국외 유이민 문제는, 그들의 고통스러웠던 과거를 간단히 역사의 괄호 속에 묶어 없애는 파렴치한 논리 위에서 자연히 모든 부면

---

20) 이는 공산권에 속한 만주·시베리아 유이민의 경우가 특히 그러하다. 더욱이 스탈린 정권에 의해 '일본 제국주의자들의 위험한 전위'로 낙인 찍혀 1937년 중앙아시아 지역으로 강제 이송당한 '시베리아 유이민'의 경우는, 그들의 운명을 좌우하는 정치적 주체가 곧 38 이북에 진주해 온 '붉은 군대'였다는 점에서 애당초 문제 밖으로 내돌려진 것이나 마찬가지였다.

에서 관심권 밖으로 밀려나게 되었으며, 따라서 이에 실망한 나머지 '귀향 이민'의 상당수는 되짚어 만주·일본 등지로 돌아가는, 오늘의 우리로서는 실로 상상하기조차 어려운 기이한 사태가 대거 발생했던 것이다.

이런 점들을 상도할 때, 일제 식민통치의 정책적 산물로서 '해방' 뒤에도 계속 국외에 머물러 있어야 했던 숱한 정치적 유이민들에 대한 대국적 통찰에는 이르지 못한 명백한 한계에도 불구하고, 이용악의 '귀향 유이민시'는 새삼 주목될 필요가 있다.

> 무엇을 실었느냐 화물열차의
> 검은 문들은 탄탄히 잠겨졌다
> 바람 속을 달리는 화물열차의 지붕 우에
> 우리 세각기 드러누워
> 한결같이 쳐다보는 하나씩의 별
>
> [……]
>
> 푸르른 바다와 거리거리를
> 설움 많은 이민열차의 흐린 창으로
> 그저 서러이 내다보던 골짝 골짝을
> 갈 때와 마찬가지로
> 헐벗은 채 돌아오는 이 사람들과
> 마찬가지로 헐벗은 나요
> 나라에 기쁜 일 많아
> 울지를 못하는 함경도 사내
>
> ──「하나씩의 별」(1945) 부분

짐짝처럼 "이민열차"에 실려 만주 등지로 떠나갔을 때보다 한층 비참하게 소련군(이는 같은 시, 제4연의 "총을 안고 뽈가의 노래를 부르던/슬라브의 늙은 병정은 잠이 들었나"라는 구절에서 쉽게 유추되는데, 여기서 우리는 이용악의 이념적 지향이 갖는 낭만적 성격을 엿볼 수 있다) "화물열차의 지붕" 위에 마치 성가신 덤처럼 볼썽사납게 얹혀져 오는 귀향 유이민의 가엾은 모습이 생동한 표현을 얻고 있다. 그러나 그것은, '해방'의 감격 때문에 잠시나마 지나간 고난의 세월을 잊고 민족의 앞날에 대해 제각기 아름다운 "하나씩의 별"을 너무나 쉽게 가슴속에 아로새기는 그 정치적 순진성에 선명히 대비되면서 그들 귀향 유이민의 미래가 결코 순탄치 않을 것임을 짙게 암시해준다. 그들을 단호히 거절하듯 탄탄히 잠겨진 "화물열차의 검은 문들", 미처 고향 땅에 당도하기도 전에 세차게 몰아닥칠 "눈보라", 그리고 전혀 "고향과는 딴 방향"의 또 다른 타향 등의 차갑고 폐쇄적인 이미지들이 그들의 암담한 미래를 운명적으로 예고해주는 듯하다.

그런데 여기서 주목할 것은, 시인 이용악 자신임이 거의 분명한 시적 자아 '나'에게서 확연하게 드러나는 서울지향주의이다. 오장환에 의해 일찌감치 "병든 도시"로 진단된, "언제나 눈물 없이 지날 수 없는 너의 거리마다/오늘은 더욱 김승보다 더러운 심사에/눈깔에 불을 켜들고 날뛰는 장사치와,/나다니는 사람에게/호기 있이 몬지를 씌워주는 무슨 본부, 무슨 본부,/무슨 당, 무슨 당의 자동차."(오장환, 「병든 서울」, 1945)로 들끓는 바로 그 "서울이 그리워/고향과는 딴 방향으로 흔들려 간다"는 작중 화자의 시적 진술이 뜻하는 바는 무엇인가. 친일 민족반역자들의 안락한 피난처, 미 군정에 빌붙어 매족賣族적 이득을 취하는 데 혈안인 간상 모리배들의 소굴, 그리고 정치 브로커들의 음험한 담합처 등으로 간단히 요약됨 직한 "오예汚穢의 수도"(박치우, 「'서울' 과신과 정당 편중」, 『사상과 현실』, 백양당, 1946, p. 193) 서울로 간다는 것의 의미는 결코 단순한 것이 아니다. 이 시인에게 있어 그것은 문화적 중앙집권이 가장 확실하게 살아 움직이는 현장에서의 문학적 두각을 열망하는 조급성의 한 표현, 달리 말하자면 민중적 삶의 세부를 아무런 관념적 왜곡 없이 정확하게 포착할 수 있는 생생한 지방주의적 관점으로부터의 때 이른 일탈일 수도 있겠기 때문이다.

누가 우리의 가슴에 함부로 금을 그어 강물이
검푸른 강물이 굽이쳐 흐르느냐
모두들 국경이라고 부르는 38도에 날은
저물어 구름이 모여

물리치면 산산 흩어졌다도
몇 번이고 다시 뭉쳐선
고향으로 통하는 단 하나의 길
　철교를 향해
　철교를 향해
　떼를 지어 나아가는
　피난민들의 행렬

── 야폰스키가 아니요 우리는
거린채요 거리인채
한 달두 더 걸려 만주서 왔단다
땀으로 피로 지은 벼도 수수도
죄다 바리고 쫓겨서 왔단다

이 사람들의 눈 좀 보라요
이 사람들의 입술 좀 보라요

[……]

그러나 또다시 화약이 튀어
제마다의 귀뿌리를 총알이 스쳐
또다시 흩어지는 피난민들의 행렬

[……]

모두들 국경이라고 부르는 38도에
어둠이 내리면 강물에 들어서자
정갱이로 허리로 배꼽으로 모가지로
마구 헤치고 나아가자
우리의 가슴에 함부로 금을 그어
굽이쳐 흐르는 강물을 헤치자

　　　　　　　　　　　　　—「38도에서」(1945) 부분

　김동석金東錫의 지적대로 이 시는 "조선을 허리 동강 낸 북위 38도
선을 저주하는 노래"(김동석, 「시와 정치—이용악 시 「38도에서」를 읽
고」, 『예술과 생활』, 박문출판사, 1947, p. 149)이다. 여기서 '38도선'은
인적 및 물적 기초의 단순한 양적 분단이 아니라 민족의 동질성을 원
천적으로 망각하게 하고 민족사의 전진을 가로막는 "검푸른 강물"로
형상되어 있다. 그런데 문제는, 김동석에 의해 "자본주의와 사회주의
가 균형을 얻은 실력선"으로 명명된 바 있는 이 38도선을 확정한 주

체가 누구인가 하는 것이다.

이미 앞의 시에서 살펴본 만주로부터의 귀향 유이민들의 "하나씩의 별"은 이 시에서 '화약'과 '총알'로 일거에 산산조각 나고 만다. 그렇다면 "땀으로 피로 지은 벼도 수수도/죄다 바리고 쫓겨서" 필사적으로 고향 길을 찾아 나선 이들에게 총부리를 들이대는 자는 과연 누구인가. 여기서 그것은 북한으로 진주한 소련군으로 강력히 암시되고 있으니, "일본인이 아니요, 우리는 조선인!"이라는 통절한 울부짖음이 바로 그 시적 언명인 것이다. 이 점은 사실 남한 점령군으로 진주한 미군이라고 다를 바 없다. 1948년 독도를 폭격연습지로 택한 미군 비행기의 무차별 폭격으로 어로 작업 중 숨져간 '조선인' 열네 명의 비참한 죽음을 노래한 이병철李秉哲의 다음 시에서 잘 드러난다.

일천 구백 사십팔 년 유월 팔일 오후 두 시의 해도海圖 우에 원수의 핏발 선 눈이 히뻔덕이던 날.

바다 먼 바다의 물결을 헤치며 미역 따던 우리 동포의 어진 열넷 목숨을 비말飛沫 속에 묻던 날.
아모리 태극기를 흔들어도 흔들어도 비 오듯 탄자彈子는 하냥 멈추지 않더란다.

청천백일하에 하늘이 도와 살아 온 두 사람 분명히 보았다는 건은 날개에 '흰 별표'의 비행기여…… 너 제국주의의 상징이여.
　　──이병철, 「수장水葬──독도의 악보惡報를 받고」(『시집』, 임학수 편, 한성도서주식회사, 1949) 부분

어쨌든, 이용악의 위의 시에 보이는 "고향으로 통하는 단 하나의

길"은 민족 분단으로 끊기고 말았으니, "오늘도 행길을 동무들의 행렬이 지나는데/뒤이어 뒤를 이어 물결치는/어깨와 어깨에 빛 빛 찬란"(「우리의 거리」, 1945)했던 '해방'의 감격도 그저 잠시뿐이었던 것이다.

이용악의 시선에 잡힌 귀향 유이민의 시적 현실은 어떠했는가.

거북네는 만주서 왔단다 두터운 얼음장과 거센 바람 속을 세월은 흘러 거북이는 만주서 나고 할배는 만주에 묻히고 세월이 무심찮아 봄을 본다고 쫓겨서 울면서 가던 길 돌아왔단다

띠팡을 떠날 때 강을 건늘 때 조선으로 돌아가면 빼앗겼던 땅에서 농사지으며 가 갸 거 겨 배운다더니 조선으로 돌아와도 집도 고향도 없고

거북이는 배추 꼬리를 씹으며 달디달구나 배추 꼬리를 씹으며 꺼무테테한 아배의 얼굴을 바라보면서 배추 꼬리를 씹으며 거북이는 무엇을 생각하누

첫눈 이미 내리고 이윽고 새해가 온다는데 집도 많은 집도 많은 남대문턱 움 속에서 이따금씩 쳐다보는 하늘이사 아마 하늘이기 혼자만 곱구나

─「하늘만 곱구나」(1948) 부분

만주 유이민 3세대에 속하는 '거북이'[21] 일가의 귀환 후 삶의 실상

---

21) 이 민담적 명칭 속에는 거북이걸음처럼 좀체 앞으로 나아가지 못하는 답답한 심정과, 끝내는 약삭빠르고 날랜 토끼를 앞질러 승리해야 한다는 시인 자신의 굳은 결의가 일

이 이 시에는 잘 압축돼 있다. 일제에 내몰려 만주로 쫓겨간 조선 이 농민의 시적 전형이라 할 수 있는 거북네의 옛 가장이었던 '할배'는 이미 만주에 뼈를 묻었으며, 정치경제적 '봄'을 온전히 누리기 위하여 해방된 조국을 찾아온 거북 "아배의 얼굴"은 중국인 지주 밑에서 '띠 팡'(움막—필자)살이 하던 시절처럼 가난에 쪼들려 여전히 거무테테하기만 한 것으로 그려진 그 무렵 '귀향 유이민'의 모습은 하나의 역사적 축도이다. 부모는 "빼앗겼던 땅에서 농사지으며", 거북이는 목청 높여 "가 갸 거 겨"를 읊조린다던 '해방 조국'은 한낱 헛된 꿈으로 사라지고, 집도 고향도 없이 혹심한 추위에 떨며 움 속에서 거지처럼 살아가는 귀향 유이민의 비참한 현실이 압축적으로 형상되어 있는 것이다. (작품 말미에 "1946년 12월 전재동포 구제 '시의 밤' 낭독시"로 부기된 점으로 미루어, 이 시기 귀향 유이민을 위해 발표된 행사시임을 알 수 있다.)

해방의 기쁨을 맞이하여 일본 또는 멀리 남북 중국으로부터 자유독립을 간절히 염원하여 그리운 고국에 돌아와 각기 인척 관계를 찾아 방 한 칸, 또는 공동숙박소, 전재민 수용소, 이나마도 차례에 가지 않아 왜놈들이 파놓은 방공호에서, 또는 한강철교 밑에서, 이것도 차지하지 못하고 거리에서 오늘은 이 집 문전에서 거적을 깔고 살을 에이는 열한풍烈寒風을 바라보며 한하는 이들 수천 명을 이 참경 앞에 놓고서, 우리는 무엇이라고 변명하며 무엇이라고 위로를 하여야 할까? 호화로운 지난날에 왜적들이 침래侵來하여 쓰고 있던 주택·유곽·여관은 지금 누가 차지하고 있는가? 애국자이면 동포를 사랑하여야 할 것이다. 우리의 자주독립은 이러한 악질적 모리 행동에서 먼저 양심적

정하게 반영되어 있는 듯하다.

반성이 있어야 할 것이다.

—「추위에 떠는 전재동포를 구하자」(『한성일보』, 1946. 12. 1.)

그 당시의 어지럽던 사회상이 또 다른 설명을 전혀 필요로 하지 않을 만큼 이 글에 잘 요약돼 있다. 어느 좌파 시인은 이런 현실을 두고, "추울세라 따뜻한 골방에서 왜놈은 길러줘도/고국이라 찾아온 동포들은/갈 곳 없어 한데서 잠자거니/칠칠한 놈들의 집 누가 다—들었느냐"(박세영, 「서울 부감도俯瞰圖」 부분, 『신문학』, 1946. 11.)라고 읊기도 하였다. 당시 전체 경제 규모의 90퍼센트를 상회할 만큼 엄청난 규모의 '적산敵産'이 일제 잔재 세력의 모리배적 책동으로 마구 분탕질당하는 현실적 모순 등에 대한 시적 발언이 이처럼 원색적으로 튀어나왔던 것이다.

앞에 든 시의 '거북네' 일가처럼 "추야장장 긴긴 밤에 엄동설한 과동過冬 걱정으로 잠 못 이루는 전재동포의 설움이야말로 남조선 2천만 인민의 다 같은 시름이며 해방 조선의 설움"(「거리에서 헤매는 전재동포」, 『독립신보』, 1947. 9. 19.)이었다는 점에서, 이용악의 '귀향 유이민시'가 지니는 시대적 의미는 자못 크다. 산문적인 유연한 어조에 힘입어 한결 천진스럽고 느긋한 모습으로 형상된 거북이를 통해 그 가족사적 비극을 오히려 심도 있게 각인함으로써, 그 시기 민족 현실의 핵심에 보다 가까이 이르고자 한 위의 시 「하늘만 곱구나」의 경우가 특히 그러하다.

해방기는 유례없는 '시의 시대'였다고 할 수 있다. 민중 제 계층의 아래로부터의 욕구를 촉발한 경제적 토대의 미비, 정치적 상부구조의 불안정은 필연적으로 기민한 현실대응력을 지닌 시 장르의 전술적 우위를 확고하게 보장해주었다. 비록 그것이 '운동'의 즉각성에는 미치지 못하지만, 반드시 얼마간의 시간적 경과가 소요되는 소설보

508

다는 훨씬 기동성 있는 실천적 매개, 즉 '투쟁의 무기'로 될 수 있었던 것이다. 이런 점에서 볼 때, 대규모의 시 낭송회는 대중성·현장성의 확보와 선전선동성 제고를 위해 필수불가결한 존재였다. 해방기 이용악 시도 대부분 이 문제와 일정한 관련을 맺고 있다.

그러나 유의할 것은, 이용악이 아무런 매개 없이 대뜸 이러한 문제의식에서 출발한 것은 아니라는 점이다. 요컨대 이용악은, 해방 직후 문단의 가장 핵심적인 쟁점으로 부각되었던 '문인들의 자기비판' 문제로부터 한 치도 비켜서지 않았다는 것이다. 이는 1946년 조선문학가동맹이 주관한 '해방문학상' 시 부문 후보작으로서 "낡은 자기에 대한 부정을 자신의 시의 낡은 형식을 빌려서 표현"했다고 높이 평가된 바 있는 「오월에의 노래」(1946)를 통해 밝히 드러난다. 이 작품을 계기로 하여 그는 '소시민적 난해시'를 청산, "새로운 시대의 현실 가운데로 들어감으로써 자기의 시적·정신적 세계를 개조"(「1946년도 문학상 심사 경과 급及 결정이유서」, 『문학』, 1947. 4.)하는 단계로 진입했다는 것이다. 이는 그가 혁명적 상황의 한복판에서 몸소 체험한 바에 굳건히 기초한 작품들을 산출하였음을 뜻한다. 「노한 눈들」(1946) 「거리에서」(1946) 「빗발 속에서」(1948) 등이 이 범위에 드는 작품들이다.

해방기 이용악 시가 보여주는 또 다른 주요한 측면은, 민족 내부로부터의 시각에 의한 민중 현실의 구조적 통찰이다.

> 자유의 적 꼬레이어를 물리치고저
> 끝끝내 호올로 일어선 다뷔데는 소년이었다
> 손아귀에 감기는 단 한 개의 돌멩이와
> 팔맷줄 둘러메고
> 원수를 향해 사나운 짐승처럼 내달린

다뷔데는 이스라엘의 소년이었다

나라에 또다시 슬픔이 있어
떨리는 손등에 볼타구니에 이마에
싸락눈 함부로 휘날리고 바람 매짜고
피가 흘러
숨은 골목 어디선가 성낸 사람들
동포끼리 옳잖은 피가 흘러
제마다의 가슴에 또다시 쏟아져 내리는
어둠을 헤치며
생각는 것은 다만 다뷔데

이미 아무것도 갖지 못한 우리
일제히 시장한 허리를 졸라맨 여러 가지의
띠를 풀어 탄탄히 돌을 감자
나아가자 원수를 향해 우리 나아가자
단 하나씩의 돌멩일지라도 틀림없는
꼬레이어의 이마에 던지자

—「나라에 슬픔 있을 때」(1946) 전문

"이미 아무것도 갖지 못한 우리"에게 들씌워진 견고한 압박의 굴레를 풀어, 마치 저 이스라엘의 이름 없는 양치기 소년 '다뷔데'(다윗)가 강대한 블레셋 거인 장수 '꼬레이어'(골리앗)를 "틀림없는" 돌팔매로써 간단히 제압했듯, "탄탄히 돌을 감자/[……]/꼬레이어의 이마에 던지자"라고 단호히 결의하는 마지막 연에서 드러나는 '꼬레이어'와 '다뷔데'의 시적 내포는 과연 무엇인가. 좁은 의미에서 전자는 '민족 내부에서 발생한 적'인 정치 모리배나 반민족적 친일 잔재 세력, 그리고 더 나아가 그 시기에 첨예하게 대립한 좌우익의 이데올로기적 소모전 등을 한꺼번에 표상한 것이라 할 수 있다. 그러나 넓은 의미에서 그것들은 남한을 분할 점령한 미국과, '해방'은 되었어도 일제 식민통치 시대와는 또 다른 '슬픔'과 '어둠'에 속박당해야 하는 한국인의 서글픈 운명에 각각 긴밀하게 맞닿아 있는 것이다.

이런 데서 드러나는 이용악의 시적 지향은 반제국주의 민족문학이다. 이는 본질적으로 '해방'은 당대 현실 속에서 자유롭게 향유되는 현재적 존재가 아니라 새롭게 전취되어야 할 것이라는 적극적인 현실 인식의 토대 위에서만 가능한 민족해방문학과 전적으로 동궤이다.

최근 해방 직후 시를 체계적으로 고찰한 한 의욕적인 연구자에 의하면, 해방기 남한 시단에서 이용악은 시적 리얼리즘의 본질을 가장 깊이 있게 추구한 매우 뛰어난 시인이다(신범순, 「해방기 시의 리얼리즘 연구─시적 주체의 이데올로기와 현실성에 대한 기호적 접근」, 서울대 박사 학위 논문, 1990 참조). 무엇보다 그는 시적 대상을 자신의 경험 한계 내에 국한시키지 않고 당대인의 보편적인 욕망 체계 속에서 벼려냈기 때문이라는 것이다. 뿐만 아니라 그의 시는 격앙된 시적 어조의 구호시나, 경직된 '공식적 이데올로기 체계'에 갇혀 있기 일쑤인 한갓된 관념시 어느 쪽에도 함몰하지 않았다고 본다. 정곡을 찌른 지적인데, 이는 다음 시에도 잘 들어맞는다.

핏발이 섰다 집마다 지붕 위 저리 산마다 산머리 위에 헐벗고 굶주린 사람들의 핏발이 섰다

누구를 위한 철도냐 누구를 위해 동트는 새벽이었나 멈춰라 어둠을 뚫고 불을 뿜으며 달려온 우리의 기관차 이제 또한 우리를 좀먹는 놈

들의 창고와 창고 사이에만 늘여놓은 철길이라면 차라리 우리의 가슴
에 안해와 어린것들 가슴팍에 무거운 바퀴를 굴리자

　피로써 물으리라 우리의 것을 우리에게 돌리라고 요구했을 뿐이다
생명의 마지막 끄나푸리를 요구했을 뿐이다

　그러나 아느냐 동포여 우리에게 총부리를 겨누고 다가서는 틀림없
는 동포여 자욱마다 절그렁거리는 사슬에서 너이들까지 완전히 풀어
놓고저 인민의 앞재비 젊은 전사들은 원수와 함께 나란히 선 너이들
앞에 일어섰거니
　　　─「기관구에서─남조선 철도파업단에 드리는 노래」(1947) 부분

　여기서 주목할 것은 어설픈 관념의 강제가 아니라 민중 현실에서
솟구쳐 나온 시어들('집, 안해, 어린것들, 동포' 등)에 의해 극히 은근하
고도 자연스럽게 선전선동성의 급속한 제고가 실현되고 있다는 점이
다. 바로 이러한 과정 속에 또 다른 계열의 시어들('창고, 총부리, 원
수' 등)이 녹아들면서 진정한 공동체적 삶이 진지하게 모색되고 있는
것이다. 시인이 속해 있던 특정 문학 단체의 공식 노선을 단순 추수
하는 기계주의적 사고로부터 시원스럽게 벗어나 있다는 단적인 증좌
라 할 만하다.
　위의 작품들에서 드러나는 이용악의 시적 지향은 반제국주의[22]
민족문학에 깊이 연관되어 있다. 이는 본질적으로, 앞의 시에 강하게

---

22) 여기서 제국주의는 '꼬레이어'로 표상돼 있는바 오장환(「찬가」), 배인철(「노예해안」,
　　「쪼 루이스에게」)에서는 그것이 약소민족을 무참히 유린하는 '새로운 노예상'으로서
　　의 거대한 백인주의로, 박인환(「인천항」)의 경우는 해방 조선의 인천항을 압도하듯 당
　　당히 나부끼는 '성조기'로, 그리고 김용호(「승리의 횃불을」)에서는 "낯선 군함" 등의
　　매우 다양한 시적 표현을 얻고 있다.

암시된 것처럼 '해방'은 현재적 상황에서 향유될 것이 아니라 미래에 새롭게 전취되어야 할 것이라는 적극적인 현실 인식의 토대 위에서만 가능한 민족해방문학과 동궤이다.

> 그것(조선문학—필자)이 수입품이냐 자국제냐는 물을 필요 없이, 그것이 브랜디의 레텔을 붙였더냐 워카의 레텔을 붙였더냐 막걸리병에서 나왔느냐는 더욱 물을 필요도 없이, 그것이 메틸이 섞인 술이라면 아무리 아름다운 컵에 따른 것일지라도 우리는 단연코 거부하지 않으면 안 될 것이다. [……] 민주주의 국가의 건설 과정에 있어서 조선문학의 자유스럽고 건전한 발전을 위하여 전국문학자대회가 무엇을 결의하고 시사했다 할지라도, 그것이 문학이나 문학자만의 이익을 위해서가 아니고 또한 말로만이 아니고, 우리의 문학실천이 진실로 민족 전원의 이익을 존중해서의 무기가 될 수 있을 때에만 비로소 그 의의가 클 것이다.
> ─ 이용악, 「전국문학자대회 인상기」(『대조』, 1946. 6.)

민족 모순의 문학적 탐색을 특히 중시한 '조선문학건설본부'(1945. 8. 16.)와, 그보다는 계급 모순에 주된 관심을 집중시킨 '조선프롤레타리아문학동맹'(1945. 9. 17.)이 여타 운동 부문의 발전적 추이에 발맞추어 '조선문학동맹'(1945. 12. 13.)으로 통합되고, 그 전진적 의의를 새롭게 확인하기 위한 전국문학자대회(1946. 2. 8.~2. 9., 여기서 그 단체명은 '조선문학가동맹'으로 개칭되었다)에 그 일원으로 동참한 이용악의 글에서, 우리는 이 시인의 민족문학론적 지향을 어렵지 않게 읽어낼 수 있다. 이는 "문학 운동은 정치 운동과 별개라든가, 문학은 정치나 사회에 관심하지 않아도 좋다든가, 혹은 문학은 독자의 길을 걸어야 한다든가 하는 류의 견해, 즉 문학주의"(「문학주의와의 투쟁」,

『문학』, 1947)와 명백히 구분될 뿐 아니라, 정치적 첨병으로서의 문학을 강조하는 정치주의문학 노선과도 일정한 차별성을 지닌다. 진정한 조선문학의 기준은 '문학주의냐 정치주의냐'에 있지 않고 얼마나 '민족적'이냐에 근거한다는 논리이다. 문학주의와 정치주의 양자에 똑같이 일정한 비판적 거리를 견지하면서 "민족 전원의 이익"을 실현하는 데 구체적으로 기여하는 실질적인 민족해방문학을 지향했던 것이다. 그러나 앞서 언급한 「나라에 슬픔 있을 때」를 통해서도 알 수 있듯, 그의 시는 '해방 현실'을 다른 약소민족들의 암담한 정치적 국면에 긴밀히 연대시키는 보다 개방적인 민족의식의 선진성을 확보하는 데까지 이르지는 못하였다.[23]

제2차 미소공위가 별다른 진전 없이 결렬(1947. 7. 10.)되고 미국 주도에 의해 유엔감시위원단 감시하에 선거를 치를 것이 결정(1947. 11. 14.)되면서 남한만의 단정 수립이 거의 확실해질 즈음부터 이용악 시에는 비장한 허무주의적 정조가 조금씩 내비친다. 그러나 "나라여 어서 서라/우리 큰놈이 늘 보구픈 아저씨/유정[24]이도 나와서/토장국 나눠 마시게/나라여 어서 서라"(「소원」, 1948)에서 보듯, 아직 그것은 그리 우려할 만한 게 못 된다.

해방기 시를 끝막음하는 것으로 생각되는 다음 작품을 통해 용악 시의 강한 민족통일문학적 지향을 다시 한번 음미해봄직하다.

---

23) 아마도 그는 자기 내부에 암처럼 끈덕지게 도사리고 있는 소시민의식, 문학주의에 토대한 사이비 현실 인식 등을 떨쳐버리는 데 힘겨운 고투를 치렀던 것 같다. 이런 점은 "낡은 자기에 대한 부정"을 비교적 명료하게 보여줌으로써, 오장환의 시집 『병든 서울』(정음사, 1946)과 더불어 조선문학가동맹의 '1946년도 해방기념조선문학상' 시 부문 후보작으로 오른 「오월에의 노래」에서 잘 드러난다. 「해방문학상에 대한 심사보고서」, 『문학』(1947. 4.) 참조.
24) 시인 유정(柳呈, 1922~99).

이가 시리다
이가 시리다

두 발 모두어
서 있는 이 자리가 이대로
나의 조국이거든

설이사 와도 그만 가도 그만인
헐벗은 이 사람들이 이대로
나의 형제거든

말하라 세월이어
이제
그대의 말을 똑바루 하라

———「새해에」(1948) 전문

8

　민족 분단에 따른 고통스런 질곡을 누구보다도 가슴 아파한 이용악 시의 우수성은 무엇보다도 일제강점기에 대규모적으로 발생한 국내외 유이민의 집단적 비극을 민족 모순으로 명확하게 인식, 이를 그 시에 정당하게 형상하였다는 점에서 찾아진다. 해방 직후 귀향 유이민들의 비극적 현실을 예각적으로 부각시키고자 한 그의 시적 작업이 그 훌륭한 연장임은, 극도의 혼미를 거듭했던 해방 정국 또는 당시의 분열적 문단 상황에 비추어볼 때 새삼 분명하다.

그러나 쉽사리 간과할 수 없는 것은, 자기 시대 민족 모순의 올바른 시적 반영에도 불구하고 때로는 이를 일정하게 제약하고 저해하는 모더니즘에의 유혹이 그의 시에는 간단히 떨쳐버리기 어려운 망령처럼 지속적으로 자리 잡고 있었다는 사실이다. 그의 시에서 드러나는 모더니즘적 취향은 일종의 뚜렷한 세계관적 기초 아래 이뤄진 것이라기보다는 당시의 문단적 추이에 민감하게 반응한 부산물에 불과한 것임에도 불구하고, 역사 변혁에 대한 낙관적 믿음을 결여한 잘못된 문학적 경향에의 섣부른 중독이 작품적 대세를 판가름하는 데 극히 치명적인 폐해를 낳을 수도 있다는 하나의 교훈적 사례로 똑똑히 기억되어야 할 것이다.

　　자신의 계층적 뿌리에 대한 근거 없는 배반 또는 일종의 '계층적 불안'에 대한 무소속적 주변의식은 그의 시로 하여금, 역사적 현실의 복잡성에 창조적으로 대응하는 유연하고도 전진적인 시적 양식의 실현을 근본적으로 제한하는 일종의 형식주의에 머물게 하기도 하였다. 그러나 민족 모순의 시적 탐구라는 그의 일관된 민족시인적 시각은 그를 긴박하는 억압적 체제에 대한 방법적 저항을 시도하게 하였으니, 당시의 검열제도라는 현실적 제약 조건을 벗어나기 위해 교묘하게 고안된 시적 장치로서의 '노예언어'가 바로 그것이다.

　　그가 속한 계층적 토대에 충실하고자 했을 때 이용악은 이른바 이야기시의 예술적 성취를 이룰 수 있었다. 자신의 살아 있는 경험적 구체에 입각하여, 비교적 선명한 서사적 골격을 지닌 긴 형식의 '이야기시'로 나아간 것은, 그가 단순하기 짝이 없는 기성 서정시로써는 미처 급변해가는 서사적 현실의 복잡성을 제대로 반영하는 것이 아무래도 역부족이라는 양식적 자각을 일정하게 획득했음을 의미한다. 여기서 흥미로운 것은, 그의 이러한 명민성이 한시漢詩적 전통과 밀접한 연관을 지녀 보인다는 점이다.

해방기 이용악 시는, 가령 일제 식민통치의 산물로서 '해방' 뒤에도 계속 국외에 머물러 있어야 했던 숱한 정치적 유이민들에 대한 대국적 통찰에 이르지 못했다든가, '해방 현실'을 다른 약소민족의 암담한 정치적 국면에 긴밀히 연대시키는 개방적인 민족의식의 선진성을 확보하는 데까지 이르지 못한 한계를 지닌다. 그러나 그가 문제의 핵심을 '문학주의냐, 정치주의냐'로 파악하지 않고, 그 양자에 똑같이 비판적 태도를 견지하면서 '민족 전원의 이익'을 실현하는 데 구체적으로 기여하는 실질적인 민족해방문학을 강력히 지향하였음은 대단히 중요한 현재적 의미를 지닌다. 진정한 민족시의 전진과 그를 위한 의미 있는 좌절이 어떤 것인가를 가늠하는 데 그의 시는 매우 유효한 시금석이 되고 있기 때문이다.

(김윤식·정호웅 편, 『한국근대리얼리즘 작가 연구』, 문학과지성사, 1988; 1996 개고; 윤영천, 『서정적 진실과 시의 힘』, 창작과비평사, 2002)

1914년(1세)   11월 23일, 함경북도咸鏡北道 경성군鏡城郡 경성면鏡城面 수
성동輸城洞 45번지에서 이석준李錫俊의 5남 2녀 중 3남으
로 출생.

1928년(15세)   함경북도 부령보통학교富寧普通學校 6학년 졸업.

1929년(16세)   경성농업학교鏡城農業學校 입학.

1932년(19세)   경성농업학교 4학년 재학 중 도일渡日, 일본 히로시마현廣
島縣 고분興文중학 4학년 편입.

1933년(20세)   고분興文중학 졸업. 일본 도쿄東京 니혼日本대학 예술과
입학.

1934년(21세)   니혼日本대학 예술과 1년 수료 후 약 2년간(1934~35년),
도쿄東京 근교 시바우라芝浦·메구로黑目 등지에서 막노동
종사.

1935년(22세)   3월, 시「패배자의 소원」으로『신인문학』통해 등단.

1936년(23세)   1936년 4월, 일본 도쿄東京 조치대학上智大學 전문부專門
部 신문학과新聞學科 입학. 이 무렵 이용악은 도쿄에서, 함
경북도 명천明川 태생의 김종한金鍾漢(1914~44)과 동인지
『2인二人』을 5~6회에 걸쳐 발간함. (이용악의 형 송산松山,
동향同鄕의 후배 시인 유정과 경성중학鏡城中學 동기 동창인

이용악의 동생 용해庸海 등 3형제가 모두 시를 씀.)

1937년(24세) 5월 30일, 일본 도쿄東京 산분샤三文社에서 제1시집『분수
령分水嶺』을 펴냄.

1938년(25세) 11월 10일, 일본 도쿄東京 산분샤三文社에서 제2시집『낡은
집』을 펴냄.

1939년(26세) 1월,『현대조선시인선집』(임화 편, 학예사)에 시「낡은 집」
수록. 3월, 도쿄東京 조치대학上智大學 신문학과 별과別科
졸업. 졸업 후 귀국, 최재서崔載瑞 주관 잡지『인문평론人文
評論』편집 기자로 입사.

1940년(27세) 1월, 모某 사건으로 피체被逮, 감옥에서 시「등을 동그리
고」창작,『인문평론』(1940. 1.)에 발표함. [이는『리용악
시선집』(평양: 조선작가동맹출판사, 1957)에서「욕된 나날」
로 개제改題, 작품 말미에 "1940, 감방에서"라고 부기附記
한 데서 잘 드러남.]

1941년(28세) 『인문평론』폐간(1941. 4.)과 함께 인문평론사 퇴사.

1942년(29세) 고향 경성鏡城으로 낙향, 이듬해(1943년)까지 일본어 신문
『청진일보淸津日報』기자 및 함경북도 경성군鏡城郡 주을읍
朱乙邑 사무소 서기로 근무함.

1943년(30세) 1943년 봄, "모某 사건에 얽혀 원고를 모조리 함경북도 경
찰부"에 압수당함(이용악,「『오랑캐꽃』을 내놓으며」,『오랑
캐꽃』, 아문각, 1947 참조). 함경북도 경성군鏡城郡 주을읍朱
乙邑 사무소 서기직 사직, 칩거.

1945년(32세) 해방 직후 서울로 귀환, 임화林和 · 김남천金南天 주도의
'조선문학건설본부'(1945. 8. 16.) 일원으로 참여. 11월경부
터 약 1년간 당시 '진보적 민주주의'를 표방한 대표적 좌
익지『중앙신문中央新聞』기자로 근무함.

1946년(33세) 2월 8~9일 결성된 '조선문학가동맹' 회원으로 활약.

1947년(34세) 『문화일보』편집국장(1947. 3.~1947. 7.)으로 근무. 4월 20일,

서울 아문각雅文閣에서 제3시집『오랑캐꽃』을 펴냄. 7월, 미군정美軍政 예술정책에 반대한 좌파 문화단체 '조선문화단체총연맹'(1946. 2. 24. 결성) 산하의 '문화공작대' 활동에 동참. 8월, '남로당南勞黨' 입당.

1948년(35세) 9월『농림신문農林新聞』기자로 입사(1949년 검거 당시까지 근무).

1949년(36세) 1월 25일, 동지사同志社에서 제4시집『현대시인전집現代詩人全集 1―이용악집李庸岳集』(통칭『이용악집』)을 펴냄. 8월, 시인 배호裵澔 · 이병철李秉哲 등과 '조선문화단체총연맹' 서울시 지부 핵심요원으로 활동하다 피검被檢.

1950년(37세) 2월 6일, 서울지방법원에서 '남로당 서울시 문화예술사건'으로 징역 10년형을 선고 받고, 서대문형무소에 수감됨. 서대문형무소에서 복역 중, 6 · 25전쟁 발발 3일 만에 북한 '조선인민군'의 서울 점령(1950. 6. 28.)으로 시인 이병철李秉哲(1921~92) 등과 출옥하여 북한군에 합류, '남조선문학가동맹'(서기장 안회남) 선전부장(1950. 7. 5.)으로 활동, 월북. 7월, 시「원쑤의 가슴팍에 땅크를 굴리자」를 종합시집『영광을 조선인민군에게』(조선인민군 전선 문화훈련국 편, 평양: 문화전선사, 1950. 8.)에 발표하면서 시작활동 재개.

1951년(38세) 1951년 3월~1952년 8월, '조선문학예술총동맹' 중앙위원회 시분과위원장으로 활동.

1955년(42세) 12월 30일, 오체르크ocherk(실화문학)『보람찬 청춘』을 민주청년사에서 간행.

1956년(43세) 『조선문학』5월호에 연작시「평남 관개 시초」(10부작) 발표. 10월 14일~10월 16일 '조선작가대회'에서 '조선작가중앙위원 및 조선작가동맹출판사 단행본 부주필'로 선임, 1956년 11월~1958년 12월까지 활동.

1957년(44세)	5월 9일, 연작시「평남 관개 시초」(10부작)로 '조선인민군 창건 5주년 기념 문학예술상 운문 부문 1등상' 수상. 12월 30일, 조선작가동맹출판사에서『리용악 시선집』출간.
1963년(50세)	역대 한시漢詩 풍요風謠 및 악부시樂府詩 번역집『풍요선집』을 김상훈金尙勳(1919~87)과 공역, 조선문학예술총동맹출판사에서 출간.
1969년(56세)	마지막 작품「날강도 미제가 무릎을 꿇었다」를『조선문학』2월호에 발표.
1971년(58세)	2월 15일, 지병인 폐병으로 사망.
1988년	6월 15일,『이용악 시전집』(윤영천 편, 창작과비평사) 펴냄.
1995년	12월 30일,『이용악 시전집』(윤영천 편, 창작과비평사, 증보판) 펴냄.
2015년	1월 30일,『이용악 전집』(곽효환·이경수·이현승 편, 소명출판) 발간.
2018년	1월,『이용악 시전집』(윤영천 엮음, 문학과지성사) 펴냄.

■ 작품 연보

작품 번호	작품명	발표지 (발표 연대)	수록 시집					시집 미수록	작품 수록 '종합시집'	비고
			『분수령』 (1937)	『낡은 집』 (1938)	『오랑 캐꽃』 (1947)	『이용 악집』 (1949)	『리용악 시선집』 (1957)			
1	敗北者의 所願	『신인문학』 (1935. 3.)						□		
2	哀訴·遺言	『신인문학』 (1935. 4.)						□		'片破月 李庸岳' 으로 발표.
3	너는 왜 울고 있느냐	『신가정』 (1935. 7.)						□		
4	林檎園의 午後	『조선일보』 (1935. 9. 14.)						□		
5	北國의 가을	『조선일보』 (1935. 9. 26.)						□		
6	午正의 詩	『조선중앙일보』 (1935. 11. 8.)						□		
7	無宿者	『신인문학』 (1935. 12.)						□		
8	茶房	『조선중앙일보』 (1936. 1. 17.)						□		
9	우리를 실은 배 埠頭를 떠난다	『신인문학』 (1936. 3.)						□		'片破月'로 발표.
10	五月	『낭만』 (1936. 11.)						□		
11	北쪽	(1936)	□			□	□			
12	나를 만나거든	(1937)	□				□			
13	도망하는 밤		□							
14	풀버렛 소리 가득 차 있었다	(1936)	□			□	□			
15	葡萄園		□							
16	病		□							
17	國境		□							
18	嶺		□							
19	冬眠하는 昆蟲의 노래	(1937)	□				□			
20	새벽 東海岸		□							
21	天痴의 江아		□							
22	暴風		□							
23	오늘도 이 길을		□							
24	길손의 봄		□							
25	제비 같은 少女야		□							

작품 번호	작품명	발표지 (발표 연대)	수록 시집					시집 미 수 록	작품 수록 '종합시집'	비고
			『분수령』 (1937)	『낡은 집』 (1938)	『오랑 캐꽃』 (1947)	『이용 악집』 (1949)	『리용악 시선집』 (1957)			
26	晚秋		□							
27	港口		□							
28	孤獨		□							
29	雙頭馬車	(1937)	□				□			
30	海棠花		□							
31	검은 구름이 모여든다			□						
32	너는 피를 토하는 슬픈 동무였다			□						
33	밤			□						
34	연못			□						
35	아이야 돌다리 위로 가자			□						
36	앵무새			□						
37	금붕어			□						
38	누더쥐			□						
39	그래도 남으로만 달린다			□						
40	장마 개인 날			□						
41	두만강 너 우리의 강아	(1938)		□			□			
42	우라지오 가까운 항구에서	(1938)		□		□	□			
43	등불이 보고 싶다			□						
44	고향아 꽃은 피지 못했다			□						
45	낡은 집	(1938)		□		□	□			
46	버드나무	『조선일보』 (1939. 6. 29.)			□		□			
47	두메산골 1	『순문예』 (1939. 8.)			□	□	□			
48	전라도 가시내	『시학』 (1939. 8.)			□	□	□			
49	오랑캐꽃	『인문평론』 (1939. 10.)			□	□	□			
50	강가	『시학』 (1939. 10.)			□	□	□			『리용악 시선집』 (1957)에서 「강가에서」로 개제.

작품번호	작품명	발표지 (발표 연대)	수록 시집 「분수령」(1937)	「낡은 집」(1938)	「오랑캐꽃」(1947)	「이용악집」(1949)	「리용악 시선집」(1957)	시집 미수록	작품 수록 '종합시집'	비고
51	두메산골 2	『시학』 (1939. 10.)			□	□	□			
52	등을 동그리고	『인문평론』 (1940. 1.)			□		□			『리용악 시선집』 (1957)에서 「욕된 나날」로 개제.
53	어둠에 젖어	『조선일보』 (1940. 2. 10.)						□		
54	술에 잠긴 쎈트헤레나	『인문평론』 (1940. 4.)						□		
55	뒷길로 가자	『조선일보』 (1940. 6. 15.)			□		□			
56	바람 속에서	『삼천리』 (1940. 6.)						□		
57	당신의 소년은	『조선일보』 (1940. 8. 5.)				□				
58	무자리와 꽃	『동아일보』 (1940. 8. 11.)			□		□			
59	푸른 한나절	『여성』 (1940. 8.)						□		
60	밤이면 밤마다	『삼천리』 (1940. 9.)			□	□				
61	두메산골 4	『시학』 (1940. 10.)			□		□			
62	슬픈 일 많으면	『문장』 (1940. 11.)						□		
63	해가 솟으면	『인문평론』 (1940. 11.)			□					
64	눈보라의 고향	『매일신보』 (1940. 12. 26.)						□		원제「눈보라의 고 향—歲寒詩抄 1」
65	벽을 향하면	『매일신보』 (1940. 12. 27.)			□					원제「다시 밤— 歲寒詩抄 2」
66	별 아래	『매일신보』 (1940. 12. 30.)				□				원제「별 아래— 歲寒詩抄 3」
67	벌판을 가는 것	『춘추』 (1941. 5.)			□	□	□			
68	열두 개의 층층계	『매일신보』 (1941. 7. 24.)			□	□				원제「열두 개 의 층층계— 近作詩抄 1」
69	꽃가루 속에	『매일신보』 (1941. 7. 25.)			□	□	□			원제「꽃가루 속 에—近作詩抄 2」
70	다시 항구에 와서	『매일신보』 (1941. 7. 27.)			□	□	□			원제 「다시 항구에 와 서—近作詩抄 3」

작품 번호	작품명	발표지 (발표 연대)	「분수령」 (1937)	「낡은 집」 (1938)	「오랑 캐꽃」 (1947)	「이용 악집」 (1949)	「리용악 시선집」 (1957)	시집 미수 록	작품 수록 '종합시집'	비고
			수록 시집							
71	비늘 하나	『매일신보』 (1941. 7. 30.)			□					원제 「비늘 하나— 近作詩抄 4」
72	벨로우니카에게	『매일신보』 (1941. 8. 1.)				□				원제「슬라브의 딸 과—近作詩抄 5」
73	막차 갈 때마다	『매일신보』 (1941. 12. 1.)				□	□			원제「막차 갈 때마다— 北方詩抄 1」
74	달 있는 제사	『매일신보』 (1941. 12. 3.)			□	□	□			원제「달 있는 제 사—北方詩抄 2」
75	등잔 밑	『매일신보』 (1941. 12. 24.)				□	□			원제「등잔 밑—北 方詩抄 3」.『리용 악 시선집』(1957) 에서「어두운 등 잔 밑」으로 개제.
76	노래 끝나면	『춘추』 (1942. 2.)			□	□	□			
77	길	『국민문학』 (1942. 3.)			□		□			
78	눈 나리는 거리에서	『조광』 (1942. 3.)						□		
79	죽음	『매일신보』 (1942. 4. 3.)			□	□				
80	불	『매일신보』 (1942. 4. 5.)			□		□			
81	다리 우에서	『매신사진순보』 (1942. 4. 11.)			□		□			
82	거울 속에서	『매신사진순보』 (1942. 4. 21.)						□		
83	북으로 간다	『매신사진순보』 (1942. 5. 11.)						□		
84	구슬	『춘추』 (1942. 6.)			□	□				
85	항구에서	『매일신보』 (1942. 10. 20.) 『민심』(1946. 3.)			□	□	□			
86	시골 사람의 노래	『해방기념시집』 (1945. 12.)							□	
87	하나씩의 별	『자유신문』 (1945. 12. 3.) 『민주주의』 (1946. 8.)				□				
88	38도에서	『신조선보』 (1945. 12. 12.)						□		

작품 번호	작품명	발표지 (발표 연대)	수록 시집					시집 미수록	작품 수록 '종합시집'	비고
			「분수령」 (1937)	「낡은 집」 (1938)	「오랑 캐꽃」 (1947)	「이용 악집」 (1949)	「리용악 시선집」 (1957)			
89	우리의 거리	(1945)				□				
90	월계는 피어	『생활문화』 (1946. 2.)				□				
91	나라에 슬픔 있을 때	『신문학』 (1946. 4.)				□				
92	오월에의 노래	『문학』 (1946. 7.)				□	□			
93	노한 눈들	『서울신문』 (1946. 11. 3.)				□				
94	거리에서	『신천지』 (1946. 12.)				□				
95	흙	『경향신문』 (1946. 12. 5.)				□				
96	슬픈 사람들끼리	『백제』 (1947. 2.)			□	□				
97	그리움	『협동』 (1947. 2.)				□	□			
98	機關區에서	『문학』 (1947. 2.)						□		
99	집				□	□	□			
100	두메산골 3				□	□	□			
101	유정에게	(1947. 12.)				□	□			『리용악 시선집』 (1957)에서 「아우에게」로 개제.
102	다시 오월에의 노래	『문학』 (1947. 7.)						□		
103	소원	『독립신보』 (1948. 1. 1.)						□		
104	새해에	『제일신문』 (1948. 1. 1.)						□		'容嶽'이란 필명 으로 발표.
105	하늘만 곱구나	『개벽』 (1948. 1.)				□	□			
106	빗발 속에서	『신세대』 (1948. 1.)				□	□			
107	짓밟히는 거리에서	(1948)						□		
108	원쑤의 가슴팍에 땅크를 굴리자	(1950. 7.)						□		『영광을 조선 인민군에게』 (문화전선사, 1950. 8)

작품 번호	작품명	발표지 (발표 연대)	수록 시집						시집 미수록	작품 수록 '종합시집'	비고
			「분수령」 (1937)	「낡은 집」 (1938)	「오랑 캐꽃」 (1947)	「이용 악집」 (1949)	「리용악 시선집」 (1957)			
109	핏발 선 새해	(1951. 1. 1.)					□			
110	평양으로 평양으로	(1951)					□			
111	모니카 펠톤 녀사에게	(1951. 7.)					□		『평화의 노래』 (문화전선사, 1952) 『녀성들 에게』(조선녀 성사, 1952)	
112	불탄 마을	(1951)					□			「싸우는 농촌에서」 (연작시)
113	달 밝은 탈곡 마당	(1951)					□			〃
114	토굴집에서	(1951)					□			〃
115	막내는 항공병	(1951. 10.)					□		『서정시 선집』 (조선작가동맹 출판사, 1956)	〃
116	다만 이깃을 전하라	(1951. 11. 14.)					□		『평화의 초소 에서』(문화진 선사, 1952)	
117	막아보라 아메리카여	『문학예술』 (1951. 11.)						□		
118	어디에나 싸우는 형제들과 함께	『문학예술』 (1952. 1.)						□		
119	봄	(1954. 4.)					□		『서정시 선집』 (조선작가동맹 출판사, 1956) 『조선의 딸』 (조선작가동맹 출판사, 1960)	
120	쏘베트에 영광을	『조선문학』 (1955. 5.)					□		『전하라 우리 의 노래』 (조선작가동맹 출판사, 1955)	
121	어선 민청호	『조선문학』 (1955. 7.)					□		『보통 노동일』 (조선작가동맹 출판사, 1956)	
122	소낙비	(1955)					□			「어느 반도에서」 (연작시)
123	보리가을	(1955)					□			〃
124	나들이 배에서	(1955)					□			〃
125	아침	(1955)					□			〃

작품번호	작품명	발표지 (발표 연대)	수록 시집					시집 미수록	작품 수록 '종합시집'	비고
			「분수령」 (1937)	「낡은 집」 (1938)	「오랑캐꽃」 (1947)	「이용악집」 (1949)	「리용악 시선집」 (1957)			
126	석탄	『조선문학』 (1955. 5.)					□		『보통 노동일』 (조선작가동맹 출판사, 1956)	
127	탄광 마을 의 아침	(1955)					□			
128	좌상님은 공훈 탄부	(1956)					□		『탄부들』 (조선작가동맹 출판사, 1956)	
129	귀한 손님 좋은 철에 오시네	(1956)					□			
130	위대한 사랑	『조선문학』 (1956. 8.)					□			「평남 관개 시초」 (연작시)
131	흘러들라 십 리 굴에	『조선문학』 (1956. 8.)					□			〃
132	연풍 저수지	『조선문학』 (1956. 8.)					□			〃
133	두 강물을 한곬으로	『조선문학』 (1956. 8.)					□		『아름다운 강 산』(조선문학 예술총동맹출 판사, 1966)	〃
134	전설 속의 이야기	『조선문학』 (1956. 8.)					□		『아침은 빛나라』 (조선작가동맹 출판사, 1958)	〃
135	덕치 마을에서 1	『조선문학』 (1956. 8.)					□			〃
136	덕치 마을에서 2	『조선문학』 (1956. 8.)					□		『아름다운 강 산』(조선문학 예술총동맹출 판사, 1966)	〃
137	물 냄새가 좋아선가	『조선문학』 (1956. 8.)					□			〃
138	열두 부자 동둑	『조선문학』 (1956. 8.)					□			〃
139	격류하라 사회주의에로	『조선문학』 (1956. 8.)					□			〃
140	우리의 정열처럼 우리의 염원처럼	『문학신문』 (1959. 1. 1.)						□		
141	듬보비쨔	『조선문학』 (1959. 3.)						□		『루마니야 방문 시초』(연작시)
142	미술박물관에서	『조선문학』 (1959. 3.)						□		〃
143	에레나와 원배 소녀	『조선문학』 (1959. 3.)						□		〃

작품 번호	작품명	발표지 (발표 연대)	수록 시집					시집 미 수록	작품 수록 '종합시집'	비고
			『분수령』 (1937)	『낡은 집』 (1938)	『오랑 캐꽃』 (1947)	『이용 악집』 (1949)	『리용악 시선집』 (1957)			
144	꼰스딴짜의 새벽	『조선문학』 (1959. 3.)						□		〃
145	깃발은 하나	『조선문학』 (1959. 3.)						□	『당이 부르는 길로』(조선 작가동맹출 판사, 1960)	〃
146	우산벌에서	『문학신문』 (1959. 9. 25.)						□		
147	영예군인 공장촌에서	『조선문학』 (1959. 12.)						□	『그날을 위하 여』(조선작가 동맹출판사, 1960)	
148	빛나는 한나절	『조선문학』 (1960. 1.)						□	『뜨거운 포옹』 (조선작가동맹 출판사, 1960)	시초 『고마와라, 내 조국』 중에서.
149	열 살도 채 되기 전에	『조선문학』 (1960. 4.)						□		
150	봄의 속삭임	『조선문학』 (1960. 4.)						□		
151	새로운 풍경	『문학신문』 (1961. 1. 6.)						□		
152	우리 당의 행군로	『문학신문』 (1961. 9. 8.)						□	『당에 영광을』 (조선작가동맹 출판사, 1961) 『1961 문학 작 품 년감』(조선 문학예술총동 맹출판사, 1963. 5. 10.)	『전적지 시초』 중에서.
153	불붙는 생각	『문학신문』 (1962. 4. 15.)						□		
154	땅의 노래	『문학신문』 (1966. 8. 5.)						□		'가사'
155	다치지 못한다	『문학신문』 (1966. 9. 27.)						□		'가사'
156	당 중앙을 사수하리	『문학신문』 (1967. 7. 11.)						□		'가사'
157	붉은 충성을 천백 배 불태워	『문학신문』 (1967. 7. 15.)						□		
158	오직 수령의 두리에 뭉쳐	『문학신문』 (1967. 9. 29.)						□		
159	찬성의 이 한 표, 충성의 표시!	『문학신문』 (1967. 11. 24.)						□		

작품 번호	작품명	발표지 (발표 연대)	수록 시집					시집 미 수 록	작품 수록 '종합시집'	비고
			「분수령」 (1937)	「낡은 집」 (1938)	「오랑 캐꽃」 (1947)	「이용 악집」 (1949)	「리용악 시선집」 (1957)			
160	산을 내린다							□	『조국이여 번 영하라』(문예 출판사, 1968)	
161	앞으로! 번개 같이 앞으로!							□	『철벽의 요새』 (조선문학예술 총동맹출판사, 1968)	
162	피값을 천만 배로 하여							□	『판가리싸움에』 (문예출판사, 1968)	
163	어느 한 농가에서	『조선문학』 (1968. 4.)						□		'서정서사시'
164	날강도 미제가 무릎을 꿇었다	『조선문학』 (1969. 2.)						□		

■ 참고 문헌(발표순)

단평·평론·논문 및 단행본

한 식, 「이용악 시집 『분수령』을 읽고」, 『조선일보』, 1937. 6. 26.

최재서, 「시와 도덕과 생활」, 『조선일보』, 1937. 9. 19.

최재서, 『문학과 지성』, 인문사, 1938.

이해문, 「중견시인론」, 『시인춘추』, 1938. 1.

홍효민, 「이용악 시집 『낡은 집』」, 『동아일보』, 1938. 12. 24.

안함광, 「이용악 시집 『낡은 집』 평」, 『조선일보』, 1938. 12. 28.

임화 편, 『현대조선시인선집』, 학예사, 1939.

박용철, 「병자丙子 시단의 1년 성과」, 『박용철 전집』, 동광당서점, 1940.

윤곤강, 「코스모스의 결여」, 『인문평론』, 1940. 1.

석경, 「7월 시단평—시의 목적」, 『인문평론』, 1940. 8.

김광섭, 「8~9월 시단 인상」, 『인문평론』, 1940. 10.

김종한, 「시단 시평」, 『인문평론』, 1941. 1.

조선문학가동맹, 「해방문학상에 대한 심사보고서」, 『문학』, 1947. 4.

김동석, 「시와 정치—이용악 시 「38도에서」를 읽고」, 『예술과 생활』, 박문
　　출판사, 1947.

김광현, 「우리의 시와 6·25」, 『민성』, 1948년 7~8 합병호.

이수형, 「아라사 가까운 고향」, 『신천지』, 1948. 8.

김광현, 「내가 본 시인—정지용·이용악 편」, 『민성』, 1948년 9~10 합병호.

백 철, 『조선신문학사조사—현대편』, 백양당, 1949.

이수형, 「용악과 용악의 예술에 대하여」, 『이용악집』, 동지사, 1949.

박거영, 「우정에 부치는 서書—악岳에게 주는 노래」, 『바다의 합창』, 시문학
　　사, 1949.

서정주 편저, 『현대조선명시선』, 온문사, 1950.

현수玄秀(박남수),『적치赤治 6년의 북한문단』, 중앙문화사, 1952.

김창순,『북한 15년사』, 지문사, 1964.

조지훈,「한국 현대시사의 관점」,『한국시』제1집, 1960. 4.

임종국,『친일문학론』, 평화출판사, 1966.

이철주,『북의 예술인』, 계몽사, 1966.

김윤식 · 김 현,『한국문학사』, 민음사, 1973.

구상,「북한문학의 실태―시」,『통일정책』제4권 2호, 평화통일연구소, 1978.

양태진,「월북작가론」,『통일정책』제4권 2호, 평화통일연구소, 1978.

신동욱,「북한의 문학활동」,『북한문화론』(김창순 편), 북한연구소, 1978.

이철주,「북한 예술인들의 현주소」,『북한』, 1978. 4.

임헌영,「해방 후 한국문학의 양상―시를 중심으로」,『해방전후의 인식』, 한길사, 1979.

정한숙,『해방문단사』, 고려대출판부, 1980.

이항구,「북한의 문학예술」,『북한학보』, 북한연구소, 1982.12.

양태진 · 이서행,『분단시대의 북한상황』, 대왕사, 1983.

김대행,『북한의 시가문학』, 이화여대 한국문화연구원, 1985.

서정주,「광복 직후의 문단」,『조선일보』, 1985. 8. 25.

권영민,『해방 직후의 민족문학운동 연구』, 서울대출판부, 1986.

이기봉,『북의 문학과 예술인』, 사상사회연구소, 1986.

윤영천,「한국현대시에 나타난 '시베리아 유이민' 문제의 재인식」,『한국학보』, 1986년 겨울.

윤영천,『한국의 유민시』, 실천문학사, 1987.

임헌영,「미군정기의 좌우익 문학논쟁」,『해방전후사의 인식』3, 한길사, 1987.

신형기,『해방 직후의 민족문학운동론』, 화다, 1988.

윤영천,「민족시의 전진과 좌절―이용악론」,『한국근대 리얼리즘작가 연구』(김윤식 · 정호웅 편), 문학과지성사, 1988.

윤영천, 「한국 유민시의 현실성」, 『한국 유민시 선집 1: 물 위에 기약 두고』, 실천문학사, 1988.

윤영천 편, 『이용악 시전집』, 창작과비평사, 1988.

유 정, 「암울한 시대를 비춘 외로운 시혼詩魂—향토의 시인 이용악의 초상」, 『이용악 시전집』(윤영천 편), 창작과비평사, 1988.

윤영천, 「민족시의 전진과 좌절—이용악론」, 『이용악 시전집』(윤영천 편), 창작과비평사, 1988.

최두석, 「민족현실의 시적 탐구—이용악론」, 『분단시대』 제4집, 1988.

김요섭, 「눈보라의 궁전—나의 문학적 자서전」(23회), 『한국문학』, 1988. 4.

김종철, 「용악—민중시의 내면적 진실」, 『창작과비평』 1988년 가을호.

윤지관, 「영혼의 노래와 기교의 시—이용악론」, 『세계의 문학』, 1988년 가을호.

윤영천, 「민족문학의 시적 토대—이용악 시의 문학사적 위치」, 『문학사상』, 1988. 11.

고형진, 「구체적 삶의 세목들과 서정적 슬픔, 이용악의 시 세계」, 『현대시학』 236호, 현대시학사, 1988. 11.

박호영, 「이용악 연구」, 『인문학보』, 강릉대학교 인문과학연구소, 1988. 12.

신범순, 「해방공간의 진보적 시운동에 대하여—시의 리얼리즘 문제를 중심으로」, 『해방공간의 문학운동과 문학의 현실 인식』, 한울, 1989.

홍용희, 「민족문학의 시적 추구」, 『경희어문학』 10집, 경희대학교 문리과대학 국어국문학과, 1989.

조명제, 「민족시의 리얼리즘적 전진: 이용악 시론」, 『시문학』 211, 시문학사, 1989. 2.

조명제, 「민족시의 리얼리즘적 전진: 이용악 시론」, 『비평문학』 3, 한국비평문학회, 1989. 3.

최동호, 「북北의 시인 이용악론: 신성한 역사의 빛을 찾아서」, 『현대문학』 412, 현대문학사, 1989. 4.

김상선, 「이용악론」, 『시문학』 215, 시문학사, 1989. 6.

김종환, 「이용악 연구」, 『논문집』 29, 육군제3사관학교, 1989. 11.

이병헌, 「경계인境界人 그 고뇌의 시적 역정: 이용악론」, 『현대시학』 248, 현
　　대시학사, 1989. 11.

감태준, 「시적 대상의 유형(상): 이용악의 시 세계」, 『월간문학』 250호, 월간
　　문학사, 1989. 12.

감태준, 「이용악 시의 형식적 특성(상)」, 『현대문학』 420, 현대문학사, 1989.
　　12.

오양호, 「퇴영적 역사논리와 대륙지향 모티프: 이용악론」, 『전망』 36, 대륙
　　연구소, 1989. 12.

이숭원, 「이용악 시의 현실성과 민중성」, 『논문집: 인문사회과학편』 7, 한림
　　대학교, 1989. 12.

한성우, 「이용악 시의 연구」, 『국민어문연구』 2, 국민대학교 국어국문학연
　　구회, 1989. 12.

감태준, 「시적 대상의 유형(하): 이용악의 시 세계」, 『월간문학』 251호, 월간
　　문학사, 1990. 1.

감태준, 「이용악 시의 형식적 특성(하)」, 『현대문학』 421, 현대문학사, 1990. 1.

김 종, 「무지개와 리얼리티: 이용악론」, 『표현』 18, 표현문학회, 1990. 1.

오양호, 「퇴영적 역사논리와 대륙지향 모티프: 이용악론」, 『인천어문학』 6,
　　인천대학교, 1990. 2.

황석영, 「조국은 하나이며 문학도 하나다!」(만해문학상 수상연설), 『창작
　　과비평』 1990년 봄호.

이대규, 「이용악 시 연구」, 『한국언어문학』 28, 한국언어문학회, 1990. 5.

감태준, 「이용악 시 세계」, 『현대시』 1, 한국문연, 1990. 6.

김재홍, 「문학의 역사성과 예술성; 이용악 편」, 『한국논단』 10, 한국논단,
　　1990. 6.

윤영천, 「해방기 이용악 시의 민족문학적 토대」, 『현대시』 1, 한국문연,
　　1990. 6.

윤영천, 「일제하 조선민중의 표상: 이용악의 「오랑캐꽃」」, 『문학과비평』

14, 문학과비평사, 1990. 6.

윤영천, 「이용악론―해방기 시를 중심으로」, 『작가·작품론 (1)―시』, 문학
　　과비평사, 1990.

박용찬, 「해방 직후 이용악 시의 전개과정 연구」, 『국어교육연구』 22, 경북
　　대학교 사범대학 국어교육연구회, 1990. 8.

김형필, 「식민지시대의 시정신 연구: 이용악」, 『우리어문학연구』 2, 한국외
　　국어대학교 사범대학 한국어교육과, 1990. 10.

이은봉, 「이용악 시 연구: '마음'과 '하늘'의 시어를 중심으로」, 『숭실어문』
　　7, 숭실대학교 숭실어문연구회, 1990. 10.

고종석, 「발굴 한국현대사 인물 44: 망국 유랑민의 시―이용악」, 『한겨레』,
　　1990. 10. 19.; 『발굴 한국현대사 인물』 2, 『한겨레』, 1992.

최동호, 「북의 시인 이용악론―신성한 역사의 빛을 찾아서」, 『평정의 시학
　　을 찾아서』, 민음사, 1991.

오성호, 「이용악의 리얼리즘시에 관한 연구」, 『연세어문』 Vol. 23, 연세대
　　학교 국어국문학과, 1991.

최원식, 「이용악 연보」, 『도곡 정기호 박사 회갑기념논총』, 도곡 정기호 박
　　사 회갑기념논총 간행위원회 편; 대제각, 1991. 11. 1., 『한국 근대문학
　　을 찾아서』, 인하대 출판부, 1999.

오성호, 「시에 있어서 리얼리즘 문제에 관한 시론」, 『실천문학』, 1991년 봄.

김현정, 「이용악 시에 나타난 리얼리즘 정신」, 『대전어문학』 8, 대전대학교
　　국어국문학회, 1991. 2.

박건명, 「이용악론: 고향 모티프의 의미층위를 중심으로」, 『논문집』 32, 건
　　국대학교 대학원, 1991. 2.

호현찬, 「유랑의 삶과 민족정서 이용악의 「오랑캐꽃」」, 『시와시학』, 시와시
　　학사, 1991. 3.

최정숙, 「월북시인 이용악의 문학세계」, 『통일』 117, 민족통일중앙협의회,
　　1991. 6.

조명제, 「이용악 시의 친일성향고親日性向考」, 『비평문학』 5, 한국비평문학

회, 1991. 10.

박경수,「1930년대 시의 현실지향과 저항적 문맥: 박세영과 이용악의 시를 중심으로」,『문화연구』 4, 부산외국어대학교 문화연구소, 1991. 12.

조현설,「『낡은집』의 구조 분석」,『동원논집東院論集』 제4집, 동국대학교 대학원 학생회, 1991. 12.

한정호,「떠도는 가족의 연대기: 이용악론」,『경남어문논집』 제4집, 경남대학교 문과대학 국어국문학과, 1991. 12.

윤영천,「한국 리얼리즘 시론의 역사적 전개와 지향」,『민족문학사연구』 제2호, 창작과비평사, 1992.

김명인,「이용악 시고詩考」,『논문집』 30, 경기대학교, 1992. 7.

김명배,「이용악 시 연구」,『농업개발연구소보』 5, 안성농업전문대학 농업개발연구소, 1992. 12.

김명인,「1930년대 시의 서사지향성」,『경기교육논총』 제2호, 경기대학교 교육대학원, 1992. 12.

박근배,「일제강점기 만주체험의 시적 수용 ; 이용악·유치환·백석 시를 중심으로」,『경남어문』 26, 경남어문학회, 1993. 1.

최윤형,「이용악 시 연구: 시어 분석을 중심으로」,『성심어문논집』 14·15, 성심여자대학 국어국문학과, 1993. 2.

오성호,「이용악의 리얼리즘시 연구」,『한국근대시문학연구』, 태학사, 1993.

정순진,「리얼리즘 시의 흐름과 양상」,『어문연구』 Vol. 25, 어문연구학회, 1994.

방인태,「이용악의「오랑캐꽃」—설화공간에 감싸인 동정적 감상」,『시와시학』 제13호, 시와시학사, 1994. 3.

윤여탁,「이용악의「오랑캐꽃」—민담과 역사의 시적 형상화」,『시와시학』 제13호, 시와시학사, 1994. 3.

제해만,「이용악 시의 고향의식 고찰 I」,『국문학논집』 14, 단국대학교 국어국문학과, 1994. 5.

윤영천,「이용악의「북쪽」: 민족적 에로스의 시적 발현」,『시와시학』, 시와 시학사, 1994. 9.

김재용,『북한문학의 역사적 이해』, 문학과지성사, 1994.

김정예,「이용악의 생애와 시 세계 연구」,『교육논총』Vol. 23, 건국대학교 교육대학원, 1995.

윤여탁,「서정시의 시적 화자와 리얼리즘에 대하여―이용악의 시를 중심 으로」,『한국현대문학연구』Vol. 4, 한국현대문학회, 1995. 2.

조병춘,「이용악의 유리민시流離民詩 연구」,『세명논총』3, 세명대학교, 1995. 3.

한계전,「1930년대 시에 나타난 '고향' 이미지에 관한 연구: 백석·오장환· 이용악을 중심으로」,『한국문화』16, 서울대학교 한국문화연구소, 1995. 12.

허형만,「이용악 시에 나타난 역사의식 연구」,『한국언어문학』35, 한국언 어문학회, 1995. 12.

고형진,『한국 현대시의 서사지향성 연구』, 시와시학사, 1995.

권혁,「이용악 시「낡은 집」」연구: 운율의 수사적 차원을 중심으로」,『홍익 어문』15, 홍익대학교 사범대학 홍익어문연구소, 1996. 2.

이철호,「이용악론: 억압적 체제에 대한 예술의 자기방어」,『국어국문학논 문집』17, 동국대학교 국어국문학과, 1996. 2.

오세영(서평),「이용악,『낡은 집』」,『현대시』7, 한국문연, 1996. 10.

신범순,「유랑하는 남과 여의 대비법: 이용악의「전라도 가시내」」,『문학사 상』290, 문학사상사, 1996. 12.

조남익,「체험적 민족의식과 '이야기시'의 조율: 이용악 편」,『시문학』305, 시문학사, 1996. 12.

방연정,「1930년대 시적 공간의 현실적 의미: 백석·이용악·이찬의 시를 중심으로」,『현대문학이론연구』Vol. 7, 현대문학이론학회, 1997.

방연정,「1930년대 시언어의 표현 방법: 백석·이용악·이찬의 시를 중심으 로」,『개신어문연구』14, 개신어문학회, 1997. 12.

이명찬, 「이향離鄕과 귀향歸鄕의 변증법: 이용악론」, 『민족문학사연구』 제 12호, 민족문학사연구소, 1998.

박정희, 「한국 현대시의 고향의식 연구: 이용악 시를 중심으로」, 『논문집: 예체능·자연과학편』 21, 한양여자대학, 1998. 2.

박윤우, 「이용악 시의 일상성과 리얼리즘적 창작 방법」, 『인문과학연구』 5, 서경대학교 인문과학연구소, 1998. 6.

박철석, 「이용악 시 연구」, 『국어국문학』 17, 동아대학교 국어국문학과, 1998. 12.

박철석, 「이용악 시 연구」, 『시문학』 329, 시문학사, 1998. 12.

방연정, 「1930년대 시에 나타난 북방정서: 백석·이용악·이찬의 시를 중심 으로」, 『개신어문연구』 15, 개신어문학회, 1998. 12.

장부일, 「이용악론」, 『논문집』 27, 한국방송통신대학교, 1999. 2.

유지현, 「'집'의 공간 시학과 1920~30년대 시인들의 상실의식 고찰」, 『논 문집』 Vol. 31, 한경대학교, 1999. 6.

이동순, 「두만강을 눈물로 노래한 두 시인 이용악과 신경림」, 『월간조선』 237, 『조선일보』, 1999. 12.

이은봉, 「이용악 시의 인물형상에 관한 일고찰」, 『현대문학이론연구』 Vol. 13, 현대문학이론학회, 2000.

방연정, 「1930년대 시의 운율적 긴장과 그 특징의 연구: 백석·이용악·이 찬의 시를 중심으로」, 『한국어문교육』 9, 한국교원대학교 한국어문교육 연구소, 2000. 2.

윤한태, 「이용악 시의 서사적 구조에 관한 연구」, 『어문논집』 28, 중앙어문 학회, 2000. 12.

김명인, 「서정적 생신과 서술시의 방법—이용악 시고」, 『시어의 풍경』, 고 려대학교출판부, 2000.

김재용, 『분단 구조와 북한문학』, 소명출판, 2000.

신형기·오성호, 『북한문학사』, 평민사, 2000.

박호영, 「김동환과 이용악의 비교 연구」, 『국어교육』 104, 한국국어교육연구회, 2001. 2.

유종호, 「식민지 현실의 서정적 재현:『오랑캐꽃』까지의 이용악」,『문학동네』제27호, 문학동네, 2001. 5.

유종호, 「체제 밖에서 체제 안으로:『오랑캐꽃』과 그 후의 이용악」,『문학동네』제28호, 문학동네, 2001. 8.

염형운, 「주변환경에 의한 문체 변모의 다양성: 백석·이용악의 초기시 문체를 중심으로」,『한국어문학연구』제14집, 한국외국어대학교 한국어문학연구회, 2001. 12.

서정학, 「이용악의 시 세계 연구」,『한국시문학』Vol. 12, 한국시문학회, 2002.

유종호,『다시 읽는 한국 시인』, 문학동네, 2002.

윤영천(서평), 「감각과 비정批正―'연구'의 중립성을 넘어서: 유종호,『다시 읽는 한국 시인』」,『창작과비평』2002년 가을호.

이남호(서평), 「한국문학 다시 읽기의 의의와 성과: 유종호,『다시 읽는 한국 시인』」,『서평문화』제47집, 한국간행물윤리위원회, 2002.

신익호, 「이용악 시의 형태 구조 연구」,『한남어문학』제26집, 한남대학교 국어국문학회, 2002. 2.

김규동·홍일선(대담), 「김기림을 중심으로 한 해방 전후 시문단사」,『시경』제1호, 박이정, 2002. 9.

박성현, 「1930년대 시의 '고향의식' 연구」,『겨레어문학』제29집, 겨레어문학회, 2002. 10.

이승규, 「이용악 시의 리듬 고찰」,『국민어문연구』제10집, 국민대학교 국어국문학연구회, 2002. 10.

김낙현, 「이용악 시 연구: 시 세계의 변모 양상을 중심으로」,『어문논집』제30집, 중앙어문학회, 2002. 12.

김인섭, 「월북 후 이용악의 시 세계:『리용악 시선집』을 중심으로」,『우리문학연구』제15집, 우리문학회, 2002. 12.

노용무, 「이용악의 「북쪽」 연구」,『국어문학』Vol. 38, 국어문학회, 2003.

문호성, 「텍스트언어학: 응용편(국어): 이야기시의 텍스트성 연구―백석·이용악의 시를 중심으로」, 『텍스트언어학』 Vol. 15, 한국텍스트언어학회, 2003.

이경수, 「한국 현대시의 반복 기법과 언술 구조: 1930년대 후반기의 백석·이용악·서정주 시를 중심으로」, 『한국문학평론』 제26호, 국학자료원, 2003.

김동수, 「한국현대시 그 주역 100인선」, 『시문학』 제33권 제2호, 시문학사, 2003. 2.

윤영천, 「한국 근대문학과 '북방적 상상력'」, 『대산문화』 2003년 가을호.

문호성, 「이야기시의 텍스트성 연구: 백석·이용악의 시를 중심으로」, 『텍스트언어학』 제15집, 한국텍스트언어학회, 2003. 12.

양혜경, 「이용악 시의 주체 표상과 현실의 결합 양상」, 『어문학』 제82호, 한국어문학회, 2003. 12.

김경숙, 『북한현대시사』, 태학사, 2004.

차민선, 「이용악 연구: 상실의식과 유이민의 삶」, 『대전어문학』 제21집, 대전대학교 국어국문학회, 2004. 2.

노용무, 「이용악 시에 나타난 길의 의미」, 『현대문학이론연구』 제21집, 현대문학이론학회, 2004. 4.

양혜경, 「이용악의 초기 시와 『시와 시론詩と詩論』의 비교문학적 고찰」, 『일본어문학』 제26집, 일본어문학회, 2004. 8.

강연호, 「이용악 시의 공간 연구」, 『현대문학이론연구』 Vol. 23, 현대문학이론학회, 2004. 12.

이혜원, 「특집 논문: 1920~30년대 시에 나타난 가족과 여성 특집논문: 한국 문학에 나타난 가족의 내부와 외부 그리고 여성―과거에 대한 성찰에서 미래에 대한 전망까지」, 『여성문학연구』 Vol. 13, 한국여성문학학회, 2005.

윤석영, 「현대시에 나타난 빛의 지향성」, 『어문학논총』 제24권, 국민대학교 어문학연구소, 2005. 2.

노용무, 「해방기 문학의 내적 형식과 길 모티프 연구: 이용악의 시와 허준의 「잔등」을 중심으로」, 『한국문학이론과 비평』 제26집, 한국문학이론과비평학회, 2005. 3.

곽효환, 「이용악의 북방시편과 북방의식」, 『어문학』 제88호, 형설출판사, 2005. 6.

조진기, 「지리공간의 문학적 수용과 그 의미: 두만강을 중심으로」, 『배달말』 제36호, 배달말학회, 2005. 6.

김원호, 「이용악의 시 해설」, 『뿌리』 20호, 뿌리, 2005. 9.

문호성, 「이용악 시의 텍스트성」, 『한국문학이론과 비평』 제28집, 한국문학이론과비평학회, 2005. 9.

박용찬, 「이용악 시의 공간적 특성 연구」, 『어문학』 제89호, 한국어문학회, 2005. 09.

윤영천, 「해방과 한국문단」 1 · 2, 『대산문화』 2005년 가을호 · 겨울호.

이경희, 「상실과 회복 그 도정에서의 시적 언술: 백석 · 이용악의 작품을 중심으로」, 『한국학연구』 제14집, 인하대학교 한국학연구소, 2005. 11.

장석원, 「이용악 후기 시의 언술 구조와 내면의식: 형용사 · 부사의 가치 평가적 기능을 중심으로」, 『한국문학이론과 비평』 제29집, 한국문학이론과비평학회, 2005. 12.

윤영천, 「중국 한인 시문학의 역사적 전개―'일제하 만주유이민'에서 '중국 조선족'으로」, 『동북아 한인공동체와 삶』, 인천광역시, 2006.

감태준, 「암울한 시대의 방랑자―이용악의 시」, 『한국의 고전을 찾아서 6―현대시』, 휴머니스트, 2006.

손종업, 「종자이론과 북한 문예이론의 특징」, 『어문논집』 Vol. 35, 중앙어문학회, 2006.

윤의섭, 「한국 현대시의 종결 구조 연구: 정지용 · 백석 · 이용악 시를 중심으로」, 『한국시학연구』 제15호, 한국시학회, 2006. 4.

강연호, 「백석 · 이용악 시의 귀향 모티프 연구: 「북방에서」와 「고향아 꽃은 피지 못했다」를 중심으로」, 『한국문학이론과 비평』 제31집, 한국문학이론과비평학회, 2006. 6.

이길연,「이용악 시의 공동체의식 상실과 공간 심상」,『우리어문연구』제
26집, 우리어문학회, 2006. 6.

이원규,「한국시의 고향의식 연구: 1930~40년대 시를 중심으로 2」,『솟대
문학』제63호, 한국장애인문인협회, 2006. 8.

정 훈,「이용악 유이민시 연구」,『비교문화연구』제18집, 부산외국어대학교
비교문화연구소, 2006. 8.

류찬열,「1930년대 후반기 리얼리즘시 연구: 임화·이용악 시의 서사성 수
용 양상을 중심으로」,『어문논총』제35집, 중앙어문학회, 2006. 9.

정미경,「월북시인 이용악 문학 고찰」,『어문논총』제35집, 중앙어문학회,
2006. 9.

박순원,「이용악 시의 기법 연구:「풀버렛 소리 가득 차 잇섯다」,「낡은 집」,
「오랑캐꽃」을 중심으로」,『한국시학연구』제17호, 한국시학회, 2006.
12.

오문석,「근대시의 역사지리학: 이용악론」,『문예연구』51호, 문예연구사,
2006. 12.

이은봉,「이용악 시의 모더니즘적 특성에 대하여」,『문예연구』51호, 문예
연구사, 2006. 12.

이현승,「이용악 시의 발화 구조 연구―간접화법을 중심으로」,『비교한국
학』Vol. 14, 국제비교한국학회, 2006. 12.

전동진,「미래를 선구하는 '마음씀'의 시학」,『문예연구』51호, 문예연구사,
2006. 12.

한정호,「이용악의 가족시: 개인체험을 넘어 민족체험으로」,『문예연구』
51호, 문예연구사, 2006. 12.

손미영,「한민족의 유랑의식 고찰―식민지 시대 시문학을 중심으로」,『한
민족문화연구』Vol. 22, 한민족문화학회, 2007.

이경수,「문학과 '돈'의 사회학: 1930년대 후반기 시에 나타난 '가난'의 의
미―백석과 이용악의 시를 중심으로」,『현대문학의 연구』Vol. 32, 한국

문학연구학회, 2007.

이경수, 「1930년대 후반기 시에 나타난 '가난'의 의미: 백석과 이용악의 시를 중심으로」, 『현대문학의 연구』 제32집, 한국문학연구학회, 2007. 7.

김경훈, 「유이민의 삶의 공간과 정서: 백석·이용악·윤동주의 경우」, 『자유문학』 제17권 3호, 자유문학사, 2007. 9.

정미경, 「유랑자적 개인과 공동체 운명의 체험적 형상화: 이용악 시의 정서적 특징을 중심으로」, 『겨레어문학』 제39집, 겨레어문학회, 2007. 12.

최명표, 「해방기 이용악의 시 세계」, 『한국언어문학』 제63집, 한국언어문학회, 2007. 12.

김재홍, 『그들의 문학과 생애―이용악』, 한길사, 2008.

곽효환, 『한국근대시의 북방의식』, 서정시학, 2008.

이길연, 「이용악 시에 나타나는 북방정서와 디아스포라 공간의식」, 『국제어문학회 학술대회 자료집』, 국제어문학회, 2008.

조은주, 「북방의식과 서사시적 상상력의 가능성: 백석·이용악을 중심으로」, 『한중인문학회 국제학술대회』, 한중문인학회, 2008.

이경아, 「이용악의 『분수령』과 오장환의 『성벽』에 나타난 시어 '마음' 연구」, 『한국학연구』 제18집, 인하대학교 한국학연구소, 2008. 5.

전병준, 「이용악 시에 나타난 고향의 의미 연구」, 『현대문학이론연구』 제34집, 현대문학이론학회, 2008. 9.

이길연·엄성원, 「이용악 시에 나타나는 북방정서와 디아스포라 공간의식」, 『국제어문학회 학술대회 자료집』, 국제어문학회, 2008. 10.

홍용희, 「식민지 현실과 민중적 삶의 언어: 이용악론」, 『한국문예창작』 제14호, 한국문예창작학회, 2008. 12.

송지선, 「월북 후 이용악 시의 서사지향성 연구: 『조선문학』 발표 작품을 중심으로」, 『한국언어문학』 제69집, 한국언어문학회, 2009. 6.

이경수, 「이용악 시에 나타난 '길'의 표상과 '고향―조선'이라는 심상지리」, 『우리문학연구』 제27집, 경인문화사, 2009. 6.

서순옥, 「이용악의 현실 인식과 자아 확대 방식」, 『어문연구』 142호, 한국어문교육연구회, 2009. 6.

김경훈, 「디아스포라의 삶의 공간과 정서: 백석·이용악·윤동주의 경우」, 『비교한국학』 제17권 제3호, 국제비교한국학회, 2009. 12.

윤영천, 「일제강점기 한국 현대시와 '만주'」, 『동양학』 제45집, 단국대학교 동양학연구소, 2009.

서덕민, 「백석·이용악 시에 나타난 마술적 상상력」, 『열린정신 인문학연구』, Vol. 11, 원광대학교 인문학연구소, 2010.

한주희, 「이용악 시의 리얼리즘 연구 일반논문 및 평론: 이용악 시의 리얼리즘 연구」, 『문예시학』 Vol. 22, 문예시학회, 2010.

배석호, 「이용악의 「평남 관개 시초」 고찰」, 『동양학』 제47집, 단국대학교 동양학연구소, 2010. 2.

배석호, 「'가족과 고향' 모티프의 시적 양상—이용악론」, 『새국어교육』 제84호, 한국국어교육학회, 2010. 4.

윤여탁, 「이용악의 『오랑캐꽃』 텍스트의 해석 방법 연구」, 『한국시학연구』, Vol. 27, 한국시학회, 2010. 4.

박윤우, 「해방기 한국시에 나타난 역사의 기억과 재현: 이용악과 오장환의 시를 중심으로」, 『한국현대문학회 학술발표회자료집』, 한국현대문학회, 2010. 6.

윤현이, 「탈향을 꿈꾸던 변방시인 이용악」, 『어문학보』 제31집, 강원대학교 사범대학 국어교육과, 2010. 8.

이근화, 「현대시에 나타난 '북방'과 조선적 서정성의 확립: 백석과 이용악 시를 중심으로」, 『어문논집』 제62집, 민족어문학회, 2010. 10.

이길주, 「한국 현대시 속의 북방 시베리아와 유라시아: 이용악의 사회적 현실공간 인식을 중심으로」, 『시문학』 482호, 시문학사, 2011. 9.

홍윤기, 「이용악 시인」, 『시사문단』 103호, 시사문단사, 2011. 11.

정정순, 「이용악의 「오랑캐꽃」 해석과 시 교육」, 『문학교육학』 제36호, 역락, 2011. 12.

이근화, 「이용악 시 연구: 반복 기법과 화자의 역할을 중심으로」, *Journal of*

Korean Culture Vol. 21, 한국어문학국제학술포럼, 2012.

박은선, 「이용악 시에 나타난 '어둠'의 기호작용 고찰」, 『한남어문학』 제 36집, 한남대학교 한남어문학회, 2012. 2.

김동근, 「한국 현대시의 '시간' 양상: 역사·기억·변형의 시간의식을 중심 으로」, 『현대문학이론연구』 Vol. 48, 현대문학이론학회, 2012. 3.

신선옥, 「이용악 시의 소리에 대한 고찰」, 『어문학』 제115호, 한국어문학회, 2012. 3.

이경수, 「『리용악 시선집』 재수록 작품의 개작과 그 의미」, 『한국근대문학 연구』 제25호, 한국근대문학회, 2012. 4.

이경수, 「월북 이후 이용악 시에 나타난 청년의 표상과 그 의미」, 『한국시 학연구』 제35호, 한국시학회, 2012. 12.

박윤우, 「해방기 시의 역사 기억과 문학사 교육의 문제: 이용악과 오장환의 시를 중심으로」, 『한중인문학회 국제학술대회』, 한중문인학회, 2013.

염문정, 「관전사貫戰史의 관점으로 본 전쟁과 전후戰後의 삶: 이용악 시를 중심으로」, 『동남어문논집』 Vol. 35, 동남어문학회, 2013.

심재휘, 「이용악 시와 공간상상력」, 『현대문학이론연구』 제53집, 현대문학 이론학회, 2013. 6.

양은창, 「이용악 시에 나타난 친일 성격」, 『어문연구』 제76권, 어문연구학 회, 2013. 6.

손민달, 「이용악 시의 타자 인식 방법과 의미」, 『국어국문학』 제165호, 국 어국문학회, 2013. 12.

정주아, 『서북문학과 로컬리티』, 소명출판, 2014.

나민애, 「〈이용악 시 재론을 위한 몇 가지 검토 과제〉에 대한 토론문」, 『한 국시학회 학술대회 논문집』, 한국시학회, 2014.

나정연, 「시어 분석을 바탕으로 한 이용악 시 세계 연구」, 『한국어문교육』 Vol. 16, 고려대학교 한국어문교육연구소, 2014.

박민영, 「이용악 시에 나타난 상호텍스트성의 의미─일제 말에서 해방기 시를 중심으로」, 『한국문예비평연구』 Vol. 45, 한국현대문예비평학회,

2014.

이상숙, 「이용악과 리용악─월북 후 이용악 연구를 위한 조감도」, 『한국문학, 모더니티의 감각과 그 분기』, 2014 탄생 100주년 문학인 기념문학제 심포지엄, 2014. 5. 8.

이경수, 「이용악 시 재론을 위한 몇 가지 검토 과제」, 『한국시학회 학술대회 논문집』, 한국시학회, 2014.

이경수, 「2014년에 다시 만난 이용악의 시와 산문」, 『근대서지』, 근대서지학회, 2014.

정우택, 「신체제기 이용악 시의 향방」, 『한국시학회 학술대회 논문집』, 한국시학회, 2014.

이현승, 「이용악 시 연구의 제문제와 극복 방안」, 『한국문학이론과 비평』 제62집, 한국문학이론과 비평학회, 2014. 3.

이상숙, 「새로 찾은 이용악의 『보람찬 청춘』과 시작품 연구: 『보람찬 청춘』과 「산을 내린다」 외 5편 분석」, 『우리문학연구』 제43집, 경인문화사, 2014. 6.

곽효환, 「이용악 산문집 『보람찬 청춘』 연구」, 『한국문예비평연구』 제44집, 창조문학사, 2014. 8.

곽효환, 「해방기 이용악 시 연구」, 『한국시학연구』 제41호, 한국시학회, 2014. 12.

문종필, 「시인 이(리)용악을 관통하는 감정 마르지 않는 '연민'에 대해─사회주의 체제의 가능성을 믿는다는 것」, 『한민족문화연구』 제48집, 한민족문화학회, 2014. 12.

박옥실, 「이용악 시 주체의 변모 양상 연구: 해방기를 중심으로」, 『어문론총』 제62호, 한국문학언어학회, 2014. 12.

이경수, 「관북의 로컬리티와 이용악의 초기시: 이성악·신동철·이수형·반상규와의 관계를 중심으로」, 『한국시학연구』 제41호, 한국시학회, 2014. 12.

정우택, 「전시체제기 이용악 시의 위치: 『오랑캐꽃』을 중심으로」, 『한국시학연구』 제41호, 한국시학회, 2014. 12.

이경수, 「이용악 산문집 『보람찬 청춘』의 장르적 성격과 청년 표상의 의미」, 『국어국문학』 제168호, 국어국문학회, 2014. 9.

곽효환·이경수·이현승 편, 『이용악 전집』, 소명출판, 2015.

곽효환, 「이용악의 「평남 관개 시초」 연구」, 『한국학연구』 Vol. 37, 인하대학교 한국학연구소, 2015.

최은자, 「이용악 시 연구: 공간을 나타내는 시어를 중심으로」, 『한국어문교육』 제17호, 고려대학교 한국어문교육연구소, 2015. 2.

이만재, 「출옥 후 월북한 이용악 1」, 『문학공간』 제27권 제304호, 문학공간사, 2015. 3.

이만재, 「출옥 후 월북한 이용악 2」, 『문학공간』 제27권 제305호, 문학공간사, 2015. 4.

석사 학위 논문

강세환, 「이용악 시 연구」, 고려대학교 교육대학원, 1990. 2.

안효순, 「이용악 시의 리얼리즘적 특성 연구」, 충북대학교 대학원, 1990. 2.

이정애, 「이용악 시 연구: 시적 주체의 경험유형론을 중심으로」, 서울대학교 대학원, 1990. 2.

노 철, 「이용악 시 세계 변모과정 연구」, 고려대학교 대학원, 1990. 8.

오선영, 「이용악 시 연구」, 연세대학교 대학원, 1991. 2.

한성우, 「이용악 시 연구」, 국민대학교 대학원, 1991. 2.

이희경, 「이용악 시 연구: 공간의식을 중심으로」, 전북대학교 대학원, 1991. 8.

김은영, 「경향시의 서사지향성 연구: 임화와 이용악의 이야기시를 중심으로」, 부산대학교 대학원, 1992. 2.

김현이, 「이용악 시 연구: 상징시인의 현실 수용 양상을 중심으로」, 한국외국어대학교 대학원, 1992. 2.

여지희, 「이용악 시 연구: 내면의식의 변모 양상을 중심으로」, 서울시립대
　　학교 대학원, 1992. 2.

장정렬, 「백석과 이용악 시의 공간 연구」, 한남대학교 대학원, 1992. 2.

오교정, 「이용악·오장환 시에 나타난 고향 이미지의 대비 연구」, 전주대
　　학교 대학원, 1992. 8.

임성남, 「이용악 시의 문체론적 연구」, 영남대학교 대학원, 1992. 8.

박근배, 「일제강점기 만주체험의 시적 수용: 이용악·유치환·백석 시를 중
　　심으로」, 경남대학교 교육대학원, 1993. 2.

강경자, 「이용악 시의 변모 양상」, 한국외국어대학교 교육대학원, 1993. 8.

공정배, 「이용악 시 연구」, 성균관대학교 교육대학원, 1994. 2.

류순태, 「이용악 시 연구: '구조'와 '모형화'를 중심으로」, 서울대학교 대학
　　원, 1994. 2.

이미영, 「이용악 시 연구: 민족문학적 지향과 리얼리즘적 성향을 중심으
　　로」, 강릉대학교 대학원, 1994. 2.

허인수, 「이용악 시 연구」, 창원대학교 대학원, 1994. 2.

김순옥, 「이용악·백석의 시의식 대비연구」, 동아대학교 교육대학원, 1994. 8.

김정예, 「이용악 시 연구」, 건국대학교 교육대학원, 1994. 8.

최지선, 「이용악 시 연구」, 성신여자대학교 교육대학원, 1994. 8.

허병두, 「백석과 이용악의 시적 상상력 연구」, 서강대학교 대학원, 1994. 8.

윤석영, 「이용악 시 연구」, 국민대학교 대학원, 1995. 2.

이현규, 「이용악 시 연구: '밤'과 '길'의 이미지 분석」, 고려대학교 교육대
　　학원, 1995. 2.

박은미, 「이용악·김상훈의 시에 나타난 가족 모티프 비교 연구」, 건국대학
　　교 대학원, 1995. 8.

이수남, 「한국 현대 서술시의 특성 연구: 임화·박세영·백석·이용악의 시
　　를 중심으로」, 부산외국어대학교 교육대학원, 1995. 8.

이형권, 「이용악 시의 변모 양상 연구」, 동국대학교 교육대학원, 1996. 2.

정희경, 「이용악 시 연구」, 가톨릭대학교 대학원, 1996. 2.

박윤희,「이용악 시 세계 연구」, 연세대학교 대학원, 1996. 8.

권 혁,「이용악 시의 공간상징 연구」, 홍익대학교 대학원, 1997. 2.

김도희,「이용악 시의 공간 연구」, 동의대학교 대학원, 1997. 2.

전미희,「이용악 시의 전기적 연구」, 상지대학교 교육대학원, 1997. 2.

정재은,「이용악 시 연구: 시의 전개 양상을 중심으로」, 성신여자대학교 교육대학원, 1997. 2.

한상철,「이용악 시의 이미지 연구」, 충남대학교 대학원, 1997. 2.

나해경,「이용악 시 연구」, 국민대학교 교육대학원, 1997. 8.

배석호,「이용악 시 연구: '가족·고향' 모티프의 시적 전개를 중심으로」, 인하대학교 교육대학원, 1997. 8.

정성희,「이용악의 서술시 연구」, 부산외국어대학교 교육대학원, 1997. 8.

장성호,「이용악 시 연구: 시적 화자의 양상을 중심으로」, 경북대학교 교육대학원, 1998. 2.

조현주,「이용악 연구」, 국민대학교 교육대학원, 1998. 2.

김광진,「1930년대 후기 시의 이미지 연구: 백석·이용악·오장환을 중심으로」, 경원대학교 교육대학원, 1998. 8.

김명희,「이용악 시 연구」, 경성대학교 교육대학원, 1998. 8.

천은영,「이용악 시 세계 연구」, 연세대학교 교육대학원, 1998. 8.

김 산,「이용악 시 연구: 서사지향성 시의 내적 구조를 중심으로」, 강남대학교 대학원, 1999. 2.

김선희,「이용악 시의 서사적 특성 연구」, 한국교원대학교 대학원, 1999. 2.

김판용,「이용악 시 연구: '고향의식'을 중심으로」, 고려대학교 교육대학원, 1999. 2.

성하선,「이용악 시의 고향의식 연구」, 홍익대학교 교육대학원, 1999. 2.

강지영,「1930년대 후반기 현실주의 시 연구: 백석·이용악·오장환을 중심으로」, 경희대학교 교육대학원, 1999. 8.

권혜경,「이용악 시 연구: 현실 인식과 변모과정을 중심으로」, 부산대학교 교육대학원, 1999. 8.

강주은, 「이용악 시의 기법과 전개 양상」, 한국외국어대학교 교육대학원, 2000. 2.

김경애, 「이용악 시의 현실 인식 연구」, 숙명여자대학교 대학원, 2000. 2.

김동준, 「이용악 시 연구」, 동국대학교 교육대학원, 2000. 2.

반지영, 「이용악 시의 담론 연구」, 강원대학교 대학원, 2000. 2.

장석원, 「이용악 시의 대화적 구조 연구」, 고려대학교 대학원, 2000. 2.

이명준, 「이용악 시의 담론 분석」, 고려대학교 교육대학원, 2000. 8.

최희숙, 「이용악 시 연구: 현실 인식 양상과 서사지향성을 중심으로」, 성균관대학교 교육대학원, 2000. 8.

김인육, 「이용악 시의 비극적 서사성 연구」, 고려대학교 교육대학원, 2001. 2.

피재현, 「이용악 시 연구: 해방 이후 시를 중심으로」, 안동대학교 대학원, 2001. 2.

성후남, 「이용악 시 연구: 자의식의 변모와 시적 화자의 양상을 중심으로」, 국민대학교 대학원, 2001. 8.

이승규, 「이용악 시 연구」, 국민대학교 대학원, 2001. 8.

유장형, 「이용악 시의 낭만적 미의식 연구」, 연세대학교 대학원, 2002. 2.

한임석, 「이용악 시의 몸 이미지 연구」, 동국대학교 문화예술대학원, 2002. 2.

강순기, 「이용악·백석 비교 연구: 통사 구조를 중심으로」, 연세대학교 교육대학원, 2002. 8.

양문목, 「이용악 시의 상징성 연구」, 인하대학교 교육대학원, 2003. 2.

윤경희, 「용악 시 연구」, 성균관대학교 대학원, 2003. 8.

정명숙, 「이용악 이야기시의 특성 연구」, 아주대학교 교육대학원, 2003. 8.

권순일, 「이용악 시 연구: 모더니즘 시의식을 중심으로」, 중앙대학교 교육대학원, 2004. 2.

김인자, 「이용악의 시 세계: '대상 인식'과 '대상 인식 태도'를 중심으로」, 충북대학교 대학원, 2004. 2.

박수정, 「이용악 시의 공간상징 연구」, 부경대학교 대학원, 2004. 2.

송지선, 「이용악 시 연구」, 전북대학교 대학원, 2004. 2.

정선희, 「이용악 시의 리얼리즘적 특성 연구」, 조선대학교 대학원, 2004. 2.

최보윤, 「이용악 시 연구」, 한양대학교 교육대학원, 2004. 2.

김순란, 「이용악 시의 국외자의식 연구」, 세명대학교 대학원, 2004. 8.

백진기, 「이용악 시 연구: 미적 근대성과 시의 리얼리즘」, 국민대학교 대학원, 2004. 8.

강윤미, 「이용악 시 연구」, 원광대학교 대학원, 2005. 2.

이남천, 「이용악 시에 나타난 현실의식 연구」, 군산대학교 교육대학원, 2005. 2.

이선희, 「이용악 시의 상징적 이미지 연구」, 충북대학교 교육대학원, 2005. 2.

신용목, 「이용악 시에 나타난 유랑의식 연구」, 고려대학교 대학원, 2005. 8.

임선미, 「백석·이용악 시의 비교 연구」, 조선대학교 교육대학원, 2005. 8.

오명균, 「이용악과 김수영의 리얼리즘시 비교 연구」, 건국대학교 교육대학원, 2006. 2.

정윤오, 「이용악 시 연구」, 한국교원대학교 교육대학원, 2006. 2.

한상옥, 「이용악 시 연구: 현실의 시적 형상화 변모를 중심으로」, 공주대학교 교육대학원, 2006. 2.

가언수, 「이용악 시의 서사적 특성 연구」, 한남대학교 교육대학원, 2006. 8.

권유진, 「이용악 시 연구」, 안동대학교 교육대학원, 2006. 8.

김향선, 「백석과 이용악 시의 고향의식 연구」, 인천대학교 교육대학원, 2006. 8.

서주희, 「이용악 시의 중층 구조와 시 교육 방안 연구」, 부산외국어대학교 교육대학원, 2006. 8.

임수경, 「이용악 시 연구: 경계지표를 통해 본 현실 인식과 내면의식을 중심으로」, 성균관대학교 대학원, 2006. 8.

조남주, 「이용악 시의 공간 연구」, 연세대학교 대학원, 2006. 8.

김철주, 「이용악 시 연구: 인물 유형을 중심으로」, 연세대학교 교육대학원, 2007. 2.

백금희, 「이용악 시의 서사성 연구」, 창원대학교 교육대학원, 2007. 2.

이선경, 「이용악 시의 교수법 연구: 서술시를 중심으로」, 성신여자대학교 교육대학원, 2007. 2.

김기태, 「이용악 시 연구: 화자를 중심으로」, 전북대학교 교육대학원, 2007. 08.

김은경, 「이용악 시 연구: 보여주기의 리얼리즘 양상을 중심으로」, 공주대학교 교육대학원, 2008. 2.

장수미, 「이용악 시 연구」, 한양대학교 교육대학원, 2008. 8.

김학중, 「용악 시의 유이민 문제 연구」, 경희대학교 대학원, 2009. 2.

송현지, 「이용악 시의 발화 양상 연구: 대화지향성을 중심으로」, 고려대학교 대학원, 2009. 8.

이보나, 「백석과 이용악의 시에 나타난 고향 이미지 비교 연구」, 강원대학교 교육대학원, 2009. 8.

최정은, 「이용악 시의 문학교육적 가치와 교수―학습 방안」, 고려대학교 교육대학원, 2009. 8.

서태경, 「이용악 시 연구」, 신라대학교 대학원, 2010. 2.

정은영, 「패러디를 활용한 시 교육 방법 연구: 이용악의 「낡은 집」을 중심으로」, 부경대학교 교육대학원, 2011. 8.

구지숙, 「1930년대 고향 상실과 시적 대응: 백석과 이용악을 중심으로」, 경상대학교 대학원, 2012. 2.

박은선, 「이용악 시의 '어둠'과 '밝음'의 이미지 연구」, 한남대학교 대학원, 2012. 2.

안성덕, 「현대시에 나타난 '빈집'의 공간의식 연구: 1920~30년대 시를 중심으로」, 원광대학교 대학원, 2012. 2.

전병순, 「김동환과 이용악의 북방정서 비교 연구」, 충북대학교 교육대학원, 2012. 2.

박정아, 「이용악 시에 나타난 고향 이미지 연구」, 창원대학교 대학원, 2013. 8.

임주연, 「이용악 시의 공간 이미지에 대한 고찰」, 충북대학교 교육대학원, 2013. 8.

한아진, 「이용악 시의 서사성과 장소 체험: 시적 표상 공간의 전개 양상을
　　중심으로」, 동국대학교 대학원, 2014. 2.

박도근, 「백석·이용악의 디아스포라의식 연구」, 원광대학교 대학원,
　　2014. 8.

김영화, 「실향문학의 연구: 김소월·이용악·박세영 시작품 비교를 중심으
　　로」, 동국대학교 교육대학원, 2015. 2.

박사 학위 논문

장영수, 「오장환과 이용악의 비교 연구」, 고려대학교 대학원, 1987. 8.

감태준, 「이용악 시 연구」, 한양대학교 대학원, 1990. 2.

신범순, 「해방기 시의 리얼리즘 연구―시적 주체의 이데올로기와 현실성
　　에대한 기호학적 접근」, 서울대학교 대학원, 1990.

황인교, 「이용악 시의 언술 분석」, 이화여자대학교 대학원, 1991. 2.

이은봉, 「1930년대 후기 시의 현실 인식 연구: 백석·이용악·오장환의 시
　　를 중심으로」, 숭실대학교 대학원, 1992. 8.

조용훈, 「한국 근대시의 고향 상실 모티브 연구: 김소월·박세영·정호승·
　　이용악을 중심으로」, 서강대학교 대학원, 1994. 2.

최두석, 「한국 현대리얼리즘시 연구: 임화·오장환·백석·이용악의 시를
　　중심으로」, 서울대학교 대학원, 1995. 2.

심재휘, 「1930년대 후반기 시 연구: 백석·이용악·유치환·서정주 시의 시
　　간의식을 중심으로」, 고려대학교 대학원, 1997. 8.

최종금, 「1930년대 한국시의 고향의식 연구: 백석·이용악·오장환을 중심
　　으로」, 한국교원대학교 대학원, 1998. 2.

이명찬, 「1930년대 후반 한국 현대시의 고향의식 연구」, 서울대학교 대학
　　원, 1999. 2.

문호성, 「백석·이용악 시의 텍스트성 연구」, 전남대학교 대학원, 1999. 8.

서지영,「한국 현대시의 산문성 연구: 오장환·임화·백석·이용악·이상 시를 대상으로」, 서강대학교 대학원, 1999. 8.

방연정,「1930년대 후반 시의 표현 방법과 구조적 특성 연구: 백석·이용악·이찬의 시를 중심으로」, 한국교원대학교 대학원, 2000. 8.

김경숙,「북한시의 형성과 전개 과정 연구」, 이화여자대학교 대학원, 2002.

이경수,「한국 현대시의 반복 기법과 언술 구조: 1930년대 후반기의 백석·이용악·서정주 시를 중심으로」, 고려대학교 대학원, 2003. 2.

이상숙,「북한문학의 "민족적 특성론" 연구―1950~60년대를 중심으로」, 고려대학교 대학원, 2004. 2.

이원규,「한국시의 고향의식 연구: 1930~40년대 시를 중심으로」, 성균관대학교 대학원, 2004. 8.

윤석영,「1930~40년대 한국 현대시의 의식지향성 연구: 윤동주·이용악·이육사의 시를 중심으로」, 국민대학교 대학원, 2005. 2.

이경희,「이용악 시 연구―북방정서 모티브를 중심으로」, 인하대학교 대학원, 2007. 2.

곽효환,「한국 근대시의 북방의식 연구: 김동환·백석·이용악을 중심으로」, 고려대학교 대학원, 2007. 8.

박옥실,「일제강점기 저항시의 '주체' 연구: 이육사·이용악·윤동주를 중심으로」, 아주대학교 대학원, 2009. 2.

배석호,「이용악 시 연구」, 인하대학교 대학원, 2011. 2.

서덕민,「백석·이용악 시의 동화적 상상력 연구」, 원광대학교 대학원, 2011. 2.

이현승,「1930년대 후반기 시의 언술 구조 연구: 백석·이용악·오장환의 시를 중심으로」, 고려대학교 대학원, 2011. 2.

북한 참고 문헌

리용악 외, 『서정시 선집』(엄호석 편), 조선작가동맹출판사, 1955.

리효운, 「시인의 얼굴」, 『조선문학』, 1957. 4.

박산운, 「『리용악 시선집』을 읽고」, 『문학신문』, 1958. 6. 19.

김우철, 「생활의 체온을 간직한 시인―『리용악 시선집』을 읽고」, 『조선문학』, 1958. 12.

조선민주주의인민공화국 언어문학연구소 편, 『조선문학통사·하』, 과학원출판사, 1959.

김하명, 「조선로동당의 문예정책의 빛나는 승리」, 『8·15해방 15주년 기념 평론집―전진하는 조선문학』, 조선작가동맹출판사, 1960.

리상태, 「우리 문학에서의 해방 후 농민들의 형상」, 『8·15해방 15주년 기념 평론집―전진하는 조선문학』, 조선작가동맹출판사, 1960.

한진식, 「시인과 통찰력」, 『문학신문』, 1963. 2. 1.

엄호석, 「천리마의 서정과 전투적 시정신」, 『조선문학』, 1963. 6.

리동수, 「몇 편의 시작품을 읽고」, 『조선문학』, 1969. 1.

사회과학원 문학연구소 편, 『조선문학사: 1959~75』, 과학백과사전출판사, 1977.

사회과학원 문학연구소 편, 『조선문학사: 1945~58』, 과학백과사전출판사, 1978.

리용악 외, 『해방 후 서정시 선집』, 문예출판사, 1979.

김일성종합대학 조선문학강좌, 『조선문학사 2―조선어문학부용』(지정연 편), 김일성종합대학출판사, 1979.

리용악 외, 『조선문학강독―시편』(리학순 편), 김일성종합대학출판사, 1981.

리동원, 『조선문학사 3―조선어문학부용』, 김일성종합대학출판사, 1982.

김려숙 외, 『조선문학사 4―조선어문학부용』, 김일성종합대학출판사, 1983.

차영애 편, 『조선문학개관』 2, 사회과학출판사, 1986.

사회과학원 주체문학연구소 편, 『문학예술사전 상』, 과학백과사전종합출판사, 1988.

류 만, 『현대조선시문학연구—해방 후 편』, 사회과학출판사, 1988.

은종섭, 『근대현대문학사—조선문학과용』, 김일성종합대학출판사, 1991.

조규봉·은종섭 외 편, 『문예상식』, 문학예술종합출판사, 1994.

류 만, 『조선문학사』 9, 과학백과사전종합출판사, 1995.

방철림, 「리용악과 「평남 관개 시초」」, 『천리마』, 1995. 12.

리기주, 『조선문학사』 12, 사회과학출판사, 1999.

최형식, 『조선문학사』 13, 사회과학출판사, 1999.

문학민, 「은혜로운 태양의 품속에서 창작된 리용악의 시들」, 『조선문학』, 2009. 5.

■ 낱말 풀이

ㄱ

가라지: 함경산맥에 속한 가라지봉(加羅支峯)(높이 1,420미터)이 있는, 함경북도 무
　　산군(茂山郡)의 한 동리 이름. 이용악 시인의 부인[崔氏]이 바로 이곳 출신이었
　　다고 함.

가렴잡세(苛斂雜稅): 가혹하게 억지로 거두어들이는 여러 가지 세금.

가없다: 끝이 없다.

가주란히: '가즈란히'의 큰말. '나란히'(여럿이 줄지어 늘어선 모양이 가지런한 상태
　　로)의 뜻.

간디: 마하트마 간디(Mahatma Gandhi, 1869~1948). 인도의 민족운동 지도자이자 인
　　도 건국의 아버지.

갈마: 갈마바람. 뱃사람들의 말로, '서남풍'을 이르는 말.

갈바리: 예수가 십자가형에 죽은 예루살렘의 언덕 골고다Golgotha를 가리킴. 아랍어
　　굴갈타gulgalta에서 유래한, '해골의 골짜기'라는 뜻의 그리스어로, 라틴어로 갈
　　바리아Calvaria, 영어로 갈바리Calvary라 불림.

갓주지: 갓을 쓴 절의 주지(住持). 아이들을 달래거나 울음을 그치게 할 때 갓주지에
　　관한 이야기를 한다 함.

강역(江域): 강 근처의 지역.

거린채: Koreanche. 조선놈. 조선 사람을 일컫는 러시아어의 비칭(卑稱).

거사리다: '거스르다'의 옛말.

건갈이: '마른갈이'(마른논에 물을 넣지 않고 논을 가는 일)의 방언(함북).

건치: 멍석. 거적.

개우: 상여(喪輿)에 사용되는 '개유(蓋帷)'의 오식인 듯. 상여의 주된 구성은 '덮개,
　　앙장(仰帳), 몸틀의 개유'로 구분된다. ① '덮개'는 상여의 몸틀 위에 올려놓는 뚜
　　껑으로, 용수판(龍首板)으로 잎면과 뒷면을 고정히고 그 사이에 나무를 대고 그
　　위에 검은 천을 덮고 다시 그 위에 용마루를 얹은 형태이다. ② '앙장'은 상여의
　　몸체를 가리는 차양(遮陽)으로 사각 바탕의 흰색 천을 사용한다. 4개 앙장대(仰帳
　　臺) 끝부분의 네 귀에는 자루 형태의 사롱(紗籠)을 달아 상여의 길을 밝혀주는 상
　　징적 역할을 한다. ③ 몸틀의 '개유'는 관구(棺柩)를 덮는 휘장(揮帳)을 가리킨다.

고깔불: 여러 개의 나무토막을 위 끝이 한데 모이게 고깔 모양으로 세워놓고 그 속에
　　불을 달아서 피우는 불.

고수머리: 곱슬머리.

고오고리: 러시아의 소설가이자 극작가 고골리(Gogoli, Kikokai Vasilievich, 1809~
　52). 주로 하급관리의 비참한 생활상이나 몰락 지주계층의 모습을 리얼하게 그려
　냈는데, 특히 희곡『검찰관』(1836)은 통렬한 풍자적 작품으로 러시아 리얼리즘
　문학의 전통을 세우는 데 크게 기여하였음.

고콜불: '고콜'(관솔불을 올려놓기 위하여 벽에 뚫어놓은 구멍)에 켜는 관솔불.

고히: '고이'(겉모양 따위가 보기에 산뜻하고 아름답게)의 옛말.

관모봉(冠帽峰): 함경북도 경성군(鏡城郡)에 있는 산봉우리. 함경산맥의 첫머리 부분
　에 속함(높이 2,541미터).

구보(仇甫): 소설가 박태원(朴泰遠, 1909~86). 호(號) 구보(丘甫) · 구보(仇甫). 서
　울 출생, 경성제일고보를 거쳐 일본 도쿄(東京) 호세이(法政)대학 중퇴. 해방 후
　조선문학가동맹 중앙집행위원 역임, 6 · 25전쟁 중 월북. 1930년『신생(新生)』으
　로 등단, 1933년 '9인회'에 참가. 주요 작품으로「소설가 구보씨의 일일」(1934)
　『천변풍경(川邊風景)』(1936~37) 등이 있으며, 단편집『박태원 단편집』(학예사,
　1939), 월북 후 작품으로『계명산천은 밝아 오느냐』1 · 2(평양: 조선문학예술총동
　맹출판사, 1963~64)『갑오농민전쟁』1 · 2 · 3(평양: 문예출판사, 1977~86) 등이
　있음.

『국경(國境)의 밤』: 김동환(金東煥)의 장시(長詩)『국경의 밤』(한성도서주식회사,
　1925).

군벌(軍閥): 중국 '군벌'은 1912년 청(淸)나라가 멸망한 이후, 군사력을 기반으로 전
　국 또는 지방의 일부에 웅거하면서 실질적으로 권력을 행사한, 지방에 할거(割
　據)한 군사집단을 가리킴.

굴강(屈强)하다: 몹시 의지가 굳어 남에게 굽히지 아니하다.

굽인돌이: '굽어 도는 곳'의 북한어.

귀걸개: 귀걸이.

귀밀: '귀리'(볏과의 한해 또는 두해살이풀)의 북한어 혹은 옛말.

귀성스럽다: 귀인(貴人)성스럽다.

글거리: 그루터기. 풀이나 나무 또는 곡식 따위를 베고 남은 밑둥.

금성 양수장(金城 揚水場): 평안남도 안주시 원풍리에 있는, 청천강(淸川江) 물을 수
　원(水源)으로 하여 평안남도 관개(灌漑) 체계를 보충해주는 양수장.

기껍다: '마음속으로 은근히 기쁘다'는 뜻.

기대리다: '기다리다'의 옛말.

기총(機銃): 기관총(탄알이 자동적으로 재어져서 연속적으로 쏠 수 있게 만든 총).

김광섭(金珖燮, 1905~77): 시인. 함북 경성(鏡城) 출생. 호 이산(怡山). 중동학교를
　거쳐, 1932년 일본 도쿄(東京) 와세다(早稻田)대학 영문과 졸업. 1935년『시원』
　으로 등단. 시집『동경(憧憬)』(대동인쇄소, 1938)『마음』(중앙문화협회, 1949)『해

바라기』(자유문학자협회, 1957)『성북동 비둘기』(범우사, 1969)『반응—사회시집』(문예출판사, 1971) 등이 있음.

김광현(金光現): 시인. 생몰 연대 미상. 6·25전쟁 중 월북. 주요 작품으로 「새로운 낯으로」(『우리공론』, 1947. 4.) 「꿈」(『민성』, 1948. 4.) 「집체적 지혜를 발양하자」(『문학신문』, 1958. 4. 24.) 등이 있으며, 김상훈(金尙勳)·이병철(李秉哲)·박산운(朴山雲)·유진오(俞鎭五) 합동시집『전위시인집(前衛詩人集)』(노농사, 1946)이 있음.

김규동(金奎東, 1925~2011): 시인. 함북 종성(鍾城) 출생. 함북 경성고보 및 중국 지린성(吉林省) 옌지(延吉) 연변의대를 거쳐, 1948년 평양 김일성대학 조선어문학과 중퇴. 1948년 월남. 시집『나비와 광장(廣場)』(산호장, 1955)『현대의 신화』(덕련문고, 1958)『죽음 속의 영웅』(근역서재, 1977)『오늘밤 기러기 떼는』(동광출판사, 1989)『생명의 노래』(한길사, 1991)『느릅나무에게』(창비, 2005) 등이 있음.

김기림(金起林, 1908~미상): 시인, 평론가. 함북 성진(城津) 출생. 호 편석촌(片石村). 보성고보, 일본 도쿄(東京) 니혼(日本)대학 전문부 문학예술과 거쳐, 1939년 도호쿠(東北)제국대학 영문학과 졸업. 1931년『조선일보』를 통해 시작품 활동 시작. 1933년 이태준·정지용·이상 등과 모더니즘 문인 친목단체 '구인회' 가담. 해방 후 '조선문학가동맹'(1946) 시부 조직부장 역임. 한국전쟁 중 월북. 시집『기상도(氣象圖)』(창문사, 1936)『태양의 풍속』(학예사, 1939)『바다와 나비』(신문화연구소, 1946)『새노래』(아문각, 1948) 등이 있음.

김동환(金東煥, 1901~미상): 시인. 함북 경성(鏡城) 출생. 호 파인(巴人). 일본 도요(東洋)대학 문화학과 수학. 1924년『금성』으로 등단. 한국전쟁 때 납북. 시집『국경(國境)의 밤』(한성도서주식회사, 1925)『해당화(海棠花)』(대동아사, 1942), 이광수·주요한 합동시집『3인 시가집』(삼천리사, 1929), 서사시집『승천(昇天)하는 청춘(靑春)』(신문학사, 1925), 유고시집『돌아온 날개』(종로서관, 1962) 등이 있음.

「김일성 장군의 노래」: 1947년, 시인 이찬(李燦, 1910~74)이 북한에서 발표한 김일성 찬가.

김우철(金友哲, 1915~59): 평안북도 의주 출생. 시인, 아동문학가. 1932년『신소년』(동화), 1933년『별나라』(동시)로 각각 등단. 신의주고보 중퇴. 1929년 일본 히로시마현(廣島縣) 구레시(吳市) '고분중학(吳市'고분중학')' 수학. 1931년 귀국, 안용만·이원우 등과 신의주 '프롤레타리아 아동문학연구회' 결성, 창작 활동. 시집『나의 조국』(평양: 문화전선사, 1947)『김우철 시선집』(평양: 조선작가동맹출판사, 1957), 동요동시집『사랑하는 조국에』(평양: 아동도서출판사, 1961) 등이 있음.

김조규(金朝奎, 1914~90): 시인. 평안남도 덕천 출생. 1931년『조선일보』·『동광』으로 등단. 1937년 평양 숭실전문 영문과 졸업 후 중국 간도성(間島省) 용정현(龍井縣) 조양천진(朝陽川鎭) 소재 조양천농업학교 교원 생활, 해방 직후 북한 귀환. 한국전쟁 종군기자 활동. 시집『동방』(평양: 조선신문사, 1947), 전선시집『이 사

람들 속에서』(1951), 시선집『김조규 시선집』(평양: 조선작가동맹출판사, 1960),
시전집『김조규 시전집』(연변대학교 조선어문학연구소 편, 흑룡강조선민족출판
사, 2002)『김조규 시집』(숭실어문학회 편, 숭실대학교출판부, 1996) 등이 있음.
김종한(金鍾漢, 1914~44): 시인. 함북 명천(明川) 출생. 함북 경성고보(鏡城高普)를
　거쳐, 일본 도쿄(東京) 니혼(日本)대학 전문부 예술과 졸업(1937~41). 1928년
　『조선일보』'학생문단' 가작 입선, 1938년『동아일보』신춘문예로 등단. 전집『김
　종한 전집』[오오무라 마스오(大村益夫)·심원섭(沈元燮) 편, 도쿄: 녹음서방(綠
　蔭書房), 2005]이 있음.
김진세(金軫世): 시인. 함경북도 경성(鏡城) 출생. 생몰 연대 및 학력 미상. 서정주
　(徐廷柱)·유치환(柳致環)·함형수(咸亨洙)·오장환(吳章煥) 등과『시인부락』
　(1936) 동인 박남수(朴南秀)·함윤수(咸允洙)·김광섭(金珖燮)·임화(林和)·윤
　곤강(尹崑崗)·김달진(金達鎭) 등과 시 전문 동인지『맥(貊)』(1938~39) 동인. 주
　요 작품으로「토막부락(土幕部落)」(1936)「운명(運命)」(1938)「기심기(飢心記)」
　(1938) 등이 있음.
김철(金哲, 1926~94): 정치가. 함경북도 경흥(慶興) 출생. 함북 경성고보(鏡城高普)
　졸업, 일본 도쿄(東京)대학 역사철학과 수학.
김태준(金台俊, 1905~50): 국문학자·사상가. 평안북도 운산 출생. 호(號) 천태산인
　(天台山人). 주요 저술『조선소설사』(1933)『조선한문학사』(1931) 등이 있음.
껍지: '껍질'의 방언.
꼬레이어: 구약성서에 나오는 불레셋 장수 골리앗Goliath. 이스라엘의 목동 다윗
　David에 패함.
꼰스딴쨔: 콘스탄차Constanta. 루마니아 콘스탄차주의 주도(州都)이며, 수도 부쿠레
　슈티Bucuresti에서 동쪽으로 200킬로미터 떨어져 있는, 흑해(黑海) 연안의 항구
　도시.
꼼베아: 컨베이어conveyor. 자동적·연속적으로 재료나 물건을 운반하는 기계장치.
꽁다리: 짤막하게 남은 동강이나 끄트머리.
끄으다: '끌다'의 옛말.
끓어번지다: '어떤 심리 현상이나 분위기가 걷잡을 수 없이 몹시 설레어 움직이다'라
　는 뜻의 북한어.
끌날같다: 씩씩하고 끌끌하다(마음이 맑고 바르고 깨끗하다).
끔쯕히: '끔찍이'의 옛말.

나무리: 황해도 재령강(載寧江) 유역에 발달한 재령평야 신재령(新載寧)에 있는 '나무리벌[餘勿坪]'을 가리킴.

나무재기: '나문재'(바닷가에 자라는 한해살이풀)의 사투리.

나진(羅津): 함경북도 북부 동쪽 해안에 있는 항구 도시.

날라리: '태평소(太平簫)'를 달리 이르는 말. 날나리.

날새: '날아다니는 새'의 북한어.

날창(槍): '대검(帶劍)'(가까운 거리에 있는 적과 싸울 때 소총에 꽂아 쓰는 작은 칼)의 북한어.

남조선 철도파업단: 1946년 9월 24일, '조선노동조합전국평의회'(약칭 '전평')는 전국의 철도노동자 4만여 명에게 파업('9월 총파업') 돌입을 지시함으로써 '남조선 철도 총파업'이 단행되었다. 「기관구(機關區)에서—남조선 철도파업단에 드리는 노래」(1946. 9.)는 '남조선 철도 총파업'의 총본거지인 '용산 철도국 기관구'의 3,700여 명 철도노동자들의 '사보타주sabotage'를 고무·선동한 '아지프로 agitation propaganda' 시이다.

낭: '벼랑'의 방언.

낭림산맥(狼林山脈): 함경남도와 평안남북도의 경계를 따라 형성된 남북 방향의 산맥.

너럭바위: 원문에는 "더덕바위"로 되어 있으나, '너럭바위'의 오식인 듯.

너울: 뜨거운 볕을 쬐어 시들어 늘어진 풀이나 나뭇잎.

너줄하다: '너절하다'의 방언(전남, 평북).

넌출: '넝쿨'의 사투리.

노령(露領): 노서야(露西亞, 러시아)의 영토. 주로 '시베리아' 일대를 이르는 말인데, 여기서는 러시아 연해주(沿海州) 지방에 있는 항만도시 블라디보스토크Vladivo- stok를 가리킴.

놋주벅: 놋주걱. '주벅'은 '주걱'의 방언(강원, 전라, 함경).

눈가래: 눈을 치는 데 쓰는 '넉가래'(곡식을 밀어 모으거나 눈 같은 것을 치우는 데 쓰는 연장).

눈포래: '눈보라'의 방언(평안, 함경).

누리: '세상(世上)'을 예스럽게 이르는 말.

눅이다: '눅다'(굳거나 뻣뻣하던 것이 무르거나 부드러워지다)의 사동사.

눈무지: 눈의 '무지'(무더기로 쌓여 있는 더미).

니어니어: '닛다'('잇다'의 옛말)의 첩어.

니연니연: 북한어 니염니염(어떤 일이 잇따라 꼬리를 물고 일어나는 모양).

니체(Friedrich Wilhelm Nietzsche, 1844~1900): 독일 철학자. 주요 저작으로 『즐거운

학문』(1882)『자라투스트라는 이렇게 말했다』(1883~85)『선악의 저편』(1886) 『도덕의 계보』(1887) 등이 있음.

니코리스크: 니콜스크Nikol'sk. 러시아 연해주(沿海洲) 블라디보스토크 북쪽 112킬로 미터 지점에 위치한, 극동(極東) 프리모르스키Primorskii 지구에 속한 도시. 니콜 스크는 우수리스크Ussuriysk의 옛 이름으로, 정식 지명은 '니콜리스크-우수리스 키Nikol'sk-Ussuriiski'임.

ㄷ

다뉴브Danube: 다뉴브강. 독일 남부의 산지에서 발원하여 흑해로 흘러드는 국제하천 (약 2,850킬로미터).

다박머리: 어린아이의 다보록하게 난 머리털. 여기서는 '다보록한 머리털을 가진 아 이'를 가리킴.

다뷔데: 고대 이스라엘의 제2대 왕 다윗David. 예언자 솔로몬Solomon의 아버지. 처음 에 목동이었으나 소년 시절 불레셋의 거인 장수 골리앗Goliath을 돌팔매로써 죽 인 후, 초대 왕 사울Saul의 신임을 얻고, 이스라엘을 통치하였음. 시에도 능하여 『시편』을 남김. 재위 기간은 B.C. 1,010~971년.

당두하다: 당도(當到)하다. '어떤 곳에 다다르다'의 뜻.

당콩: '강낭콩'(콩과의 한해살이풀)의 북한어.

대구리: '대가리'의 방언.

데-무스: 템스강River Thames. 영국 잉글랜드 중남부를 횡단, 런던London을 지나는 강(336킬로미터).

도랑치마: 무릎이 드러날 만큼 짧은 치마.

도래샘: 빙 돌아서 흐르는 샘물. 도래샘물.

도루모기: '도루묵'(농어목 도루묵과의 바닷물고기)의 방언.

돌가마: 임시로 몇 개의 돌을 고여 만든 가마.

돌개바람: 회오리바람.

동(垌)둑: 크게 쌓은 둑.

두던: '언덕'(땅이 비탈지고 조금 높은 곳)의 방언. 두둑. 두덩.

둥글소: '황소'의 북한어. 다 자란 수소.

뒤저거리다: '뒤적거리다'(물건들을 이리저리 들추며 자꾸 뒤지다)의 옛말.

드디다: '디디다'의 옛말.

듬보비쨔: 듬보비차Dimbovita. 루마니아 중남부의 주 또는 이곳 듬보비차강을 가리킴.

등곱새: 곱사등이. 등 굽은 사람.

디려다보이다: '들여다보이다'의 방언.

디아나 다아빈: 디애나 더빈(Deanna Durbin, 1921~2013). 캐나다의 소녀 영화배우. 영화『오케스트라의 소녀』(1937)의 주인공. 1939년 11회 미국 아카데미 시상식 아역상 수상.

따로내다: 원문에는 "따르내던"으로 되어 있으나 '따로내던'의 오식인 듯. "한집에 같이 살던 가족의 한 부분을, 딴살림을 차려 나가게 하다"의 뜻.

땅크: 탱크tank. 전차(戰車).

떡심: '성질이 매우 질긴 사람'을 비유적으로 이르는 말.

펫노래: 뗏목을 타고 부르는 노래.

뚜지다: 파서 뒤집다.

뜨락또르: '트랙터tractor'의 러시아어. 견인력을 이용해서 각종 작업을 하는 특수 자동차(견인차).

띠팡(地方): '움막'이라는 뜻의 중국말.

띳집: 띠[茅]로 지붕을 이어 지은 집. 모옥(茅屋).

ㄹ

레-닌: 블라디미르 레닌(Vladimir Ilich Lenin, 1870~1924). 러시아의 혁명가, 정치가. 1917년 '러시아 10월 혁명'의 중심인물. 러시아 공산당 및 소비에트Soviet 연방국가의 창설자.

로쁘: 로프rope. 섬유 또는 강선 등을 여러 가닥 꼬아 만든 튼튼한 줄.

루마니야: 루마니아Romania. 유럽 동남부 발칸반도 북부 흑해(黑海) 서안에 위치한 공화국.

ㅁ

마니라: 필리핀의 수도 마닐라Manila. 루손Luzon섬 남서부에 있음.

마스트mast: 돛대.

마양도(馬養島): 함경남도 북청군 신포시에 속하는 섬.

마우재말: 러시아어. '마우재[毛子]'란 러시아 사람을 가리키는 함경도 방언.

막잠: 누에의 마지막 잠.

만다트mandat: '명령, 지령'의 독일어.

『만선일보(滿鮮日報)』: '만주국(滿洲國)' 수도인 중국 지린성(吉林省) 신징[新京, 현

창춘(長春)]에서 간행된 일간신문(1937. 10. 21.~1945. 8.).

『만주시인집(滿洲詩人集)』: 1942년 9월 29일, 중국 지린성(吉林省) 지린시(吉林市) '제일협화구락부(第一協和俱樂部)'에서 펴낸 조선인 시집. 시인 박팔양(朴八陽) 의「서(序)」, 시인 유치환(柳致環)·윤해영(尹海榮)·김조규(金朝奎)·함형수(咸 亨洙)·천청송(千靑松)·박팔양(朴八陽) 등의 작품이 수록됨.

만풍년(滿豐年): '대풍년'(농사가 아주 잘된 풍년)의 북한어.

말뚝잠: 꼿꼿이 앉은 채로 자는 잠.

맞잡이: 서로 대등한 정도의 가치를 지닌 것.

매생이군(軍): '매생이'(노를 저어 움직이는 작은 배)를 이용하는 군인.

머리태: '머리채'(길게 늘어뜨린 머리털)의 북한어.

멀구: '머루'의 방언.

메구로(黑目): 일본 도쿄(東京) 근교의 한 지명. 조치(上智)대학에서 멀지 않은 곳으 로 '요요기(代代木)' 연병장이 있었으며, 일본 고노에사단(近衛師團)이 주둔하였 던 곳이다. 이 군부대에서 유출되는 잔반(殘飯)은 특히 당시 조선인 노동자들에 게는 일종의 고급식으로 통했다 함.

메레토스: 멜레토스Meletus. 플라톤Platon의 『소크라테스의 변명』에 등장하는 인물. '국가가 인정하는 신(神)을 믿지 않고, 청년들에게 나쁜 영향을 끼친다'는 혐의로 소크라테스를 법정에 고발한 시인.

메리이: 메리Mary.

멧노래: 지방마다 노랫말이 조금씩 다르나 처량하고 슬픈 음조를 띠는 '메나리'를 가 리키는 듯. 지역에 따라 '산유화(山有花), 미나리' 등으로 불리는 노동요임.

메에데에: 메이데이May Day. 노동절. 매년 5월 1일에 베푸는 국제적 노동제. 1886년 5월 1일, 미국의 전 노동단체가 8시간 노동을 슬로건으로 시위운동을 일으킨 데 서 비롯함. 1889년 파리에서 열린 '제2 인터내셔널' 창립대회에서 이날을 노동자 의 국제적 축제일로 정하였음.

모니카 펠톤Monica Felton(영국): 1951년 '국제민주여성동맹'이 북한에 파견한 진상 조사단 일원. 한국전쟁에 투입된 미군의 '북한 양민학살' 등의 '국제법 범법행위' 진상발표(1951. 5. 27.)로 당시 영국의 애틀리C. Attlee 노동당 정부로부터 탄압을 받음.

모다귀소리: 못을 박는 소리. 모다귀는 '못'의 방언(함경도).

모도: '모두'의 옛말.

모두다: '모으다'(한데 합치다)의 방언(경남, 함경).

모롱이: 산모퉁이의 휘어 둘린 곳.

모찌브: 러시아어 'motiv'. 음악 작품의 기본 요소. 문학 작품에서는 '기본 주제'와 결 합되어 단일하고 복잡한 예술적 전일체를 형성하는, 작품의 '보충적·부차적 주

제', 그러나 '특징적인 주제'들을 '기본 주제'와 구별하여 '모찌브'라 부름.

모초리: '메추라기'의 방언(함경도).

몰다비야: 몰다비아Moldavia. 루마니아Romania어로 '몰도바Moldova'라 불리는데, '몰다비아 고원'은 '루마니아―몰도바 공화국Republic of Moldova' 국경에 형성된 고원이다. '몰도바 공화국'은 유럽 동부 루마니아의 북동쪽에 있는 나라로, 1940년 베사라비아Bessarabya와 합쳐져 '몰다비아 소비에트사회주의공화국'이 되었으며, 1944년부터 구소련을 구성하는 '15개 공화국'의 하나가 되었다. 구소련의 해체와 함께 1991년 독립하였다.

무곡(貿穀): 이익을 보려고 곡식을 몰아서 사들임(또는 그 곡식). 무미(貿米).

무로우(室生): 무로 사이세이(室生犀星, むろうさいせい, 1889~1962). 일본의 시인, 소설가. 시집『사랑의 시집(愛の詩集)』(1918), 주요 소설「유년시대(幼年時代)」(1919)「성에 눈뜰 무렵(性に目覚める頃)」(1919) 등이 있음.

무륵무륵: '무럭무럭'의 뜻.

무어: '뭇다'(여러 사람이 한데 모여서 조직, 짝 따위를 만들다)의 뜻.

무연하다: 아득하게 너르다.

무자리: 논에 물을 대어야 하는 곳.

문수암(文殊庵): 서울 북한산성(北漢山城) 문수봉(文殊峯) 상봉(上峰)에 있는 암자(庵子).

문평제련소(文坪製鍊所): 함경남도 문천군(文川群)에 있는 제련소(현재, 북한 강원도 문천시 소재).

문화공작대(文化工作隊): 해방 후 좌파 문화단체 '조선문학가동맹'(1946. 2. 8.~2. 9.) 및 '조선문화단체총연맹'(1946. 2. 24.) 주도 아래 미군정(美軍政) 예술정책에 반대하는 '문화옹호 남조선 문화인 예술가 총궐기대회'(1946. 2. 13.) 개최 및 '문화옹호공동투쟁위원회'(1947. 2. 16.) 결성, 그 실행 주체로 내세운 조직이 '문화공작대'이다. 이 조직은 문학·연극·음악·미술·무용 등 여러 분야의 예술인으로 구성, 1947년 6~7월에 걸쳐 소조(小組) 활동을 전개하였으며, 시인 오장환·이용악 등이 이에 동참하였다.

물구지떡: 멥쌀기루에 막걸리를 조금 탄 더운 물을 붓고 질척하게 반죽하여, 더운 방에 하룻밤쯤 두어 부풀게 하여 틀에 붓고 밤, 대추, 실백 등의 고명을 얹어서 찐, 증편(蒸餅)의 일종.

물모: 물속에서 자라는 어린 볏모.

물이과데: '물이관대'(물이기에)의 사투리.

물쿠다: 날씨가 찌는 듯이 더워지다.

물풀: 수초(水草). 원문에는 '몰풀'로 되어 있으나 '물풀'의 오식인 듯.

뭉게치다: 연기나 구름 따위가 한꺼번에 뭉쳐져 오르다.

미국(米國): 일제강점기에 일본인이 미국America을 가리켜 부른 명칭.

미끼샤: 믹서mixer. '시멘트, 모래, 자갈, 물 따위를 뒤섞어 콘크리트를 만드는 데 쓰는 기계'를 가리키는 북한어.

미명: '무명'(무명실로 짠 피륙)의 옛말.

ㅂ

박산: 깨어져 산산이 부서지는 것.

박팔양(朴八陽, 1905~88): 시인. 경기도 수원 출생. 호 여수(麗水). 배재고보를 거쳐, 1924년 경성법학전문학교 졸업. 1923년 『동아일보』로 등단. KAPF 맹원, '구인회'(1933) 후기 멤버. 1946년 월북. 시집 『여수시초(麗水詩抄)』(박문서관, 1940), 서정서사시 『황해의 노래』(평양: 조선작가동맹출판사, 1958), 서사시 『눈보라 만리』(평양: 조선작가동맹출판사, 1961), 시선집 『박팔양 선집』(평양: 조선작가동맹출판사, 1956) 『박팔양 시선집』(증보판, 평양: 문학예술종합출판사, 1959), 해방 후 시편 중심 『박팔양 시선집』(평양: 문학예술종합출판사, 1992) 등이 있음.

반틀하다: '반칠하다'(반들반들 윤기가 나다)의 옛말.

방천(防川): 냇둑. 냇가에 쌓은 둑.

배개봉: 현재 북한 양강도(兩江道) 삼지연군(三池淵郡)의 산봉우리(높이 1,350미터) 이름. 김일성(金日成, 1912~94) 전적지(戰跡地) 중 하나.

배꼽: '배꼽'의 큰말.

백구(白鷗): 갈매기.

백무선(白茂線): 함경북도 길주(吉州)와 혜산진(惠山鎭)을 잇는 길혜선(吉惠線)의 중앙부 최고 등어리인 백암역(白巖驛)을 기점(起點)으로 하여, 두만강의 삼림지대를 횡단하여 무산(茂山)에 이르는, 전장 188킬로미터의 철도.

백탕(白湯): 아무것도 넣지 않고 맹탕으로 끓인 물.

버드낡: '버드나무'의 옛말.

버슷: '버섯'의 방언(함경도).

버언하다: '번하다'(어두운 가운데 밝은 빛이 비치어 조금 훤하다)의 옛말.

베르트: 벨트belt.

벨로우니카: 베로니카Veronica. 러시아 소녀 이름.

보들레르: 샤를 보들레르(Charles Baudelaire, 1821~67). 프랑스 시인. 시집 『악(惡)의 꽃』(1857), 산문시집 『파리의 우울』(1869) 등이 있음.

보리가을: '보릿가을'(익은 보리를 거두어들이는 일)의 북한어.

보습: 쟁기, 극젱이, 가래 따위 농기구의 술바닥에 끼우는, 넓적한 삽 모양의 쇳조각.

보잡이: 쟁기질을 하는 사람.

볼쉐위끼: 볼셰비키Bolsheviki. 러시아 사회민주노동당에서 분리돼 나온 레닌 중심의
　　다수파.

봉사꽃: 봉선화. 봉숭아꽃.

봊나무: 자작나무, 백화(白樺) 나무. 이 나무의 껍질을 관(棺) 속, 칠성판 위에다 깔면
　　시체가 쉽게 썩지 않는다 함.

부꾸레스트: 부쿠레슈티Bucuresti. 루마니아의 수도이며, 영어명으로는 부카레스트
　　Bucharest.

부꾸르: 부쿠루Bucur. 루마니아 수도 부쿠레슈티의 건설자로 알려진 전설적인 양치기
　　목동의 이름.

부대기: 주로 산간지대에서, 야초와 잡목을 태워버리고 농경에 이용하던 땅. 화전(火
　　田). 부대밭.

부불: '주둥이' 또는 사람의 '입'을 욕으로 이르는 말.

부시다: '부수다'의 북한어.

북간도(北間島): 중국 둥베이(東北), 만주(滿洲)의 지린성(吉林省)을 중심으로 랴오
　　닝성(遼寧省)·헤이룽장성(黑龍江省) 일대를 가리키는 통칭으로, 현재 중국 소수
　　민족 중 하나인 조선족 집거(集居) 지역임.

『북향(北鄕)』: 일제강점기인 1933년 11월, 중국 지린성(吉林省) 룽징(龍井)에서 발족된
　　'만주 조선인' 작가단체 '북향회(北鄕會)'가 발간(1935년 10월 창간~1936년 8월
　　까지 4호 간행)한 동인지. 필진으로 소설가 안수길(安壽吉, 1911~77), 박영준(朴榮
　　濬, 1911~76), 박계주(朴啓周, 1913~66), 강경애(姜敬愛, 1907~43) 등이 있음.

분지르다: 원문에는 "번질러"로 되어 있으나 '분질러'의 오식인 듯.

불가리야: 불가리아Bulgaria. 유럽 동남부 발칸반도의 동부에 있는 공화국.

불단오(端午): 해가 쨍쨍 나고 더운 단오.

불수레: 화차(火車). 경우에 따라서는 '태양'을 가리키는 말로도 쓰임.

불술기: '기차'의 함경북도 방언.

비웃: '청어(靑魚)'를 식료품으로 이르는 말.

빠포스: 러시아어 'pafos'. '격정, 정열적인 감동'이란 뜻으로, 문학작품 전체를 일관하
　　는, 작가가 일관하여 지향한 정열을 말함.

빨뿌리: '곰방대'(작은 담뱃대)나 궐련을 끼워 빠는 '물부리'(파이프pipe)의 방언.

빨찌산: 빨치산partisan. '파르티잔partisan'은 프랑스어의 '파르티parti'에서 비롯된
　　말로, 원래 '당원·동지·당파' 등을 뜻하는 말이지만, 주로 '유격대원, 정규부대
　　에 속하지 않는 무장 전사, 조직 체계에 의하지 않는 비정규군' 등을 뜻함.

뻬뜨로그라드: 페트로그라드Petrograd. '상트페테르부르크Saint Petersburg'의 옛 이
　　름. 러시아 북서부, 핀란드만(灣) 안쪽에 위치한 러시아 제2의 도시로, 제정(帝

政) 러시아 때는 페테르스부르크Petersburg라는 이름으로 불렸고, 1914년 페트로그라드로 개칭되었다가, 1924년 레닌이 죽은 이래 그를 기념하여 레닌그라드 Leningrad로 불림.

뻰찌: 펜치pincers. 손에 쥐고 철사를 끊거나 구부리거나 하는 데에 쓰는 공구.

뼈자리다: '뼈저리다, 뼈아프다'의 작은말.

뽀구라니-츠나야: 포그라니치니Pogranichny. 러시아 블라디보스토크 북서쪽 140킬로미터 지점에 있는 소읍. 중국·러시아 국경지대에 위치해 있으며 '중국 하얼빈(哈爾濱) - 러시아 우수리스크Ussuriysk'를 잇는 '동청철도(東淸鐵道)' 또는 '중동철도(中東鐵道)'의 한 철도역임.

뽈가: 볼가강Volga River. 러시아 서부를 남쪽으로 흐르는 유럽 제일의 강(3,690킬로미터).

ㅅ

사나히: '사나이'의 옛말.

사등: '곱사등'(등뼈가 굽어 큰 혹같이 불거진 등)의 오식인 듯.

사뿟이: 사뿟(소리가 거의 나지 아니할 정도로 발을 가볍게 얼른 내디디는 소리).

산산(散散): '산산이'(여지없이 깨어지거나 흩어지는 모양)의 북한어.

산운(山雲): 박산운(朴山雲, 1921~미상). 경남 합천 출생. 부산제2상업을 거쳐 일본 도쿄(東京) 주오(中央)대학 예과 졸업. 1948년 월북. 김상훈·김광현·유진오·이병철과 합동시집 『전위시인집(前衛詩人集)』(노농사, 1946), 시집 『버드나무』(평양: 조선작가동맹출판사, 1959) 『강철의 길』(평양: 조선작가동맹출판사, 1959) 『내 고향을 가다』(평양: 평양출판사, 1990) 『내가 사는 나라』(평양: 문학예술종합출판사, 1992), 서사시 『두더지 고개』(평양: 평양출판사, 1990) 등이 있음.

산호관자: 산호(珊瑚)로 만든 관자(貫子). 관자란 망건에 달아 당줄을 꿰는 작은 단추 모양의 고리를 가리키는데, 신분에 따라 금(金)·옥(玉)·호박(琥珀)·마노(瑪瑙)·대모(玳瑁)나 뿔·뼈 따위의 재료를 사용하였다.

살틀히: 일이나 살림을 매우 정성스럽고 규모 있게 하여 빈틈이 없이.

삼각산(三角山): 경기도 양평군 지평면과 양동면 사이에 있는 산. 북한산(北漢山)의 핵심을 이루고 있는 산봉(山峰)으로서 백운대(白雲臺, 836.5미터), 인수봉(人壽峰, 810.5미터), 만경대(萬鏡臺, 787미터) 등으로 구성되어 있음.

삽분삽분: '사뿐사뿐'(소리가 나지 아니할 정도로 잇따라 가볍게 발을 내디디며 걷는 모양)의 옛말.

상원(上元) 죽지(竹枝): 상원, 즉 음력 정월(正月) 보름날 짓는 죽지. '죽지'란 한시의 한 형식으로, 주로 칠언절구(七言絶句)의 연작으로, 남녀의 정사(情事), 지방 특유의 풍정(風情), 풍속, 인정(人情) 따위를 읊은 시를 가리킨다.

상훈(尙勳): 시인. 김상훈(金尙勳, 1919~1987). 경남 거창 출생. 중동학교를 거쳐 연희전문 문과 수업. 경기도 포천에 근거한 항일단체 '협동단(協働團)' 일원으로 상민(常民)과 함께 활약 중 일제에 구금, 해방으로 출옥. 한국전쟁 중 월북. 1945년 『민중조선』으로 등단. 박산운·김광현·유진오·이병철과 합동시집 『전위시인집(前衛詩人集)』(노농사, 1946), 시집 『대열(隊列)』(백우서림, 1947)『가족』(백우서림, 1948)『새로운 전선에서』(평양: 민청출판사, 1963)『흙』(평양: 문예출판사, 1991), 편저 『가요집』1·2(평양: 문예출판사, 1983), 번역시집 『리규보 작품집』 1·2(평양: 국립문학예술서적출판사, 1959)『력대 시선집』(평양: 조선문학예술총동맹출판사, 1963)『풍요 선집』(이용악 공역, 평양: 조선문학예술총동맹출판사, 1963)『한시집』1·2(평양: 문예출판사, 1985), 논저 『우리나라 한시 이야기』(평양: 국립문학예술서적출판사, 1961), 시전집 『김상훈 시전집』(박태일 편, 세종출판사, 2003) 등이 있음.

새납: 대평소(大平簫). 목관악기로 '날라리, 태평소(太平簫), 쇄납(瑣吶), 호적(胡笛), 소눌' 등으로 불림.

새둥주리: 짚으로 크고 두껍게 엮은, 새의 둥우리. '둥주리'는 '둥우리'의 함경도 방언.

새로히: '새로이'의 옛말.

서근서근: 사람의 생김새나 성품이 매우 상냥하고 부드러운 모양.

서정주((徐廷柱, 1915~2000): 시인. 전북 고창 출생. 호 미당(未堂). 중앙불교전문학교(동국대 전신) 수학. 1936년 『동아일보』 신춘문예로 등단. 1940년 9월~1941년 2월 만주 체류. 시집 『화사집(花蛇集)』(남만서고, 1941)『귀촉도(歸蜀途)』(선문사, 1948)『신라초(新羅抄)』(정음사, 1960)『동천(冬天)』(민중서관, 1968)『질마재 신화(神話)』(일지사, 1975)『떠돌이의 시(詩)』(민음사, 1976)『서(西)으로 가는 달처럼…』(문학사상사, 1980)『학(鶴)이 울고 간 날들의 시(詩)』(소설문학사, 1982)『안 잊히는 일들』(현대문학사, 1983)『노래』(정음문화사, 1984)『팔할이 바람』(혜원출판사, 1988)『산시(山詩)』(민음사, 1991)『늙은 떠돌이의 시(詩)』(민음사, 1993)『80소년 떠돌이의 시(詩)』(시와시학사, 1997), 시선집 『서정주 시선』(정음사, 1955)『푸르른 날』(미래사, 1991)『서정주 시집』(범우사, 2002)『꽃 피는 것 기특해라』(시월, 2011)『선운사 동백꽃 보러 갔더니』(시인생각, 2012), 전집 『서정주 문학 전집』(전 5권, 일지사, 1972)『서정주 전집』(전 5권, 민음사, 1994)『미당 서정주 시전집』(이남호·윤재웅 외 편, 전 5권, 은행나무, 2015) 등이 있음.

선계(鮮系): 조선계(朝鮮系) 민족.

선참(先站): 다른 사람이나 다른 일보다 먼저 하는 차례, 또는 그런 사람.

설룽하다: '설렁하다'(서늘한 기운이 있어 조금 추운 듯하다)의 뜻.

설음: '설움'(서럽게 느껴지는 마음)의 옛말.

성가스럽다: '귀찮다'의 사투리.

『성호악부(星湖樂府)』: 악부체 노래 120수로 우리나라 역사와 풍속을 읊은 성호(星湖) 이익(李瀷, 1681~1763)의 한시집(漢詩集).

세네카Lucius Annaeus Seneca: 로마 제정 초기의 스토아학파 철학자, 극작가, 정치가.

세레베스: 셀레베스Celebes. 인도네시아를 이루는 셀레베스섬.

세시(歲時) 기속시(紀俗詩): 세시풍속(歲時風俗) 등을 노래한 시.

소곰토리: 소금가마(가마니).

속눈섭: 속눈썹. '눈섭'은 '눈썹'의 북한어.

솔글거리: 소나무 그루터기.

송도원(松濤園): 북한 함경남도 원산시에 있는 해수욕장.

수굿수굿: 여럿이 다 고개를 조금 숙인 듯한 모양.

수집다: '수줍다'의 옛말.

술가가: '술가게'의 옛말.

술막: 주막(酒幕).

숫눈: 눈이 와서 쌓인 상태 그대로의 깨끗한 눈.

스사로: '스스로'의 옛말.

슬라브Slavs: 슬라브족. '인도 유럽어'의 한 종류인 슬라브어를 사용하는 민족을 통틀어 일컫는 명칭으로, 현재 동유럽과 북아시아의 러시아·폴란드·체코·슬로바키아·불가리아의 기간 민족이 이에 해당함.

시무라(志村): 일본 도쿄 근교의 소읍.

시바우라(芝浦): 일본 도쿄만(東京灣)에 있는 한 지명. 이용악(李庸岳)이 조치(上智)대학 신문학과에 재학(1936. 4.~1939. 3.) 중이던 1930년대 후반, 이곳에서는 항만 매립작업이 크게 벌어짐. 현재는 도쿄도(東京都)로 편입됨.

신상옥(申相玉, 1926~2006): 함경북도 청진(淸津) 출생. 영화감독. 함북 경성고보(鏡城高普)를 거쳐, 일본 도쿄(東京)미술전문학교 졸업. 주요 작품으로 「사랑방 손님과 어머니」(1961) 「성춘향(成春香)」(1961) 「빨간 마후라」(1964) 「벙어리 삼룡이」(1964) 등이 있음.

신석정(辛夕汀, 1907~74): 전북 부안 출생. 본명 석정(錫正). 보통학교 졸업 후, 1930년 중앙불교전문강원(동국대 전신)에서 불전 공부. 1931년 『시문학』으로 등단. 시집 『촛불』(인문사, 1939) 『슬픈 목가』(낭주문화사, 1947) 『빙하(氷河)』(정음사, 1956) 『산의 서곡(序曲)』(가림출판사, 1967) 『대바람소리』(문원사, 1970), 유고시집 『내 노래하고 싶은 것은』(창비, 2007), 시선집 『아직은 촛불을 켤 때가 아닙니다』(미래사, 1991) 『신석정 시선』(권선영 엮음, 지식을만드는지식, 2013) 『그 먼 나라를 알으십니까』(시인생각, 2013), 전집 『신석정 전집』(전 5권, 국학자료원,

2009) 등이 있음.

신천(信川): 황해도 신천군(信川郡). 이곳에 드넓은 '어러리벌[蘆野]'이 있음.

심광세(沈光世, 1577~1624): 조선 중기의 문신으로, 주요 저술로 '영사악부(詠史樂府)'인 『해동악부(海東樂府)』 등이 있음.

싱가폴 떨어진 이야기: '미국 하와이 진주만 기습'(1941. 12. 7.)을 시발점으로 태평양 전쟁에 돌입한 일제는, 17세기 이래 포르투갈·덴마크의 수중을 거쳐 1867년 영국 식민지로 편입된 싱가포르Singapore를 1942년 2월 15일 함락시켰다.

싸리말: 싸리비. 정지(부엌) 밖 봉당에 세워두었다가 아이가 말을 잘 듣지 않거나 할 때, 이 '싸리비'로 때리며 야단치기도 함. 함경도 지방에서는 아이들이 이 싸리비를 말로 삼아 타고 다니는 놀이를 하기도 함. '싸리말 동무'는 '죽마고우(竹馬故友)'와 같은 뜻.

싸홈: '싸움'의 옛말.

쌍(雙)바라지: 좌우로 열고 닫게 되어 있는 두 짝의 덧창.

쌕쌔기: 쌕쌕이. 흔히 '제트기'를 속되게 이르는 말. 6·25전쟁 당시 미국 공군이 사용한 초음속(超音速) 비행기 '썬더 젯트기'를 지칭함.

써레: 긴 토막나무에 둥글고 끝이 뾰족한 이[齒] 6~10개를 빗살처럼 나란히 박고 위에는 손잡이를 가로 댄, 갈아놓은 논이나 밭의 흙덩이를 바수거나 바닥을 판판하게 고르는 데 쓰는 농기구.

썩달나무: 썩은 나무.

쏘베트: 소비에트Soviet. 여기서는 구소련을 가리킴.

쑥스러히: '쑥스레'의 옛말.

쓰딸린: 이시오프 스탈린(Iosif Vissarionovich Stalin, 1879~1953). 러시아 및 국제 노동운동의 지도자, 구소련 정치가.

쓰찔: 'stil'의 러시아어. 문체(文體). 작가의 작품들의 테마, 사상적 의미, 구성 및 언어의 특수성 속에서 표현되는 사상·예술적 독자성의 총체.

씨들다: '시들다'의 된소리.

씨비리: 시베리아Siberia. 러시아어로는 시비르Sibir. 러시아 우랄산맥에서 태평양 연안에 이르는 북아시아 지역.

씨언하다: '시원하다'의 옛말.

ㅇ

아구릿파: 마르쿠스 빕사니우스 아그리파(Marcus Vipsanius Agrippa, B.C. 62~B.C. 12). 로마제국의 장군, 정치가.

아끼다: 일본 혼슈(本州) 북서부에 위치한, 우리나라 동해(東海)에 면한 아키타현(秋田縣)을 가리킴.

『아동 혁명단』: 한설야(韓雪野, 1900~미상)의 아동소설로, 김일성(金日成, 1912~1994)의 전기(傳記)임.

아라사(俄羅斯): 노서아(露西亞, 러시아)의 옛 이름.

아롱범: 표범.

아리샤Алиса, Alisa: 알리사. 러시아 소녀 이름.

아무을만(灣): 중국 흑룡강(黑龍江) 하류에 형성된, 바다가 육지 속으로 쑥 들어간 곳. 아무르Amur강은 외몽골의 초원에서 시작되어 중국과 러시아 국경을 흘러 동해로 빠져나오는, 러시아 하바롭스크Khabarovsk 부근에서 북동류하여 오호츠크해(Okhotsk海)로 흘러드는, 전장(全長) 4,370킬로미터의 수계(水系).

아브로라Аврора, Avrora: '서광(曙光), 동녘 하늘의 노을'이라는 뜻의 러시아어로, 1917년 10월 25일의 러시아 '10월 혁명' 초에 활약한 순양함(巡洋艦)의 이름.

아수하다: 아깝고 서운하다.

아수해하다: 아깝고 서운해하다.

아스랗다: '아스라하다'(보기에 아슬아슬할 만큼 높거나 까마득하게 멀다)의 준말.

아아(峨峨)하다: 산이나 큰 바위 따위가 험하게 우뚝 솟아 있다.

알로: 아래로.

앙장(仰帳): 상여(喪輿) 위에 치는 장막(帳幕).

애끼다: '아끼다'의 사투리.

애트리: 클레멘트 애틀리(Clement Attlee, 1883~1967). 영국의 정치가. 사회주의자로서 노동당 당수(1935~55) 및 수상(1945~51) 역임.

야폰스키Japonskii: 일본 사람을 가리키는 러시아어.

양수천자(凉水泉子): 두만강(豆滿江)을 사이에 둔, 함경북도 온성(穩城) 대안(對岸)의 중국 지린성(吉林省) 왕칭현(汪淸縣)의 한 지명.

어디바: '어디'의 사투리.

어디까장: 어디까지. 원문에는 "어기까랑"으로 되어 있으나 '어디까장'의 오식인 듯.

어랑: 어랑천(漁郎川). 함경북도 경성군에서 시작하여 동해로 들어가는 내(103.3킬로미터).

어설궂다: '몹시 어설프다'의 뜻.

어성: 원문에는 "어선"으로 되어 있으나 '어성(語聲)'의 오식인 듯.

어슴프레히: '어슴푸레하다'(기억이나 의식이 분명하지 못하고 희미하다)의 부사형 '어슴푸레'의 옛말.

언제(堰堤): 하천이나 계류(谿流) 따위를 막는 구조물. 댐dam.

얼구다: '얼리다'의 방언.

업심: '업신여김'(교만한 마음에서 남을 낮추어 보거나 하찮게 여기는 일).

에노구(絵の具, えのぐ): 그림물감, 채료(彩料).

에미네: '여편네'의 방언(함경도).

에세닌: 러시아 시인 세르게이 예세닌(Sergei Esenin, 1895~1925). 미래의 러시아는 농민에 의해 지배된다는 신념을 확고하게 지니면서 음악성이 짙은 서정시를 다수 발표함. 1925년 크리스마스 직후, 페테르부르크Petersburg의 한 호텔에서 밧줄로 목매어 자살함. 잘 알려진 작품으로 「나는 고향집을 떠났다」(1918) 「안녕, 나의 친구여, 안녕」(1925) 등이 있으며, 오장환(吳章煥) 번역시집으로 『에세닌 시집』(동향사, 1946)이 있음.

역도(逆徒): 역적(逆賊)의 무리. 역당(逆黨).

연연(娟娟)히: 빛이 엷고 산뜻하며 곱게.

연자간(研子間): '연자맷간'(연자매로 곡식을 찧는 방앗간).

연풍(延豊) 저수지: 평안남도 안주군(安州郡)과 개천군(价川郡)에 걸쳐 있는 호수 연풍호(延豊湖). 이 호수는 평안남도 지역의 관개(灌漑)를 목적으로 1956년 5월에 완공되었음.

열두 삼천리: '열두 삼천리벌.' 평안남도 서북단 안주군(安州郡)에 있는 '안주평야(安州平野)'의 별명.

영석(永錫): 김영석(金永錫). 소설가·평론가. 생몰 연대 미상. 1938년 『동아일보』로 등단. 해방 후 조선문학가동맹에 가담, '제1회 전국문학자대회'(1946. 2. 8.~2. 9.) 서기로 피선(被選)됨. 1950년 6·25전쟁 중 월북. 장편소설 『이춘풍전(李春風傳)』(조선금융연합회, 1947), 단편소설집 『지하로 뚫린 길』(아문각, 1948), 중편소설 『젊은 용사들』(평양: 조선작가동맹출판사, 1954), 단편소설집 『격랑』(평양: 조선작가동맹출판사, 1956), 장편소설 『폭풍의 력사』(평양: 조선작가동맹출판사, 1960) 등이 있음.

영원(寧遠)벌: 평안남도 북동부에 위치한 영원군(寧遠郡)에 있는 평야.

옆채기: 호주머니.

예이츠: 윌리엄 버틀러 예이츠(William Butler Yeats, 1865~1939). 아일랜드 시인·극작가. 1923년 노벨문학상 수상. 주요 시집으로 『오이진의 방랑기 The Wandering of Oisin and other Poems』(1889) 『비밀의 장미 The Secret Rose』(1897) 『갈대숲의 바람 The Wind Among the Reeds』(1899) 등이 있음.

옛 성: 함경북도 경성군 경성읍(鏡城邑)에 있는 '치성(雉城)'을 가리킴.

오들막: '오두막'의 방언(함경도).

오랑캐령: 두만강(豆滿江)을 사이에 두고 북한의 함경북도 회령시(會寧市) 대안(對岸)에 위치한 싼허(三合)로부터, 중국 지린성(吉林省) 룽징시龍井市)로 들어가는 길목에 있는 높은 고개 이름. 일제강점기 북간도(北間島)로 들어가는 조선 유

이민(流移民)의 전형적인 이주 통로였음.

오랑캐꽃: 쌍떡잎식물 제비꽃목 제비꽃과의 여러해살이풀. '제비꽃·장수꽃·병아리
　　꽃·씨름꽃·앉은뱅이꽃'이라고도 함.

오막사리: 오두막처럼 작고 초라한 집.

오숩소리: 다소곳이. 별말 없이 순종하는 모습.

오시럽다: '안쓰럽다, 애처롭다, 가련하다' 등의 뜻이 복합된 함경도 방언.

오지: 도기(陶器). 붉은 진흙으로 만들어 볕에 말리거나 약간 구운 다음, 오짓물(흙으
　　로 만든 그릇에 발라 구우면 그릇에 윤이 나는 잿물)을 입혀 다시 구운 그릇.

옴쑥옴쑥: 여럿이 모두 가운데가 비스듬히 쑥 들어간 모양.

옴쑥하다: 가운데가 비스듬히 쑥 들어간 데가 있다.

요요(燿燿)히: 빛이 비쳐 밝게.

왜(倭)접시: 일본 사기(沙器) 접시.

우둥불: '모닥불'(잎나무나 검불 따위를 모아놓고 피우는 불)의 방언(평안).

우라아: ura. '만세'의 뜻을 지닌 러시아말.

우라지오: 소련 연해주(沿海州) 남부의 도시 블라디보스토크Vladivostok를 가리킴.
　　1860년 중국으로부터 취득한 양항(良港)이며, 시베리아 철도의 기점으로 특히 군
　　사적으로 중요한 도시. 1950년 이래 해군기지로서 발달하였음. 여기서 말하는 연
　　해주란, 소련 극동 방면의 한 지방을 총칭하는 것으로, 동남은 동해와 면하고, 서
　　쪽은 하바롭스크Khabarovsk 지방 및 만주(滿洲), 남단은 한국과 접경하고 있다.

우산벌: '우산(牛山)'은 황해도 신천군(信川郡) 북부면(北部面) 우산리(牛山里)를 가
　　리키는 듯.

우와기(上着·上衣, うわぎ): 아래위가 따로 떨어진 옷의 윗도리.

우줄우줄: 몸이 큰 사람이나 짐승이 가볍게 율동적으로 자꾸 움직이는 모양.

운전(雲田): 평안북도 정주군(定州郡)의 동부와 박천군(博川郡)의 서부[현재 운전군
　　(雲田郡)] 지역에 걸쳐 있는 운전평야(雲田坪野)를 가리킴.

울바자: 울타리에 쓰는 '바자'(대, 갈대, 수수깡, 싸리 따위로 발처럼 엮거나 결어서 만
　　든 물건). 바자울(바자로 만든 울타리).

울정(鬱情): 답답하고 우울한 심정.

원산(元山): 함경남도 남부의 영흥만에 위치한 항구도시.

월계(月季): 월계화(장미과의 상록관목).

웰남: 월남(越南). 베트남Vietnam. 동남아시아의 인도차이나반도 동부에 있는 나라.

유 동무: 여기서는 시인 유진오(俞鎭五)를 가리킴.

유정(柳呈, 1922~99): 함경북도 경성(鏡城) 출생. 함북 경성중학 재학 중 일본 문예
　　지『분게이슈토(文藝首都)』로 등단. 일본 도쿄(東京) 조치(上智)대학 문학부 철
　　학과 수학, 도쿄 니혼(日本)대학 예술학부 졸업. 1946년 월남. 시집『사랑과 미움

의 시』(홍자출판사, 1957)『사랑앓이』(행림출판, 1989), 일본어시집『춘망(春望)』
(1941), 일본어시집 편역서『일본근대대표시선』(창작과비평사, 1997)『일본현대
대표시선』(창작과비평사, 1997) 등이 있음.

유진오(俞鎭五, 1922~50): 전북 완주 출생. 중동고보를 거쳐, 일본 도쿄문화학원(東京
文化學園) 수학. 1945년『민중조선』으로 등단. 1949년, '문화공작대' 일원으로 지
리산에 파견되었다가 피체(被逮) · 복역, 한국전쟁 중 처형됨. 시집『창(窓)』(정음
사, 1948), 김상훈 · 김광현 · 이병철 · 박산운 합동시집『전위시인집(前衛詩人集)』
(노농사, 1946) 등이 있음.

유치환(柳致環, 1908~67): 시인. 경남 통영 출생. 호 청마(靑馬). 일본 도쿄 도요야마
(豊山) 중학 자퇴, 동래고보를 거쳐 연희전문 문과 수학. 1931년『문예월간』으로
등단. 1940년 만주 이주, 해방 후 귀국, '조선청년문학가협회'(1946) 회장 역임.
시집『청마시초(靑馬詩抄)』(청색지사, 1939)『생명의 서(書)』(행문사, 1947)『울
릉도』(행문사, 1948)『청령일기(蜻蛉日記)』(행문사, 1949)『뜨거운 노래는 땅에
묻는다』(동서문화사, 1960)『미루나무와 남풍(南風)』(평화사, 1964), 시선집『유
치환 시선』(정음사, 1958)『생명의 서』(미래사, 1991)『사랑하였으므로 행복하였
네라』(시인생각, 2013), 전집『청마 유치환 전집』(전 6권, 남송우 편, 국학자료원,
2008) 등이 있음.

윤해영(尹海榮, 1909~미상): 시인. 함경북도 출생. 1940년대 초엽~1946년까지 중국
헤이룽장성(黑龍江省) 융안현(永安縣) 거주, 1946년 말엽 '북한 귀향'(추정). 주
요 작품으로 '가곡' 「용정의 노래」(일명 「선구자」) 「오랑캐고개」(『만주시인집』,
1942) 등이 있음.

은동곳: '은비녀(은으로 만든 비녀)'의 북한어.

이깔: '잎갈나무'(소나뭇과의 낙엽교목)의 북한어.

이민열차(移民列車): 일본의 만주 침략이 '만주사변(滿洲事變)'(1931. 9. 18.)을 계기
로 본격화되면서, 일제의 '조선인 만주 이민의 정책적 실현'을 위해 조선 유이민
(流移民)들을 대규모로 실어 나르던 열차.

이수형(李琇馨, 1914~미상): 함경북도 경성 출생. 학력 미상. 1940년『만선일보(滿鮮
日報)』[1937. 10. 21.~1945. 8.: '민주국' 수도인 중국 지린성(吉林省) 신징(新京),
현 장춘(長春)에서 간행된 일간신문]을 통해 주로 작품 활동. 시집『산맥(山脈)』
(헌문사, 1949) 출간 예고 후, 한국전쟁 직전 월북(추정). 시 「삐자 협동조합에서」
(『친선의 손길』, 조선작가동맹출판사, 1956) 「오늘은 우리 대렬이 나아간다」(『청
년문학』, 1956. 9.) 「권영기 운전공 처녀」 · 「공훈 탄부 할아버지」(『조선문학』, 1957.
5.) 「어머니」(『조선문학』, 1964. 1.) 「나루배에서」(『조선문학』, 1964. 6.), 오체르
크(실화문학) 「8형제 선반에 대한 이야기―라남공장에서」(『문학신문』, 1959. 7.
24.) 「고래 잡는 사람들―청진 수산사업소 포경 8호를 타고서」(『문학신문』, 1959.

8. 28.), 평론 「시의 진실과 민족적 정서―최근의 서정시를 중심으로」(『문학신문』, 1962. 2. 2.) 등이 있음.

이즈보즈 : '이즈보스извоз'. '나르는 사람, 운반차'라는 뜻의 러시아어. 마부(馬夫).

이활(李活, 1925~): 시인. 함경북도 온성(穩城) 출생. 함북 경성고보(鏡城高普) 졸업. 1954년 『신천지(新天地)』로 등단. 주요 작품으로 「순환소수(循環小數)가 사는 거류지(居留地)」 「미스터 리와 그의 해설가(解說家)들과의 귀향(歸鄕)」 등이 있으며, 김경린·김정옥 등과 합동시집으로 『현대의 온도(溫度)』(도시문화사, 1957)가 있음.

이효석(李孝石, 1907~42): 소설가. 강원도 평창(平昌) 출생. 호는 가산(可山). 경성제일고등보통학교를 거쳐, 1930년 경성제국대학 법문학부 영문학과 졸업. 1925년 『매일신보』로 등단. 1933년에는 '구인회(九人會)'(1933) 멤버. 주요 작품 「돈(豚)」(1933) 「산」(1936) 「모밀꽃 필 무렵」(1936), 전집 『이효석 전집』(전 8권, 창미사, 1983) 『이효석 전집』(전 6권, 서울대학교출판문화원, 2016) 등이 있음.

인왕산(仁王山): 서울 종로구와 서대문구 홍제동(弘濟洞) 경계에 있는 산.

인촌(人村): '사람이 사는 마을'의 북한어.

일연감색: 한자로 '一然紺色'인 듯. 한결같이 짙은 청색에 적색 빛깔을 띠는 감색.

일쿠다: '일구다'의 방언.

일화예보(日和豫報): 일기예보.

임금원(林檎園): 사과밭.

임화(林和, 1908~53): 시인, 평론가. 서울 출생. 본명 인식(仁植). 보성중학 중퇴. 1926년 『매일신보』(시)를 통해 작품 활동 시작. KAPF 중앙위원. 해방 직후 '조선문화건설중앙협의회'(1945. 8. 16.) 서기장 및 '조선문학가동맹'(1946) 중앙집행위원 역임. 1947년 월북, 1953년 '조선민주주의인민공화국 정권 전복 음모, 반국가적 간첩 테러, 선전 선동 행위' 혐의로 처형됨. 시집 『현해탄』(동광당서점, 1938) 『찬가(讚歌)』(백양당, 1947), 시선집 『다시 네거리에서』(미래사, 1991) 『임화 시선』(이형권 엮음, 지식을만드는지식, 2008), 시전집 『임화 전집 1―현해탄』(신승엽 편, 풀빛, 1988) 『임화 전집 1―시』(김외곤 편, 풀빛, 1988) 『임화문학예술전집 1―시』(김재용 책임편집, 소명출판, 2009), 전집 『임화문학예술전집』(전 5권, 임화문학예술전집 편찬위원회 엮음, 소명출판, 2009) 등이 있음.

ㅈ

자옥자옥: '자국자국'의 북한어.

잔교(棧橋): 해안선이 접한 육지에서 직각 또는 일정한 각도로 돌출한 접안(接岸) 시설. 선박의 접안·이안(離岸)이 용이하도록 바다 위에 말뚝을 박고 그 위에 콘크리트나 철판 등으로 상부 시설을 설치한 교량.

장명등(長明燈): 대문 밖이나 처마 끝에 달아두고 밤에 불을 켜는 등.

장설(丈雪): 한 길이나 되게 많이 내린 눈.

장알: 장(掌)알. 손바닥에 박인 굳은살.

장환(章煥): 오장환(吳章煥, 1918~1951). 시인. 충북 보은 출생. 휘문고보 중퇴, 도쿄 메이지(明治)대학 전문부 문예과 별과 수학. 1933년 『조선문학』으로 등단. 1948년 월북. 시집 『성벽(城壁)』(풍림사, 1937) 『헌사(獻詞)』(남만서방, 1939) 『병든 서울』(정음사, 1946) 『나 사는 곳』(헌문사, 1947), 소련 기행시집 『붉은 기』(평양: 문화전선사, 1950), 번역시집 『에세닌 시집』(동향사, 1946), 동시집 『바다는 누가 울은 울음인가』(도종환 편, 고두미, 2006) 『부엉이는 부끄럼쟁이』(도종환 편, 실천문학사, 2014), 평론집 『남조선의 문학예술』(평양: 조선인민출판사, 1948), 시선집 『병든 서울』(미래사, 1991) 『병든 서울』(시인생각, 2013) 『오장환 시선』(최호영 편, 지식을만드는지식, 2013), 전집 『오장환 전집』 1·2(최두석 편, 창작과비평사, 1989) 『오장환 전집』(김재용 편, 실천문학사, 2002) 『오장환 전집』(김학동 편, 국학자료원, 2003) 등이 있음.

재우: 매우 재게.

쟈무스(佳木斯): 자무쓰. 중국 헤이룽장성(黑龍江省) 북단의 한 지명. 구소련(현 러시아)과 국경을 접하고 있는 곳으로, 일본 관동군(關東軍)의 핵심 주둔지였음.

저릅등: 긴 삼대를 태워 불을 밝히는 장치. '저릅'이란 겨릅(겨릅대)의 방언으로, 껍질을 벗긴 삼대를 가리킴.

조이밥: 조밥.

주을(朱乙): 함경북도 경성(鏡城) 남쪽에 위치한 읍. 읍의 북서쪽에 주을온천(朱乙溫泉)이 있음.

주초(柱礎): 주추(기둥 밑에 괴는 돌 따위의 물건)의 한자어. '일의 근본 바탕'을 비유적으로 이르는 말.

지내: '너무'의 북한어.

지어(至於): '심지어(甚至於)', 더욱 심하다 못하여 나중에는.

지용(芝溶): 정지용(鄭芝溶, 1902~50). 시인. 충북 옥천 출생. 휘문고보를 거쳐, 1929년 일본 교토(京都) 도시샤(同志社)대학 영문과 졸업. 1926년 일본 유학생 잡지 『학조(學潮)』로 등단. 1933년 이태준·김기림·이상 등과 '구인회' 멤버. '조선문학가동맹'(1946) 중앙집행위원장 겸 아동문학부 위원장 역임. 한국전쟁 중 사망. 시집 『정지용(鄭芝溶) 시집(詩集)』(시문학사, 1935) 『백록담(白鹿潭)』(문장사, 1941) 『지용(芝溶) 시선(詩選)』(을유문화사, 1946), 시선집 『향수』(미래사, 1991) 『그곳이 참하 꿈엔들 잊힐리야』(시인생각, 2012) 『향수』(이진명 편, 애플

북스, 2015), 동시선집 『정지용·윤동주 동시선집』(김용희 편, 지식을만드는지식, 2015), 전집 『정지용 전집』 1·2(김학동 편, 민음사, 1988, 2003 개정판) 『정지용 전집』 1·2·3(최동호 편, 서정시학, 2015) 등이 있음.

지웃거리다: '기웃거리다'(이쪽저쪽으로 자꾸 기울이다)의 뜻.

지음: '즈음'의 옛말.

진대통: 커다란 나무 등걸.

진식(鎭植): 한진식(韓鎭植). 시인, 평론가. 생몰 연대 및 학력 미상. 6·25전쟁 중 월북. 평론 「시인과 통찰력」(『문학신문』, 1963. 2. 1.), 월북시인 상민((常民, 1921~미상)·김상훈 등과 공동 번역 『박인로 작품선』(평양: 국립문학예술서적출판사, 1961) 등이 있음.

집난이: '시집간 딸'을 뜻하는 북한말.

짓두광주리: 바늘, 실 따위의 바느질 제구를 담는 반짇고리. '바느질고리'의 함경도 방언.

짜듯하다: '쩨듯하다'(빛이 선명하고 뚜렷하다)의 뜻.

짜작돌: 조약돌. 자질구레하고 동글동글한 돌.

쩨우스: 제우스Zeus. 그리스 신화에 나오는 최고의 신.

죠온: 존John.

쫑그리다: 긴장하여 몸을 잔뜩 쭈그리다.

쫑쿠레: '쫑그리다'(긴장하여 몸을 잔뜩 쭈구리다)의 부사형.

찌죽찌죽: 산새가 자꾸 우는 소리.

ㅊ

차그운: '차가운'의 옛말.

창성군 : 평안북도 창성군(昌城郡).

채쪽: '채찍'의 방언(함경도).

챙견: '참견'의 방언.

천동(天動): '천둥'의 원말.

천청송(千靑松, 1917~미상): 시인, 소설가. 출생지 및 학력 미상. 1935년 『조선문단』으로 등단. 중국 지린성(吉林省) 룽징(龍井)의 문학동인지 『북향보(北鄉譜)』(1936), 만주국(滿洲國) 수도 신징[新京, 현 창춘(長春)]의 『만선일보(滿鮮日報)』(1937. 10. 21.~1945. 8.) 등을 중심으로 작품 활동. 『재만조선시인집(在滿朝鮮詩人集)』(1942) 『만주시인집(滿洲詩人集)』(1942) 등에 작품이 수록돼 있으며, 해방 후 북한으로 '귀국'.

청진(淸津): 함경북도 북동부에 있는 항구 도시.

청봉(靑峰): 압록강 본류와 그 지류인 이명수(鯉明水) 사이의 현무암 지대에 우뚝 솟은 산(높이 1,456미터). 소재지 함경남도 갑산군 보천면 포태리(현 양강도 삼지연군 이명수구). 1939년 5월 18일 만주 지역에서 활동하던 동북항일연군 제2군 6사가 압록강을 건너 국내에 진출한 후 첫날밤을 지낸 곳으로, 이 '청봉 숙영지'에는 '사령부 자리, 구호나무, 우등불 자리, 밥 짓던 자리, 칼도마, 나무무지, 껍질 벗긴 나무, 샘물터' 등이 보존된 것으로 알려짐.

청천강(淸川江): 평안북도 희천군(熙川郡) 석립산(石立山) 북서쪽 산록에서 발원하여 평안북도의 남부를 남서로 흘러 황해(黃海)로 흘러드는 강(약 199킬로미터).

초(草)담배: 잎담배(썰지 아니하고 잎사귀 그대로 말린 담배).

초마폭: '치마폭'의 옛말.

축하다: 풀이 죽어 생기가 없다. 여위다.

츨츨하다: 보기에 싱싱하여 질이 좋다(평안, 함경 방언).

치어들다: 쳐들다.

E

타래곱: 곱창(돼지나 소의 창자)을 일컫는 함경도 사투리.

탄타로스: 탄탈로스Tantalos. 희랍신화의 인물. 제우스Zeus의 아들. 펠롭스Pelops와 니오베Niobe의 아버지. 아들 펠롭스의 고기를 여러 신들에게 먹이려 한 죄로 명부(冥府)에서, 턱 아래에 물이 있으나 마시지 못하고, 머리 위에 실과가 있으나 이를 먹지 못하는 영원한 기갈(飢渴)에 허덕이게 되었음.

털메투리: '메투리'는 '미투리'(삼이나 노 따위로 짚신처럼 삼은 신)의 방언. 머리카락을 베어 마치 씨와 날이 서로 어긋매끼도록 만든 신.

털붙이: 털가죽(털이 그대로 붙어 있는 짐승의 가죽).

테로스: 테라스terrace. '실내에서 직접 밖으로 나갈 수 있도록 방의 앞면으로 가로나 정원에 뻗쳐 나온 곳'의 오식인 듯.

테-푸: 테이프tape.

토막(土幕): 움막집. 땅을 파고 위에 거적 따위를 얹고 흙을 덮어 추위나 비바람만 가릴 정도로 임시로 지은 집.

토이기(土耳其): '터키Turkey'의 음역어(音譯語).

트로이카troika: 러시아 특유의 말 세 필이 끄는 썰매.

ㅍ

파선(破船): 풍파를 만나거나 암초 따위의 장애물에 부딪혀 배가 파괴됨.

파주(坡州): 경기도 서북단에 위치한 시. 동쪽은 양주시(楊州市), 서쪽 남부는 한강
(漢江)을 경계로 김포시(金浦市)와, 그 북부는 임진강(臨津江)을 경계로, 북한의
개풍군(開豊郡)과 접하고 있음.

포전(圃田): 남새밭. '남새'란 무·배추·아욱 따위의 '심어서 가꾸는 나물'의 총칭.

푸에블로Pueblo호(號): 1968년 1월 23일 북한 원산항 앞 공해상(公海上)에서 북한 해
군초계정에 의해 납치된 미국의 정보수집함 푸에블로호.

풀폭: 풀포기.

피에로pierrot: 어릿광대.

피켈Pickel: 등반용 얼음도끼를 뜻하는 독일어.

ㅎ

하로: '하루'의 방언.

한뉘: 한평생.

한품: 더없이 크고 넓은 품.

한지: 원문에는 "한 지의 모래불……"로 되어 있으나 '한지(寒地)'(추운 지방이나 장
소)의 오식인 듯.

함마: 해머hammer. 물건을 두드리기 위한, 쇠로 된 대형 망치.

함윤수(咸允洙, 1916~84): 시인. 함경북도 경성(鏡城) 출생. 함북 경성고보(鏡城高
普)를 거쳐 일본 도쿄 니혼(日本)대학 예술과 졸업. 1938년 『맥(貊)』으로 등단.
1951년 월남. 시집 『앵무새』(삼문사, 1939) 『은화식물지(隱花植物誌)』(장학사,
1940) 『사향묘(麝香猫)』(중앙문화사, 1958), 시선집 『함윤수 시선』(중앙문화사,
1965) 등이 있음.

함형수(咸亨洙, 1914~46): 시인. 함북 경성(鏡城) 출생, 유년기에 중국 지린성(吉林
省) 허룽현(和龍縣)으로 이주. 1935년 『동아일보』로 등단. 서정주·오장환 등과
『시인부락』(1936) 동인, 1940년 이후 주로 『만선일보』 통해 작품 활동. 1932년 경
성고보 2학년 재학 중 '함북조선공산당재건협의회 사건'으로 피검, 청진(淸津)형
무소 복역. 1935년 중앙불교전문학교 입학, 중퇴(1936). 1937년 도만(渡滿), 지린
성 투먼시(圖們市), 안투현(安圖縣) 등지의 소학교 교사 역임. 1945년 말, 허베이
(河北)에서 옌지시(延吉市)로 진출한 조선의용군(朝鮮義勇軍)에 참군(參軍), 중
국 '제2차 국공내전'(1945. 11.~1949. 9.) 초기 마오쩌둥(毛澤東) 홍군(紅軍) 및

조선의용군 합동, 장제스(蔣介石) 국민당군과의 '제1차 창춘(長春) 전투'(1946. 4.) 참전, 병상(病傷)·퇴대(退隊) 후 귀국, 1946년 함경북도 회령(會寧)에서 작고. 시선집『한국현대시문학대계 23—함형수·이한직 외』(김광림 편, 지식산업사, 1986)『함형수 시선—해바라기의 비명』(문학과비평사, 1989) 등이 있음.

해말숙하다: '해말쑥하다'(살빛이 희고 말쑥하다)의 여린말.

해오리: '해오라기'의 준말. 푸른 백로(白鷺), 즉 벽로(碧鷺)·창로(蒼鷺)를 가리킴.

허비다: 손톱이나 날카로운 물건 따위로 긁어 파다.

허이복(許利福, 1905~82): 시인. 함경북도 길주(吉州) 출생. 일본의 조선인 집거(集居) 지역 오사카(大阪)에서 수학(학교명 및 수학 기간 미상), 평양의전(平壤醫專) 졸업 후의 인천에서 의사 생활. 시집『무명초(無名草)』(경성: 치성서원, 1937)『박꽃』(중앙인서원, 1939) 등이 있음.

헐게: '헐다'(물건이 오래되거나 많이 써서 낡아지다)의 뜻.

헤여가다: 물속에 몸을 뜨게 하고 팔다리를 놀려 물을 헤치고 앞으로 나아가다.

호개: '호랑이'의 사투리(함경도).

호인(胡人): 만주인(滿洲人).

홈타기: 옴폭하게 팬 자리나 갈라진 곳.

홍구(洪九, 1908~47): 아동문학가, 소설가. 본명 홍장복(洪長福). 서울 출생. 1930년 경기상업학교 졸업, 1947년 서울에서 병사(病死). 1933년『신동아』로 등단. 1931년 KAPF 참가, 소년잡지『신소년』편집 및 이를 통해 창작 활동. 해방 후 조선프로문학동맹 중앙집행위원(1945), 조선문학가동맹 중앙집행위원 겸 서기(1946) 역임. 주요 작품으로 동요「말뚝」(1932), 소설「마차의 행렬」(1933)「잊어버린 자장가」(1933), 소설집『유성(流星)』(아문각, 1948) 등이 있음.

회남(懷南): 안회남(安懷南, 1910~미상). 서울 출생. 소설가. 본명 필승(必承). 안국선(安國善)의 아들로 휘문고보 중퇴. 1931년『조선일보』로 등단했으며, 1944년 일본 규슈(九州)탄광으로 징용당함. 해방 후 조선문학가동맹 중앙집행위원 겸 소설부위원장 역임, 1948년 월북. 소설집『안회남 단편집』(학예사, 1939)『탁류를 헤치고』(영창서관, 1942)『대지는 부른다』(조선출판사, 1944)『전원』(고려문화사, 1946)『불』(을유문화사, 1947)『봄이 오면』(정음사, 1948) 등이 있음.

후더움다: '후덥다'(열기가 차서 답답할 정도로 더운 느낌이 있다)의 북한어.

후지무라 미사오((藤村操, 1886~1903): 도쿄 제1고등학교(현 도쿄대학 교양학부 전신) 문과 1년생으로서, 인생에 대한 깊은 번민으로 화엄폭포(華嚴瀑布) 암두(巖頭)의 나무에「암두지감(巖頭之感)」이라는 제목의 유서를 써놓고 투신자살, 당시의 일본 철학도 및 지식인들에게 깊은 충격을 던져준 바 있는 인물. 일본 근대 말기의 내관적(內觀的) 회의주의 철학의 폐막을 예고하는 상징적 계기를 마련, 다양한 교양 습득에 의한 자아 확충을 꾀하는 이른바 '다이쇼(大正) 교양주의'의 출발점을 제공한 것으로 평가되기도 함.

훈감하다: 맛이 진하고 냄새가 좋다.

휘정휘정: 몸을 제대로 가누기 어려워하는 모양.

휘휘롭다: 무서울 정도로 고요하고 쓸쓸하다.

흉집: '흉가(凶家)'의 사투리.

흑해(黑海): 유럽 남동부와 아시아 사이에 있는 내해(內海).

흙무지: 흙이 모여서 많이 쌓인 더미.

흡살리다: 어지럽게 '휩쓸리다'의 뜻.

흥남(興南): 함경남도 함주군(咸州郡) 남동부에 있는 도시.

희천(熙川): 평안북도 희천군(熙川郡) 군청 소재지.